양왕용 문학평론집

한국 현대시와 토포필리아

도서출판
작가마을

한국 현대시와 토포필리아

초판인쇄 | 2020년 4월 20일 **초판발행** | 2020년 4월 30일
지은이 | 양왕용 **주간** | 배재경 **펴낸이** | 배재도 **펴낸곳** | 도서출판 작가마을
등록 | 2002년 8월 29일(제 2002-000012호)
주소 | 부산광역시 중구 대청로 141번길 15-1 대륙빌딩 301호
 T. 051)248-4145, 2598 F. 051)248-0723 E. seepoet@hanmail.net

ISBN 979-11-5606-143-4 03810 ₩15,000

※ 본 도서는 2020년 부산광역시, 부산문화재단 지역문화예술특성화지원 '부산문화예술지원사업'으로
 지원을 받았습니다.

양왕용 문학평론집

한국 현대시와 토포필리아

부산 시인들과 남강문화권 시인들의 장소 사랑

2014년 필자는 『한국 현대시와 디아스포라』라는 여섯 번째의 연구논 저이자 평론집 성격의 책을 낸 바 있다. 그 책은 문학평론집이라 했으나 그 가운데는 2009년 2월 필자가 정년 퇴임하기 전에 쓴 연구논문도 몇 편 있었다. 그 책을 내면서 그 동안 주로 시집해설 형식으로 발표한 부산 과 남강문화권 시인들의 작품론을 한 권의 책으로 곧 내겠다는 생각을 밝힌 바 있다. 그러나 여러 가지 사정으로 6년이 지난 지금 그 생각을 실 천에 옮기게 되었다. 따라서 이 책은 각주가 달린 연구논문이 철저히 배 제된 문학평론이자 시 비평들로만 엮어지는 첫 번째 책이기도 하다. 이 렇게 몇 년을 지내다 보니 또 다시 한 권의 책으로는 엮기에는 넘치는 글 들이 모이게 되었다. 그동안에 문인단체의 각종 심포지엄 주제발표 형식 으로 발표한 글들과 작고 시인들과 부산과 남강문화권을 제외한 각 지역 현역 시인들의 작품론은 다음 기회에 다른 책으로 엮을 수밖에 없게 되 었다.

책 제목을 『한국 현대시와 토포필리아』라 하게 되었다. 토포필리아 topophilia라는 말은 원래 그리스어로 장소 혹은 공간을 의미하는 topos 와 사랑을 의미하는 philia의 합성어로 굳이 우리나라 말로 번역하면 장 소사랑이라 할 수 있으나 그렇게 간단한 개념으로 파악하기 힘들어 그냥 토포필리아로 사용되고 있다. 국내에는 Yi-Fi Tuan의 『Topophilia』 (1974)를 2000년에 부분역하여 소개한 이도 있고, 2011년에는 완역된 책 이 나오기도 했다. 그러나 여기서는 이 이론을 본격적으로 수용하지는 못하였다. 다만 1부에서 부산 시인들의 〈금정산〉 사랑에 대한 작품들을 살펴보았다. 그리고 진주시의 한가운데로 흐르는 〈남강〉을 사랑한 작고 시인들의 작품에 대하여 언급하였다. 앞으로 더욱 이 이론을 공부한 이후 문인들의 토포필리아에 대한 좋은 글들을 쓰기로 다짐한다.

2부에서는 지금까지 시집해설과 서평을 통하여 살핀 부산 현역시인들의 작품세계를 이름 가나다순으로 배열하였다. 비록 오래 전 시집에 대한 글부터 최근의 시집에 대한 글들로 엮어져 있으나 부산 시인들의 특성을 충분히 살필 수 있을 것이다. 그리고 3부에서는 2008년부터 발족한 진주를 학연으로 한 경향각지의 문인들의 단체인 〈남강문학회〉 회원들의 시집들에 대한 글들을 역시 가나다순으로 배열하였다. 부산에서 자생한 인터넷 카페 모임에서 출발한 〈남강문학회〉는 2009년부터 〈남강문학〉이라는 연간지를 내고 매년 10월 초 개천예술제 기간에 경향각지의 회원들이 진주에 모여 진주 문인들과 더불어 출판기념회를 겸한 행사를 하고 있다. 그리고 이 모임과 행사로 인하여 젊은 날에 문인을 꿈꾸었다가 기회를 놓친 사람들이 많이 기성 문인이 되어 인생의 후반을 문학작품 창작에 열을 올리고 있다. 이러한 단체로는 국내에서는 처음이라 볼 수 있는데, 많은 타 지역 출신 문인들의 부러움을 사고 있다. 이러한 현상도 역시 토포필리아 이론으로 충분히 설명할 수 있을 것이다.

이 책 역시 부산문화재단 지원과 배재경 시인 〈작가마을〉 대표의 노력으로 나오게 되었다. 정말 고마운 일이다. 부디 부산 시인들과 남강문화권 시인들의 왕성하고 격조 높은 작품 활동을 기대하면서 이 책이 그들의 또 다른 자극제가 되기를 기대하는 바이다.

2020년 봄
해운대 바닷가에서 양왕용

– 차례 –

한국 현대시와 토포필리아

1

금 정 산 , 남 강
그리고 부산 사랑

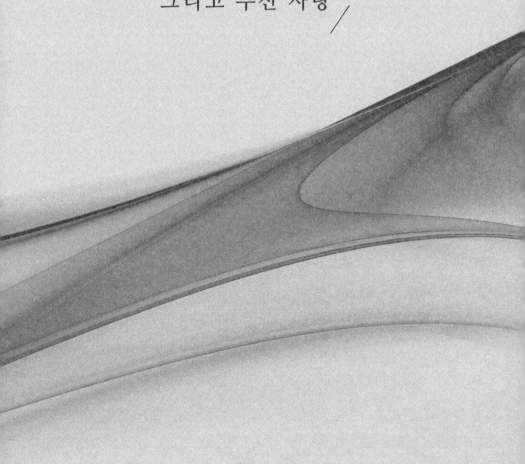

부산 시인들의
〈금정산〉 시편의 양상과 그 의미

(1) 들머리

부산 시인들은 부산의 진산인 금정산을 사랑한다. 이러한 산이나 강 그리고 바다 그것도 특정 지역의 특정 산과 강 그리고 바다 사랑은 동서고금을 통하여 많은 작가들의 작품 속에 녹아 있다. 이러한 현상을 '장소사랑topophilia라고 명명하여 이론화 한 이도 있다. (Yi-Fu Tuan: 『Topophilia; A Study of environmental perception, attitudes, and values』(Prentice-Hall Inc., Englewood Cliffs, New Jersey,1974) 이 Yi-Fu Tuan의 이론을 한국에 소개한 이는 최지원이다. 그는 경남지역문학회의 《지역문학연구》 6집(2000) PP163-210에서 이 저서의 8장과 9장을 번역하여 소개하고 있다.

이러한 '장소사랑'은 결국 지역 명소사랑으로 실제화 되어 부산의 문인단체들은 그러한 작품집을 여럿 내고 있다.

부산의 문인 단체 가운데 맨 처음으로 부산의 지역 명소를 제재로 한 시집을 기획한 곳은 부산시인협회이다. 1994년 12월 그 당시의 시인협회 기관지 이름인 《남부의 시》 24집으로 『우리들의 사랑, 우리들의 부산』(1994.12 빛남)이라는 제목으로 122명의 시인들이 참여하여 122편을 〈부산의 시 모음〉이라고 표지 위에다 제목을 붙이고 발간하였다. 이 시집은 시인 이름 가 · 나 · 다 순으로 편집되어 있다. 그 가운데 '금정산' 시편을 발표한 시인들의 이름과 제목을 나열해 보기로 한다. 「금정산은 봄날이다」(김희영), 「금정산의 봄」(류선희), 「금강공원」(양은순), 「금정산」(엄국현),

「금정산 상계봉을 오르며」(이병구), 「金井山」(이해웅), 「동래산성」(임종성) 등 7편이 있다.

부산작가회의는 2008년 요산 김정한 선생 탄생 100주년 기념 TOPOPHILIA POEMS(장소사랑시집) 『부산을 쓴다』(2008.10. 전망)를 발간하였다. 이 시집에서 부산 시인들은 구 단위로 편집한 그 지역의 명소를 제재로 하여 시를 쓰고 있다. 금정구는 〈구름의 생가〉라는 소제목으로 11편이 편집되어 있다. 그 가운데 금정산과 관련된 시편들은 「휴휴정사 休休精舍 모란─비오는 봄, 범어사에서」(이영옥), 「범어사」(전흥준), 「범어사」(정의태), 「금정산은」(임수생), 「금정산」(한미성) 등 5편과 그 외 요산과 관련된 시가 2편(노준옥─「구름의 생가」, 전다형─「그늘에 대하여」) 있다. 11편 가운데 7편이 금정산과 관련이 있는 시편들로 그 비율이 압도적이다.

부산문인협회에서도 『부산 사랑, 부산문화』(2008. 12. 세종)이라는 부산사랑 시집을 발간하였다. 이 시집에서도 부산 시인들은 구 단위로 편집한 그 지역명소를 제재로 하여 시를 쓰고 있다. 금정구의 경우 11편이 편집되어 있다. 그 가운데 금정산과 관련된 시편을 열거하면 다음과 같다. 「금정산 상계봉」(권윤오), 「고당봉」(김흥규), 「새벽빛 금정산성」(김정자), 「어산노송」(성낙구), 「범어梵魚야 범어야 뭐하니?」(김광수), 「산성마을에 앉아」(임종찬), 「물소리」(구옥순) 등 7편이다.

이상과 같이 부산지역 시인들은 부산의 여러 명소들 가운데 금정산을 제재로 한 작품들을 비교적 많이 쓰고 있다. 세 권 시집에 21편이 수록되어 있다. 이상의 21편 가운데 대표적인 시를 골라 그 속에 나타난 부산 시인들의 금정산 사랑의 양상과 그 의미를 살펴보기로 한다.

(2) 금정산과 금정산성 그리고 범어사의 개요

〈금정산 시편〉들의 특성을 살펴보기 전에 금정산과 금정산성 그리고 금정산 북쪽 기슭에 자리 잡고 있는 범어사의 개요를 살펴보기로 한다.

금정산은 부산의 진산이요 가장 높은 산이다. 금정산의 최고봉인 고당봉高幢峰(부처님의 법문을 높은 깃대에 세웠다는 뜻)은 801.5m이다. 금정구, 동래구. 북구 등 3개구에 걸쳐 있다. 금정산 이름의 유래는 《동국여지승람》 권 23 동래현 산천조에 보면 다음과 같이 설명되어 있다.

금정산은 동래현 북쪽 20리에 있다. 산마루에 3장(약 9m) 정도 높이의 돌이 있는데 그 위에 샘이 있다. 둘레가 10여척 깊이가 7촌 가량으로 물이 늘 차 있어 가물어도 마르지 않으며 빛은 황금색이다. 세상에 전하기를 한 마리 금빛 고기가 오색구름을 타고 하늘로부터 내려와 그 금샘에서 놀았으므로 산 이름을 금빛 샘이 있는 산 '金井山'이라 하고, 그 산 아래에 절을 지어 절 이름을 범천의 신성한 물고기라고 '梵魚寺'라 불렀다.(주영택, 「금정의 역사와 현장」, 금정문화원 향토문화연구소, 2016, P55에서 재인용. 이후의 금정산의 유래와 설화 등에 대한 언급은 향토 사학가 주영택 선생의 이 저서를 참고 했음)

금샘(부산시 기념물 제62호)은 고당봉 동쪽 해발 650m에 위치한 암군 동남단에 돌출한 높이 10m, 둘레 7m 화강암 꼭대기에 우물의 둘레가 3m, 깊이가 20cm이며 모양은 하트형이다. 그리고 그냥 보기기 힘들고 밧줄을 타고 집채만 한 바위를 넘어야 볼 수 있다. 금샘 설화를 그림으로 그린 벽화는 미륵사 오백전에 있다.

금정산에는 고당봉 외에도 화강암으로 형성된 봉우리가 많다. 파리봉玻璃峰(615m), 상계봉上鷄峰(638.2m), 계명봉鷄鳴峰(601.5m), 원효봉元曉峰(679m), 의상봉義湘峰(620m), 장군봉將軍峰(726.7m), 미륵봉彌勒峰(미륵암〈미륵사〉 뒤 봉우리) 등으로 불교적 색채가 농후한 이름들이 많다. 금정산 정상에 올라서면 부산이 거의 통째로 보인다. 산 아래 동네인 금정구와 동래구는 물론이고 왼 쪽으로는 멀리 광안리와 해운대, 그 앞 바다가 보이고 오른 쪽에는 영도의 봉래산이 보인다. 뒤쪽으로는 북구와 낙동강 그리고 양산시도 보인다.

금정산에서 빼어 놓을 수 없는 곳은 금정산성(사적 제215호)이다. 이 산성에 대한 개요를 잘 설명한 글을 인용해 보기로 한다.

금정산을 둘러싸고 있는 형태의 산성으로 석벽 길이 18.94m 높이가 1.5-3m 면적은 약 8,264km로 국내 최대의 포곡식 산성이다. 이 산성은 북쪽(고당봉)-동쪽(의상봉)-남쪽(상계봉)-서쪽(파리봉)의 봉우리 및 자연 암반 등을 자연스럽게 연결하여 축조하였다. 동-서-남-북의 4대문과 12곳의 망대가 있고 제4망루에서 서문 쪽으로 중성이 축조되어 성내를 남북으로 양분하고 있다.

지금의 산성은 1703년(숙종 29년)에 축성된 것으로 보인다.(《동래부지》성곽조 참조) 1667년(현종 8년) 현종이 통제사 이지형을 불러 왜구방수계책을 논의하는 가운데 "금정산성은 형세가 절승하며 기지가 완연하여 이제 만약 완전히 보수하기만 한다면 보장이 될 수 있는 터전이 되겠습니다."라고 언급된 기사로 볼 때 그 이전에 산성이 있었음을 암시하고 있으나 축조 시기는 자세하지 않다.(《현종 실록》 권 16, 8년 정미 정월 경인조)

평상시는 산성 내에 있던 국청사와 해월사 승려 1백 명과 범어사의 승려 3백 명이 금정산성을 지켰다.(주영택, 「금정 26 전통마을의 역사와 민속문화를 만나다」, 금정문화원, 2016 p18 이하 범어사 창건 등은 이 저서 참조)

말하자면 임란 이후에 왜구의 침입을 대비한 산성이었으나 이곳에서 전투가 벌어진 역사는 없다. 그러나 우리에게는 행정 동명인 금성동보다 산성마을이라는 민간에서 불리는 이름이 친근하며 산성 마을의 먹거리인 오리고기, 염소고기, 산성막걸리 등으로 알려진 곳이다. 1972년부터 복원사업이 진행되어 4대 문루와 망대 3개소와 장대 그리고 성벽 복원사업이 많이 진척되어 원래의 모습을 되찾았다.

금정산의 지명과도 연결된 범어사梵魚寺는 『삼국유사』(1281, 일연)에 의하면 신라 문무왕 18년(678년) 의상대사가 창건하였다. 그리고 흥덕왕 10년(835년)에 크게 중창하였다고 기록하고 있다. 그러나 『범어사 고적』에는 의상대사가 671년 당나라에서 귀국하여 전국의 산천을 두루 돌아다니다가 앞에서 언급한 금정산의 유래와 범어사의 유래에 근거하여 창건되었다고 하고 있다. 그리고 문무대왕과 의상대사가 함께 왜적의 침입을 막고자 금샘 아래서 7일 밤낮으로 함께 독경하였다는 사실도 적혀있다. 범어사는 금정산 동쪽 자락의 계명봉과 만나는 두 산세가 서로 맞부딪쳐 이루는 Y자형 계류 사이의 넓은 경사지에 자리 잡고 있다. 하늘에서 금정산을 풍수로 보면 거북이 바다를 향해 산에서 기어가는 '영구하산형靈龜下山形'이라고 한다. 범어사는 이러한 정기와 '범어3기梵魚三奇(1. 巖上金井, 2.元曉石臺, 3.雌雄石鷄)의 기이한 바위와 금정팔경金井八景(1.魚山老松, 2.大聖隱水, 3.金剛晩風, 4.靑蓮夜雨, 5.內院暮鍾, 6.鷄鳴秋月, 7.義湘望海, 8.高幢歸雲) 등 경치가 조화로운 천년 고찰이다. 그리고 범어사에서 내려오는 길목인 상마마을에는 요산 김정한 문학비(1994.4 건립), 이주홍 문학비(1996.12 건립), 황산 고두동 문학비(1996.12)가 있다. 그리고 하마마을에는 김종식 그림비(1994.4 건립), 청룡동에는 김대륜 그림비(1997.2 건립) 가 있다.

(3) 문인 단체들의 부산 사랑 작품집에 나타난 〈금정산〉 시편들의 특색

앞에서 언급한 부산 문인단체들의 부산 사랑 시집에 수록된 세 권의 시집에 각각 7편씩 총 21편의 시편 가운데 우선 금정산과 금정산성을 제재로 한 시들에 대하여 살펴보기로 한다.

금정산의 봄

류선희

금정산 기슭에
메아리처럼 봄이 오면
양팔 벌린 나무의 가슴 한 가운데
무지개가 뜬다.

빛 중에 가장 그리운 빛
몰래 훔쳐 입맞춤
크고 작은 이파리들
저마다 파르르 떤다.

햇살 가르며 날아온 철새들
무지개 찾아 두리번거려도
금정산은 못 본 듯
묵묵히 가부좌를 틀고 있다.

― 〈부산시인협회 편; 『우리들의 사랑 우리들의 부산』, 1994, 빛남, p.63〉

　류선희 시인의 「금정산의 봄」은 봄기운을 만끽하는 금정산 나무들의 크고 작은 이파리들의 모습을 간결한 시어로 형상화한 작품이다. 봄은 굳이 신화비평가들의 이론을 가져오지 않아도 희망이 넘치는 계절이요, 겨울 동안 잠자든 식물에 생명을 불어넣는 계절이다. 류 시인의 작품에서는 희망을 상징하는 사물로는 무지개가 등장한다. 대체적으로 무지개는 아름답고 신비하지만 막상 잡으려면 잡히지 않고 곧 사라지는 허망한 것으로 인식한다. 그러나 류 시인은 그러한 허망감보다는 무지개는 희망과 소생의 상징이라고 보고 있다. 마지막 연에 등장하는 철새들에게도 무지개는 희망인 것이다. 이러한 희망을 상징하는 근거는 류 시인이 가지고 있는 가톨릭 신앙에서 왔다고 볼 수 있다. 우리가 잘 알고 있는 노아의 대홍수(구약 성경 창세기 7장) 이후 다시는 물로 세상을 멸하지 않겠다는 징표로 하나님은 무지개를 주셨다.(창세기 9장 13절-17절) 따라서 이 시에서 '무지개'는 모든 생물들에게 희망을 주는 징표가 되는 것이다. 비록 둘째 연에서 금정산의 모습을 가부좌 틀고 있는 부처님으로 비유하고 있지만 그를 지배하고 있는 세계관은 가톨릭적이다.

金井山

이해웅

때로 절벽처럼
가슴 가운데 우뚝 일어서고
어느 때는
먼 지평선처럼 낮게 열리는
너 금정산아
도심의 소란스러움과
사람과 사람 사이
겨울 골목에서처럼 만나는
찬바람을 피하여
한사코 너의 어깨와
팔다리에 매달리며
가슴 속으로만 파고드는
숱한 인파를
낮엔 초록의 싱그러움과
송뢰로 품어주고
골짜기마다 어둠의 장막
길게 드리우는 야밤이면
개울물소리 한 소절
멍든 영혼 달래주며
하늘 가운데 보석들을 세게 하는
너 금정산아

우리에겐 네가
어머니다.
그 가슴 속의 아늑함이다
땅 끝 아득히 눈물겹게 펄럭이는
푸른 깃발이다
조국의 끝자락이다

　　　– 〈부산시인협회 편; 『우리들의 사랑 우리들의 부산』, 1994, 빛남, p.120〉

　이해웅(1940-2015) 시인의 「金井山」 역시 금정산을 희망적으로 인식하고 있다. 그러나 그러한 인식이 처음부터 생긴 것은 아니다.

　이 작품의 서두에 금정산은 하나의 절벽으로 비유된다. 그러다가 먼 지평선으로 멀리 있기도 한다. 그러함에도 불구하고 금정산은 도심의 소란스러움과 겨울 골목에서 만나는 찬바람같이 살벌한 인간관계로부터 벗어나고자 하는 우리에게 낮에는 신록과 솔바람을 선물하고 밤에는 개울 물소리와 밤하늘의 별들을 헤아리게 하는 어머니 같은 존재인 것이다. 사실 금정산의 모습은 정상 부근의 웅장한 화강암 바위들로 인하여 남성적인 모습을 가지고 있다. 그러나 부산 시민들에게 등산의 즐거움과 찌든 세속에서 벗어나게 하는 안식처를 제공해 준다는 점에서는 어머니의 품속과 같은 것이다. 그러나 이 시인의 시적 비유 속에는 어머니의 품속으로만 존재하는 것이 아니라 펄럭이는 푸른 깃발이요 한반도의 끝자락에 솟은 봉우리이기도 한 것이다. 이러한 이질적 비유에도 불구하고 금정산은 한결같이 우리에게 희망의 메시지를 던져 준다.

　금정산

　한미성

　물안개는 능선을 허물며

몸속까지 길을 연다

흰 너울을 끌며 밀려오는 저 환한 아픔들
다 알 수 있는 것들이다

마른 모래를 따르던 안개에 관한 기억들도
이제는 상관하지 않을 것이다

푸석한 건초의 머리칼들이 곤한 봄잠을 자는 동안
깊이도 넓이도 알 수 없는 안개 속으로 잠수하는 동안

모래 강은
문득 범람한 안개 강이 된다
순간 가라앉다가도 뜬다
지금 안개는
금정산을 끌어안고 하늘로 가고 있다

나와 산과 하늘이 하나의 강이 되는 것은
이 마음이 저 마음으로 투명해지는 것은
순간 안개가 환히 아픔을 열고 있기 때문이다.

　　　　　　　　　　　　　　　– 〈부산작가회의 편 『부산을 쓰다』, 2008, 전망, p. 62〉

　한미성 시인의 「금정산」은 안개 낀 금정산이 제재가 되어 있다. 앞의
두 시가 긍정적이고 안식의 공간으로서의 금정산인데 반하여 이 작품은
현상적 상황설정부터 예사롭지 않다. 우선 첫째 연에서 물안개는 자욱
하다 못해 몸속까지 들어와 길을 열 정도로 두껍다. 이럴 경우 지척을
분간할 수 없다. 캄캄한 밤과는 또 다른 불안이 엄습한다고 볼 수 있다.
하얀 불안을 한 시인은 아픔이라고 인식한다. 그러면서 금정산보다 안

개에 얽힌 지난날의 기억을 떨칠 것을 다짐한다. 셋째 연과 넷째 연의 경우 그러한 의식 세계를 사물화 하고 있다. 이렇게 하얀 불안은 오히려 많은 상념을 강요한다. 다섯째 연에서 다시 의식 밖으로 나와 안개 자욱한 금정산을 인식한다. 화자 즉 한시인의 인식의 결과는 "안개가 금정산을 끌어안고 하늘로 가고 있다"고 진술한다. 그러한 안개는 나와 산과 하늘을 하나의 강으로 연결시킨다. 어쩌면 환상적이라 황홀감을 느낄 터인데 한 시인은 "안개가 환히 아픔을 열고 있다"고 본다. 결국 안개 낀 금정산 풍광을 아픔으로 인식하는 점에서 앞의 두 시인과는 전혀 다른 경향의 작품이다.

새벽빛 금정산성

김정자

억새밭 언저리를 지나
산자락을 감고 도는 새벽빛
멀고 먼 전쟁의 기억들을 껴안고
역사의 미명에서 깨어나는 함성

붉은 산봉우리를 향해 잡목 숲들은
읍소泣訴의 역사를 캐어내는 듯
바람에 휩쓸리어 물결친다

낙동의 젓줄 긴 듯
남북으로 길게 벋은 성벽 사이로
겨레의 과거는 쓰라린 되새김질을 하고 있다

다가오고 물러서는 빛들의 흔들림

새벽빛 금정산성이여
이 땅은 이제 치욕의 분란을 넘어서
다시는 어둠에서 방황하지 않는
찬란한 민족이게 하소서.

　　　　　　– 〈부산광역시문인협회 편; 『부산 사랑, 부산문화』, 2008, 세종출판사, p.146〉

　김정자 시인은 「새벽빛 금정산성」에서 새벽에 금정산성에 올라 자연의 아름다움에 감탄하기보다 그것을 통하여 역사적 상상력을 전개한다. 따라서 화자의 어조가 당당하고 강렬하다.

　지금의 금정산성은 임진왜란과 병자호란을 겪고 난 후인 1703년(숙종29년)에 해상을 방어할 목적으로 축성한 것이다. 그러나 금정산성 안에 있는 방어사찰인 국청사國淸寺의 〈국청사 사적기〉 현판(1825년)에는 현재 남아 있지 않은 '국청사지國淸寺誌의 내용이 담겨 있다. 그 기록에 의하면 임진왜란 때 의승군의 숙영지로 사용되어 금정산성을 수호하였다고 한다. 따라서 1703년 이전에도 금정산성은 있었으며 1703년 금정산성이 중건된 이후에는 국청사의 규모는 확장되었다. 그리고 금정산성 안에는 또 하나의 방어사찰 해월사海月寺가 있었다. 주영택 금정문화원 향토사역구소장에 의하면 그 사지는 고당봉과 원효봉 사이의 사시골에 위치한 지금의 부산교육원 자리라 한다.(주영택; 『금정의 역사와 현장』, 2016 금정문화원 향토사연구소, PP.154–160) 이상과 같은 호국사찰과 금정산성의 역사를 바탕으로 하여 김 시인은 역사적 상상력을 전개 하고 있다.

　첫째 연에서는 억새밭 언저리로 다가오는 새벽빛이라는 시간적 상상력으로 임진왜란과 같은 역사의 아픔을 함성으로 형상화한다. 그리고 둘째 연에서는 바람에 흔들이는 잡목에서 역시 역사적 상상력을 전개한다. 셋째 연은 남북으로 뻗은 금정산성을 통하여 겨레의 쓰라린 역사를 되새김질한다. 마지막 넷째 연에서는 새벽빛 금정산성에다 민족의 찬란한 미래를 이입시키고 소망한다. 이렇게 김 시인의 시는 역사적 상상

력을 전개하면서도 금정산성의 모든 사물들을 적절하게 사용하여 민족
의식을 주제로 한 시가 범하기 쉬운 구체성의 결여라는 약점에서 충분
히 벗어나고 있다.

이제는 범어사가 시 속에 어떻게 형상화 되어 있는지를 살펴보기로 한
다.

범어사

전홍준

절 아래 주차장 앞에는 차를 파는 노점이 있습니다
커피 한 잔 들고 녹음에 빠져 있을 때 푸드득 새소리 들립니다
내 새끼들 왔구먼. 배고프지—
중얼거리며 마담이 모이를 뿌려줍니다
곤줄박이 가족이 꽁지를 흔들며 잣을 쪼아 먹습니다

이때까지 잣을 주다가 어제는 땅콩을 주었더니
녀석들이 거들떠보지도 않아요
나도 손님 덕으로 먹고 사는데 비싸도 오늘부터 잣을 줄 거예요
삼 년째 탁발하러 오는데 올해는 새끼를 다섯 마리나 데리고 왔네요—

대웅전에서 내다보던 세존이 빙그레 웃는 모습이 보였습니다

– 〈부산작가회의 편; 『부산을 쓴다』, 2008, 전망, p.55〉

전홍준의 시 「범어사」는 지금은 거의 사라진 범어사 주차장 노점풍경
이 제재가 된 작품이다.
우선 이 작품은 경어체 어조를 사용하는 것이 특색이다. 경어체는 시

인과 독자의 차등에서 오는 거리감은 있을 수 있으나, 평어체가 구어체가 아닌 문어체로 인식되기 때문에 평어체 보다는 분명히 말을 하는 것 같은 효과를 거두어 호소력은 있다고 볼 수 있다. 그리고 이 시의 화자는 두 사람이다. 한 사람은 풍경을 관찰하고 있는 시인이고 다른 한 사람은 마담이다. 첫째 연의 셋째 행 "내 새끼들 왔구먼 배고프지—"는 마담의 중얼거림이 직접화법으로 삽입된 형태이지만 둘째 연은 4행 모두가 마담의 말이다. 이 경우 누구를 향한 말 건넴이라기보다 구경하는 전부를 향한 설명에 가까운 말이다. 그러나 마담의 생활불교 즉 새에게 보시하는 불심이 잘 형상화되어 있다.

마지막 셋째 연은 비록 한 행이지만 이 시의 주제 즉 불교적 세계관을 잘 드러낸 부분이다. 그리고 "세존이 빙그레 웃는 모습"이라는 진술은 의인화 현상을 도입하여 시가 아니면 찾기 힘든 표현인 동시에 범어사 전 정경을 보는 듯한 감동을 자아낸다.

범어梵魚야 범어야 뭐하니?

김광수

고요를 모르는 자 산을 노래하고
흐름을 모르는 자 물을 노래하라
고요와 흐름 모르는 자 범어사로 오라

범어梵魚야 범어야 뭐하니
노래 한 소절에 적멸의 나라
고요와 흐름 다음 적멸의 시간
고요마저 사라지는 적멸의 평화 그리고 부활.

－〈부산광역시문인협회 편; 『부산 사랑, 부산문화』, 2008, P.152〉

김광수 시인의 시 「범어梵魚야 범어야 뭐하니?」는 우선 제목이 재미가 있다. 동요의 한 구절을 패러디한 것이다. 그러나 이러한 제목과 달리 시에서 형상화하고 있는 것은 불교의 심오한 진리이다. 말하자면 제목에서는 긴장을 풀게 하면서 주제는 심오한 일종의 역설의 효과를 노리고 있다.

첫째연의 경우는 '고요와 흐름'이라는 동양적인 산수관을 『논어論語』〈옹야雍也〉로 알려진 '요산요수樂山樂水'를 변용하여 형상화하면서 범어사의 산과 물이 어우러진 아름다운 풍광을 노래하고 있다. 그러나 둘째 연에서는 적멸이라는 불교적 진리를 형상화한다. 불교에서는 적멸寂滅을 번뇌의 경지에서 벗어나 생사의 괴로움을 끊는 것이라 보고 있다. 다른 말로 표현하면 죽음, 입적, 열반의 경지이다. 그래서 석가모니의 진신사리眞身舍利를 모신 법당을 적멸보궁寂滅寶宮이라한다. 범어사의 고요를 적멸의 경지라고 보고 있는 셈이다. 마지막 행 '고요마저 사라지는 적멸의 평화 그리고 부활'이라는 부분에서는 평화와 기독교에서 사용하는 용어 부활을 등장시켜 고요를 불교에만 한정시키지 않고 범종교적으로 보편화하고 있다.

이 작품의 또 다른 묘미는 제목에도 나와 있듯이 문어체가 아니고 구어체 어조를 도입한 것이다. 그것도 화자가 독자들에게 명령형을 사용하는 첫째 연의 거부감을 시의 제목이 되고 있는 둘째 연 첫째행 "범어梵魚야 범어야 뭐하니?"에서 의문형을 사용함으로써 약화시키는 효과를 거두고 있다.

(4) 단행본 시집에 나타난 부산 시인들의 '금정산' 형상화의 특징

지역 시인들의 개인 시집에도 '금정산' 시편이 많으며 심지어 시집 제목 속에 금정산이 등장하는 경우도 있다. 그 가운데 대표적인 시집이 지역출판사에서 직접 제작한 최영철 시인의 『금정산을 보냈다』(2014, 산지니)

이다. 이 작품은 2015년 '원북원 부산'에 시집으로는 최초로 선정되어 많은 부산 시민들에게 읽혔다. 그리고 조성순 시인의 『금정산 그리고 중앙동』(2017, 작가마을)이 있다.

이 두 사람의 작품 가운데 대표적인 작품을 한 편씩 골라 그 특성을 살펴보기로 한다.

금정산을 보냈다

최영철

언제 돌아온다는 기약도 없이 먼 서역으로 떠나는 아들에게 뭘 쥐어 보낼까 궁리하다가 나는 출국장을 빠져 나가는 녀석의 가슴 주머니에 무언가 뭉클한 것을 쥐어 보냈다 이건 아무데서나 꺼내 보지 말고 누구에게나 쉽게 내보이지도 말고 이런 걸 가슴에 품었다고 함부로 말하지도 말고 네가 다만 잘 간직하고 있다가 모국이 그립고 고향 생각이 나고 네 어미가 보고프면 그리고 혹여 이 아비 안부도 궁금하거든 이걸 가만히 꺼내놓고 거기에 절도 하고 입도 맞추고 자분자분 안부도 묻고 따스하고 고요해질 때까지 눈도 맞추라고 일렀다 서역의 바람이 드세거든 그 골짝 어딘가에 몸을 녹이고 서역의 햇볕이 뜨겁거든 그 그늘에 들어 흥얼흥얼 낮잠이라도 한숨 자 두라고 일렀다 막막한 사막 한가운데 도통 우러러볼 고지가 없거든 이걸 저만치 꺼내놓고 그윽하고 넉넉해질 때까지 바라보기도 하라고 일렀다 그놈의 품은 원체 넓고도 깊으니 황망한 서역이 배고파 외로워 울거든 그걸 조금 떼어 나누어줘도 괜찮다고 일렀다 그렇게 쓰다듬고 어루만지며 살다가 이곳으로 다시 돌아올 때는 무엇보다 먼저 그것부터 잘 모시고 와야 한다고 일렀다 무엇보다 잊지 말아야 할 것은 네가 바로 그것이라 일렀다 이 아비의 어미의 그것이라고 일렀다

이 작품은 최영철 시인의 시집 『금정산을 보냈다』에 있는 유일한 금정산 시편이다. 그러나 시집의 제목이 되어 널리 알려졌고 언론의 인터뷰와 시집 뒤에 있는 최학림 부산일보 논설실장과의 대담에서 이 작품의 창작 배경을 최 시인이 직접 밝히면서 화제가 된 작품이다. 그 대담에서 최 시인이 한 말을 인용해보기로 한다.

> '우리 아들은 오리지널 부산 생이다. 어디 가 살든지 힘든 걸 버티게 하는 것은 고향이나 핏줄 같은 게 아니겠는가. 환경도 좋지 않고 위험하기도 한 요르단에 가겠다고 했을 때 나는 그게 다 무능한 애비를 만난 탓인 것 같아 무척 마음이 아팠다. 그럼에도 딱히 손에 쥐어줄 게 없었다. 그래서 쥐어준 게 제 모태와도 같은 금정산이었다. 덕분에 아들은 탈 없이 2년을 일하고 돌아왔다. 아들을 위해 고작 한 것이 이 시를 단숨에 쓴 일이었지만 시의 위대함이 이런 데 있지 않겠는가. 금정산을 통째로 선물하는 일이 시 아니면 어떻게 가능하겠는가.'
>
> — 시집 『금정산을 보냈다』 (2014, 산지니 p.137)

일종의 자작의 변과 같은 이 글을 읽으면 달리 이 시에 대하여 설명을 첨가할 필요가 없을 것도 같다. 그러나 이 시는 최 시인의 시 가운데 비교적 비유적 표현이 많은 시이다. 달리 말하면 '금정산'이 상징적으로 쓰이고 있다고 볼 수 있다. 아마 최 시인의 말을 가장 현실적으로 해석하면 요르단으로 떠나는 아들에게 이 시 한 편을 쓰 주면서 어려운 일이 있을 때마다 이 시를 읽으면서 힘을 내라고 당부했다고 볼 수 있다.

이 시는 비록 문장부호는 생략되었으나 여러 문장이 한 단락으로 구성된 산문시이다. 그래서 읽기가 힘들다. 뿐만 아니라 '금정산'의 상징성이 다양하다. 물론 '금정산'의 내포는 최 시인의 말대로 그의 아들을 포함한 부산 토박이들이 역경을 이겨낼 수 있는 정신적 고향이자 힘이라고 볼 수 있다. 그러나 이 시에는 그 이상의 것도 있다. 그리고 작품의 본문 속에는 한 번도 '금정산'이 나타나지는 않지만 '그 골짝'과 '그 그

늘' 같은 부분은 금정산을 염두에 둔 표현이다. '그 놈의 품은 원체 넓고
도 깊으니'라는 부분에서는 외국에 있으면서 우리 민족뿐만 아니라 인
류애를 가지라는 교훈도 포함되어 있다.

　최 시인은 이 작품을 통하여 '금정산'의 상징성을 다양하게 하면서도
부산사람들에게 금정산은 정신적 지주 이상의 것이라는 점을 부각시키
고 있다.

　조성순 시인은 그의 시집 『금정산 그리고 중앙동』에는 2부 〈금정산〉에
8편의 금정산 관련 시편이 있다. 그 가운데 한 편을 소개하기로 한다.

　　금정산 3
　　 － 전야제에서

　　조성순

　　지존의 약속을 지울 수 없는
　　온고지신의 시간
　　붉은 허리는 굽어도
　　그 모습은 여전하고

　　전야제 악우들
　　생기 넘치는 불빛은
　　억새풀과 어우러져
　　금정산야 더욱 흥겹게 한다

　　색소폰 운율과 갈바람은
　　꿈과 낭만이 막걸리에 젖어
　　저마다 뽐내며 멋 부리는 젊음은
　　그 어느 뮤지컬에도 본 적이 없는

거선의 심장 같은 웅장한 오케스트라

미움도 고통도 불통도 지워진 시간들이여
하얀 별들도 반짝반짝
한 줌의 바람도 사각사각

잉걸불 같은 사랑
잉걸불 같은 사랑

조 시인의 「금정산 3」은 부제처럼 금정산 산악제의 전야제가 시적 제재이다. 첫째 연의 경우 금정산의 모습을 비유하면서 전야제 개막 직전을 지존의 시간으로 인식하고 있다. 둘째 연에서는 불빛 속에서 흥겨워하는 산악인들의 모습에다 억새꽃을 등장시켜 이미지화하고 있다. 셋째 연의 경우 색소폰과 갈바람이라는 청각적 이미지까지 등장시켜 전야제의 감동을 절정에 이르게 한다. 이러한 감각은 넷째 연에서도 지속된다. 하늘의 별들의 반짝임과 바람이 갈대에 스치는 소리를 표현한 부분으로 인하여 "미움도 고통도 불통도 지워진 시간들이여"라는 감탄이 결코 과장이 아니라는 생각이 든다. 그리고 모든 것을 포용하고 거의 무념무상의 경지에 이르는 것은 조 시인이 비록 불교인이 아니라도 불교의 해탈의 세계를 형상화하고 있다고 볼 수 있다

산악제의 전야제라는 시간적 공간적 사건이 이렇게 적절하게 형상화된 작품은 다른 시인들의 산악시에서는 찾아보기 힘든 작품이다.

(5) 마무리

지금까지 살펴본 부산 지역 시인들의 〈금정산〉 관련 시편에 나타난 사랑의 양상을 자연관과 역사의식으로 나누어 요약하기로 한다. 우선 자연관은 대체로 '금정산'을 긍정적이고 희망적으로 형상화하고 있다.

물론 그 들이 가지고 있는 종교에 따라서 다소 다르나 금정산을 부산 시민의 정신적 고통이나 세파에 찌든 심신을 치유해 주는 어머니 같은 존재로 인식하고 있다. 그리고 해외에 나가 역경을 헤치는 부산 사람들의 정신적 지주이고 힘이라고 인식하고 있다. 〈금정산성〉에서는 금정산성의 축성의 목적도 그러하지만, 역사적 상상력으로 접근하여 민족의 낙관적 미래를 소망하는 애국심을 표출하는 경우도 있다. 소수지만 안개 낀 금정산에서 아픔을 발견하는 경우도 있다. 〈범어사〉에서는 생활불교 즉 보시의 자세와 고요와 흐름이라는 풍광에서는 적멸의 경지까지 발견하기도 한다.

이상과 같이 부산의 진산인 금정산과 금정산성 그리고 그 기슭의 범어사를 장소사랑의 이론으로도 설명할 수 있을 정도로 부산시인들은 다양하게 형상화 하고 있다.

시 속에 나타난 〈南江〉의 상징성
-민족혼과 그리움

(1)

　진주하면 떠오른 것이 '南江'이다. 남강은 함양군 서상면 남덕유산 (1,503m)에서 발원하여 지리산 계곡을 내려오다가 산청군의 경호강과 덕천강 물과 합류하여 진주의 중심을 관통하는 경상남도의 대표적인 강이다. 진주에서 북동쪽으로 물길을 바꾸어 함안군 대산면에서 낙동강과 합류한다. 유역의 가장 큰 도시가 진주요, 임란 때의 한산도대첩, 행주산성대첩과 함께 3대 대첩으로 일컬어지는 진주대첩(1592년 10월)과 이듬해 6월에 벌어진 진주혈전의 현장도 여기이다. 또한 1970년 7월 남강댐이 완성되기 전까지 큰 비만 오면 진주를 홍수의 공포에 잠기게 한 것도 남강이다.

　진주에서 학창 시절을 보낸 사람들은 남강의 아름다움과 모래사장 그리고 해마다 남강변을 중심으로 벌어지는 개천예술제에 대한 추억들을 간직하고 있다. 그리고 진주대첩에서 연유한 유등축제가 얼마나 아름답고 규모 있게 변하였는가에도 경이로움을 발하지 않을 수 없을 것이다. 그렇다면 한국 현대시의 기라성 같은 시인들은 그들의 작품 속에 남강을 어떻게 형상화 하고 있는가에 대하여 살펴보는 것도 매우 뜻 깊은 일이라 생각된다.

(2)

우선 임진왜란 중인 선조 26년(1593) 계사년 6월 29일 진주성이 함락하고 7만의 민·관·군이 옥쇄하는 비극의 절정인 진주관기 논개가 촉석루 아래 절벽에서 쌍가락지 낀 손으로 왜장을 껴안고 남강으로 투신하여 순절한 사실을 모티브로 한 작품들이 많다. 논개는 이렇게 목숨을 버림으로써 관기라는 신분에도 불구하고 그 당시의 진주시민들의 열화 같은 탄원으로 의기로 추앙받게 되고 지금까지 진주시민들이 음력 6월 29일 제사를 지내고 있다.

'논개'하면 떠오르는 작품이 우선 樹州 변영로(1898~1961)의 「논개」(1924. 시집 「조선의 마음」 수록)로 이 작품은 많은 독자들이 애송하고 있고, 1991년 3월 14일 진주성 촉석문 광장에 그 당시 진주문화원장 리명길 시조시인과 문백 진주시장이 합동으로 추진하여 세운 '논개 시비'에 새겨져 있다.

> 거룩한 분노는
> 종교보다도 깊고
> 불붙는 정열은
> 사랑보다도 강하다.
> 아! 강낭꽃보다도 더 푸른
> 그 물결 위에
> 양귀비꽃보다도 더 붉은
> 그 마음 흘러라.
>
> 아릿답던 그 蛾眉
> 높게 흔들리우며,
> 그 석류 속 같은 입술
> 죽음을 입 맞추었네.
> 아! 강낭콩보다도 더 푸른

그 물결 위에
양귀비꽃보다도 더 붉은
그 마음 흘러라.

흐르는 강물은
길이길이 푸르리니
그대의 꽃다운 혼
어이 아니 붉으랴.
아! 강낭콩꽃보다도 더 푸른
그 물결 위에
양귀비꽃보다 더 붉은
그 마음 흘러라.

– 「논개」 전문

이 작품은 모두 3연으로 구성되어 있다. 각 연 모두가 8행으로 되어 있는데 1행부터 4행까지는 각 연의 독자적인 표현이고 5행부터 8행까지는 후렴구처럼 반복된다. 1연의 경우 논개의 죽음에서 발견되는 왜군에 대한 분노와 순국의지를 '종교'와 '사랑'이라는 다소 관념적이고 추상적인 시어로 형상화하고 있다. 둘째 연에서는 논개의 모습과 죽음을 다소 감각화하고 있다. 그리고 마지막 연에서는 논개의 죽음 이후의 혼을 붉다고 감각화하고 푸른 강물과 대비하여 영원성을 강조하고 있다.

그러나 이 작품의 절창은 후렴구 "아! 강낭꽃보다도 더 푸른/그 물결 위에/양귀비꽃보다도 더 붉은/그 마음 흘러라."이라고 볼 수 있다. 남강의 흐름을 "강낭콩꽃의 푸르름"으로 사물화하고, 논개의 충절을 양귀비꽃의 붉음으로 감각화하면서 서두에 "아!"라는 감탄사를 등장시켜 감정을 적절히 조절하고 있다. 그리고 이 작품이 1924년 발간된 시집 『조선의 맥박』에 수록됨으로써 일제강점기의 독자들에게 애국심을 고양시켰다는 점 역시 놓쳐서는 안 될 일이다.

일제 강점기에 창작된 작품으로는 이 작품 외에 만해 한용운(1879–1944)「論介의 愛人이 되어서 그의 廟에」가 있다.

날과 밤으로 흐르고 흐르는 南江은 가지 않습니다.
바람과 비에 우두커니 섰는 촉석루는 살 같은 光陰을 따라서 다름질 칩니다.
論介여, 나에게 울음과 웃음을 동시에 주는 사랑하는 論介여.
그대는 朝鮮의 무덤 가운데 피었던 좋은 꽃의 하나이다. 그래서 그 향기는 썩지 않는다.
나는 詩人으로 그대의 愛人이 되었노라.
그대는 어데 있느뇨. 죽지 않은 그대가 이 세상에는 없고나.

– 「논개의 애인이 되어서 그의 廟에」 1연

이 작품은 만해의 1926년에 발간된 그의 유일한 전작 시집 『님의 沈默』에 52로 발표된 것이다. 여기서 논개의 묘는 최근에 일부 자치단체들이 서로 자기 지역에 있다고 억지 주장을 하는 지상의 묘가 아니라, 만해가 작품 첫 행에 "낮과 밤으로 흐르고 흐르는 가지 않는 남강" 즉 그녀가 맨 처음 몸을 던진 곳이다. 이 작품의 경우도 그의 시집 『님의 沈默』 전편에 흐르고 있는 역설의 미학이 전개된다.

그에게 남강은 밤낮으로 쉬지 않고 흐르지만 가지 않는 부동의 존재이다. 이렇게 그의 눈에 보이는 남강은 논개가 왜장을 끌어 앉고 몸 던진 그녀의 무덤으로 존재하기 때문에 결코 사라질 수 없다는 점을 "흐르지만 가지 않다"는 '모순어법'을 사용하여 형상화하고 있다. 이러한 역설의 미학은 결국 논개에 대한 간절한 사랑으로 귀결된다. 인용하지 않은 마지막 부분 5행에서 "천추에 죽지 않는 논개여/하루도 살 수 없는 논개여/그대를 사랑하는 나의 마음이 얼마나 즐거우며, 얼마나 슬프겠는가./나는 웃음이 겨워서 눈물이 되고, 눈물이 겨워서 웃음이 됩니

다./용서하여요, 사랑하는 오오 論介여." 라고 부르면서 감정까지 격정
적으로 노출시키고 있다. 한용운 역시 1926년이라는 일제강점기가 시
작된 지 16년인 시점에 '논개'를 시 속에 등장시켰다는 것이 그이 애국
심의 발로이다.

　광복 이후의 작품으로는 未堂 서정주(1915-2000)의 「진주 가서」(1957.11
《嶺文》)가 있다. 이 작품은 그의 제2시집 『新羅抄』(1960)에 수록되어 있다.

　　　　백일홍꽃 망울만한 백일홍 꽃빛 구름이
　　　　하늘에 가 열려 있는 것을 본 일이 있는가.

　　　　一·四後退 때 나는 晉州 가서 보았다.

　　　　암수의 느티나무가 五百年을 誼 안 傷하고
　　　　사는 것을 보았는가.

　　　　一·四後退 때 나는 晉州 가서 보았다.

　　　　妓生이 淸江의 神이 되어 정말로 살고 계시는 것을
　　　　보았는가.

　　　　一·四後退 때 나는 晉州 가서 보았다.

　　　　그의 가진 것에다 살을 부비면 병이 낫는다고
　　　　아직도 귀때기가 새파란 새댁이 論介의 江물에 두 손을 적시고
　　　　있는 것을
　　　　詩人 薛昌洙가 손가락으로 가리켜 주어서 보았다.

　　　　　　　　　　　　　　　　　　　　　－「晉州 가서」 전문

　시의 문맥적 의미로 보나 발표지면이 진주에서 개천예술제(1949년부터

1958년까지는 영남예술제라는 이름으로 개최되다가 1959년부터 개천예술제로 개칭)를 기념하여 내던 연간 문예지『嶺文』인 점으로 보아 6·25전쟁 시기인 1951년 11월이나 다음 해에 개최된 개천예술제 백일장에 설창수 시인의 초청으로 심사위원에 위촉되어 진주를 방문한 체험이 형상화 된 것이라고 볼 수 있다. 이 작품 역시 가장 주된 모티브는 논개이다.

5연에 등장하는 "기생이 푸른 강의 신이 되"었다는 것은 남강에 몸을 던진 논개를 두고 한 표현이다. 그리고 진주 시민들의 정신 속에 논개가 살아 있다는 것을 시적으로 형상화하고 있다. 이어서 마지막 7연에서도 새댁의 남강물에 손 담그는 행위를 논개가 몸을 던진 강물에 신체를 접촉하면 병이 낫는다는 샤머니즘적 상상력 즉 그 당시의 미당의 주된 상상력으로 인식하고 있다. 따라서 미당 역시 논개는 남강의 푸른 물에서 영원히 살아 있다고 믿고 있다.

다음으로는 노천명(1912-1957)의 시「곡 촉석루哭 矗石樓」(유고시집『사슴의 노래』, 1958)가 있다. 노천명은 잘 알려져 있는 것처럼 고독한 서정시인이었지만 일제 강점기에 노골적인 친일시를 발표하였으며 그 작품들을 제2시집『창변』(1945)에 수록하여 광복 이후에 곤욕을 치루기도 했다.

論介 치마에 불이 붙어
論介 치맛자락에 불이 붙어

論介는 南江 비탈에 서서
火神처럼 무서웠더란다

'우짝고 오매야, 矗石樓가 탄다. 矗石樓가'
마지막 지붕이 무너질 제는
기왓장 내려앉는 소리
온 晉州가 震動을 했더란다

기왓장만 내려앉은 게 아니요
고을 사람들의 넋이 내려앉았기에
飛鳳山 西將臺가 몸부림을 치더란다.

조용히 살아가던 조그마한 마을에
이 어쩐 慘酷한 災殃이었나뇨?

밀어붙인 훤한 벌판은
일찍이 우리의 낯익은 商店들이 있는 곳
할매 때부터 情이 든 우리들의 집이 서있던 자리

문둥이가 우는 밤
晋州사 더 섧게 痛哭하는 것을
晋州사 더 섧게 杜鵑모양 목메이는 것을

― 「哭 矗石樓」 전문

    이 작품은 노천명이 작고한 지 1년 뒤에 엮은 유고시집 『사슴의 노래』
(1958, 한림사)에 수록되어 있는 작품이다.
    촉석루는 고려시대인 1241년 진주 목사 김지대에 의하여 창건되었다
고 한다. 그러나 고려말 왜구의 침입으로 1380년에 불타고 말았다.
1413년 중건되었으며 그 동안 여러 차례 중수되었다. 임진왜란 때는 여
러 가지 기록을 검토하여 보면 심각하게 훼손되지는 않았다고 한다.(동
서대 하강진 교수 『진주성 촉석루의 숨은 내력』(2014,도서출판 경진) PP59-118 참조) 우리가
잘 알고 있다시피 오히려 1950년 7월 31일부터 9월 24일까지 북한인
민군이 진주시를 점령하고 있을 때인 1950년 9월 1일 유엔군의 폭격을
진주시가 초토화될 때 전소되었다. 그래서 현재의 촉석루는 1960년 5
월 20일 준공검사를 맡은 건물이다. 그러나 노천명의 이 작품은 임진왜
란때 촉석루가 불타는 것을 전제로 한 작품이기 때문에 역사적 사실과

는 다소 거리가 있다. 하강진 교수의 연구에 의하면 1593년 6월 진주 혈전으로 진주성이 함락될 때에 창의사 김천일이 촉석루를 불태우고 장렬히 전사하기도 전에 왜군들이 점령하였다고 한다. 그러나 그날 9만여 명의 왜군에 맞서 3천여 명의 의병과 6만 여의 진주 성민들이 함께 죽는 비극의 현장이 바로 진주였다.

그날에 의기 논개가 있었기 때문에 진주성은 역사에 두고두고 기억되며 이렇게 시로 형상화되는 것이다. 노천명은 친일의 멍에뿐만 아니라 6·25전쟁 때는 미처 서울을 떠나 피난을 못 갔기 때문에 부역자로 감옥에서 고생을 했다. 이러한 착잡한 심정과 참회가 복합적으로 작용하여 창작한 작품이 바로 이 시이다. 그리고 노천명의 작품 가운데는 강렬한 어조를 가지고 있으며, 진주혈전 당시의 참상을 서민 그것도 무명의 여성 화자를 내세워 형상화 하고 있다.

파성 설창수(1916-1998)의 경우는 우리에게 너무나 친숙한 논개 사당 앞에 서 있는 「의랑논개비문」(1954)을 골라 보았다.

> 하나인 것이 동시에 둘일 수 없는 것이어서
> 민족의 가슴팍에도 살아 있는 논개의 이름은
> 백도 천도 만도 넘는다.
> 마지막 그 시간까지 원수와 더불어 노래하며 춤추었고
> 그를 껴안고 죽어간 입술이 앵두보담 붉고
> 서리 맺힌 눈썹이 반달보다 고왔던 것은
> 한갓 기생으로서가 아니라
> 민족의 가슴에 영원토록 남을 처녀의 자태였으며
> 만 사람의 노래와 춤으로 보답 받을 위대한 여왕으로서다.
>
> – 「의랑논개비문義娘論介碑文」 앞부분

끝 부분 "아아/어느 날 조국의 다사로운 금잔디 밭으로 물옷 벗어들고

오실 당신을 위하여/여기 돌 하나 세운다"라는 부분만 없으면 전문이 비문이라기보다 한 편의 시라고 볼 수 있는 글이다. 진주를 사랑하고 논개를 민족혼의 상징이자 진주시민의 영원한 애인으로 승화시킨 그의 열정과 임진왜란 당시뿐만 아니라 오늘날까지 개인의 영달과 정파의 이익을 위해 양심을 버리는 지도층을 통렬히 비판하는 힘을 가지고 있는 명작이다. 이 작품에서도 남강은 역사의 도도한 흐름과 논개의 충절의 영원성를 상징하는 객관적 상관물이 되고 있다.

다음은 이효상(1906-1989) 시인의 시 「유등流燈」에 대하여 살펴보기로 한다. 이효상 시인은 대구 출신으로 일제 강점기 경북고등학교의 전신인 대구고보를 거쳐 동경제국대학 독문과를 졸업하고 1930년부터 1940년까지 대륜고등학교의 전신인 교남학교 교장을 역임하였다. 그는 1936년 《가톨릭 청년》에 시 「기적」을 발표하여 시인이 되었다. 그는 광복이후 시집 『산』(1948), 『바다』(1951), 『인생』(1954), 『사랑』(1955) 등을 발간하였으며, 6·25 전쟁 때에는 문총구국대 경북지회장을 맡기도 했다. 경북대학교 문리대 학장을 역임하다가 1960년 민주당 정권 시절 참의원에 당선 되고 이어서 민주공화당 국회의원으로 당선되었으며 6,7대 국회의장을 역임하여 정치인으로 더 유명하게 되었다. 그는 정계입문 후에도 시집 『안경』(1960), 『나의 강산아』(1966)를 엮었다.

> 임의 아름다운 넋이 등불 되어 물 위에 올라와
> 천 개 만 개 해마다 등불 되어
> 물 따라 흐르면서
> 무언가 천만인의 가슴을 비추어 불타게 하구나.
>
> — 이효상 「유등流燈」 끝 연

이 작품은 1949년 개천예술제에서 처음에는 번외행사로 부활하여 2003년부터 전국축제로 발전하고 2006년부터 2010년까지 전국 최우

수축제로 2011년부터 2013년까지 대한민국 대표축제로 선정되었으며 지금은 캐나다 미국 LA 등지로 수출 된 세계적인 축제로 발돋움한 진주남강유등축제의 유등을 제제로 한 작품이다. 유등의 유래는 잘 알려져 있는 것처럼 임진왜란 3대 대첩인 1592년 10월 진주대첩에서 남강을 건너려는 왜군을 저지하고 성 밖의 가족들에게 안부를 전하는 통신 수단으로 사용된 것에서 왔다. 이 시의 창작 연도와 발표지면은 확인하기 어려우나 그는 국회의원이 되기 전에는 대구의 시인으로 국회의장 시절에는 귀빈으로 개천예술제에 자주 참석하였다. 그는 아마 활발하게 시인으로 활동하던 시절 지금처럼 화려한 유등은 아니지만 남강물에 촛불을 간직하고 유유히 흘러가던 유등을 보면서 인용한 마지막 연인 4연처럼 논개의 아름다운 넋을 발견하였던 것이다.

다음으로 광복 이후의 작품 가운데 민족혼을 논개를 통하여 형상화한 작품을 열거 하면 군인 출신 시인인 장호강(1916–2009)의 작품 「남강은 유방遺芳에 푸르러」(《嶺文》15집. 1957. 11. 3.)와 대구에서 활동한 여영택(1913–2012)의 시조 「논개」가 있다.

> 인정은 물거품으로 흘러가고
> 대대로 젊은 사랑은 죽어가도
> 씻지 못할 그날의
> 촉석루 기둥에 휘감긴 치마 자락이며
> 그 흑진주 머리카락을 사모해야 한다.
>
> 잊을 수 없는 그 이름
> 다시는 영영 보지 못할
> 아름다웠던 그 얼굴을 위하여
> 굽어보는 하늘의 뜻을 이고
> 상기 강물은
> 흐르지 못할 안타까움에 울고 있다.
>
> – 「남강은 유방遺芳에 푸르러」 4–5연

이 작품 역시 개천예술제(그 당시는 영남예술제) 기간에 연간지로 발간되는 《嶺文》(1집부터 4집까지는 《등불》이라는 진주시인협회 기간지로 발행되다가 5집부터는 진주시인협회가 영남문학회로 확대 개편되자 《영남문학》으로 개칭되어 발행, 7집부터는 《영문》으로 개칭되어 1960년 17집으로 종간 됨) 15집(1957. 11)에 특집 현대시 46인선의 한 작품으로 발표된 것으로 「論介에 부쳐」라는 부제가 붙어 있다. 그리고 遺芳이라는 한자어는 방향 즉 향기가 길이길이 전해진다는 뜻이다. 말하자면 논개의 절개와 애국심이 흐르는 남강과 더불어 오래오래 전해진다는 뜻이다. 총 6연의 작품인데 그 가운데 그 주제가 가장 잘 형상화된 부분이 4-5연이다.

은가락지 금가락지 외가락지 쌍가락지

진주 남강 남빛 도라지꽃 꽃보다 더 푸른 물 아래
백미보다 더 하얀 모래 위에 상기도 살았으랴.

가락지 낀 이야 보자
절개 다져 보느냐?

― 「논개」 전문

여영택 시인은 1956년 동아일보 신춘문예 시조부문에 「담향」이 당선되어 데뷔하였다. 주로 대구의 중등교육계에 종사하면서 활발한 작품활동을 하여 10권의 시조집을 내었으며 1994년 대구문인협회 회장을 지내기도 했다. 이 작품은 논개가 왜장을 껴안고 함께 남강 물에 투신하기 위해 낀 가락지를 객관적상관물로 하여 논개의 지조를 형상화 한 다소 감각적인 작품이다. 그리고 중장이 긴 엇시조 형식의 작품이다. 이 작품 역시 남강 물과 논개가 융합되어 민족혼을 형상화하고 있다.

그리고 진주 출신 시인들 가운데는 파성과 동기의 뒤를 이어 진주문단과 진주예총 그리고 진주문화원을 이끌다가 67세의 젊은 나이로 유

명을 달리한 기리 리명길(1928-1994) 시조시인의 자유시 「의암 앞에서」가
있다. 기리 리명길 시인에 대해서는 남강문학회에서 발간한 연간지 제
5호(2013) 〈리명길 시인의 문학과 인간〉이라는 특집에서 심층적으로 다
룬 바 있다.

이상과 같이 작고 시인들 가운데 주로 연배가 높은 사람들은 남강과
논개를 연결시켜 민족혼을 형상화 하는 작품들을 쓰고 있다.

(3)

해방공간에서 진주의 학생문단을 주름잡던 두 천재시인 최계락(1930-
1970)과 이형기(1933-2005)는 진주고등학교와 진주농림고등학교의 대표
시인이었다. 그리고 이 두 시인의 우정은 남달랐다. 나이가 3세 많은 최
시인은 진주고를 졸업하기 전 이미 동시인이 되었으며 경남일보 문화부
기자가 되었다. 두 사람은 비록 창간호에 그쳤지만 동인지 《2인》(1951)
을 내기도 했다. 최 시인은 개천예술제가 1949년 창시되자 문학부의 최
연소 시인으로 실무를 보았고, 이형기 시인은 진주농고 학생으로 1949
년 제1회 개천예술제의 한글시 백일장 장원을 했던 것이다.

> 흐르는 남강의
> 맑은 물 위에
> 해가 지면 반짝반짝
> 별이 흐르고
>
> 흐르는 남강의 맑은 물 위에
> 해가 기면 밝은 달이
> 떨어지고요.
>
> 흐르는 남강의

맑은 물결은
해가 지면 별님 달님
싣고 갑니다.

– 「해 저문 남강」 전문

인용한 「해 저문 남강」은 최계락 시인이 진주중 3학년 때 발표한 동시
로 진주 신안동 녹지공원에 세워진 그의 시비에 새겨져 있다. 해 저물
무렵 남강에 별과 달이 비치는 모습을 어린아이 화자를 통하여 아름답
게 형상화 하고 있다. 이 시는 그의 첫 동시집 『꽃씨』(1959)에도 수습되어
있지 않은 초기작이다. 최계락 시인 역시 《남강문학》제3호(2011)에 〈최
계락 시인의 문학과 인간〉이라는 특집에서 집중적으로 살펴본 바 있다.

물을 따라
자꾸 흐를라치면

네가 사는 바다 밑에
이르리라고

풀잎 따서
작은 그리움 하나

편지하듯 이렇게
띄워 봅니다.

– 「강가에서」 전문

인용한 「강가에서」는 이형기 시인이 진주농고 재학 시절인 1950년 6
월호 《문예》에 추천완료 작품으로 발표한 것이다. 남강이라는 지칭은
없지만 그의 초기작의 경향인 서정성을 바탕으로 한 짧은 시이다. 이렇

게 이 두 시인은 남강을 바라보며 시인의 꿈을 키웠던 것이다.

이 두 시인과 함께 언급해야 할 시인으로 삼천포에서 성장한 박재삼 (1933~1997)이 있다. 그는 1949년 제1회 개천예술제에서 이형기가 장원 으로 입상할 때 시조로 차상에 입상하였다. 그의 시에는 진주를 배경으로 한 시들이 많다. 「南江가에서」도 그 가운데 하나이다.

江바닥 모래알 스스로 도는
晉州南江 물 맑은 물 같이는,
새로 생긴 혼이랴 반짝어리는
晉州南江 물빛 맑은 물 같이는,
사람은 애초부터 다 그렇게 흐를 수 없다

江물에 마음 홀린 사람 두엇
햇빛 속에 이따금 머물 줄 아는 것만이라도
사람의 흐르는 세월은
다 흐린 것 아니다. 다 흐린 것 아니다.

그런 것을 재미삼아 횟거리나 얼마 장만해 놓고
江물 보는 사람이나 맞이하는 심사로
막판엔 江가에 술집 차릴 만한 세상이긴 한 것을
가을날 晉州 南江가에서 한정 없이 한정 없이 느껴워한다.

— 「南江가에서」 전문

박재삼의 이 시는 남강을 제재로 삶의 무상함을 노래하고 있다. 그의 어머니는 그의 성장지 삼천포(지금은 사천군과 합병되어 사천시 삼천포항으로만 남아 있음) 어판장에서 생선을 받아 진주시장 어물전 노점에서 팔기도 했다.(시 「追憶에서」) 말하자면 그에게 진주남강은 아름다운 추억의 공간이라기보 다 가난한 유년 시절의 아픈 공간이기도 하다. 그러나 그는 그러한 아품을 아름답게 형상화하고 있다. 그래서 그는 恨의 정서 즉 전통지향성의 시인으로 평가되고 있다. 이 시는 1962년 발간된 그의 제1시집 『춘향이 마음』에 수록되어 있다.

다음으로 진주에서 고등학교 시절을 보낸 하동 출신 정공채(1934~2008) 시인의 작품 「강물과 꽃 역사」(《嶺文》16집. 1958. 10)는 그의 전통 지향적이면서도 역사의식을 가지고 있는 특성을 그대로 간직한 시이다. 그는 진주농림고등학교를 졸업하고 서울 연세대로 진학하였으며 직장생활을 잠시 부산과 서울에서 하고는 영원한 자유인으로 살았다. 따라서 그에게는 진주와 남강은 그리움의 대상이고 십대에 문학 소년의 꿈을 키운 문학의 고향인 것이다. 이 작품에서 그는 그러한 그리움의 정서와 추억들을 흐르는 남강물처럼 유장하게 노래하고 있다. 정공채 시인 역시 《남강문학》 11집(2019) 〈성촌 정공채 시인 문학과 삶 재조명〉이라는 특집에서 그의 시 세계를 집중적으로 조명하였다. 이 작품과 함께 언급할 수 있는 것은 산청 남사 출신이지만 어릴 적부터 진주에 정착하여 살다가 경남일보 기자로 진주문단의 책임자로 활동한 진주여고 출신 이월수(1940~2008) 시조시인의 시조 「남강 戀歌·1」이다. 그는 1980년대 신군부에 의하여 경남일보가 창원의 경남신문과 통합되자 직장을 따라 진주를 떠났으며 비교적 일찍 찾아온 병마와의 사투는 양산에 있는 따님의 집에서 했다. 이 작품은 비록 젊은 날에 쓰여졌지만 그의 만년을 예견하듯 남강을 사랑하고 그리워하는 정서가 간절하게 형상화된 시조이다.

이상과 같이 해방 전 세대가 주로 논개를 등장시켜 역사의식과 민족혼을 노래한 것에 비하여 해방 이후의 시인들은 남강을 제재로 하여 젊은 날을 추억하고 그리움에 잠기는 서정을 형상화한 특징을 가지고 있다. 앞으로 생존해 있는 현역시인들의 작품을 살펴본다면 더욱 다양한 경향과 기법으로 창작된 작품들을 만날 수 있을 것이다.

역사의식도 그리움의 정서도 아닌 사물의 존재 근본을 사유한 시를 드들게 한 편 찾을 수 있다. 타산적이고 사악하기까지 한 현실과 타협하지 않고 청빈을 넘어 적빈의 삶을 살았기에 후배들로부터 사랑과 존경을 받은 영원한 진주시인 東騎 이경순(1905-1985)의 「江」이 그것이다.

물결이 출렁거린다.

흘러 흘러서 온다.
흘러 흘러서 간다.

어디서 오고, 어디로 가나.

산을 돌고 들을 건너
높고 낮은 무늬를 피운다.

흐르고 자꾸! 흐른다.
이

　　江

　　　　　　　　　　　　　　　　- 「江」 전문

　이 작품은 1972년 7월호 《現代文學》에 발표한 것으로 그의 제2시집이자 생전의 마지막 시집이 된 『歷史』(1976)에 수록되어 있다. 이 작품은 그가 평생 유일한 기관장 생활을 했던 창선중고교 교장을 사임하고 고향 진주로 돌아온 1958년으로부터 14년이나 지났고 회갑을 지나 고희로 달려가고 있는 시기에 남강을 거닐며 강물의 흐름을 사유한 시이다. 그러나 이 작품에서 '강'은 강으로만 끝나는 것이 아니다. 어쩌면 동기 시인의 삶이요 우리의 인생일지도 모른다.

　산을 돌고 들을 건너 흐르듯이 우리 인생도 덧없이 흐르는 것이다. 그리고 이 작품에서 발견할 수 있는 또 하나의 특징은 만년까지 실험정신

을 버리지 않던 시에 대한 동기 시인의 열정을 엿볼 수 있는 부분이 있다
는 점이다. 즉 마지막 행 '江'과 그 앞 행 '이'가 빗겨 있는 부분이 바로 그
것이다. 이러한 동기 시인의 시정신은 오늘날에도 귀감이 되는 것이다.

(4)

이상과 같이 '남강'이라는 장소는 직접적으로 시적 대상이 되거나, 임
진왜란 때의 의기 논개가 왜장을 안고 투신한 장소로서나 일제강점기
이후부터 한국현대시문학사의 대표적인 시인들이 사랑하여
topophilia(장소사랑)의 대상이 되고 있으며 그 속에 내포하고 있는 관념
은 '논개'가 등장하는 시편은 민족혼을 형상화한 애국심이고 그렇지 않
은 경우는 그리움의 정서를 형상화 하고 있다. 극히 드문 경우이기는 하
나 인생무상을 보여주는 작품도 있다.

윤동주 시인의 동생 삼남매와 시,
그리고 부산

(1) 들머리

윤동주(1917-1945) 시인이 1917년 12월 30일 북간도 화룡현 명동촌에서 탄생한 지도 101년이 지났고, 그가 조국 광복을 6개월 앞 둔 1945년 2월 16일 새벽 복강형무소에서 외마디 비명을 지르고 순국한 지도 74년이 지났다.

윤 시인 탄생 100주년이었던 2017년 9월 1일부터 9일까지 필자는 그 당시 한국문인협회 부이사장 자격으로 한국문인협회 제26회 해외 한국문학심포지엄 및 문학탐방 행사를 기획하고 주관하면서 그 장소를 윤동주 시인의 탄생과 성장 그리고 죽음의 현장을 찾아보기로 하였다. 그래서 참가자 26명의 회원들과 함께,(그 중에는 미국 동부에서 온 윤 시인의 연세대 후배인 최연홍 시인 부부와 함께 다른 부부 4명이 있었다. 그리고 윤 시인의 후배이자 윤 시인의 메니아인 고전문학자 설성경 연세대 명예교수도 있었다.) 중국 연변의 용정과 명동, 일본 동경과 경도 그리고 복강 등지에서 윤 시인의 탄생과 성장 그리고 유학 시절에 공부하던 대학과 숨겨둔 흔적을 추적하였다. 그리고 서울로 돌아와서는 10일 하루 동안 윤 시인의 연희전문시절에 공부하던 캠퍼스 곳곳과 하숙집 등을 설성경 교수와 연구원의 안내로 아주 구체적으로 살펴보았다. 윤동주 시인은 한국을 넘어 동북아 나아가서는 미국에서도 그 관심이 대단하다는 것을 피부로 느꼈다. 그래서 우리 고장 부산에서도 활발히 윤동주 시인을 선양하는 (사)윤동주선양회에서 윤동주에 대하여 말씀드릴 기회가 오기를 기대하고 있었는데 오늘 이러한 기회를 주신 초대 이사장이신 이원도 시인을 비롯한 관계자 여러분에게 감사의 말씀을 드리는 바이다. 그러면 지금부터 발표자의 생각을 펼쳐 보기로 한다.

이미 윤 시인의 작품세계에 대해서는 많은 사람이 언급하였고 필자도 살펴본 바 있다. 그래서 여기서는 윤동주 시인의 가계적 배경과 윤동주 시인의 동생 삼남매들의 삶과 윤동주 시인을 선양하기 위한 열정을 살펴보고 이들의 부산과의 인연을 찾아보기로 한다. 윤동주 시인의 삶의 역정은 송몽규의 7촌 조카인 송우혜(1947-) 작가에 의하여 집필된 『윤동주 평전』에서 완벽하게 복원되어 있다. 이 평전의 초판은 부산에 본사를 두고 주로 서울 사무실에서 제작을 했던 열음사에서 1988년 출판되었다. 그리고 이것은 새로 알려진 사실들이 첨가되면서 개정판(1998, 세계사), 재개정판(2004, 푸른역사), 제3차 개정판(2016, 서정시학)으로 거듭 출판되었다. 따라서 윤동주 시인의 가계나 생애에 대해서는 이 책에 크게 의존할 수밖에 없다는 점을 미리 밝힌다. 그리고 윤동주 시인의 동생 두 형제는 서울과 용정에서 시인으로 등단하여 작품들을 남기고 있다. 그 등단 과정에 대해서는 밝히겠지만 한국 시단에서 극히 드문 3형제 시인의 시 세계에 대한 자세한 고찰은 다른 기회에 하기로 한다.

(2) 윤동주 시인의 가계

윤동주 시인의 집안이 대대로 살던 함경북도 종성군 동풍면 상장포를 떠나 북간도로 들어간 것은 그의 증조부 윤재옥(1844-1906) 때였다. 그는 1886년 아내 진陳씨와 4남 1녀를 이끌고 두만강을 건너 종성 맞은 편 자동에 자리 잡고 부지런히 농사를 지었다. 그 결과 부자소리를 듣게 되었다. 그가 북간도 이민을 단행한 시기는 이민이 보편화 되지 않은 초창기였다. 그 때가 윤동주 시인의 할아버지인 만 11세의 큰 아들 윤하현(1875–1947)과 가수 윤형주의 할아버지인 둘째 아들 덕현(1878–1941)이 만 8세였다. 1900년에는 결혼한 큰 아들과 손자이자 윤동주의 아버지인 윤영석(1895–1965)과 딸 윤신영(1897–1966) 등(막내 신진은 명동에서 출생하였다.) 온 가족을 데리고 명동촌으로 이사를 했다.

명동촌은 알려진 바와 같이 1899년 2월 18일 두만강 주변 도시 종성에 거주하던 남평 문씨 문병규 학자 가문 40명, 전주 김씨 김약연 학자 가문(윤동주 시인의 외가) 31명, 김약연의 스승인 남도천 학자 가문 7명, 그리고 회령의 김해 김씨 김하규 학자의 가문 63명 등 연합 이민단이 청국 대지주의 땅을 구입하여 일종의 계획도시로 세운 곳이다. 이곳에 각 가문마다 서당이 있다가 1909년 초등부와 중등부가 개설된 명동학원이라는 신교육 기관을 설립한다. 그리고 동시에 기독교도 전해진다. 그래서 명동은 기독교적 세계관이 바탕이 된 민족개화운동과 독립운동의 성지가 된다.

윤동주 시인 가문은 명동촌이 개척된 1년 뒤인 1900년 자동의 전 재산을 처분하여 증조부 윤재옥의 결단으로 많은 농토를 별도로 구입하여 명동촌에 합류하였다. 그 당시 합류한 인원은 모두 18명이었다. 말하자면 학문을 접하지 못했으나 부를 이룬 윤재옥 일행은 경제적 후광으로 후손들을 위하여 학자 집안들에 합류한 것이다. 그래서 결국 명동촌은 다섯 가문 중심으로 형성되었다고 볼 수 있다. 윤동주 시인의 할아버지 윤화현은 학문을 접하지는 못했으나 체구도 당당하고 외출 때에는 말을 타고 다녔으며 명동 교회 장로가 될 정도로 출중한 인물이었다. 그는 윤동주가 연희전문 문과 진학을 놓고 의과진학을 고집하는 아버지 윤영석 사이를 중재하여 문과에 가서 고등고시로 출세하라면서 중재한다.

윤영석은 할아버지와 아버지에 비해 체구도 작고 심약했으나 1909년 막 개교한 명동학원에서 신학문을 배웠다. 1913년에는 동료 4명과 같이 북경 유학을 다녀왔다. 그리고 1910년에는 명동촌을 설립한 4인 가운데 한 사람이고 제1인자로 간도지방의 정신적 지도자인 김약연(1868–

1942) 목사의 이복누이 동생 김용(1891-1948)과 결혼하여 윤동주(1917-1945), 윤혜원(1923-2011), 윤일주(1927-1985), 윤광주(1933-1962) 등 4남매를 낳았다. 그는 결혼 후인 1923년 9월에는 일본 유학을 떠났으나 그 해 9월1일에 발생한 관동대지진으로 고초를 겪다가 귀국하기도 했다. 그는 이야기할 때나 교회의 공중기도 할 때나 시적언어를 구사하는 능력도 가지고 있었다.

그는 병약했으나 1965년 중국의 문화대혁명이 시작되기 직전까지 살았다. 윤동주 시인뿐만 아니라 막내 윤광주 시인도 먼저 저 세상으로 보내는 아픔도 겪었다. 그러나 윤동주 시인의 가치를 진작부터 알아 윤일주와 윤혜원 남매를 일찍 월남시켜 남한으로 보냈다.

윤동주 시인의 어머니 김용은 병약한 사람이었으나 도량이 큰 인물로 바느질 솜씨가 출중하여 시집가는 명동 처녀들의 옷가지를 도맡아 만들어 주었다고 한다. 그리고 윤동주의 장례식에서도 그 기품을 잃지 않고 어머니로서 역할을 차분히 수행했다고 한다.

윤동주 시인의 출생에 대해서는 많이 알려져 있다. 윤영석과 김용은 윤동주 시인 탄생 전 딸아이를 낳았으나 곧 잃어버리고 결혼 8년째인 1917년 12월 30일 부부의 기다리던 아들이자 윤하현 장로의 첫 친손자가 태어난 것이다. 여기서 언급해야 할 다른 한 아이의 탄생은 윤동주와 평생의 친구였고 福岡刑務所에서의 옥사라는 운명을 결정하는 데에 직접적인 원인을 제공한 송몽규(1917-1945)이다. 윤동주 시인의 고모 윤신영은 1916년 봄에 함경북도 경흥 출신으로 명동학교 조선어 교사 송창희(1890-?)와 결혼하여 처가살이를 하면서 1917년 9월 28일 장남 송몽규를 낳았다. 말하자면 윤하현 노인은 9월에 외손자 12월에 친손자를 본 것이다. 송창희는 송몽규가 다섯 살 때 처가를 나와 인근에 집을 마련했는데 최근에는 명동에 송몽규의 집도 복원되었다고 한다. 이렇게 한 집에서 태어난 두 사람은 명동학교도 같이 다니고, 연희전문도 같이 다녔으며 경도에서 며칠 사이로 독립운동이라는 죄목으로 구속되어 복강형무소에서 윤동주는 1945년 2월 16일 송몽규는 1945년 3월 7일 이름 모를 주사를 맞다가 절명한다.

윤동주 시인과 송몽규와의 관계를 살피는 것은 여기서는 크게 주목할 일은 아니다. 그러나 다음 사실은 언급할 필요가 있다. 윤동주 시인의 작품 가운데 많은 작품이 창작일자를 작품 말미에 기록하고 있다. 그런데 현존하는 윤동주의 첫 작품이자 일자를 기록한 첫 작품은 하나가 아니라 세 작품이다. 「초 한 대」, 「삶과 죽음」, 「내일은 없다」(1934년 12월 24일) 이 세 작품은 1934년이라고 기록된 것이 아니고 그 당시의 일본제국주의 연호인 昭和 9년으로 표기 되어 있고 다음해인 1935년부터는 西紀로 일관하고 있다. 이 작품들은 그의 필사본 원고 가운데 첫 번째 것인 〈나의 習作期의 詩 아닌 詩〉 라는 제목의 노트 첫 머리에 있다. 그런데 하필 1934년부터 시작되었는가 하는 점에 의문을 제기하면 송몽규가 등장할 수밖에 없다. 송몽규와 윤동주는 은진중학교 3학년생이었다. 그런데 송몽규가 그의 아명인 송한범이라는 이름으로 1935년 1월1일자 동아일보에 「술가락」이라는 제목의 작품이 콩드 부문에 당선된 것이다. 말하자면 18세의 중학생이 신춘문예에 당선된 것이다. 송우혜 작가도 이 사건에 대해서 『윤동주 평전』(2016, 서정시학 pp113-123)에서 중점적으로 살펴보고 있다. 필자 역시 송몽규의 신춘문예 당선이 윤동주에게는 큰 자극이 되어 그동안 습작하던 작품을 노트에 정리하기 시작했다고 보고 싶다. 송우혜 작가에 의하면 동기이자 친구인 문익환(1918-1994) 목사에게 송몽규의 당선에 대해 "대기는 만성이다"라고 대꾸하였다고 한다. 이 세 작품은 그 동안 창작하였던 것을 1934년 12월 24일 정리한 것이라 볼 수 있다. 굳이 첫 작품을 하나 고르라고 하면 세 작품 가운데 첫 번 째 것인 「초 한 대」라고 정리할 수 있을 것이다.

송몽규의 아버지 송창희 선생은 해방이 되자 식구들을 이끌고 고향인 함경도로 돌아갔다. 그러나 윤동주 할아버지의 4형제 가운데 두 사람의 후손인 육촌들과 그 후손들은 용정에서 조선족으로 살고 있다. 다만 명동 장재촌에 있던 송몽규의 묘가 우여곡절 끝에 윤동주 시인의 묘 근처로 이장되어 〈靑年文士宋夢奎之墓〉라는 한문 비석과 함께 쓸쓸히 있다. 2017년 필자가 갔을 때 두 사람의 묘역에는 노란 목책이 둘러져 있었다. 연변 문인들이 조카 윤인석 교수(윤일주 시인의 큰 아들, 성균관대 공대건축과 교수, 문화재위원회 근대문화재 분과위원장)가 최근에 세웠다고 했다. 그래서 이 글을 쓰면서 윤 교수에게 확인하니 양떼들이 묘역을 드나들어 세웠다고 하였다.

(3) 윤혜원 여사의 삶과 부산

윤동주 시인의 바로 밑의 동생은 누이 윤혜원(1923-2011) 여사이다. 그는 아버지 윤영석이 관동대지진 사태로 일본 동경 유학을 접고 돌아온 1923년 12월에 명동촌 윤동주 시인이 출생한 그 집에서 출생하였다. 윤동주 시인과는 6년의 차이는 있으나 윤동주 시인이 살았던 시절의 일들을 가장 가까이서 보았고 윤동주 시인이 옥사하여 고향에서 거행된 장례식 등을 소상히 기억하고 있었기에 송우혜 작가의 평전에 가장 많이 등장하고 있다. 그는 용정의 명신고녀를 졸업하고 초등학교 교사를 하였다. 특히 윤동주 시인의 비보가 전해진 때에는 그의 고모부이자 송몽규의 아버지 송창희 선생이 화룡현 현청 소재지 대립자의 철도구 소학교 교장을 거쳐 대립자 촌장을 하고 있었기 때문에 그의 집에 머물면서 대립자소학교 교사를 하고 있었다. 그는 해방 후인 1948년 오형범(1923-2015) 장로와 결혼을 하였다. 윤혜원 여사의 행적은 2003년 연변대학교 초빙교수로 갔던 신길우 수필가가 2003년 6월 6일 현충일에 윤동주 시인의 묘소를 방문하였다가 윤동주 시인의 묘소를 수선하고 있던 윤혜원 부부를 우연히 만난 이후 연변과 서울에서 여러 차례 만나 깊은 교제를 나누었으며 그 때의 만남과 부부로부터 들은 이야기들을 2003년 9월호 《수필문학》 등 여러 지면에 소개되면서 알려졌다. 필자 역시

신 교수로부터 많은 이야기를 들었으며 그의 글도 읽었다.

윤혜원 여사 부부는 1948년 9월 4일 조부 윤하현 장로가 26일에는 어머니 김용 여사가 세상을 떠나자 12월에 아버지와 막내 동생 광주를 남겨두고 한국에 오는 것을 목표로 용정을 떠났다. 그냥 떠난 것이 아니라 동생 윤일주 시인이 1946년 단신으로 월남하면서 챙기지 못했던 윤동주 시인의 육필 원고와 노트 3권, 스크랩 철, 사진 등을 가지고 함경도 청진을 거쳐 서울로 왔다. 오늘날 윤동주 시인의 습작 시편과 육필 원고가 보존된 것은 이들 부부의 공로가 크다.

그런데 이 윤혜원 부부가 부산과 인연이 깊다. 6·25 전쟁 이후 부산에 있으면서 건축업에 종사하였다. 그리고 부산 온천장에 있는 복지 시설 「새들원」을 짓기도 하고 운영에 관여하였다. 그리고 대청동의 새들맨션도 지어 분양하였다. 한편 부산 보이스카웃 창설에도 관여 하였다. 또한 양계업도 하였다고 한다. 1981년 1월 1일 부경대 남송우 교수가 중앙일보 신춘문예에 〈윤동주 시에 나타난 자기의 문제〉라는 윤동주론으로 당선되자 오형범 장로가 반갑다면서 연락이 와 대청동 새들맨션 13층 자택에서 만나 많은 이야기를 나누었다고 한다. 그는 1948년 당시 월남할 때 소련군의 검문이 무서워 윤동주 시인의 각종 앨범을 가지고 오다가 버린 것이 가장 아쉬웠다고 하였다고 한다. 오 장로 내외는 1986년 호주로 투자 이민을 떠났다. 따라서 20년 넘게 부산과 서울을 오가며 각종 사업을 하며 산 것이다. 그들 부부 사이에는 2남 2녀의 자녀가 있었는데 모두 국내에 거주하고 있다. 큰 아들 오철주는 강릉에서 건설 감리를 하고 있으며 둘째 아들은 오석주는 일찍 죽었다. 그리고 큰 딸 오인순은 고양시에, 작은 딸 오인경은 서울에 살고 있는데 사위가 목사이다.

이들 부부가 호주 시드니에 살면서 영주권을 얻게 되자 연변 출입이 자유롭게 되어 일 년에 3개월씩 연변에 머물면서 윤동주 선양 사업도 구체적으로 하고, 연변에 살고 있는 6촌들과 그들의 가족들과도 어울렸다. 한편 국내에도 3개월 정도 장기간 머물기도 했다. 말하자면 방랑의 식이 있었으나 고향에의 귀소본능도 가지고 있었다. 이러한 과정에 신 길우 교수를 만나게 된 것이다. 말하자면 윤 여사는 말년을 남편 오형 범 장로와 함께 시인 윤동주를 위해 살았다. 그러던 윤혜원 여사는 2011년 12월 10일 오전 1시 20분 향년 88세로 그의 4남매 가운데 가 장 장수한 후 호주 시드니 자택에서 별세하였다. 이 사실을 신 교수가 국내 언론에 알려 보도되기도 하였다. 그리고 윤 여사의 유해는 한국으 로 돌아와 경기도 광주 가족묘원에 묻혔다. 오형범 장로 역시 귀국하여 큰 딸 집에 머물다가 2015년 3월 11일 작고하여 광주 부인 묘에 합장 되었다. 윤혜원 여사는 생전 신길우 교수에게 "내 남편 오형범 장로에 게 절하고 싶다"면서 오형범 장로가 윤동주 선양 사업에 적극 협조한 것 에 감사하였다고 한다. 둘째 딸 내외 특히 목사인 사위가 신길우 교수 의 윤동주 선양 행사에 적극 참여하기도 했다.

사실 이 글을 쓰면서 윤혜원 여사의 자녀들을 만나 그들 부모와 그들 의 부산에서의 삶에 대하여 자세히 알고 싶었으나 필자가 한 일은 윤인 석 교수와 전화로 인터뷰한 것뿐이다. 앞으로 그들을 만나 부산에서의 윤혜원 여사 부부의 삶의 역정을 구체적으로 듣는 것이 과제로 남는다.

(4) 윤일주 시인의 시와 부산

윤일주 시인은 그의 형 윤동주 시인보다 정확하게 10년 뒤인 1927년 12월에 명동 집에서 태어났다. 윤동주 시인이 명동소학교 2학년 때였 다. 그 때의 명동학교는 캐나다 장로교 선교부가 용정에다 은진중학교 와 명신여학교를 세워 교육의 중심이 교통의 요지인 용정으로 옮겨가고 명동에는 초등학교인 소학교만 운영되고 있었다. 윤동주 시인의 동생 들 사랑은 남달랐다고 윤혜원 여사는 송우혜 작가에게 증언하고 있다. 특히 윤동주 시인이 연희전문 재학시절인 1938년부터 1941년까지의 윤동주 시인의 동생들에 대한 배려는 예사롭지 않다. 연전에 입학하자 말자 매달 조선일보사에서 발행하는 잡지 《소년》을 우편으로 보내 주었으며 방학 때가 되면 별도로 동생들에게 선물로 책을 사왔다. 그리고 동생들과 많은 대화를 나누었으며 민족의식도 심어주었다. 이러한 사실들을 송우혜 작가의 평전보다 먼저 자상히 밝힌 글은 1976년 외솔회에서 발간한 《나라사랑》 제23집이다. 이 책은 윤동주 특집호로 김용직, 김윤식, 신동욱 교수 등 6인의 평론과 윤영춘, 정병욱, 윤일주, 김정우 등 친척과 친지들의 추억담과 일화 그리고 그 당시로는 전작품인 시, 동시, 산문 등 116편으로 구성된 책이다. 이 책 역시 비록 오래 되었지만 송우혜의 평전과 함께 윤동주 시인의 삶과 작품세계를 살필 수 있는 소중한 책이다. 윤일주 시인은 「윤동주의 생애」(pp149-160)라는 제목으로 여러 가지 추억을 자세하게 밝히고 있다. 그리고 두 형제 사이의 우애를 보여주는 윤동주 시인의 시편이 하나 있다. 「아우의 印象畵」(1938. 9. 15.)가 그것이다. 이 작품은 그 창작 시기로 보아 윤동주 시인이 연희전문 1학년 여름방학을 마치고 서울의 학교로 돌아가서 지은 작품이다. 윤일주 시인은 앞의 회고기에서 여름방학 중 그와의 산책길에서 나눈 대화가 실제로 등장하고 있다고 밝히고 있다. 실제로 두 형제간에는 문학적 교감도 나누어져 부친 윤영석은 윤일주 시인이 윤동주 시인처럼 시인의 길을 걷는 것을 탐탁하게 여기지 않았다고 한다.

윤일주 시인은 그의 부모들이 자녀 교육을 위하여 그가 다섯 살 때인 1932년 용정으로 이사하였기 때문에 용정에서 공립 홍중소학교를 거쳐 광명 영신중학교를 졸업하였으며 1946년 월남하기 전에는 만주에서 의과대학을 다니고 있었다. 말하자면 아버지 윤영석은 윤동주에게는 이루지 못한 의사의 꿈을 둘째 아들에게서 이루게 되었던 것이다. 그러나 그는 조부모와 부모 여동생과 남동생을 용정에 남겨두고 1946년 6월 19세의 나이로 단신 월남하여 서울로 온다.

윤일주 시인은 서울에서 형이 남긴 유품을 찾아 북아현동 하숙집 등 여러 곳으로 다녔으나 찾지 못하다가 연전 시절의 윤동주 시인의 친구이자 그 당시 경향신문 기자 강처중(1916-?)을 만나 그가 맡아 두었던 윤동주 시인의 책과 연전 앨범과 앉은뱅이책상 등 유품을 찾을 수 있었다. 강처중은 편지 속에 보낸 윤동주 시인의 일본 동경 시절에 쓴 시 5편을 보관하고 있다가 경향신문 주간 정지용의 소개의 글과 함께 1947년 2월 13일 「쉽게 쓰여진 詩」, 그리고 「또 다른 故鄕」(1947년 3월 13일), 「소년」(1947년 7월 27일)을 소개하는 주역이 됐다. 그리고 정병욱(1922-1982)을 만났다. 정병욱은 일제 말 학병에 끌려갔다가 돌아와서 서울대학교 국문과 3학년에 재학 중이었다. 그는 잘 아려져 있다시피 윤동주 시인과 함께 하숙도 하고 연희전문 졸업 기념으로 시집출판을 할 작정으로 손수 필사한 원고 3부 가운데 현존하는 유일본을 간직한 사람이었다.

윤동주 시인은 연희전문 졸업을 앞두고 시집을 엮을 양으로 18편의 작품에다 「序詩」(정병욱 보관본에는 '서시'라는 제목이 없음. 윤일주 시인이 가져오지 못한 고향집 보관본에는 분명히 있다고 하여 굳어짐)를 더한 세 부를 만들어 한 부는 그 당시 연희전문 이양하(1904-1963) 교수에게, 한 부는 후배 정병욱에게 ,그리고 한 부는 자기가 가졌다. 그 가운데 현재 보존되어 있는 것은 정병욱의 것이 유일하다. 정병욱 교수는 1943년 10월에 시행된 조선인 청년 강제 동원령에 의해서 학병에 가게 되자 윤동주 시 원고를 그 당시의 본가였던 전남 광양시 진월면 망덕리 집에 가서 어머니에게 보관을 부탁하게 되었다. 그는 혹시 그가 살아 돌아오지 못하고 광복이 되면 연희전문에 보내어 세상에 알리라고 하였다. 어머니는 혹시 일경의 눈에 뜨일 것에 대비하여 마루 밑에다 독을 묻고 그 속에다 보관하였다. 그러다가 정병욱이 살아오자 서울로 가져와 1948년 1월 정음사에서 펴낸 제1판의 간행에 크게 기여하였다. 제1판에는 정지용(1902-1950)의 서문과 윤동주 친구 유영 교수의 추모시와 강처중의 발문이 붙어 있다. 정지용의 서문에 보면 정지용과 윤일주 교수가 대화하는 장면이 구체적으로 길게 나와 있다. 제1판에는 필사본 19편의 시와 강처중이 보관하고 있던 일본서 보내온 시 5편과 역시 강처중이 따로 보관하고 있던 필사본 이후의 시 7편이 수록되어 있다. 초판의 발간에는 윤일주 시인이나 정병욱은 크게 영향을 미치지 못하고 강처중이 주도한 것이라는 느낌이 든다. 그러나 제2판(1955년 2월 15일 정음사)에는 정지용과 강처중이 둘다 좌익인사로 인정되어 빠지고 정병욱이 〈후기〉를 쓰고 윤일주 시인의 〈先伯의 生涯〉라는 제법 긴 글을 수록함으로써 윤동주 시인 알리기를 시작한다.

윤일주 시인은 6 · 25 전쟁이 발발하자 월남한 누이 부부와 같이 부산으로 내려와 피난 온 서울대학교 공과대학 건축공학과에 입학하여 다시 학업을 계속한다. 졸업과 동시 해군 시설장교로 진해와 서울에서 근무한다. 군 장교시절인 1955년 6월호 《文學藝術》에 「설조雪朝」, 10월호에 「전야前夜」로 추천되면서 형님의 뒤를 이어 시인이 된다. 이 시절 부산의 원로 시인 유병근(1932-)은 해군 기술사병으로 시를 쓰면서 장교 윤일주 시인과 교류를 하였다는 사실을 최근 유병근 시인이 밝혀 부산 시단의 화제가 된 바 있다. 그는 1959년 1월에는 《思想界》에도 작품을 발표한다. 그러나 윤일주 시인의 시 창작에 대한 열의는 이 때부터 생긴 것은 아니다.

윤일주 시인은 윤동주 시인이 작고하기 직전인 1944년부터 꾸준히 동시를 써왔다. 1985년 그가 작고하고 난 뒤 그의 장남 윤인석 교수가 윤석중(1911-2003) 아동문학가의 조언을 얻어 윤일주 시인이 출판하려고 필사하여 가지고 있던 원고와 김정(1940-)의 삽화를 그의 형 윤동주 시인의 시집을 출판한 〈정음사〉에서 1987년 『민들레 피리』라는 제목으로 출판한다. 결국 두 형제 다 살아생전에는 시집을 내지 못하고 유고집을 내게 된 것이다. 이 시집에는 '내 마음에 노래의 씨를 뿌려 놓고 영영 가신 내 언니에게'라는 윤동주 시인에게 바치는 헌사와 함께 유경환(1936-2007) 시인의 '이 동시집을 읽는 분에게'라는 해설과 이건청(1942-) 시인의 '순수한 감동의 시세계'라는 해설에 뒤이어 1부 〈노란 알 하얀 알〉에

9편, 2부 〈송아지 방울〉에 7편, 3부 〈민들레〉에 8편, 4부 〈어머니 무릎에〉 8편 총 32편의 동시가 편집되어 있다. 그리고 발문 격으로 윤인석 교수의 '아버님의 동시집을 엮으며'와 편집후기, 화가의 말과 작품 쓴 해가 더하여져 있다. 그의 동시는 1944년 「대낮」부터 1955년 「눈」까지에 걸쳐 창작되었다. 1944년부터 동시 말고 다수의 자유시를 썼다. 2004년에는 〈솔〉출판사에서 자유시와 동시 모두를 모은 시집 『동화童畵』를 김종길(1926-2017) 시인 해설로 출판한다. 여기에는 제1부에는 《文學藝術》 데뷔작 「雪朝」와 표제작 「동화」를 비롯한 자유시 32편(1944년부터 1963년까지의 작품)이 편집되어 있고 제2부에는 동시 31편이 편집되어 있다. 동시 「하늘」은 1부에 들어 있다. 따라서 이 시집은 윤일주 시인의 시 전집이라 해도 과언이 아니다. 그리고 윤동주 시인 탄생 100주년인 2017년에는 창작과비평사에서 윤동주 · 윤일주 형제 동시집 『민들레 피리』를 발간하였다. 『윤동주 평전』의 작가 송우혜가 「또 하나의 작은 보석 상자」라는 머리말을 쓰고 〈제1부 윤동주〉에 34편 〈제2부 윤일주〉에 31편이 편집되어 있고 해설은 김제곤(아동문학평론가) 교수가 하고 있다.

윤일주 시인은 1955년 부산여고를 나왔고 사상계사에 근무하던 정병욱 교수의 여동생 정덕희(1931-2015) 여사와 결혼을 한다. 그 결혼 과정은 지난 해 강희근 교수의 발표에 자세히 나와 있기 때문에 생략한다. 다만 정병욱 교수와 윤동주의 우정으로 이 두 가정은 혼인의 인연으로 이어지게 된 점은 예사롭지 않다. 정 여사는 경남 하동에서 출생하여 1955년 윤일주 시인과 결혼하여 장남 윤인석(1956-), 차남 윤인하(1958-), 장녀 윤 경(1961-)을 낳았다. 그리고 윤일주 교수가 1985년 일찍 별세하자 3남매를 돌보았으며 2015년 83세의 나이로 별세 하였다. 필자는 부산여자고등학교 교사 시절인 1975년 정 여사를 하단으로 갓 옮긴 부산여자고등학교에서 졸업기념 행사에 그의 동기들과 참석한 자리에서 만난 바 있다.

여기서 정병욱 교수와 부산과의 인연을 소개하고자 한다. 정병욱 교수는 원래 경남 남해군 설천면 문항리에서 태어나 아버지가 건너편 하동군 금남면 덕천리로 이사했던 관계로 유년 시절을 하동에서 보내고 동래고등학교를 거쳐 연희전문으로 진학하여 윤동주 시인을 만난다. 그의 연희전문 시절에는 아버지가 전남 광양으로 옮겨 그곳에서 사업을 한 관계로 앞에서 언급한 바와 같이 광양 집에다 윤동주 시집 필사본을 보관하게 되었는데 그것을 기념하여 광양에도 「(사)윤동주문학연구보존회」라는 단체가 생겨 기념사업을 하고 있다.

그는 1948년 서울대학교 국문과를 졸업하고 바로 부산대학교 국문과 교수로 부임하여 1952년까지 있다가 53년에 연세대로 57년에는 서울대로 옮겨 1982년 작고할 때까지 근무하였다. 특히 고전시가 연구의 학자로 하버드대학교와 파리대학에도 가 연구와 강의를 했다. 그의 부산에서의 족적은 일제 강점기 동래고보(현재의 동래고등학교)를 졸업하였으며, 대학 졸업직후인 1948년에는 부산대학교 국어국문학과 창설에 기여했으며, 그 당시 부산여자고등학교에도 강사로 출강하였다. 부산여자고등학교 60년사(2005)에 수록된 2회(1950년 5월 5일 졸업) 졸업생 차병화 여사의 회고기에 의하면 정병욱 교수가 손수 만든 프린트본 시집으로 윤동주의 시를 읽어 주어서 항일정신과 민족의식이 앙양되었다고 하고 있다. 정병욱 교수가 칠판에 윤동주의 시를 쓰면서 손수건으로 눈시울을 훔치는 것도 보았다고 회고하고 있다. 말하자면 정병욱 교수가 서대신동 구 부산여자고등학교 자리에서 1948년 윤동주 시로 수업을 한 것이다. 아마 다른 지역에서는 윤동주 시인의 존재도 잘 알려져 있지 않을 시기에 정병욱 교수에 의하여 부산여자고등학교에서 수업 시간에 소개된 것이라고 볼 수 있다.

윤일주 시인은 해군에서 제대하자말자 부산대학교 공과대학 건축공학과 교수가 되어 부산과 인연을 맺는다. 1960년부터 1967년까지 건축학과 교수를 하면서 건축사와 색채학을 전공한다. 그는 부산지역의 근대건축사에 관심이 많아 「1910년 이전의 부산의 양풍 건축」, 「부산상

품진열관(현 저금 관리국) 건축에 대한 사적 고찰」이라는 논문을 발표하였다. 그의 연구 업적 가운데 대표적인 것은 『한국양식건축 80년사』로 한국건축계의 대표적 저서로 평가 받고 있다. 그는 개신교 장로교 신자로 필자가 1970년부터 2003년까지 출석한 금정구 장전동과 온천동 경계에 있었던 소정교회(윤인구 부산대 초대 총장님이 시작하고 부흥시킴) 구교회당 설계도를 1963년 3월에 기증하였으며 심지어 내부의 성구들도 몸소 설계하는 열정을 보였다. 그의 장남 윤인석 교수의 회고에 의하면 윤일주 교수의 가족들은 온천장 입구와 지금은 SK View주상복합 아파트가 되어 있는 국립재활원(나중에 한독직업훈련원으로 바뀜) 사이에 있던 주택에 살았다고 한다. 그리고 해마다 2월 16일 윤동주 시인의 기일에는 윤일주 교수 가족과 윤혜원 여사 가족 그리고 부산의 크리스천 문인들이 모여 추도행사를 가졌다고 한다. 이 때에 참석한 여해룡(《1937- 》, 동래고와 부산대학교를 나왔으며, 부산 YMCA 프로그램 간사를 지냄, 지금은 서울에 있으며 서울 장로회신학대 교수를 지냄) 시인은 그때의 상황을 더욱 상세히 기억하고 있다. 최근에 여 시인이 낸 시집 『들녘에 핀 노래』(2017, 한누리미디어)에 있는 윤인석 교수의 축하의 글 「선생님을 작품으로 뵙게 되었습니다」에 의하면 윤인석 교수의 초등학교 시절 소정교회 주일학교 교사인 여해룡 시인과의 인연과 그 당시의 윤일주 시인의 부산에서의 삶의 모습이 드러나고 있다. 윤인석 교수는 교대부속초등학교를 다녔으며 중학교 진학할 무렵에 아버지 윤일주 교수가 동국대학교로 옮겨 감에 따라 서울로 올라간다. 그리고 그의 여동생 윤 경 여사는 부산에서 1961년 출생하였다. 윤일주 교수가 부산에 거주했던 1960년부터 1967년까지는 윤혜원, 윤일주 두 남매의 가정이 부산에 있었으며 윤일주 교수와 오형범 장로는 건축업 하는 데에 서로 상부상조하였다. 이상의 두 남매와 부산의 인연으로 보아 부산이라는 공간은 결코 윤동주와 무관하다고는 볼 수 없다.

물론 윤동주도 다른 일제 강점기 일본 유학생처럼 부산과 일본의 하관下關을 연결하는 관부연락선을 타고 일본을 오갔을 것이며 윤동주 아버지와 당숙 윤영춘이 통한의 울음을 삼키면서 윤동주의 시신을 찾으려 왕복한 곳도 부산이다.

윤일주 시인은 서울로 옮겨간 뒤에도 윤동주 시인 선양에 힘을 쏟았다. 그는 전공과목 연구와 윤동주 선양에 힘 쏟은 결과 시인으로서의 활동은 활발한 편이 못되었다. 서울에서의 선양활동은 1년 동안 일본의 대학에 연구 교수로 다녀온 인연으로 일본인 윤동주 연구가들과 접촉하여 중국과 우리나라가 국교정상화 되기 전 윤동주 시인의 묘소와 연변의 유적을 파악하는 것과 일제에 의해 선고된 재판 기록에 관련된 자료 찾는 것 그리고 윤동주 시집 증보판 발간 등이었는데 여기서는 그 상세한 과정을 언급하지는 않겠다.

(5)윤광주 시인의 삶과 시

윤동주 시인의 막내 동생 윤광주(1933-1962) 시인은 윤동주가 17세 때에 태어났다. 그러나 그 동안 크게 알려지지는 않았다. 다만 윤동주 시인 가족들이 1945년 6월 14일 세운 묘비에 〈詩人尹東柱之墓〉에 弟 一柱, 光柱 謹竪 즉 '아우 일주, 광주 삼가세우다'에서 아우가 있었다고만 생각하고 있었다. 그리고 가족사진 속에도 간간이 등장하였다. 그러다가 1992년 중국과 국교가 정상화되고 여러 명분으로 연변을 찾아가는 사람들이 많아지자 막내 윤광주도 시인이었다는 것이 알려지기 시작하였다.

필자에게도 룡정중학 《별》잡지-1997이라는 한정길 편집 『윤동주와 《별》의 만남』이라는 책이 있다. 이 책은 윤동주 작품집 성격의 책이다. 속 페이지 다음에 「서시」가 게재 되어 있고 다음에 편자의 서문이 있다. 그리고 차례에는 〈윤동주 작품묶음〉이라는 제목 아래 1부 흰그림자(37편), 2부 양지쪽(21편), 3부 사랑의 전당(22편) 4부 반디불(34편) 5부 달을 쏘다(4편) 등 1997년으로 현재로서는 작품 전편 119편이 수록되고 있다.

말하자면 '윤동주 전집'이다. 그리고 그 다음에 「《별》잡지 작품묶음」 - 바람에 스치는 《별》이라 하여 별동인 19인의 작품들이 있다.

그리고 별도로 「저항시인, 가정의 비운」이라는 제목에다 '윤동주 친인들의 발자취를 더듬어'라는 부제를 단 한정길, 조신옥 두 사람의 공동 집필의 글이 있다. 이 글이 윤광주 시인의 행적과 작품에 대한 그들 나름의 글이다. 그리고 윤동주 시인 비문 해석과 윤동주 시인 연보 마지막으로 동인지 발간의 경과 등을 기록한 글이 있다. 한정길, 조신옥 두 사람의 글에는 동인들이 윤광주를 알게 된 경위를 실감나게 기록하고 있었다. 그 내용인즉 송우혜 평전에 실린 윤동주 시인의 사진을 본 조신옥 어머니가 "폐결핵으로 사망한 윤광주와 비슷해" 라는 데서 윤광주의 생애에 대한 추적을 시작한다. 1947년 그는 연길현 인민중학 2학년을 중퇴한다. 그리고 할아버지와 어머니의 잇단 죽음과 형과 누님들의 월남으로 늙은 할머니와 아버지와 용정에 남겨진 삶은 신산하다 못해 절망 그 자체였다. 그러다가 1949년 할머니도 돌아가고 그는 양계업을 하는 아버지를 돕다가 용정의과대학 동물 실험실, 연변대학 의학부 등에 취직한다. 그러다가 1950년 말 심하게 유행하던 폐결핵에 전염된다. 1955년 10월 31일 연변 첫 개간인 32명으로 참가하여 그 사업에 열중하였다. 그는 윤동주 시인이 남긴 책을 읽으며 시작에 증진하였기 때문에 개간일꾼들 사이에서는 인기가 있었다고 한다. 그리고 그가 쓴 희곡도 두 편이나 공연되었으며 연극지도도 열성적으로 하여 연변 연극단의 발전에 공헌하였다고 한다. 그의 이루지 못한 사랑 이야기도 하고 있다. 결국 그를 사랑했으나 결혼에는 이르지 못한 박모 여인을 남기고 죽었다고 한다. 이 글에는 사망 연대는 기록하지 않고 있으나, 1962년 40세의 젊은 나이로 이 세상을 하직한다. 1965년에는 윤동주의 아버지 윤영석도 작고한다는 것도 이 글에서 기록하고 있다. 이상과 같은 그의 생애로 볼 때 윤광주의 시와 그의 활동에 대하여 조명해보는 것도 뜻 있는 일이다.

다행히 부산의 윤동주 시인 연구가인 남송우 교수에 의하여 〈윤동주와 윤일주 동시 비교연구〉를 2006년 《한국문학논총》에 발표하였고, 2010년에는 〈윤동주와 윤광주 시인의 시에 나타난 사랑시 비교연구〉를 《동북아문화연구》 제40집에 발표하였다. 남 교수의 두 사람의 사랑 시편 연구의 결론은 윤동주의 시는 '순이'라는 구체적인 인물이 등장해도 그의 사랑시편은 그리움과 이별을 노래함으로써 인간의 사랑이 근원적인 결핍에서 비롯된다는 점을 지향하고 있는데 반하여 윤광주의 사랑 시편은 구체적이고 낙관적이며 노동을 통한 긍정적이고 현실적인 사랑을 보여주고 있다고 한다. 남 교수에 의하면 윤광주 시는 민족문학출판사에서 1992년에 발간한 『중국조선족 문학선집, 해방 후 시문학편』에 「쓰지 못한 사연」, 「대접」, 「산간일경」 등 3편이 있고, 「어머니」,(《연변문예》, 1956. 7) 「길」(《연변문예》, 1956. 11), 「우애」(《연변문예》, 1956. 11), 「그 때면 알겠지」 (창작선집, 중국작가협회연변분회 편, 1956. 11), 「조국이 부를 때」(《아리랑》, 1958), 「양돈장에서의 단시」(《연변문학》, 1960. 2), 「은덕을 못 잊으리」(《연변문학》, 1960. 7), 「고원의 새봄」(《연변시집》-1950-62, 중국작가협회연변분회 편) 등이 있다고 한다. 앞에서 언급한 한정길, 조신옥의 글에서 인용한 시편도 「우애」, 「고원의 새 봄」, 「산간일경」, 「길」이다. 앞으로 연변 현지에서 더 찾는다고 하면 더 나올 수도 있을 것이고, 희곡 2편도 발굴될 수는 없을까 하는 소망을 가져본다. 윤광주의 작품은 공산치하에서 창작되었기 때문에 나름의 한계를 가질 수 있다. 그러나 그의 큰 형의 죽음으로 인한 가족들의 해체와 비극적 생애에도 불구하고 시를 남겼다는 것과 사랑하는 여인으로부터 비록 결혼에 이르지는 못했으나 죽을 때까지 배반당하지 않았다는 점 등 으로 인한 생활 속에서도 긍정적인 사랑의 시편들은 흥미롭기까지 하다. 앞으로 이들 3형제의 시편을 비교 연구할 기회가 빨리 오기를 기대하는 바이다.

(6) 마무리

윤동주 시인은 일제 강점기 다른 유학생들이 그러했던 것처럼 그가 일본을 왕래하였을 때에 관부연락선을 타고 오갈 수밖에 다른 교통수단이 없었다. 윤동주 시인의 경우 한반도도 아닌 중국 땅 연변에서 긴 기차 여행 끝에 부산에 도착하여 바로 관부연락선을 탄 것이 아니라 그 전에 잠시 머물렀던 유숙지가 있었을 것이다. 그 공간이 어딘지 알아보는 것도 우리에게 남겨진 중요한 과제이다.

뿐만 아니라, 그의 월남한 동생 남매는 부산이라는 공간에 오래 머물렀다. 그들이 윤동주의 기일 2월 16일 매년 윤동주 시인 추모행사를 가진 곳도 부산이다. 이들과 함께 한 부산 크리스천 문인들의 생생한 추억담도 들어 볼 기회가 생기기를 기대해 본다. 정병욱 교수에 의하여 부산여자고등학교 수업 시간에 윤동주 시가 처음으로 소개된 곳도 부산이다. 그리고 부산대학교 국문과 출신이자 함경도 함흥이 고향인 고석규 (1932–1958) 비평가가 「윤동주의 정신적 소묘」(1953. 9. 16 비평집 「초극」)라는 본격적 비평을 처음으로 발표한 곳도 부산이다. 따라서 윤동주 시인과 부산의 인연은 결코 과소평가할 수 없을 것이다. 이상과 같은 연유에서 전국 최초의 사단법인인 〈윤동주 선양회〉의 앞으로의 활약에 기대하는바 역시 크다.

그리고 3형제가 시인이었다는 것도 우리나라 현대문학사상 처음이다. 3형제 시인에 대한 본격적인 연구가 앞으로 우리에게 던져진 과제이기도 하다.

천상병 시인과 부산

(1)

　필자는 천상병(1930-1993) 시인과 동시대에 살았으나, 그가 생존해 있을 동안에 만날 기회가 한 번도 없었다. 그러나 천 시인의 이름을 처음 들은 것은 대학시절이었다. 경북대학교 사범대학 국어교육과 재학시절인 1960년대 중반 그 당시 경북대 유일한 현대문학 전공 교수이셨던 국어국문학과 김춘수(1922-2004) 은사님께서 마산고교 교사 시절의 제자 시인 천상병의 천재성에 대하여 말씀하신 것을 듣게 되었던 것이다.

　천 시인은 김춘수 은사님의 주선으로 서울대 상대 1학년 때인 1952년 1월 6·25 전쟁 와중에도 피난지 부산에서 발행한 《文藝》에 유치환 시인의 추천으로 초회 추천을 받아 문단에 얼굴을 내밀었다. 필자는 1965년 7월 대학 3학년 시절 김춘수 은사님의 추천으로 서울에서 청운출판사의 후원으로 문덕수 시인이 주재한 《시문학》(1965년 4월부터 1966년 12월까지 발간 하다가 중단 됨)에 초회 추천을 받은 후 1966년 1월과 7월에 2회와 3회 추천완료하여 시단에 데뷔하였다. 말하자면 천 시인과 필자는 모두 김춘수 시인을 은사로 두고 있는 셈이다.

　천상병 시인의 문학세계와 정신적인 상처, 그리고 기인으로서의 행적은 이미 다른 사람들에 의하여 여러 차례 소개되고 있기 때문에 여기서는 필자가 현재 살고 있는 부산과 천상병 시인이 어떤 인연을 가지고 있는가에 대하여 살펴보기로 한다.

(2)

천상병 시인이 생존해 있을 당시에도 여러 곳에서 단편적으로 부산과의 인연을 언급한 글들이 있었으며, 시인이며 친구이기도 한 김규태(1934-2016) 시인이 국제신문사에서 은퇴한 후에도 정열적으로 집필한 국제신문 인기 고정란인 〈시인 김규태의 인간기행〉에 2회에 걸쳐(29회-2006. 8. 27, 30회-2006. 9. 4.) 천 시인에 대하여 집중적으로 살펴보았다. 그리고 이유식(1938-) 비평가가 소장 비평가 시절이자, 부산대학교 재학생 시절인 1964년 무렵에 부산에서 만난 천상병 시인과의 인연을 그의 저서 『이유식의 문단수첩 엿보기』(2011, 청어)에서 〈나와 천상병의 부산시절〉이라는 제목으로 회고하고 있다. 이러한 글들을 바탕으로 천상병 시인과 부산과의 인연에 대하여 살펴보기로 한다.

천 시인은 일본에서 태어나 어린 시절 아버지의 고향인 경남 창원군 진동면(마산시로 편입되었다가 마산이 창원시와 통합되어 현재는 창원시임)으로 잠시 귀국하였다가 다시 부모와 형제 자매들과 함께 일본으로 건너가 해방이 될 무렵 중학교 2학년을 다니다가 식구들과 함께 마산에 정착하여 마산중학(그 당시 6년제) 2학년에 편입하였다. 이 곳에서 중학교 5학년 때 그를 시인이 되게 한 김춘수 시인을 담임선생님으로 만나게 된다. 김춘수 시인에게 그의 첫 추천작인 「강물」을 보여드리게 되는데, 이 시가 작품성을 인정받아 유치환 시인의 추천사와 함께 1952년 1월호 《문예》에 1회 추천작으로 발표하게 된다. 그는 이에 앞서 1951년 마산중학을 졸업하고 전시연합대학으로 부산에 내려와 있던 서울대학교 상과대학 경제과에 입학한다. 이렇게 입학한 대학 진학의 공간이 바로 부산이었다.

그의 대학 초창기 시절이기도 한 부산 시절은 상과대학 학생으로서도 우수한 성적을 유지하여 그의 회고에 의하면 5위 안에 들어 한국은행 입행이 보장될 정도였다고 한다. 그러나 그는 이러한 상대생으로보다 문학청년으로 활발한 활동을 하였다. 이미 고등학교 시절 김춘수 시인으로부터 시인의 자질을 인정받은 그는 1951년 12월 마산에서 같은 서울대 독문과 출신인 송영택(1933-) 김재섭 등과 《처녀지》라는 동인지를 내게 된다. 이 가운데 송영택은 1950년 6월 부산의 고교생 중심 동인지 《서지瑞枝》에 관계하기도 하였다. 이러한 인연으로 1952년 3월 부산의 대학생들, 즉 부산대학교와 동아대학교, 그리고 피난 와 있던 서울대학교 재학생이 중심이 되어 창간한 《新作品》 동인으로 활발한 활동을 하게 된다. 천 시인의 전집에는 이 때의 작품으로 「무명」, 「오후」, 「다음」 등의 작품이 수록되어 있다. 동인지 《新作品》은 1954년 12월까지 동인이 일부 바뀌면서 8집에 걸쳐 간행되었는데, 천 시인은 송영택, 이동준 등과 함께 창간 멤버로 5회 이상 참여하였다. 이 시절 천 시인은 앞에서 언급한 바와 같이 1952년 1월 《文藝》에 유치환 추천으로 「강물」이 초회 추천되고 이어서 5-6월호에 「갈매기」가 모윤숙에 의하여 추천되어 시단에 데뷔한다. 말하자면 그는 《新作品》 동인 가운데 맨 처음 기성시인이 되는 영광을 누린다. 송영택 역시 1953년 《文藝》에 2회 추천을 받고 동지의 폐간으로 1956년 《現代文學》에 3회 추천완료 하여 시단에 데뷔한다.

강물이 모두 바다로 흐르는 그 까닭은
언덕에 서서
내가
온종일 울었다는 그 까닭만은 아니다

밤새
언덕에 서서
해바라기처럼 그리움에 피던 그 까닭만은 아니다

언덕에 서서
내가

짐승처럼 서러움에 울고 있는 그 까닭은

강물이 모두 바다로만 흐르는 그 까닭만은 아니다

- 「강물」 전문

이렇게 그의 첫 작품은 서정성이 짙어 가히 리리시즘Lyricism 즉 서정주의 경향이라고 볼 수 있다. 천 시인뿐만 아니라 《新作品》 동인들 대부분은 이러한 경향이었다. 어쩌면 6·25 전쟁의 와중에서도 서정주의라는 꿈을 꾸고 있던 젊은이 가운데 하나가 천 시인이었으며, 김춘수 시인은 이러한 천 시인의 천부적인 서정성을 처음으로 발견한 분이라고 볼 수 있다.

이 작품을 발표하기 전부터 천 시인은 고등학생 신분으로 대구에서 발간된 《죽순竹筍》 동인지에 「피리」, 「공상」(1949. 1) 등을 발표하였고, 앞에서 언급한 마산의 동인지 《처녀지》에 「나무」, 「약속」, 「갈대」(1951. 12) 등을 발표한 바 있다. 이 작품들 역시 서정주의 경향을 가지고 있다. 그는 이렇게 마산과 부산에서 중고교 시절과 대학 시절을 보내다가 1953년 임시수도 부산에서 서울로 환도하는 정부기관들과 함께 돌아간 서울대학교에 다니기 위하여 자연스럽게 상경한다. 그리고 시절 그는 《文藝》에 조연현(1920-1981) 평론가의 추천으로 「나는 거부하고 저항할 것이다」(신춘호), 「사실의 한계-허윤석론」(1953.11)를 발표하여 평론가의 길까지 겸하게 된다.

상경한 후의 천 시인의 대학생활은 순탄하지 못하였다. 이미 시인과 평론가로 데뷔한 그는 1950년대 한국문단의 3대 기인이라는 고은, 김관식과 더불어 명동에서 기성문인들과 어울리고 동가식서가숙 하는 세월을 보내며 아는 사람을 만나면 술값으로 요즈음 돈으로 1,000원 2,000원을 달라는 기행을 시작한다. 결국 그는 1954년 가을 한국은행 입행이 보장된 서울대학교 상과대학 경제학과를 4학년 2학기 한 학기 남기고 자퇴하게 된다. 아마 이렇게 된 원인 가운데 하나는 그가 시인이고 동시에 비평가로서의 이중적 글쓰기가 작용한 것이라고 짐작해 볼수 있다. 그러나 예나 지금이나 경제적 보탬이 크게 되지 않는 전업 문인의 길로 들어서게 된 연유를 그렇게 간단하게 말할 일은 아니라고 생각된다. 사실 비평 속에는 마치 무소유의 철학자 같은 그의 기행적 기질을 찾을 수 있는 조짐은 보이지 않는다. 특히 그의 비평은 그 당시의 비평가들에 비하여 손색이 없는 날카로운 시각을 가지고 있다.

(3)

천 상병 시인은 50년대 중반부터 동가식서가숙 하는 행보가 서울에서 보이지 않으면 으레히 부산으로 내려 왔다고 한다. 부산 고관(수정동과 초량 일부)에는 그의 백씨 천주병 씨가 있어 그의 마지막 경재적 보루였기 때문에 자주 부산을 찾았던 것이다. 그의 백씨는 특급 열차 운전기관사였다. 따라서 천 시인의 부산행 기차요금의 혜택을 볼 수 있었던 것이다. 그가 부산에 내려오면 으레히 찾아보는 곳이 부두 근처의 국제신보(현재의 국제신문 전신)사였다. 그 곳에는 그의 동갑내기인 진주 출신 최계락 (1930-1970) 시인이 문화부장으로 있었고, 김규태 시인이 문화부 기자로 있었다. 김규태 시인의 회고에 의하면 그곳에 오는 이유가 우선 최 시인과 김 시인 그리고 그들 동료로부터 술값 내지 용돈의 수금 목적도 있었지만, 일본 야구광인 그가 일본의 야구 소식을 알기 위하여 아사히신문과 요미우리신문을 볼 목적도 가지고 있었다고 한다.

1964년 경에는 최계락 시인이 국제신보에 있다가 김현옥 부산 시장의 공보 책임비서로 옮겨간 옥일성 씨를 설득하여 천상병 시인을 김 시장의 각종 행사 연설문 작성 비서로 취직을 시켰다. 그는 자유분방한 기질 때문에 공무를 성실히 수행하지 못하는 경우가 많았다. 그리고, 문인들과 어울려 남포동 '할매 빈대떡집' 등에서 술을 마시다가 그 당시에 있던 통행금지 시간에 걸려 파출소에 가면 시장비서 직함을 자주 써 먹었다고 한다. 이렇게 아슬아슬한 그의 직장생활이었으나 그의 생애 가운데 가장 긴 직장생활인 2년 가까이 근무하였다.

그의 전집에 의하면 이 시절에는 거의 시를 발표하지 않았다. 그 대신 국제신보 고정 칼럼인 『국제춘추』란에 10여 편의 글을 발표하고 있다. 그 가운데 대표적인 것들을 발표순으로 열거하면 다음과 같다. 「야구광」(63. 8. 2), 「선거소화」(63. 9. 12), 「잘 못 판단하면」(63. 9. 25), 「식자우환」(63. 11. 14), 「유자 성묘」(63. 12. 4), 「문화제 유감」(63. 12. 12), 「예술 알면 배 부르요」(64. 2. 20), 「몽고 사람」(64. 3. 30), 「꽁초 두 개」(64. 6. 15), 「생일」(64. 9. 24) 등이다. 그의 관심은 주로 현실비판적인 것과 재담, 그리고 앞에서 언급한 야구에 대한 이론을 펼친 「야구광」이 특이하면 특이하다. 이러한 산문들 말고도 앞에 열거한 2편의 초기비평이나 그 뒤의 작가·작품론 등도 일가견을 가지고 있다. 따라서 비평가로서의 천상병에 대해서도 따로 살펴볼 수 있을 것이다.

(4)

사장 공보비서를 그만 둔 천 상병 시인은 일단 서울로 복귀하여 문필 활동과 기인 생활을 하던 중, 1967년 그를 기인에서 폐인으로 만든 동백림 사건에 정말 어처구니없이 연루된다. 온갖 고문과 6개월간의 옥고로 인하여 그는 건강이 악화되고 정신적 충격이라는 어려움까지 당하여 그의 생활은 더욱 일탈의 길을 걷게 된다. 그러한 가운데도 그의 시작 활동과 비평활동은 지속되기는 한다. 1971년에는 길거리에 쓰러져 행려병자로 취급되어 서울시립 정신병원에 입원하고, 친구들은 살아 있는 그를 죽었다고 오인하여 유고시집 『새』를 발간하게 된다. 이로 인하여 장안의 화제거리가 되기도 하였다. 1972년에는 오랜 친구 목순복의 누이동생 목순옥 씨와 김동리 선생의 주례로 결혼식을 올려 1993년 작고할 때까지 반려자라기보다 헌신적인 보호자로서 부인을 만나게 된다.

이상으로 간략하게 부산 시절의 천상병 시인의 삶에 대하여 살펴보았다.

나 하늘로 돌아가리라
새벽빛 와 닿으면 스러지는
이슬 더불어 손에 손잡고

나 하늘로 돌아가리라
노을빛 함께 단 둘이서
기슭에서 놀다가 구름 손짓 하며는

나 하늘로 돌아가리라
아름다운 이 세상 소풍 끝내는 날
가서, 아름다웠더라고 말하리라.

ㅡ「귀천歸天」 전문(1970. 6 《창작과 비평》)

　'主日'이라는 부제가 붙은 이 시는 다분히 기독교적 세계관으로 해석될 수 있을 것이다. 천 시인은 천주교 영세를 받은 바 있고, 개신교 교회에서 목사의 설교도 간혹 들었다고 한다. 이러한 해석은 차후에 따로 자세히 언급하기로 한다. 1993년 4월 28일 '새'가 되어 하늘나라로 돌아간 천상병 시인의 명복을 빈다. 서울 인사동에서 '歸天'이라는 소박한 찻집을 운영하여 생전의 천 시인을 먹여 살렸고 사후에는 천상병기념사업회 이사장으로 수고한 천 시인의 미망인 목순옥(1935~2010) 여사 역시 2010년 8월 26일 천 시인이 있을 하늘나라로 돌아갔다. 아마 하늘나라에서도 목 여사는 역시 천상병 시인을 위하여 헌신하고 있을 것이다.

양왕용 문학평론집

한국 현대시와
토포필리아

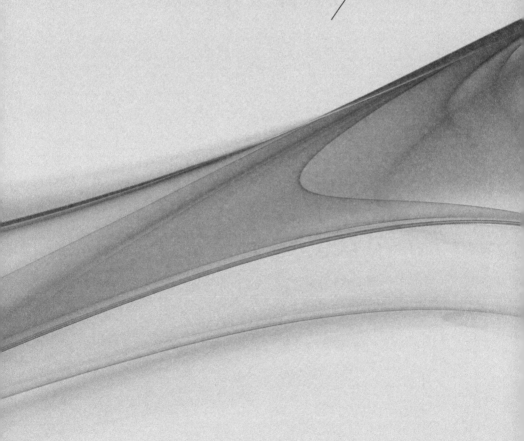

2

부 산 지 역
시인들의 작품세계

삶에 대한 설레임 혹은 위안으로서의 시
- 강경자 시집『가슴에 내리는 빛, 추억』

(1)

시를 쓰는 자세는 여러 가지 기준에 의하여 나눌 수 있겠으나, 삶과 연결시켜 볼 때, 삶에 대한 위안의 방편으로서의 시가 있을 수 있고, 삶이나 체험에서 얻는 감정을 어떤 절대의 세계에 대한 미적 구축으로서의 시가 있을 수 있다.

강경자 시인의 경우는 시 속에 전개 되고 있는 삶이 결코 낙천적이고 희망만 가질 수는 없는 상황들이지만, 고통이나 슬픔을 다른 세계로 치환시키는 태도가 아니라, 담담하게 받아드리거나, 사물이나 사람에 대한 사랑을 아끼지 않는 태도로 시를 쓰고 있다. 따라서, 그의 시는 삶에 대한 위안으로서의 시라고 볼 수 있다. 이러한 시들은 미적인 형상화 즉 리듬, 비유, 이미지들과 같은 시적 장치들아 등장하는 경우가 드물다. 특히 강 시인의 경우 시와 수필이라는 두 장르를 서로 넘나들면서 창작 행위를 하고 있기 때문에 기교를 구사하여 마치 조각가가 하나의 작품을 위하여 많은 돌을 깎아 내듯이 버리는 작업도 하지 않는다.

그가 미술 특히 서양화에 대한 깊은 소양을 가지고 있으면서도 그러한 태도를 가지고 있지 않는 까닭은 아름다움의 추구보다 삶에서의 고통과 슬픔을 글 쓰는 행위로 해소시키는 것이 더욱더 보람 있다고 생각하기 때문일 것이다. 이러한 그의 신념은 짧은 서문『시집을 내면서』에 분명히 밝히고 있다. 시를 예술이라고 보는 입장에서는 이러한 강 시인의 시작 태도가 못마땅할 수도 있을 것이다. 그러나, 시인들의 시작 행위는 그것을 통하여 시인 개인의 삶에 위안이 되고 보탬이 된다는 점 또한 중요한 것은 틀림없다. 이렇게 일관된 시작 태도임에도 불구하고 그의 작품은 몇 가지 경향으로 나눌 수 있다.

(2)

우선 제1부「정다운 친구들」에서는 삶은 설레임이라는 다소 낭만적인 태도가 두드러져 보인다. 물론 몇 해 전 작고하신 부군에 대한 그리움은 이 시집 전체를 일관되게 흐르는 특징이지만, 필자는 제1부에서는 그것보다 사물과 사람들을 설레임으로 인식하는 것을 주목하고 싶다.

> ㉠ 자연이 사람을 설레게 한다
> 밤하늘을 보면 가슴을 설레게 한다
> 사람이 사람을 설레게 한다
> 봄이 오는 길목에서 마음을 설레게 한다
> 따뜻한 햇살이 방안으로 들어오면
> 가슴이 뛰고 설레게 한다
> 일상에 탈출이 마음을 설레게 한다
> 새로움과 시작이 마음을 설레게 한다
> 인간의 특성은 설레임이다
> 새로움이 시작할 때 마음에
> 설레임을 갖는다
>
> — 「설레임 1」 전문

> ㉡ 폴모리아 이사도라 노래를 들으면
> 마음을 설레게 한다

이장희 씨의 그건 너 노래를 들으면
가슴이 설레어온다

일상에서 설레임이 만들어온다
7080 뮤직박스가 있는 곳에 가면
가슴에 설레임이 온다

설레임에는 아픔이 공존한다
심장이 뛰고 있을 때 마음이 설레며
행복이 온다

설레임은 일상에서 찾아야 한다
감정이 풍부하면 설레임이 온다
책을 많이 읽으면 설레임이 온다

– 「설레임 2」 전문

 위의 두 작품은 앞에서 지적한 설레임으로 인식한 대표적인 작품이
다. 다른 작품들은 다소 우회적으로 설레임을 표출하고 있지만 이 작품
들은 직접적인 진술을 통하여 삶의 가장 진수는 설레임이라는 점을 밝
히고 있다. ㉠「설레임 1」에서는 '자연' '사람' '일상의 탈출'과 같은 다소
근원적인 것일지라도 가슴과 마음을 설레이게 한다고 인식하고 있다.
그러다가 후반부에서는 '인간의 특성은 설레임이다' 하는 철학적 진술
까지 하고 있다. 이 시에서의 시적 화자는 근원적인 현상일지라도 새롭
게 사유나 관찰을 시작할 때에는 마음에는 설레임이 찾아온다고 인식하
고 있다. 말하자면 시적화자의 지적 호기심은 자연 현상의 변화나 사람
을 만나는 것이나 어느 것 하나 가슴을 설레지 않게 하는 것이 없다고
보는 것이다. 이러한 사물에 대한 설레임은 그의 시. 수필 혹은 그림을
제작하는 예술 창작의 원동력이 될 것이다.

ⓒ「설레임 2」에서의 설레임은 보다 구체적이다. 폴모리아 이사도르의 노래나 이장희의 '그건 너'라는 유행가를 들으면 마음과 가슴이 설레인다고 보고 있다. 심지어 7080뮤직박스가 있는 곳에 가슴이 설렌다. 말하자면 주로 음악을 들으면 가슴이 설레이는 셈이다. 그러나, 이 작품 역시 후반부에서는 설레임의 철학을 펼치고 있다. 설레임은 아픔이 공존하며. 그러한 설레임을 특별한 경우에만 있는 것이 아니라, 일상에서 감정이 풍부해지면 찾아오며 심지어 책을 많이 읽어도 설레임은 찾아온다고 보고 있다. 앞에서 지적하였듯이 설레임은 예술 창작의 원동력인 것이다. 그러나. 이러한 일상에서의 설레임은 결국 다음과 같이 '사람과 자연'이 함께 살아간다는 삶의 철학까지 발견하게 된다.

> 사람과 물고기들은
> 함께 살아간다
> 사람과 자연은 함께
> 만들어 진다
> 새로운 계절 새로운 모든 것을
> 만들어 간다
> 물과 가까운 생명체 물과 꽃
> 치어들, 유유히 흐르는 강물 물밑을
> 내려다보면 치어들은 꼬리를 흔든다
> 물위에 노는 오리, 고니들도
> 인간들과 공유하며 살아간다
>
> ─「사람과 자연」 전문

(3)

제2부 「말이 없는 저 강」에서는 앞에서와 같이 삶을 달관한 태도와는 달리 동심적 상상력을 보이고 있는 점이 특색이다.

㉠ 빛나는 봄 기다리는 봄
  곧 다가올 봄 설레는 아가씨
  마음처럼 살고 싶다
  예쁜 옷을 입고 활짝 핀
  꽃밭 속에 바이올린을 들고
  연주하며 꽃들과 왈츠를
  추고 싶다
  모습이야 늙어가지만 그래도
  마음은 고스란히 젊어 있는데
  황혼이 찾아올지라도
  봄의 꽃밭 속에서 예쁜 꽃들과
  바이올린으로 한바탕 연주하면서
  봄의 왈츠를 추고 싶다

  － 「봄의 왈츠」 전문

㉡ 낙엽이 떨어지면
  나무가 조금 불쌍하게
  보여 내 눈은 촉촉이
  이슬이 맺힙니다

  낙엽이 다 떨어지고 잎새 몇 잎
  대롱대롱 매달려 있는
  나무를 보면 내 가슴은 서러움으로
  젖어옵니다

  낙엽이 다 떨어지고 뼈만 앙상하게
  서있는 나무를 보면 세찬 추위에
  얼어가는 나무가 불쌍해서
  따뜻한 내 몸으로 감싸 안아

줍니다

ⓒ 6月에 숨소리로 하늘을 본다
마음이 끌리는 저 먼 산에는
꽃과 나무들이 한데 어울려
날갯짓 한다
하늘에 떠 있는 뽀얀 뭉게구름
저 먼 산에서 불어오는 소슬바람
내 마음이 이끌리는 곳에 채색으로
물들인다 나와 너는 꽃과 나비되어
소식을 기다리고
미소를 띄운다

ⓐ「봄의 왈츠」의 경우는 비록 모습이야 늙어가지만 마음은 고스란히 젊은 채 살고 싶은 시적화자의 염원이 담긴 작품이다. 봄이 꽃 밭 속에서 예쁜 꽃들과 바이올린 연주를 하면서 봄의 왈츠를 추는 시적화자의 상상력은 꿈 속 같은 동심의 세계를 형상화하는 하나의 전주라고 볼 수 있다. 인생의 황혼이 찾아와도 봄의 왈츠를 추고 싶은 염원은 비단 강 시인 혼자만의 생각은 아니다. 이러한 생각은 결국 사물을 동심의 눈으로 바라보게 만든다. ⓑ「벌거벗은 나무」가 바로 그러한 증거라고 볼 수 있다. 낙엽이 떨어진 벌거벗은 겨울나무는 인생의 노년기를 상징하는 것임에 틀림없다. 그러나, 그러한 나무가 불쌍해서 따뜻한 내 몸으로 감싸준다는 동심적 상상력은 인간이면 누구나 영원한 동심을 동경하는 하나의 원초적인 감정을 가지고 있다는 점을 형상화 한 것이다. 겨울이라는 계절도 이렇게 인식하고 있는데 하물며 초여름인 6월에 대한 인식은 어떠할까? 그러한 의문점을 답하고 있는 작품이 바로 ⓒ이다.

ⓒ「그리움」의 경우는 마치 동요 속의 풍경과 같이 아름답다. 자연, 산, 꽃, 나무, 뭉게구름, 소슬바람, 나비 등 등장하는 사물 어느 곳에서도 슬픔의 흔적은 찾을 수가 없다. 강 시인의 경우 몇 해 전 부군을 하늘나라로 보냈지만 이러한 아름다운 생각의 시간 때문에 그림을 그리고, 시를 쓰고 수필을 창작할 수 있을 것이다. 제2부의 또 다른 특징 하나는 지난날에 대한 그리움이 형상화된 작품들이 몇 편 보인다는 점이다.

「아네모네 찻집」, 「할매 국수집」 등이 바로 그러한 작품들이다. 이러한 지난날에 대한 그리움은 앞으로 다가올 돌아가신 부군에 대한 그리움의 전주곡이라고 볼 수 있다.

(4)

제3부의 「언덕 위의 하얀집」에서의 드디어 부군에 대한 그리움이 전면적으로 등장하는 작품들이 보인다. 말하자면, 제2부 말미의 지난날의 막연한 추억에서 한걸음 나아가 부군과 얽힌 추억들에서 일종의 「사부곡思夫曲」을 창작하고 있는 셈이다.

> ㉠ 겨울이면 메밀묵을 그렇게 좋아한 당신
> 이젠 그것도 그림의 떡이 되어버렸네요
> 바깥에서 메밀묵 사이소 하면
> 불내키 묵 좀 해도고 했습니다
> 빨리 쫓아나가 한두 모 사서
> 참기름 간장에 깨소금 많이 넣어주면
> 배가 불룩하게 먹습니다
> 온 집안이 고소해지면
> 참기름 냄새가 등천을 한다하던
> 그 때가 그립습니다
> 그 때가 아쉽습니다

내 마음 저려옵니다

- 「메밀묵」 전문

ⓛ 당신과 함께 주말이 되면 김해평야를 달립니다
　　구포 삼거리 동신여객 빨간 버스 타고 갑니다
　　차 멀리하는 나에게 카라멜과 연양갱
　　두 개를 내 호주머니에
　　살짝 넣어주면서 반만 먹고
　　반은 올 때 먹어라 하고
　　김해평야 참 좋재? 다정스럽게 말했지요
　　그렇게 농장에 가는 날을 좋아했던 당신!
　　그곳에 가면 작업복 갈아입고 모자 쓰고
　　지붕과 대문을 하얗게 페인트칠하고
　　나는 그림 그리고
　　우리가 왔었다는 표적을 남기고 돌아오지요
　　그래서 당신은 촌의 우리 집은
　　화이트 하우스라고 유창하게 말하지요.

- 「언덕 위의 하얀 집」 전문

ⓒ 우리들의 아뜨리에서
　　그림을 그리고 있습니다
　　무엇을 그릴까 생각하다가
　　농부가 소를 몰고 일터로
　　나가는 그림입니다
　　물레방아 돌고 푸른 숲속에서
　　전원생활을 하는 그림으로
　　농부가 모자를 쓰고 누렁소를 몰고
　　논밭으로 걸어가는 모습입니다
　　주변에는 녹색으로 푸른 잔디를 그려놓고

멀리 보이는 산은 짙은 푸른색으로 채색하고
하늘은 보랏빛 색으로 터치 했습니다
그 산 아래는 마을 동네사람들이 옹기종기
모여 사는 집을 그려 넣고 바로 옆에는
잔잔한 강물을 그려 넣었습니다
당신은 시골 생활을 동경했습니다

- 「농부」 전문

　㉠「메밀묵」의 경우는 '메밀묵'을 제재로 하여 부군에 대한 그리움을 형상화한다. 유난히 겨울이면 메밀묵을 좋아하던 당신에 대한 그리움을 행상의 "메밀묵 사이소"라는 외침에 연유하여 상상력을 펼친다. 메밀묵을 사와서 참기름, 간장, 깨소금을 넣어 만드는 과정을 자세히 진술한다. 그 때가 그립고, 아쉽고 끝내는 시적화자의 마음이 저려온다. 그러나 이 작품의 경우 강 시인의 시에서는 좀처럼 찾아보기 힘든 감정이 절제되었다는 점이 두드러진 특색이다. 슬프다는 직접적인 진술 없이도 가슴 저리는 슬픔을 형상화한 작품이 바로 이 작품이다.

　㉡「언덕 위의 하얀 집」의 경우는 부군과 농장을 찾아갔던 주말여행을 제재로 하여 역시 부군에 대한 그리움을 형상화하고 있다. 버스타고 차멀미하는 아내에게 카라멜과 연양갱을 사서 호주머니에 넣어주고 반씩 나누어서 갈 때 올 때 먹어라고 다정하게 말하는 남편의 자상함에서 미소까지 짓지 않을 수 없는 아름다운 정경이다. 그리고 남편은 작업복 갈아입고 모자 쓰고 지붕과 대문을 하얗게 페인트칠하고 아내는 그림을 그리는 그러한 풍경은 부군이 돌아가지만 않았다면 정말 아름답고 사랑이 넘치기만 할 것이다. 이 작품 역시 슬픔을 직접적으로 진술하지 않은 점에서 충분히 성공을 거둔 작품이라고 할 수 있다. 이렇게 지난날의 추억을 제대로 한 사부곡도 있지만 ㉢「농부」의 경우는 그림을 그리면서 새로운 추억과 동경하던 삶을 남편이 떠난 지금 완성해가면서 부

르는 사부곡도 있다. 이 작품의 경우 부군에 대한 그리움 단지 마지막 행 "당신은 시골생활을 동경했습니다"라는 진술에서만 나타나 있다. 앞의 두 작품에 비교하여 훨씬 감정이 절제되어 있고, 마치 그림이 완성도를 더하여 가듯이 강 시인의 부군에 대한 사부곡도 완성되어 가는 듯하다. 지금 까지 살핀 작품 가운데 시적 완성도가 가장 뛰어난 작품이 바로 ㉢이라는 점에서, 그는 그림 그리는 행위를 통하여 슬픔을 충분히 극복한 것이라고 볼 수 있다.

(5)

제4부「그대 청동상」은 부군과의 추억이 제재가 된 작품들도 있지만 가족애와 타인에 대한 관심이 오히려 감동적인 작품들이라고 볼 수 있는 부분이다.

㉠「어머니의 생신날」과 ㉡「오늘은 우리 조카 졸업식」과 같은 작품은 가족애를 형상화한 작품이다. 육남매를 키우고 희수 즉 77세의 어머니 생신날의 가족들의 모임을 형상화한 ㉠의 경우는 말년이 되어 남편마저 떠나보낸 딸을 염려하는 어두운 그늘을 지우는 어머니의 사랑을 담담하게 형상화하고 있는 작품이다. ㉡은 친정 조카의 대학 졸업식에 참석하지 못한 아쉬움을 형상화한 작품이다. 포장마차가 줄지어 서 있는 도로변의 관상과 사주보는 사람과 그들을 찾아오는 손님, 건너편 선지국밥 아저씨 등과 같은 사람들을 등장시켜 시민들의 살아가는 모습을 형상화하고 있다.

그러나 이러한 4부에 비하여 마지막 제5부「용두산 연가」는 다시 그의 본령인 사부곡으로 돌아와 있다.

> 님을 만나러 간다
> 옷을 따뜻하게 입어서

추위는 견딜 것 같다
올라가는 오솔길은 꼬불꼬불 하지만
가로수 나뭇잎들은 색깔별로 아름답구나
추위에 떨어서 바삭 얼어 매달려 있는
저 잎새들도 세찬 산사의 바람 속에
떨어지겠지
산에서 졸졸 내려오는 물을
손으로 받아 마시니
마음이 시원하구나
편히 잠만 자고 있는 님의 모습
내 사랑! 그때나 지금이나 변함이 없다고
그대에게 말하고 오솔길에 내려온다
주변에는 죽은 망자들의 한이 서려 있고
메마른 풀잎들뿐이고 산사는 고요한
취침시간이구나.

– 「찾아가는 곳」 전문

　위의 시는 화자가 님의 묘소를 찾아 갔다가 내려오는 과정을 담담하게 진술하고 있다. 그러나 화자의 묘소 방문은 일상사의 하나라 볼 수 있다. 말하자면 명절날이나 기일도 아니고 가족들도 없이 혼자 방문한 길이다. 단지 초겨울 날씨에 화자는 오솔길을 지나 일상적인 행사처럼 찾아간다. 묘지는 험한 산 속의 단독 묘지가 아니라 공원묘지라고 짐작된다. 왜냐하면 마지막 부분에서 "주변에는 죽은 망자들의 한이 서려 있고"라는 표현이 등장하고 있는 점이 바로 그러한 근거가 된다. 묘지를 오가는 길의 자연환경이나 계절의 감각을 담담하게 드러내고 있다.
　강경자 시인의 작품에는 어쨌든 남편을 하늘나라로 먼저 보내고 의지할 곳은 귀의한 종교라는 인식의 흔적을 보이고 있는 작품들도 간혹 발견된다. 어쩌면, 강경자 시인에게 근원적인 구원은 종교일지도 모르는 일이다.

아침 기도 마치고 아파트 뒷길로 오며는
후미진 구석에 작은 꽃 한 송이 피어있네
보기도 애잔하고 너무 예뻐서 자세히
쳐다보면 방긋이 웃어주네
몸단장은 노랑색 저고리 입고 가느다란
허리선이 바람에 하늘거려
애쳐로워 가슴 저리네
오늘은 활짝 웃고 길가는 행인에게 웃음 주지만
바람 불고 비바람 치면 견디지 못해 허공으로
없어지는 예쁜 작은 꽃 한 송이
오늘 너의 모습 기억하며 바로보고 있구나

－「들꽃」 전문

위의 작품에서 그는 아침 기도를 드리는 신앙인이 되어 있다. 그리고 사물에 대한 인식도 긍정적이면서 서러움이나 허무의식이 보이지 않고 있다. 이러한 인식의 근원은 기도드리는 신앙임이 틀림없을 것 같다. 앞으로 성숙한 신앙인으로서의 고백이 시로 형상화되어 새로운 감동을 강 시인의 작품을 기대하는 바이다.

유년기와 젊은 날의 체험에 대한 현재의 해석
-김 섶 시집 『나는 모든 절기를 편애한다』

　김섶 시인의 첫 시집 『나는 모든 절기를 편애한다』를 읽었다. 그는 2013년 계간 《부산시인》으로 등단하였기 때문에 신인이라 해도 틀린 말은 아니다. 그러나 그는 오랫동안 시적 역량을 쌓았다고 볼 수 있다. 어쩌면 그는 유년기부터 남다른 감수성을 가지고 있었을지도 모른다. 왜냐하면 이번 시집의 가장 대표적인 공간이 그의 고향인 거제도에서 겪은 유년기를 배경으로 하고 있기 때문이다.

　사실 모든 시인에게는 유년의 공간이 가장 뜻 깊은 공간이다. 그래서 모두들 막연히 유년기를 동경한다. 그러나 김 시인의 경우는 막연하지 않고 아주 구체적이다. 그 만큼 그의 기억을 사로잡고 있는 것은 유년기인 것이다.

　　　차는 섬 전체에 두 대,

　　　여섯 살 나는 오빠가 오는 방학을 늘 기다렸다

　　　짭자레한 밑반찬을 만들어
　　　복福 그려진 사기그릇
　　　가득 담아 오던 아지매

　　　산나물 캐느라 손가락이
　　　호미처럼 굽어 있었다

〉
된장에 절인 깻잎
고추장에 버무린 이양간

자주 볼 수 없는 반찬들이
깊어가는 청마루

뒷마당 소쿠리에 담겨 있던 달걀 두 개
오빠는 앞니로 구멍을 뚫어 날로 먹었다

나는 대학생만 먹을 수 있다고
벼이삭 같이 믿었다

남긴 빈껍데기라도 차지하기 위해
아무도 보지 않을 때
그걸 주워 열심히 빨았다

조금 남은 새 한 마리를
할타먹기 위해

– 「달걀」 전문

　지금은 거대한 조선소 때문에 섬 전체가 도시인 거제도가 연육도 되
지 않고 섬 전체에 차라고는 두 대 뿐인 시인의 여섯 살 때의 기억이 시
적 제재로 등장하고 있다. 시인의 기억은 비록 중간 중간에 과감한 생
략으로 의미가 모호해지는 부분들이 있기는 하지만 상당히 구체적이다.
여섯 살 소녀는 대학생인 오빠가 돌아올 방학을 기다린다. 그러면서 셋
째 연부터 여섯 째연까지는 '자주 볼 수 없는 밑반찬을 만들어 오는 아
지매'가 등장한다. 아마 대학생 오빠의 귀향 때문에 부모들이 특별히 부

탁한 반찬일 것이다. 다음의 에피소드는 달걀 두 개를 앞니로 서슴없이 구멍 뚫어 날로 먹는 오빠의 행위가 등장하고 이어서 먹고 남은 달걀을 주워 남은 것이 있을 새라 열심히 빠는 시적 화자 '나'의 모습이 등장한다.

　이 작품의 경우 그 자신이 유년기를 어른의 시점에서 해석하지는 않는다. 그러나 밑반찬 해온 아지매의 굽은 손가락이나 달걀은 당연히 대학생인 오빠 몫이고 그 자신은 버린 껍질에서 남은 부분 즉 시적화자의 표현대로 '조금 남은 새 한 마리'를 할타먹는 처지를 당연하다고 인식하는 남성 중심의 가부장적인 세계가 보여 진다는 점에서 그 당대의 삶이 드러나고 있다. 다만 '새'는 단순히 남은 달걀의 속이 아니라 화자 '나'의 꿈이요 동경하는 세계의 상징이라고 볼 수 있는 여지가 있다는 점에서 시적 형상화가 어느 정도 성공하고 있다.

　　　　　고랑 사이 반쯤 벗겨져 밭 매던
　　　　　큰 언니 흰 고무신 한 짝

　　　　　메추리 발톱 곡괭이가
　　　　　바다 바람 축축한 땀
　　　　　땀 배인 무명 적삼 캐던 오후

　　　　　키만 한 은빛 양동이 머리 이고
　　　　　물 길러 다닌 계곡 길 앉아
　　　　　한 겹 씩 벗겨 먹고 또 먹던
　　　　　눈물 매운 양파

　　　　　길거리 하얀 이팝나무 꽃
　　　　　종합병원 횡단보도 막아서는
　　　　　오월 팔일

〉
고향집 울타리 밖
줄줄이 매달려 있을 텅 빈 제비집

컴컴한 하굣길 저수지 푸른 물
가마솥 넘치게 식초 끓여
수백 개 유리 항아리
허기진
양파지 담근다

집 가는 돌 떨어진 언덕집
늘
배가 고팠다

－「하굣길」 전문

  이 작품은 앞의 작품 「달걀」에 비하여 이미지의 비약이 심하고 의미가
단절되어 있다. 말하자면 시의 전개 과정에서 시간적 질서가 없이 현재
와 과거가 뒤섞여 있다. 결과적으로 현재의 시점에서 과거를 회상하면
서 그 과거에 대하여 해석하고 있다. 이러한 의미구조의 단초가 되는 부
분이 넷째 연이다. 시적화자는 길거리에 이팝나무 꽃이 활짝 핀 5월 초
순에 종합병원 건너는 횡단보도에서 갑자기 눈물 매운 양파 먹던 어린
시절의 기억들이 떠오른 것이다. 그런 후에 그는 집에 돌아와 어린 시
절의 아름답기보다 신산한 기억들을 떠올리며 식초를 끓여 양파지를 담
는다. 이러한 의미구조가 직접적으로 진술되어 있지 않고 파편화되어
독자들의 상상력으로 유추하게 한다.
  그가 떠 올린 유년기의 추억들 역시 파편화되어 있다. "밭 매던 큰 언
니의 흰 고무신 한 짝", "땀 배인 무명 적삼", 비교적 길게 묘사된 "눈물
흘리며 매운 양파 먹던 추억", "줄줄이 매달려 있던 텅 빈 제비집", "컴

컴한 하굣길의 저수지 푸른 물", "집 가는 길에 돌 떨어지던 언덕집" 등 한결같이 아름답기보다 그야말로 맵고 쓴, 즉 슬프고 아픈 기억들이다. 그러나 이러한 기억들에 대한 시적화자의 최종적 해석은 "늘/배가 고팠다"이다. 말하자면 신산한 정서를 그대로 노출시키지 않고 허기지다고 표현한 것이다. 따라서 앞의 작품 「달걀」보다 「하굣길」이 훨씬 시적으로 승화되어 있다.

다음으로는 그가 음악교사로 근무하던 시골 중학교의 체험들이 시적 제재가 된 작품들에 대하여 살펴보기로 한다.

> 대문 여니
> 먼 길을 떠난 후였다
> 그는
>
> 소죽 끓이던 여물 옆
> 거적 하나 머리까지 쓰고 누워 있었다
>
> 종례 후 복도 끝까지 출석부 들고 쫓아오던
> 그
>
> 친구, 나, 어머니는 따라가지 못하는
> 길목에 앉아 울었다
>
> 나는
> 누르지 못할 노여움에
> 운동장 트랙을 돌기도 했다
>
> 연못이 있던 낡은 일본식 주택

나무 벽장 가득 옷걸이 여러 빛의 교복
지금 아무도 입지 않고 변함없이 걸려 있다
여물 옆에 누어있던 그의 것도

걸핏하면 옮겨 다니는
벽장 속에서
우리 만나기로 하자
초임지 월세방

- 「가정방문」 전문

　초임지에서 겪은 아픈 추억이 시적 제재가 되어 있다. 「가정방문」이라는 제목 때문에 인정스러운 시골학교의 모습이 연상되나 첫째 연부터 이러한 우리의 기대를 배반하는 정경이 전개된다. 제자의 아프다는 소식을 듣고 가정방문을 하니 제자는 이미 이 세상 사람이 아니고 거적이 덮힌 채 시신이 되어 누워 있다. 셋째 연에서는 그의 성실한 모습이 형상화되고 있다. 그는 종례를 마치면 출석부를 들고 담임선생이던 시적 화자 '나'를 따르는 인정스러운 학생이었다. 넷째 연과 다섯째 연에서는 제자의 장례식 풍경과 장례식 후의 담임교사의 심리적 상태가 간략하게 제시되고 있다. '나'의 심리적 상태는 '누르지 못할 노여움'으로 표현되어 있다. 이렇게 간결한 표현으로 인하여 독자들은 제자의 죽음에 대한 궁금증을 자아내게 된다.

　마지막 두 연은 앞부분과는 다른 표현이다. 앞부분이 과거에 대한 사실적 진술인 반면 이 부분은 시적화자의 의식세계를 객관적 상관물로 표현한 것이다. 얼핏 보면 기억의 파편 같으나 '빛 다른 교복'이라는 사물로 시적화자 '나'의 지울 수 없는 슬픔이 형상화되어 있다. 따라서 '연못이 있는 낡은 일본식 주택'이나 '나무 벽장 가득한 여러 빛의 교복'은 그의 잊을 수 없는 기억을 객관화 한 것이다. 마지막 연에서는 비록 공

간적으로는 자주 옮겨 다닐지라도 이러한 아픈 기억은 붙박이로 나의
의식 속에 머물러 있음을 역설적으로 표현하고 있다.

그는
붉은 황토길 끊어진 상리上里
그는
완행버스 언저리
그는
짚 엮은 삽 몇 자루

그는
은행나무 평상
그는
하얀 나비 구슬픈 노래
그는
쏟아지는 빗 속

그는
처마 끝 빗물 철철 넘치는 장독
그는
삼십 리 길 걸어 교문 들어서는 축축한 옷

그는
냇가 불어난 물소리를 허리까지 땋아내린
염소
그는
골짜기마다 펼쳐진 흰 치마바위

그는

매미 손잡고
그를 애타게 기다리는
네모난 LP판

ㅡ「주인 집 아들 석이」 전문

　이 작품은 현대시의 가장 기본적인 시적 장치인 은유를 기반으로 한 작품이다. 주인집 아들 '석'이는 그가 하숙했거나 자취한 주인집 아들이기도 하지만, 그 역시 그의 제자라고 볼 수 있다. 상식적으로 그가 하숙을 했다면 학교 가까이서 했을 것인데 여기에 등장하는 비유는 그렇지 않는 부분들이 많다. 특히 셋째 연의 삼십 리 길 걸어 교문 들어서는 축축한 '옷'은 '석이' 라고 보기는 도저히 납득되지 않는다. 따라서 여기에 등장하는 다양한 보조관념들 때문에 '주인집 아들 석이'가 오히려 상징성을 가진다. 어쩌면 보조관념들은 그의 제자들 모두의 것이기도 하고 그가 벽지에서 근무하며 체험하거나 본 사물들과 사건이라고도 볼 수 있다.

　말하자면 시적화자는 "석이"라는 주인집 아들을 내세워 그의 젊은 날의 체험을 사물화 하고 있는 셈이다. 앞에서 인용한 네 작품 가운데 그의 체험을 가장 잘 해석한 작품은 「하굣길」이지만 그의 체험을 다층화한 것은 「주인집 아들 석이」이다.

　그의 작품들 가운데 앞에서 언급한 과거의 체험을 형상화한 것들에 못지않게 자연이나 생활 속의 체험들이 형상화된 작품들이 많다. 그리고 어쩌면 그는 이제 유년기나 젊은 날의 체험으로부터 벗어나 현재의 삶 속에서 발견하는 사물들 속에서 시적 역량을 더욱 성숙시키고 군두더기를 깎아 내야 할 것이다. 그의 작품은 조사의 과감한 생략을 통하여 그의 전공인 음악을 기반으로 한 음악성을 다소 가지고 있다. 그러나 음악성보다는 회화성이 강하다. 회화성과 음악성이 균형을 이루면 그 만의 독특한 작품세계가 더욱 심화될 것이다. 이 시집의 작품 가운데 이 두 가지가 융합된 작품을 하나 인용하면서 서평을 마무리하기로 한다.

> 담장 두른 대나무 숲
> 청 마루 밑 벌겋게 불붙은 장작
>
> 물 고인 천수답 둔덕
> 하얀 나락들
>
> 가마 솥 조청
> 사과 꽃망울 터뜨리듯 끓고
>
> 유기그릇 고두밥
> 식어가는 구들장
>
> 하나도 가난하지 않았던 것처럼
> 나무 꼭대기 매달린
> 발뒤꿈치
>
> 갈라진 잣송이 하나
>
> 사과에 깃든 노을
> 나오지도 못하고
>
> － 「봉창」 전문

현실에 대한 역동적 상상력과 냉소적 태도

– 김인태 시집 『가을, 그리고 겨울로』

(1)

김인태 시인은 삶의 현장에서 치열하게 살아가다가 늦게 등단한 시인이다. 요즈음 이러한 시인들이 많다. 주로 공무원이나 교원 같은 비교적 안정적인 직장을 다니다가, 정년퇴임을 한 후 보람 있게 노년을 보내자는 뜻에서 젊은 시절의 글 솜씨를 다시 갈고 닦아 등단의 과정을 거쳐 시인이 된 사람들이 대부분이다. 그리고 여고시절 문예반에서 시를 쓰다가 가정주부가 된 후 자녀교육과 가사에 분주했던 가정주부들이 중년 이후 안정이 되자 수련과정을 거쳐서 시단에 데뷔한 여류시인들도 많다. 그러나 김인태 시인은 건설 사업을 하다가 집안 대대로 이어오는 선비기질로 인하여 시인이 된 이색 경력의 소유자이다. 따라서 다른 시인들과는 살아온 과정이 다르다. 이러한 삶의 체험에서 형성된 세계관이 현실과 자연의 인식과정에 어떻게 반영되어 있는가를 살펴보기로 한다.

김 시인은 2006년《자유문예》를 통하여 등단한 직후 제1시집 『들꽃 함부로 꺾지 마라』(2006)를 엮기도 하였다. 따라서 이번의 시집이 늦은 데뷔에도 불구하고 왕성한 작품 활동을 하고 있다는 증거이기도 하다. 이 시집은 모두 5부로 엮어져 있는데 각 부마다 20편 내외의 총 99편의 작품들로 구성되어 있다. 이 99편의 작품들을 세 가지 경향으로 나눌 수 있다.

(2)

첫 번째 경향은 현실에 대한 태도를 사물이나 직접적인 진술을 통하여 반영한 작품들이다.

㉠ 각혈처럼 뱉어 내는 변명이다.
　 그녀는 바람이고
　 마른기침은 창녀가

　 늦은 밤,
　 갈래갈래 찢긴 반라
　 현란한 몸짓 예쁜 몸 그저,
　 가져가란다.
　 유린된 바람 길 따라
　 산란은 시작되고
　 실눈 살짝 키를 재는 마네킹의 무표정
　 혼란스런 여인들의 입처럼
　 달싹거린다.

　　　　　　　　　　　　　　－「현수막」전문

㉡ 황토 빛 사진을 보면서
　 느닷없이 가슴 저민다.
　 理想은 끈처럼 이어질 줄 알았고
　 내 모습 바다처럼 약속한 줄 알았다.

　 아스팔트 위로 제 몸 부수는 빗방울
　 화사한 봄꽃을 피워 본 후 비로소 순수해진다.
　 다투어 거리를 나선 비만증 같은 불감증
　 검지로 허물을 벗긴다고

홍안紅顔은 소들소들 깨어날까

바스락바스락 모퉁이를 갈아먹는 왜성 빛
지난밤 술 익는 소리 들리더니
그루터기 소복이 핀 형제 같은 얼굴
오늘 다시 쳐다본다
풍진風塵 세월 눈썹에 달렸으매

－「돌아본 자리」전문

 ㉠「현수막」의 경우 각종 홍보를 위하여 거리에 걸려 있는 현수막을 시적 제재로 삼고 있다. 우선 현수막을 여인으로 의인화하고 있는데도 불구하고 대단히 냉소적인 반응을 보이고 있다. 현수막이 바람에 펄럭이는 모습에서 마른기침과 창녀를 연상하고 있다. 말하자면 각종 홍보나 선전하는 것 자체를 건강하게 보는 것이 아니라, 창녀가 손님을 유혹하고 있는 것으로 인식한 것이다. 첫째 연에서 현수막을 바람과 창녀로 비유한 것 자체도 상당히 당돌한 인식이다. 그리고 둘째 연에서 현수막이 사람들에게 자기 자신을 어떻게 드러내는가를 세밀하게 인식하고 있다. 그 결과 작품의 끝 부분에서 마네킹의 무표정으로 혼란스러운 여인들의 입으로 현수막을 비유한 것 역시 예사로운 표현이 아니다. 이 작품뿐만 아니라 많은 작품들이 냉소적 어조를 가지고 있고 에로시티즘적인 의인화 기법으로 형상화 하는 것 역시 김 시인의 작품세계의 한 특징이라고 보아진다.

 ㉡「돌아본 자리」의 경우는 빛바랜 사진 한 장을 보면서 느낀 상념을 형상화한 작품이다. 앞의 작품에 비하여 냉소적이거나 에로티시즘적 특성은 없으나, 살아온 삶에 대하여 안타깝게 생각하고 있다. 젊은 날의 낡은 사진을 바라보는 대체적인 인식은 그리움이나 아련한 안타까움 같은 것이 되기 쉽다. 그러나 이 작품에서는 젊은 날의 이상과는 거리가

먼 삶과 그로 인하여 지치고 안타까움이라 보기보다 슬픔으로 가슴 저민 모습을 발견하고 있다. 물론 둘째 연에서 "겹지로 허물을 벗긴다고/홍안 소들소들 깨어날까" 하는 부분에서는 다소 낭만적인 인식을 하고 있으나 다시 마지막 셋째 연의 '풍진 세월의 눈썹에 달렸으매'라는 부분에서는 가슴 저밀 수밖에 없다.

앞의 두 작품이 사물을 가져와 현실을 인식하고 있는데 비하여 다음 작품은 현실에 대한 태도를 비극적 상황을 설정하여 직접적으로 서술하고 있다.

> 다시 벌판으로 나갔다 내가 하고 싶은 일
> 말 없는 대지 몸부림은 가난한 자의 노래
> 자책으로 아랫도리 쳐 보지만 견디기 어려운 건
> 칠흑 속으로 폐기한 나를 집 밖으로 나서게 했다
> 세상을 밝게 비춘 햇살도
> 저녁 때 돼서 희미한 눈빛으로
> 끼니 걱정하고 돌아갔다.
> 가슴에 담겨 진 용기 없는 아픔 등줄기로
> 훑어 내린 갈등이여
>
> 하늘 그리고 들판에서
> 꺼지지 않는 가난으로 몸서리친 아버지의 기억
> 그를 향해 처연히 떨구던 봄날의 화사한 꽃잎은
> 어쩌자고 피워댔는가
> 초연한 봄은 떠나고 기억 속 아궁이 불씨도
> 아침저녁으로 찾아간 그의 문 앞에 서성이다
> 잠깐만이라도 흔적의 얼룩 물들이고 싶었다.
> 그냥 왔다 간 아버지는 아니었다
> 고군분투하며 살다 간

그 앞에 당당이 서서 이제 홀로 꾸려온 삶을
의무처럼 들춰내어 단추를 단다

- 「삶, 바닥」 전문

이 작품은 아버지에 이어 가난에 지친 남성적 화자의 절망적인 삶에
대한 태도를 형상화 하고 있다. 현실을 직접적으로 진술하고 있지만, 화
자의 심정과 그에 따른 화자의 행동을 구체적으로 진술하고 있기 때문
에 시적인 성공을 어느 정도 거두고 있다. 군데군데 감정을 직접적으로
노출시키고 있는 부분도 이러한 구체적 상황 설정 때문에 지나치다고
보여 지지 않는다. 첫째 연의 마지막 행 "훑어 내린 갈등이여" 라는 부
분과 둘째 연 넷째 행 "어쩌자고 피워댔는가" 라는 부분이 바로 감정을
직접적으로 노출한 부분이다. 그리고 절망적인 현실에도 불구하고 아
버지의 삶에 대한 긍정적 태도에서 미래에 대한 희망을 짐작할 수 있다.
"고군분투하며 살다 간/그 앞에 당당이 서서 이제 홀로 꾸려온 삶을/의
무처럼 들춰내어 단추를 단다"라는 마지막 3행에서 시적화자의 삶에 대
한 긍정적이고, 적극적인 태도가 잘 반영되어 있다. 이러한 끈질김은 김
시인의 역경을 헤쳐 온 삶의 역정에서 얻어진 세계관일 것이다.

두 번째 경향은 시집의 제목 『가을, 그리고 겨울로』에서도 나타나 있
는 것처럼 계절에 대한 시인의 태도를 밝힌 점이다. 계절 가운데 가을
과 관련된 것이 가장 많다. 그래서 봄, 여름, 겨울에 관련된 작품들은
각 1편 씩 가을과 관련된 작품은 2편을 살펴보기로 한다.

   ㉠ 어제 내린 비
    춘삼월 걷어 내랴
    분홍빛 치마 감추고
    내 오늘 밤, 달 아래
    하얗게 드러누운 헛헛한 꽃잎 되어

애꿎은 바람만 흔들고 있네
좌절되어 쓰린 멍울
그리움이라면
한 번도 만져본 적 없는
한 뼘 내 속을
이곳저곳 쑤셔보는 설움
달빛, 빗물처럼 훑어
기척이라도 만들까
무딘 혓바늘 정이려니 하며

– 「중년, 봄」 전문

ⓛ 국화주 마신 처녀처럼 고요하다
　교감신경 날갯짓 입체적 시간
　소들소들 돋아나는 리듬은
　바람만 분주한 섬돌 아래
　걸망 풀고 일탈을 줍는다

　수면제 걷어낸 홑이불
　갈증에 찰싹 붙은 밤의 정체성
　볼그레 술 익는 몸짓 너스레 늘어놓아
　그래서 등줄기로 난산難産을 치른다

– 「열대야」 전문

ⓒ 한 겹 떨어져 간 이력들
　발밑에 그물처럼 펼쳐 보인다
　아침이 열리고 부푼 꿈 서려
　살포시 열어본 뚜껑들
　낱낱이 얼굴 익혀 다독거린다

　호미 자국처럼 그어진

삶의 흔적 찾아
쫓기듯 모여든 잔상
건 하게 낮술 권한 적 있지만
잠깐 스쳤을 뿐
어데 사는지 모른다

가을은 읽는다
그루터기 서 있는
묵묵히 지난 시간
던져도 던져도 무거워지는
생의 버거움 처진 가지를 보면 안다

－「가을, 나무」 전문

㉣ 가을인데
시월 중순을 넘어도 여전히 덥다
산길을 걸으며 더위에 지치고 싶지 않다
익을락 말락 한 나뭇잎들 아직도 푸릇푸릇
붉지도 않은 불안감,
때때로 하늘을 보며 원망스런 눈빛
그래서 바라본 태양도 시력이 정상은 아닌 듯
계절의 경계를 망각한 산허리
시간이 가면 해결될 일 토닥토닥 덮어둔다
빛 고운 단풍철 지금인가
바람은 황급히 억새밭 속으로 숨어든다
순응하던 나뭇잎도 이제 자살소동 꾸며 화살을 쏘아댄다
남은 미련 있어야 할 공간 속으로 열기는 몸살을 앓고
그래서, 새벽은 왜성矮星처럼 누워 있다

－「털고 싶은 가지들」 전문

ⓜ 늙은 소나무

　가지 사이로

　언뜻 보이는

　하늘

　저리도 푸른데

　갈라진 잎

　틈새로 드나드는

　바람소리

　가을빛 상심에

　울먹이던 왜가리는

　떠나가고

　긴 한숨

　휘파람

　소나무가 울고 있다

　전할 수 없는

　겨울 안부

　바람 따라 고분고분

　짖어대는 갈대에게

　눈먼 부탁한다

－「겨울 소리」 전문

　ⓐ「중년, 봄」의 경우 '봄'이라는 계절 앞에 중년이라는 수식어를 붙이고 있다. 그리고 중년 다음의 코머(,)도 예사롭지 않다. 김 시인의 경우 이렇게 대등한 두 단어 사이를 코머로 연결한 작품들이 몇 편 있다. 대부분 소유격 조사 '의'보다 접속부사 '그리고'의 뜻으로 의미를 파악해야 되는 경우가 많다. 말하자면 두 시어 사이의 관계를 대등관계로 설정하여 훨씬 내포의 다양성이나 깊이를 느낄 수 있는 효과를 거두고 있다. 이 작품 역시 '중년의 봄'이라기보다 중년인 시적화자가 인식한 봄이라

고 볼 수 있다. 따라서 훨씬 미묘한 의미를 내포하고 있으며, 정서 또한 단순하기보다 복합성을 띄고 있다. 어제 내린 비로 춘삼월보다 훨씬 본격적인 봄이 시작되고, 시적화자 나는 달빛 아래 하얗게 드러누운 헛헛한 꽃잎이 되어 애꿎은 바람만 흔들고 있는 비유적이고 물활론적 존재가 된다. 따라서 화자는 사람이라고 단정할 수없는 신비하고 모호한 존재가 되어 독자를 당황스럽게 만든다. 굳이 시적화자의 내포를 해석한다면 풍상 많은 삶을 살아온 중년의 신산한 마음이라고 볼 수 있을 것 같다.

그런데 문제는 원형적 상징으로서의 봄은 희망과소년처럼 풋풋한 기운이라고 볼 수 있는데 이 작품에서의 정서를 동반한 의미는 그렇지 않다는 데에서 김 시인 자신의 개성이 나타나고 있다. 그 정서는 좌절되어 쓰린 그리움이라고 볼 수 있고 김 시인 자신 속에 잠재해 있는 정체불명의 서러움이라고도 볼 수 있다. 이러한 다소 냉소적이고 허무적인 태도는 ⓒ「열대야」에서도 여전하다. 물론 '열대야'라는 시간 설정이 사람을 짜증나게 하지만 열대야를 이겨내기 위하여 시적화자는 이열치열의 심정으로 술을 마셔 더위를 쫓아내는 역설적 행위를 감행한다. 물론 이러한 인식의 태도는 작품의 첫 행에서 열대야를 "국화주 마셔 취한 처녀가 숨죽이고" 있는 것으로 비유한 것과는 다소 모순된다. 그러나 이러지도 저러지도 못하는 것이 바로 열대야가 아닌가?

ⓒ「가을, 나무」와 ⓔ「털고 싶은 가지들」에서의 계절 '가을'에 대한 인식 역시 단풍으로 인한 아름다움이나 과일들의 결실에서 볼 수 있는 충일한 정서는 찾아 볼 수 없다. ⓒ의 경우 낙엽에서 찾은 것은 "호미 자국처럼 그어진 삶의 흔적"이요 낙엽 진 나목에서는 "던져도 던져도 무거워지는 생의 버거움"인 것이다. 그러나 ⓔ「털고 싶은 가지들」의 경우는 다소 다르다. 첫 부분 "시월 중순을 넘어도 더위가 가셔지지 않아 산을 오르면서도 더위에 지치고 싶지 않다"는 여유로운 시적화자의 태도에서 안도감을 다소 느낄 수 있다. 그리고 이어서 전개되는 단풍과 햇

살 그리고 바람 등이 함께 어우러진 풍경은 동화적이기까지 하다.

겨울 풍경을 형상화한 ⑩「겨울 소리」의 경우는 더욱 평화롭다. 마치 한 폭의 풍경화 그것도 한국화 가운데 수묵화를 보는 것 같은 정서를 가지고 있는 작품이 바로 이 작품이다. 이것 역시 원형상징 겨울 즉 절망 혹은 죽음과는 거리가 있다. 그러나 전반적인 계절에 대한 작품들의 주된 어조는 냉소적인 태도를 유지하고 있다고 볼 수 있다.

마지막으로는 난이나 꽃과 같은 자연에 대한 태도를 표출하는 작품들이 많다는 점을 지적하고자 한다. 그 가운데 2편을 살펴보기로 한다.

> ㉠ 서릿발 꽃잎에 눕던 날
> 바람이 머물다 간 곳간 속으로
> 아침 햇살에 비친 설판舌瓣
> 영롱한 응집력 홍빛 뒷물 비치니
> 손 내밀면 금새 부러질 듯 눕는
> 곧은 허리
> 녹운* 써래질같은 요염한 자태 아닐지라도
> 모시 앞섶 풀어낸 순백한 앙가슴
> 끓어 오른 혓바닥 등을 핥으며
> 빈 속내를 헤집고 있다.
> 민망스러울 정도로 앙증한
> 저 몸짓, 몸짓
>
> *녹운 : 중국 명품 춘란 일명 바람꽃이라고 함
>
> -「소심」 전문

> ㉡ 고샅 담벼락
> 바람에 찢긴 다홍빛 인가

침묵으로 걸친 목젖이 떨린다

허공에 걸린 핏줄
꽃잎으로 피워 올라
띄엄띄엄 들려주던 다정한 음성,
느닷없는 이 외로움 아실는지

마디진 호흡
툭툭 부러진 날개 매달려
시공을 넘나드는 자네, 하마 보일 까
휑한 가슴 채우지 못한 골목은
밤마다 뒤척이며 발끝 차오르는 몸부림
빼곡히 꽂힌 입 토해낸 긴 한숨
지금도 기다리듯 선홍빛 망울망울.

– 「능소화」 전문

㉠ 「소심」의 경우 소심란에 대하여 인식한 작품이다. 이 작품에서는 해설 첫머리에서 잠시 언급한 사물을 에로티시즘의 대상으로 보는 특색이 잘 나타나 있다. 통념적으로 소심란에서는 여인의 육감적이고 매력적인 모습을 발견하기보다 선비의 기품이나 여인의 정절과 순결을 느끼고 인식하게 된다. 그러나 김 시인은 모시 옷 앞섶을 풀어낸 순백한 앙가슴을 보여주는 여인으로 인식하고 있다. 이점 역시 개성을 살린 인식이다. 꽃대를 손 내밀면 금새 불러질듯 눕는 곧은 허리로 묘사하는 부분에서는 동양적 에로티시점의 극치를 보여주고 있다. ㉡ 「능소화」의 경우 능소화의 모습에서 외로움에 뒤척이는 여인의 몸부림과 한숨을 발견하는 것 역시 상식을 띄어 넘었다. 아마 이러한 인식의 태도는 김 시인의 가장 중요한 시적 에너지라고 생각된다. 말하자면 아직도 젊고 역동적인 상상력을 김 시인은 가지고 있는 것이다.

(3)

그러나 역동적인 상상력이 김 시인의 작품 전반을 지배하고 있지는 않는 것 같다. 대체적으로 전체적인 시적공간은 회색빛 찌든 도회로 상징되는 현실이다. 이러한 냉소적이고 절망에 가까운 현실을 떠나 그가 돌아가고 싶은 곳은 어디일까? 김 시인이 진정으로 돌아가야 할 유토피아는 그의 조부 김찬규 옹이 문집에서 명명한 고향 함안의 구수합골九水合谷일지도 모른다. 미루넝쿨 헤치며 바라본 언덕 너머에는 하얀 낮달이 떠있고, 토담 뒤 서 있는 가죽나무 순을 무쳐 낮술 한 잔 하고 저무는 해를 바라보는 김 시인의 모습이 김 시인이 동경하는 유토피아요 우리 모두가 꿈꾸는 아름다운 귀향일지도 모른다. 앞으로 김 시인의 시세계가 이러한 흥취 있는 농촌생활 속에서 역동적이고 낭만적인 상상력이 가득 찬 작품들로 충만하기를 기대하면서 시「구수합골」전문을 인용하는 것으로 해설을 마무리하기로 한다.

　　　　회색빛 찌든 도회
　　　　훌훌 벗고서
　　　　거침없이 떠나고
　　　　싶어라
　　　　머루 넝쿨 헤치며
　　　　바라본 언덕 너머
　　　　하얀 달 떠 있고
　　　　토담 뒤 서 있는
　　　　가죽나무순
　　　　나물 무쳐 낮술 한잔
　　　　얼큰한 얼굴로
　　　　저무는 하루해를 바라본 곳

순간에 담기는 그리움
– 맹인섭 시집『그리움이 데려다 주는 고향』

(1)

맹인섭 시인은 이 시집의 제목이기도 한 시「그리움이 데려다 주는 고향」에 의하면 계룡산 기슭이 고향인데 지금은 부산시 가운데 여러 가지 면에서 가장 주목받고 있는 기장군에 거주하고 있다. 그리고 그는 시인으로 데뷔(2013년) 하기 전부터 기장사진가협회 초대회장(2000년–09년)을 지낼 정도로 사진작가로서 입지를 다진 분이다. 그런 그가 시인이 된 연유는 필자의 짐작으로 그는 충남 온양 출신인 조선 초기의 명재상 맹사성(1360–1438)의 후손이기 때문인 것이라 짐작해 본다. 맹사성의 대표적 작품은 최초의 연시조로 문학사에 자리매김한「강호사시가」 4수이다.

맹인섭 시인의 작품 가운데「빛이 머문 찰나」는 그의 사진작가로서의 작업과 연관된 작품이다.

> 셔터 속의 원으로
> 모든 세상이 들어온다
>
> 산등성이와 맞닿은 하늘
> 환한 미소
> 침울한 얼굴
> 꽃이 피고 지는 들길
> 낙엽 떨어진 숲

〉
찰칵 찰칵

순간의 시간 담겨
오랜 세월에 가득히 들어앉아
마주치고 스쳐간 사연들
빛바랜 그리움으로 피어날까
남겨진 사람들의 가슴 속에서

- 「빛이 머문 찰나」 전문

　이 작품의 첫 째 연부터 셋째 연까지는 그가 오랫동안 작업한 사진 촬영의 과정을 요약적으로 제시하고 있다. 따라서 맹 시인 자신의 감정이 이입될 여지가 없다. 특히 둘째 연에서 그 동안 사진을 찍은 풍경들과 사람들의 표정이 열거된다. 셋째 연의 경우 셔터 소리를 의성어로 표현하여 사진 촬영을 실감나게 한다. 이러한 사진 촬영 작업에 대한 맹 시인 나름의 소회를 밝히고 있는 부분이 마지막 넷째 연이다. 사진들 속에서 맹 시인이 찾는 것은 비록 빛은 바래졌으나 남겨진 사람들 가슴 속의 그리움이다. 이렇게 사진 속에서 갖가지 그리움을 찾는 맹 시인은 그 그리움을 시로 형상화하게된 것이다.

(2)

　사진작가가 이미지 자체만을 추구하면서 시를 쓴다면 그는 이미지스트가 될 것이다. 그러한 경우 지나치게 감정이 배제되어 독자들이 감동할 수 없게만들 수도 있다. 말하자면 시는 정서를 형상화하기보다 장면의 형해形骸만을 보여줄 것이다. 이러한 점에서 맹 시인은 일단 정서를 보여주는 서정시인으로서의 자질을 가지고 있다. 그러나 자칫하면 맹 시인의 장점인 사진촬영에서 얻는 시적영감으로 인한 감각과 정서의 균형감각이 무너질 수 있다. 감각과 정서의 균형감각이 바람직한 작품들을 미적 거리조정이 적절한 작품이라 평가하고 있는 것이 분석 비평이나 현상학적 비평의 방향이기도 하다.

거역할 수 없는 운명처럼
가슴의 빗장 환히 열고
그대 올까 서성인다

처음 걸어 들어간 님의 뒤란에서
사랑채 바람은 지그시 눈을 감고
창가에 앉아
설레임을 깨워 님 마중을 보낸다

댓돌 위,
스쳐 구르는 낙엽들이
우수수하고 수런대니
어느새 계절은 겨울로 가고
다시 기다림은 깊어져 동면이다

작은 소반에다
소망 수북이 담아 두고
기다리는 마음만으로도 이렇듯
세상 모두 가진 나의 길이어서
하루가 일 년 같은
그리움 수놓으며
뒤척인다.

— 「기다림」 전문

이 시는 1부 〈그리움이 데려다 주는 고향〉에 편집된 작품이다. 이 작품 「가다림」은 맹 시인의 작품 가운데 미적거리 조정에 성공한 대표적인 작품이다. 그 까닭은 '기다림'이라는 다소 추상적인 정서를 감각화하기에 성공하고 있기 때문이다. 그리고 감각적 이미지가 사진작가들이나 화가 출신 시인들이 즐겨 사용하는 시각적 이미지에 편중되지 않고 다양하게 등장하는 측면도 있다.

우선 첫째 연에서 눈에 보이지 않는 그대를 기다리는 그리움을 "가슴의 빗장 환히 열고"로 사물화 즉 시각화에 성공하고 있다. 둘째 연에서는 님을 만난 첫 순간을 가상의 공간으로 설정하여 기다림을 더욱 구체화하면서 바람까지 등장시킨다. 말하자면 바람이라는 촉각적 이미지로 형상화한다. 셋째 연의 경우는 기다림의 시간이 오랫동안 지속되는 현상을 가을과 겨울이라는 계절을 등장시켜 구체화 한다. 그러는 과정에서 바람으로 흩날리는 낙엽들의 소리 즉, 청각적 이미지가 등장한다. 그러나 가을과 겨울이라는 계절은 결코 긍정적이거나 희망적인 이미지는 아니다. 어쩌면 동면은 절망을 상징할 수도 있다. 이러한 절망적인 상황에도 불구하고 기다림을 포기할 수는 없는 것이다. 그래서 마지막 넷째 연에서처럼 "작은 소반에다/소망 수북이 담아 두고" 하루가 일 년 같은 지루함에도 불구하고 그리움의 끈을 노치지 않는다. 이렇게 맹 시인은 그리움이 바탕에 깔린 기다림을 여러 가지 사물과 시각적 이미지를 바탕으로 촉각적, 청각적 이미지를 등장시켜 형상화함으로써 사진이라는 평면성을 극복하고 독자들에게 입체적인 감동을 가져오게 한다.

다음의 작품들은 2부에서 4부까지로 나누어 편집된 작품 가운데 비교적 미적 거리조정에 성공한 작품들이다.

(가) 한 여름의 운명이 건너가고 있다

더위에 지친 귀를 쫑긋 세우던
천근의 마음 뜨거운 열기를 풀어 헤치고

지천에서 붉게 타는 태양도
요란함을 몰고 다니며

연정을 울리는 매미소리도
초심과는 달리 한 걸음 물러나
이제 졸고 있는 것을

선선한 바람
젖어오는 가을 냄새가 방안까지 들어와
편한 잠을 모셔온다

– 「입추의 노래」 전문

(나) 문득
　　품은 가슴에
　　빗장을 걸어 잠그는
　　시린 기억
　　불현 듯
　　유년의 바람으로 지나가는
　　날이 선
　　그리움

– 「첫 사랑」 전문

(다) 푸른 속살
　　날 세운 빗질이다
　　느릿하게 뒷짐 지고 온
　　바람에 서걱이며

〉
드넓은 황금물결의 왈츠는
6월 햇살에 한창 빛부신
향연이지만

내 어릴 적,
보리 내음의 순수한 향수
가슴 길 소리되어 아린다

— 「보리밭의 향연 −고창 공음면」 전문

  이 작품들은 2부 〈늦가을의 사랑〉, 3부 〈소시장〉, 4부 〈선율의 세계〉에 편집된 시편들 가운데 필자가 뽑은 작품들이다. 앞에서도 언급했지만 미적 거리조정에 성공하여 감각적이면서도 정서를 유발하는 효과를 거둔 시편들이다.

  그런데 이 시편들이 가지고 있는 특징들 가운데 가장 두드러진 것은 비교적 호흡이 짧다는 것이다. 달리 말하면 맹 시인은 호흡이 짧은 시로 독자들의 마음을 사로잡고 있다고 볼 수 있다. 이 작품 말고도 앞에 인용한 2편 가운데 가장 긴 것이 1부의 4연 22행의 「기다림」이다. 22행도 호흡이 긴 시인들의 작품에 비하면 길다고는 볼 수 없다. 호흡이 길거나 이미지가 두드러지지 않은 서술적이거나 맹 시인의 일상의 느낌을 직접적으로 진술하고 있는 시편들 가운데는 앞에서 인용한 5편보다는 긴 작품도 있다. 그러나 그러한 시편들은 감각과 정서가 불균형을 이루고 있거나, 관념을 직접적으로 진술하고 있는 단점을 가지고 있다.

  (가) 「입추의 노래」는 절기를 시적 제재로 한 것이다. '입추'는 여름과 가을 사이의 절기이다. 여름을 보내고 가을을 맞이하는 전령사라고도 볼 수 있다. 이 작품에서 맹 시인은 '더위'와 '선선함'과 같은 피부로 느끼는 계절의 감각을 절제된 시어로 표현하고 있다. 그러면서도 '매미소

리' 같은 청각적 이미지, '바람'과 '냄새' 같은 촉각과 후각적 이미지로 입추의 분위기를 충분히 느끼게 한다. (나)「첫사랑」의 경우는 첫 사랑의 아픔을 감각화한 작품이다. '시린'이나 '바람',그리고 '날이 선' 등의 시어는 그 아픔의 정도를 잘 보여주고 있다. 그러나 이 작품에서 중요한 시어는 마지막 행이 되고 있는 '그리움'이다. 그리움은 이 작품뿐만 아니라 맹 시인의 전 작품에 일관되게 반복적으로 나타나는 정서이다. (다)「보리밭의 향연」은 부제에서 짐작할 수 있듯이 전라북도 고창군에 사진촬영 여행을 시적 제재로 하고 있다. 보리밭 그것도 6월의 보리가 익어가는 풍경을 카메라에 담으면서 그는 풍경 자체에 집중하기보다 마지막 셋째 연처럼 유년시절 맡은 보리내음을 그리워하고 있다. 아마 보리서리를 하면서 허기를 채운 아픔도 느낀 것 같다. 이렇게 그는 카메라 앵글에서 채울 수 없는 그리움이라는 정서의 갈증을 시로 해갈하고 있다.

(3)

맹 시인은 그의 선조 맹사성의 강호의 노래를 카메라 앵글 속에서 발견하고 있다고 볼 수 있다. 앞으로도 그의 촬영 작업이 결코 시작의 장애가 아니라 상호보완의 창작행위가 될 것이라고 생각된다. 맹 시인의 경우 다른 경향의 작품들보다 사진촬영에서 생기는 갈증을 시로 해갈한다는 자세로 시, 그것도 여러 공감각적 그리움을 바탕으로 시작행위를 계속하기를 당부하는 바이다. 비록 그것이 순간적으로 스쳐가는 그리움이기 때문에 호흡이 긴 작품이 될 수는 없겠지만 우리 시단에 이러한 경향의 작품이 필요한 것은 틀림이 없다. 맹 시인의 사진촬영은 아무나 가질 수 없는 그만 가지고 있는 시작의 한 방법임을 깊게 인식하기를 기대한다.

사계의 신화, 그리고 절대 긍정
– 배은경 제2시집 『낙타의 저녁』

(1)

배은경 시인이 제1시집 『달팽이와 껍질』(2007. 해성)을 낸지도 8년의 세월이 흘렀다. 필자는 그 시집에서 짤막한 서문을 썼다. 제목은 〈현기증과 슬픔〉이었다. 비록 짧은 글이었지만 배은경의 작품세계를 지배하고 있는 두 축을 그가 평생 안고 가는 정신적인 현기증과 그에 따른 정서 즉, 슬픔이라고 규정한 바 있다.

8년 동안 배 시인은 그의 든든한 외조자인 남편과 함께 같은 자리에서 약국을 경영하면서 자녀들을 대학도 졸업시켜 출가시키고 전문인을 만들었다. 그러나 그에게 육신의 병마가 찾아와 오랫동안 병원에서 항암치료를 받는 시련을 겪게 되었다. 이번의 작품은 대부분 병마를 이기면서 창작한 작품으로 짐작이 된다. 그에게 병마는 시작과정에 어떻게 작용하고 있는가 하는 관점에서 해설을 해볼까 한다.

(2)

그의 작품 가운데 많은 작품들이 계절을 제재나 제목으로 하고 있다. 그 가운데 특히 봄을 제재로 한 작품들이 가장 많고 여름과 가을 그리고 겨울도 간혹 보인다. 아마 병상에서 사계를 보내며 창밖의 변화를 관찰한 것 같다. 그리고 이러한 작품들이 대체로 호흡이 길지 않고 감정이 절제되었다는 점에서는 제1시집의 연장선상에 있다.

봄바람 세차게 분다.

봄꽃들 휘날린다.
목련꽃잎 떨어진다.

하얀 목련꽃잎 한 장 주워본다.
하얀 벚꽃 잎 한 이파리 주어본다.

잊혀진 옛 사랑이 떠오른다.

- 「꽃바람」 전문

군이 캐나다 신화비평가 노두롭 프라이(Nothrop Frye〈1912–1991〉)의 주장
이 아니라도 사계절 가운데 봄은 소생을 상징한다. 그러나 위의 작품은
봄에 피는 꽃 가운데 대표적인 목련과 벚꽃의 이파리를 줍는 행위에서
시는 출발한다. 따라서 소생이라기보다 소멸의 정서를 자아낼 수 있는
행위이다. 특히 낙화가 시적 제재가 된 기성 시인들의 작품에서는 이별
로 인한 슬픔의 정서를 형상화한다. 그러나 배 시인의 작품에서는 단순
한 슬픔이라기보다는 어린 시절에 대한 그리움의 정서가 드러나고 있다.
이렇게 과거로 돌아가는 것 자체를 퇴행적 행위라 볼 수도 있겠으나 그
에게는 그것은 아쉬움이라기보다 따뜻하기도 한 그리움이다. 다음과 같
은 작품에서는 그리움의 정서가 더욱 구체적으로 형상화 되고 있다.

바알간 우렁쉥이 속살
혀끝에 속살거리는

샛노란 수선화
속눈썹 끝에 아롱거리는

〉
세일러복 단장한 까치 한 쌍
까까까깍깍
귓 창에
번갯불
콩 볶아대는
봄날아침

참 좋구나, 아가야

  앞의 작품이 동적이고 촉각적인 이미지로 일관하다가 감정을 진술한
구조를 가지고 있는데 비하여 정적이고 미각적 이미지와 청각적 이미지
가 등장하는 시가 바로 위에서 인용한 〈봄날〉이다. 봄날아침을 우렁쉥
이 속살과 수선화를 등장시켜 빨간 색과 노란 색으로 시각화 한 뒤에 까
치의 울음소리로 청각화 시키면서 희망적이고 상쾌한 봄날아침을 실감
나게 하고 있다. 그러면서 까치의 날개를 비유한 세일러복에서는 그의
소녀시절이 연상된다. 말하자면 한참 꿈 많던 소녀시절처럼 싱그러운 봄
을 동경하고 있다. 마지막 연에서는 시적 청자를 "아가"로 등장시켜 더
욱 순수한 어린 시절을 그리워한다고 볼 수 있는 작품이다. 이상과 같이
배 시인은 병상 속에서도 어린 시절을 생각하며 병마를 이겨내고 있다.

녹색 숲 더미 밑에
짙은 숲 그늘 버티고 있다
殺意까지 느껴지는 섬뜩한 생명력

유월
초하의 숲을 걸으며
창조주를 생각해본다

〉
숲 그늘 속에서
촌철살인의 눈동자
서늘하게 쏘아보고 있다

- 「초하」 전문

봄에서는 어린 시절의 그리움으로 삶의 의욕을 찾던 그는 여름 속에서는 "살의까지도 느껴지는 섬뜩한 생명력"을 발견하며 여름을 준 창조주의 위대한 능력에서 위안을 느끼며 살고 싶은 의욕을 느끼고 있다. 이러한 그의 병마를 이기고자 하는 의지를 감각화 시킨 작품이 바로 이 작품이다. 여름에서 살의를 느낀다거나 촌철살인의 눈동자를 발견하는 것은 그의 죽음의 질곡에서 벗어나고자 하는 의지를 역설적으로 표현한 것이다. 이렇게 그는 계절을 감각적으로 형상화시키는 능력을 가지고 있다. 그것도 역설적 표현까지 등장시키면서 죽음을 극복하는 긍정적 태도를 가지고 있다.

결실의 계절이요 사계의 신화에서 죽음을 상징하는 겨울로 다가가는 가을이 어떻게 형상화 되어 있는가를 살펴보기 위하여 시 한 편을 인용한다.

나무뿌리로 얽힌 산 속 좁은 길을 걷는다

해는 서향 소나무 숲에서 지고 있다

환시처럼 망막 위로 불새 한 마리 날아온다

잎 다 떨군 감나무 까치밥 홍시 여나문 개 매단 채

텅 빈 하늘 그러안고 있다

바람에 마른 낙엽 내음새가 묻어난다

가을이 떠나고 있다

－「떠나고 있다」 전문

가을은 배 시인에게나 다른 시인들에게나 한 가지로 떠나는 계절이다. 그러나 배 시인은 떠난다는 자체에다 슬픔이나 서러움의 정서를 철저히 이입시키지 않고 있다. 그러면서 '불새 한 마리'와 같은 상징성 있는 사물을 등장시켜 사라짐이나 떠남과 같은 소멸에서 오는 허무의식을 철저히 차단시키고 있다. 오히려 불새가 가지고 있는 초능력적인 생명의식을 형상화 하고 있다. 뿐만 아니라 까치밥으로 남은 여나문 개를 달고 있는 감나무에서 절망 속에서의 여유로움까지 발견할 수 있다. 그렇다면 겨울은 배 시인의 시에서 어떻게 상징되고 있는가 하는 점을 주목해 보기로 한다.

바람이 세차게 분다
낙엽
길에 내팽개쳐지고
코끝을 쏘는 냉기
…살맛이 난다

눈 내린 시베리아는 아니더라고
분연히 도전하는 추위
…반갑다, 너 겨울

－「길목에서」 전문

가을을 제재로 한 시에서 상징적으로 표현한 절대긍정 즉 삶의 의지는 드디어 겨울을 제재로 한 시에서는 도전적이고 직접적으로 표현되고 있다. 첫째 연에서 시적화자 즉 배 시인은 세찬 바람 속에서 낙엽이 팽개쳐지고 냉기가 코끝을 쏘기 때문에 오히려 살맛이 난다고 진술하고 있다. 그는 오히려 시베리아 추위에 못지않는 추위에 도전하고 싶어 한다. 그래서 그에게는 겨울이 반가운 것이다.

〈3〉

지금까지 비록 짧게 형상화된 봄, 여름, 가을, 그리고 겨울을 제재로 한 작품 속에서 그의 항암치료를 하면서 죽음을 이겨낸 의지가 어떻게 형상화 되고 있는 가를 살펴보았다. 제1시집에서 보여주었던 현기증과 슬픔이 죽음의 문턱까지 다녀오면서 청산되었다는 점을 주목하지 않을 수 없다. 그런 점에서 다음의 작품은 이 시집 전체를 대표하는 작품이라고 생각된다.

-절대 긍정
날선 칼을 시퍼렇게 갈며
오늘을 씹고 있다.

나 아니면 누가 있어
이 괴로움을 대신하랴
-오만한 마음으로

– 「항암 중」 전문

그리고 시집 제목이 된 〈낙타의 저녁〉은 항암 이후의 배 시인의 시세계가 어떻게 변할 것인가를 예측하는 작품이라는 점에서 반드시 독자들에게 읽어보기를 권하고 싶은 작품이다. 더욱 완벽하게 건강을 추수려 제3시집이 간행되기를 기대한다.

시적 소재의 확대와 궁극적 관심의 형상화
- 선영자 시집 『詩가 흐르는 江』

(1)

선영자 시인의 제1시집 『시냇가에 심은 나무』(2007년. 청산)는 대부분의 시적 관심이 나무에 집중되어 있었다. 시인이 머리말에서 밝히고 있듯이 나무시편으로 유명한 미국시인 조이서 킬머(1886~1918)의 영향을 받아 하나님의 귀한 창조물인 나무를 시적대상으로 하여 90편에 가까운 시들을 봄, 여름, 가을, 겨울 등 4 계절로 나누어 편집하였다. 따라서 수많은 나무가 시의 소재가 되었다. 그러나 한 편으로는 한정된 소재가 단점으로 지적 될 수 있었다.

그러나 제2시집 『시詩가 흐르는 강』에서는 소재가 훨씬 다양해졌다. 주로 자연을 대상으로 하고 있지만 간혹 인공물도 등장하고 있다. 그만큼 시적 관심의 영역이 확대되었고 개개의 사물에 대한 인식이 더욱 심화되었다. 이러한 관점에서 모두 6부로 나누어진 편집체제에 따라 각 1편씩 총 6편의 시에 대하여 살펴보기로 한다.

(2)

우선 인공물이 등장하는 시편들로 엮어진 1부의 시편 가운데 다음의 시를 인용하여 보기로 한다.

누군가를 위하여
육신의 중심부로
깎이고 또 깎이어도

진리와 의와 가치에 마음 던져
오로지 흔들리지 않는 그대.

혹시 허튼 발 디딜세라
지우개로 쓱싹 지워가며

낮아지고 또 낮아져서
점점 작아지는 육신
겸손을 온 몸으로 납작 누이며

온 육신이 다 깎일 때까지
중심을 잃지 않는
꼿꼿한 희생의 일생

― 「연필」 전문

 이 작품은 지금은 볼펜이나 샤프 그리고 컴퓨터에 밀려 거의 사라지
고 있는 필기구 연필이 시적 제재가 되고 있다. 연필은 사용되면서 칼
이나 연필 깎기로 점점 작아진다. 사실 연필을 즐겨 사용한 세대들은 연
필이 작아지는 것 자체를 안타까워했으나 선 시인처럼 연필이 진리를
드러내기 위하여 자기 자신을 희생한다는 인식의 경지에 도달하지는 못
하고 살아왔다. 이러한 인식은 초가 불을 밝히면서 줄어드는 것을 자기
희생이나 헌신의 개관적 상관물로 인식하는 것과 유사하다. 그런데 초
는 시적 제재뿐만 아니라 교훈적인 산문들에도 자주 등장할 정도로 상
식적인 비유가 되어 있다. 특히 크리스천 시인의 경우 예수님께서 몸으
로 가르치신 희생과 헌신이 시적 주제로 등장하는 경우 자주 초를 등장

시킨다. 그러나 연필의 경우는 찾아보기 힘들다 인용한 시 「연필」에서
선 시인에 의하여 연필이 남을 위한 헌신과 희생이라는 관념을 형상화
하는 사물이 되고 있다. 이렇게 인식한 근원에는 선 시인의 깊은 신앙
이 자리 잡고 있다.

　연필을 깎을 때 그 중심부는 연필심 즉 흑연이 자리 잡고 있게 될 수
밖에 없다. 이러한 점을 진리와 의의 가치에 마음을 던진다고 표현한 부
분에서는 학습도구로서의 연필의 역할까지 암시하면서 동시에 기독교
신앙이라는 '궁극적 관심'까지 상징하고 있다. 작아지는 연필에서는 겸
손을 온 몸으로 실천한 예수님과 그 제자들 그리고, 오늘날의 존경의 대
상이 되는 성직자들에게서 발견되는 겸손이라는 관념까지 형상화하고
있다. 뿐만 아니라, 이 시의 마지막 부분에서 연필의 소멸을 통하여 희
생이라는 관념을 형상화시킨 점 역시 예사롭지 않다. 따라서 비록 짧은
시이지만 개신교 신앙의 중요한 덕목인 겸손과 희생을 충분히 사물화
시키고 있다.

　다음으로는 자연을 제재로 한 2부의 시편들 가운데 한 편을 인용하여
보기로 한다.

　　　　있는 듯
　　　　없는 듯

　　　　누가 돌보지도 않는
　　　　길섶에서

　　　　밤마다 조용히 흘러내리는
　　　　별빛 모아

　　　　오뉴월 따사로운 볕에

떼로 무리 짓고
때로는 실바람에 흔들린다.

대궁이만으로는 너무 외로워
허연 꽃 지천으로 피워

자랑할 것 하나 없는
가녀린 몸짓으로

내 마음 이다지도
사로잡는다.

- 「개망초꽃」 전문

　이 작품에서 선 시인의 개성이 드러나는 측면은 우선 여름에 길가에 지천으로 피어 있는 결코 아름답다고는 할 수 없는 개망초 꽃을 시적 제재로 하였다는 점이다. 개망초 꽃은 우리나라가 원산지가 아니고 북아메리카에서 우리나라에는 구한국말 우리나라가 일제에 의하여 망할 무렵에 유입된 꽃이라고 한다. 그래서 망국의 꽃이라고도 하고 개망초라는 고약한 이름이 붙었다고 한다. 지금은 우리나라 길가나 습지 등에 지천으로 피어 있기 때문에 결코 제대로 꽃으로 인식되지 않고 잡초로 취급을 받을 정도로 흔한 꽃이다. 그러나 시인들은 간혹 생명력과 인간미 등을 관념으로 한 시 속에 등장시키고 있다. 선 시인의 경우에는 관념의 형상화보다는 외로움이나 소박함의 정서를 표출시키는 것이 특색이다. 그러하면서도 정서를 지나치게 노출시키지 않는 감정의 절제까지 보여주고 있다.

　2부에 엮어진 다른 시편들도 아름다움을 자랑하는 꽃들보다 일상사에서 찾아지는 것들이 많다. 〈약수터 꽃밭〉이나 〈가로수 2〉 그리고 〈길섶의 잡초〉 등이 그것들이다. 따라서 선 시인의 주된 관심사는 일상에서 만나는 자연이라고 볼 수 있다.

　다음으로는 일상사나 삶의 태도가 등장하고 있는 3부의 시편 가운데
시집의 제목이 되고 있는 작품을 인용해 보기로 한다.

　　　　　어둠을 가르는 아침 햇살
　　　　　남실거리는 너의 얼굴에
　　　　　반짝이는 생선비늘 같은
　　　　　시를 쓰고

　　　　　햇살이 중천으로 벗어나면
　　　　　너의 깊은 자락 심연에
　　　　　흰 구름과 산들이 흔들리는 물처럼
　　　　　시를 쓰고

　　　　　노을이 서쪽으로 물들면
　　　　　연지빛 커튼 드리우고
　　　　　붉은 태양과 농익은 사랑으로
　　　　　시를 쓰고

　　　　　밤이면 달빛, 별빛 모아
　　　　　가만치 누운 듯 흐르며
　　　　　시를 쓰고

　　　　　욕심도 번뇌도 없이
　　　　　낮은 곳으로만 흘러
　　　　　낮이나 밤이나
　　　　　시가 숲이 되어 흐르네.

　　　　　　　　　　　　　　　　　　－「시詩가 흐르는 강」전문

이 작품의 표면적 상황은 시적화자가 강을 바라보면서 시를 쓰는 것으로 되어 있다. 시적 화자를 선시인 자신이라고 보면 시인이 강을 해돋는 아침부터 달빛과 별빛이 떨어지는 밤까지 바라보고 있다. 따라서 강을 실제로 물이 흘러 바다로 가는 강이라고 볼 수 없는 것이다. 왜냐하면 하루 종일 강을 응시하기는 불가능하기 때문이다. 그렇다면 강은 그 자체가 아니고 다른 것으로 상징된 것이라 볼 수 있다. 필자는 강을 바라보는 행위를 선시인 자신이 소망하는 아름다운 일상이라고 보고자 한다. 물론 현실에서의 삶은 이렇게 하루 종일 강을 바라보면서 시를 쓸 수는 없을 것이다. 그러나 소망 속에서는 아침에는 강에 비치는 햇살 즉 "반짝이는 생선 비늘 같은" 시를 쓰고 싶은 것이다. 또한 한낮에는 "흰 구름과 산들이 흔들리며" 비치는 그러한 시를 쓰고, 저녁노을 물드는 황혼 무렵에는 "붉은 태양과 농익은 사랑"의 시를 쓰고 싶은 것이다. 뿐만 아니라 밤에는 달빛과 별빛에도 불구하고 어두운 강심처럼 침묵의 시를 쓰고 싶은 것이다. 이렇게 선 시인이 소망하는 일상은 온통 시 쓰는 것으로 충만하고 있는 셈이다. 이렇게 시 쓰는 것에 전념하고 싶은 소망을 담은 시가 바로 이 작품이다. 그리고 이렇게 시에 대한 열정을 가지고 있기 때문에 이번의 시집은 제1시집보다 다양한 관심의 시들이 훨씬 심화된 시적 인식으로 창작되었다고 볼 수 있다.

선 시인이 아니라도 많은 시인들이 이렇게 하루 종일 변화무상하게 흐르는 강을 바라보면서 시를 쓰듯이 그렇게 시를 쓰기를 소망할 것이다. 그러나 그러할 수 없는 것 또한 엄연한 현실이다.

다음으로는 자연 자체를 제재로 한 4부의 시 한 편을 인용해 보기로 한다.

    시작도 끝도 없이
    지나고 나면 흔적도 없는 것이

온몸 저절로 설레게 하고
어디든지 떠나고 싶은 흔들림
삶이 온통 바람이듯

우리보다 먼저 이 세상에 존재하여
형체도 없이 보이지 않는 에너지로 흘러
깊은 곳 높은 곳 할 것 없이
종횡무진으로 모든 것에 스며
생명체의 근원인 물이 듯

바람처럼 물처럼
이 세상 모든 꽃나무로 다가가서
우렁우렁 꽃을 피우고

또 바람은 물을 데리고
높은 곳으로 치솟아
맑고 깨끗한 하늘 가
쌍무지게 곱게 곱게
띄우지 아니하랴.

― 「바람처럼 물처럼」 전문

   4부의 시편들은 주로 비와 바람과 같은 근원적인 자연을 제재로 하여
상상력을 전개하고 있다. 앞의 작품은 한 작품 속에 바람과 물이라는 원
소에 가까운 사물들이 동시에 등장하고 있다. 바람은 원래 공기가 기압
의 차이로 움직이는 유동성을 가지고 있다. 따라서 눈에 보이지 않는 공
기의 존재를 알게 하는 증거가 된다. 이러한 특성에 의하여 눈에 보이
지 않는 하나님 즉 성령 하나님의 존재 근거를 밝히는 비유가 되기도 한
다. 그러나 이 작품에서는 그러한 경지를 형상화 하지는 않고 있다. 첫

째 연의 첫째 행과 둘째 행에서 바람의 시간성을 예견할 수 없는 점에서 시적 화자의 몸을 설레게 하고 그로 인하여 어디로든지 떠나고 싶은 마음이 생긴다는 지극히 정서적인 측면을 형상화 하였다. 그래서 마지막 행에서는 삶 자체가 온통 바람이라고 다분히 서정주 시인의 「자화상」과 같은 상상력을 전개하고 있다.

지극히 인간적인 첫 연에 비하여 둘째 연의 경우는 인간보다 먼저 바람과 물이 존재하였다는 구약 창세기의 천지창조의 순서에 따른 상상력을 전개하고 있다. 뿐만 아니라 물은 운동성 즉 에너지로 변환 될 수 있다고 인식하여, 물이 모든 생명체의 근원이라는 고대 그리스의 철학자 탈레스(BC 624-546으로 추정)의 물활론적 인식까지 등장하고 있다. 그러나 셋째 연과 넷째 연에서는 다시 꽃나무에게로 다가가 꽃을 피운다든지 바람과 더불어 하늘로 치솟아 쌍무지개를 곱게 띄운다고 인식하여 낙원 지향성을 형상화 한다.

이러한 점은 자연에 대한 사랑과 노아의 홍수 이후에 무지개를 보내어 다시는 세상을 물로 심판하지 않겠다는 여호와 하나님의 약속에 근거한 낙관론이다. 따라서 전통지향성에서 찾아 볼 수 있는 허무주의나 현실도피로서의 바람이나 물이 아니라는 점에서 비록 기독교적 상상력의 형상화에는 다소 미흡하지만 궁극적으로는 기독교 세계관을 가지고 있다고 볼 수 있다.

다음으로는 주로 국내외 여행 체험에서 얻어진 일종의 여행시로 엮어진 5부의 작품 한 편을 인용하여 보기로 한다.

하늘을 향한 발돋움
오로지 위로만 솟구치는 고집

속살 비운 너의 푸르름에 압도되어

내 가슴에
대나무 향 같은 세로 줄
수없이 긋는다.

오직 하늘만 바라보며
곧게 살아야 할 것 같은
생각을 하게 하는
세로 줄 긋고 또 긋는다.

－「대나무 숲에 서다」 전문

이 작품은 '－담양 죽녹원에서'라는 부제가 있는 작품이다. 따라서 죽
녹원의 대나무 숲에서 착상된 작품이다. 다른 여행시들도 대부분 그렇
지만 여행에서의 감동과 감격을 과다하게 노출시키지 않고 적절히 절제
하고 있는데서 선 시인의 역량이 돋보이는 작품이다. 대부분의 시인들
이 대나무에서 발견하는 관념은 정절이다. 이러한 점은 고시조에서부
터 현대시까지 지속되는 관념이기도 하다. 그리고 그 관념은 대체적으
로 관념 자체에 머물고 있는 경우가 많다. 달리 말하면 내면화 혹은 자
기화 되지 않는 경우가 많다고 볼 수 있다는 것이다.

그러나 선 시인의 이 작품은 "세로 줄"이라는 상징적 표현으로 "오직
하늘만 바라보며 곧게 살아야 한다"는 양심의 문제를 자기화 하고 있
다. 이렇게 자연스럽게 자기화 할 수 있는 까닭은 선 시인이 가지고 있
는 신앙 때문이라고 볼 수 있다 특히 하늘만 바라본다는 것은 하나님을
경외하는 기독교 신앙의 시적 표현인 것이다. 마치 윤동주 시인의 「서
시」에서 받은 감동과 유사한 신앙적 감동을 받을 수 있는 작품이 바로
이 작품이기도 하다.

마지막으로 제목 속에 관념이 직접적으로 나타나 있는 6부의 시 한 편

을 인용하여 보기로 한다.

이 세상 무엇 하나
똑 같은 게 없다.

바닷가의 그 많은 모래알
자세히 보면 모두 다르고

하다못해
쌍둥이까지도
다른 데가 있다.

천지 만물 중에
나와 똑 같은 것
찾을 길 없다.

풀잎 하나 돌멩이 하나
아무 것도 똑 같은 게 없다.

모두다
천지를 창조하신
당신의 솜씨다.

- 「솜씨」 전문

　　6부의 경우 신앙시가 많다. 성경 말씀들이 직접 모티브로 등장하는 경우도 있다. 그 가운데 이 작품은 창세기 1장 천지창조 부분 전체를 모티브로 하고 있다. 비록 기독교세계관을 가지고 있지 않은 사람들도 조물주에 의하여 세상 만물이 창조되었다고 하여 절대자의 존재 자체를 인정하는 경우가 많다. 말하자면 가장 넓은 독자들에게 공감될 수 있는 작품이 바로 이 작품이다.

이 작품에서는 하나님의 창조의 능력 가운데 그 구조가 간단한 모래로부터 풀잎, 돌멩이 그리고 가장 복잡한 사람 쌍둥이까지 같은 종류의 사물들일지라도 모양이 똑 같은 것이 없다는 점에서 하나님의 창조의 능력을 칭송하고 있다. 이 작품 역시 비록 내면적으로는 하나님의 무한하신 능력에 감탄할지라도 감정조절이 잘 되고 있다. 우선 하나님을 직접 지칭하지 않고 당신이라고 호칭한 점이나 감탄적 종결어미를 하나도 사용하지 않고 있는 점에서 어조를 통한 감정이 적절하게 조절된 작품이다. 이러한 감정 조절의 장치들이 등장해야 시로 성공한 것이라 볼 수 있다.

(3)

신앙시의 경우 잘못하면 기도와 구별하기 힘들고 신앙수필의 경우 간증문과 구별하기 힘들다. 사실 오늘날의 기독교 문단에서는 이러한 구별을 제대로 하지 못한 채 문인으로 행세하는 경우가 적지 않다. 그러나 선 시인의 경우는 지금까지 보아온 바와 같이 신앙시든 그렇지 않은 시든 감정조절에 성공하고 있다.

이상으로 여섯 경향에 대하여 6편의 작품을 통하여 간략하게 언급하여 보았다. 결론적으로 말하자면 첫 시집에 비하여 관심의 폭이 다양하면서도 사물에 대한 시적 인식의 깊이가 심화되었다. 그리고 첫 시집보다 다양한 제재로 형상화된 기독교세계관 즉, 궁극적 관심의 작품들이 여러 편 등장하고 있다.

세 번 째 시집에서는 이 시집보다 모든 사물을 인식할 때 '궁극적 관심'이 더욱더 심화되어 보다 높은 경지의 경건성과 하나님의 존재와 역사하심이 여러 가지 시적 장치로 형상화되기를 기대하는 바이다.

생활의 아름다움, 가족과 이웃 사랑
- 성복순 시집 『일상의 축복』

(1)

중국의 소설가이고 문학비평가이자 문명비평가인 임어당林語堂(1895–1976)의 저서로 『생활의 예술』(우리나라에는 『생활의 발견』으로 번역되었음)이라는 책이 있다. 그는 중국어와 영어로 저술활동을 했는데 이 책은 외국 독자들에게 중국을 소개하기 위한 책으로 1930년대 후반에 쓰여진 책이다. 우리나라에도 오래 전에 번역되었으며 현재에도 여러 출판사에서 간행한 책이다. 70년대에 우리나라 독서계에도 화제가 되기도 했다. 그러한 까닭은 중국 소개서라기보다 그 자신의 사상과 체험을 유머와 풍자로 표현하였기 때문이었다. 그리고 그의 책으로 인하여 삶 즉 생활이란 가벼운 것이 아니라 진지한 것이며 그렇기 때문에 오히려 웃음과 풍자로 대하여야 한다는 교훈을 남기기도 했다.

성복순 시인의 시집 『일상의 축복』의 작품들을 일별하고 서두에 임어당 이야기를 꺼낸 까닭은 성 시인의 시들로 인하여 평범한 일상 즉, 생활도 시가 될 수 있다는 생각이 문득 났기 때문이다. 우리는 시라면 통상적으로 삶에서 특별한 경험과 그로 인한 감동을 바탕으로 창작된다고 알고 있다. 그러나 평범한 일상도 충분히 시적제재가 될 수 있는 것이다. 이러한 관점에서 성복순 시인의 시를 살펴보기로 한다. 성 시인의 시집 『일상의 축복』은 모두 4부에 걸쳐 총 70편의 시가 편집되어 있다.

(2)

제1부 〈일상 속으로〉에서는 주로 성 시인의 생활 주변에서 찾을 수 있는 사물들을 시적제재로 한 18편이 수록되어 있다. 말하자면 다른 시들이 주로 사람에 대한 관심이라면 1부의 시들은 사물에 대한 관심이다.

> 대지가 깨어나는 따뜻한 봄날
> 얼어붙은 땅을 살며시 헤집고
> 방긋 고개 내민 앙증스런 쑥 이파리
> 황량한 벌판에서
> 찬 서리 눈보라에 흔들리지 않고
> 꿋꿋이 견뎌낸 다섯 손가락
>
> 시각과 미각을 유혹하며
> 시린 발 쫑긋 세워 달려 나온 너는
> 보릿고개 시절 서민들 밥상에 올라
> 주린 배 채워줬던 일등 공신이었다
>
> 예나 지금이나 얼음이 녹을 즈음
> 허허로운 벌판에 솟아올라
> 힘내라 소리치는 가녀린 너는
> 고향처럼 따뜻한 향기를 품고
> 봄을 알리는
> 푸른 희망이다

– 「푸른 희망」 전문

이 작품은 성 시인의 시에서는 보기 드문 자연 즉, 쑥 그것도 봄에 갓 솟아나는 쑥 이파리가 시적제재가 되어 있다. 우선 1연에서는 겨울을 이겨 내고 따뜻한 봄날 솟아오른 쑥의 강인한 모습을 형상화하고 있다. 2연에서는 성 시인이 자주 사용하는 의인법이 등장하면서 쑥을 의인화한다. 그러면서 보릿고개 시절 밥 대신 허기를 채웠던 쑥을 일등공신으로 명명한다. 그리고 마지막 3연에서는 겨울의 추위를 이기고 솟아오르는 쑥에다 희망 그것도 푸른 희망이라는 관념을 부여한다.

  결국 성 시인은 쑥이라는 제재를 통하여 삶 그것도 긍정적이고 희망적인 삶을 노래하고 있다. 이러한 태도는 그의 작품 도처에서 나타나고 있다. 그리고 이러한 긍정적인 세계관이 가족을 사랑하고 이웃을 사랑하게 만들었다고 볼 수 있다. 더욱 근원적으로는 시인이 되어 생활의 아름다움을 시로 형상화 시키고 있는 것이다.

  제2부 〈삶, 그리고 동행〉에는 주로 도시의 일상이 시적제재로 된 17편의 시가 수록되어 있다. 사실 도시에서의 삶은 삭막하기도 하고 여유롭지 못한 삶이다. 그래서 오히려 그렇지 않은 시절을 동경한다.

        빌딩에서 내려다보는 도시의 야경
        쏟아져 내린 별처럼 반짝인다
        오색찬란한 불빛은
        무지개처럼
        도로를 수놓으며
        어둠 속을 질주한다

        전깃불도 없었던 어린 시절
        별이 내려온 줄 알았던 산골소녀
        지금도 불빛을 보며 별을 세워본다

        세월이 흘러

대낮처럼 밝아진 눈부신 네온사인

수많은 자동차와

명멸하는 불빛은

누구의 기다림일까

치솟은 빌딩의

불빛 속으로

-「도시의 밤」 전문

이 작품은 고층 빌딩에서 내려다 본 도시의 밤 풍경이 시적제재가 되어 있다. 그런데 도로에서 달리는 자동차의 불빛을 1연에서 무지개처럼 아름답다고 인식한다. 그 아름다움은 자동차 불빛 자체가 아니라 전깃불도 없었던 어린 시절 산골에서 하늘의 별을 헤아리는 기분에서 오는 불빛에 대한 동경에서 온 것이라는 점이 2연에서 등장하고 있다. 3연에서도 지금의 명멸하는 불빛이 누구의 기다림으로 인식하면서 삭막한 도시의 밤은 깊어 간다고 진술한다. 그런데 이 작품이 시적으로 성공한 까닭은 도시의 밤을 묘사하고 있는 1연과 3연 때문이 아니다. 2연에 별을 헤아리는 어린 시절이 삽입되어 있기 때문이다. 이렇게 성 시인은 도시의 불빛 속에서도 어린 시절 별을 헤아리던 순수한 마음을 잃지 않고 있다.

다음의 작품에서도 그러한 현재보다 과거에서 더욱 인정스러움을 찾는 성 시인의 모습이 구체적으로 나타나 있다.

신혼살림을 차렸던 변두리 달동네

우연히 옛집을 둘러 봤다

대문만 열면 앞집이 훤히 보이고

다닥다닥 붙은 집들이 그대로이다

골목에는

아이들의 웃음소리와
퇴근 길 남편의 발자국 소리
토닥토닥 화음을 이루던 그곳

녹슨 대문과
다락방을 떠받친 슬러브 지붕
아직도 꿋꿋이 자리를 지키고
젊은 부부가 생계를 꾸렸던 작은 가게
번듯한 이름표를 새긴 간판을 달고
희끗한 머리카락이 된 꾸부정한 주인 낯이 익다

- 「옛집」 전문

　오늘날 우리나라의 대도시의 주거문화는 세계에서 유례가 없는 아파트단지 중심이 되었다. 특히 비록 크기의 차이는 있지만 미국의 앞뜰과 뒤뜰이 있는 주택문화를 접하고 오면 한국의 도시의 주택문화는 왜 이렇게 되었는가 회의에 빠진다. 그러면서 모두 아파트에 살고 있고 요즈음의 아파트는 섰다 하면 50층이 넘는다. 그래서 우리는 대도시에서 변하지 않는 곳에다 의미를 부여하며 때로는 테마거리로 재생시키기도 한다.
　성 시인은 이 작품에서 1연처럼 우연히 신혼살림을 차렸던 동네에 들려 그곳에서 옛집이 그대로인 것에 놀란다. 그러나 그 놀란 감정은 적절히 조절된다. 2연에서 신혼시절 아이들 웃음소리와 퇴근하는 남편의 모습을 회상한다. 다시 3연에서 옛 모습 그대로인 집과 이웃 작은 가게의 다소 변한 모습을 등장시킨다. 그러나 간판까지 달렸지만 옛날의 젊은 주인이 노인이 되어 아직도 가게를 하고 있다는 점을 묘사하면서 변하지 않는 점을 강조한다.
　이 작품 역시 구조적으로 볼 때 2연이 중요한 역할을 한다. 즉 신혼시절 비록 이웃과 부대끼며 살기는 했지만 인정스럽던 가족과 이웃이 그립다는 점을 강조한 부분이 바로 2연이다.

　제3부 〈사랑〉에는 이 시집의 전반적인 주제가 되고 있는 가족들과 이웃들에 대한 관심과 애정이 담겨 있는 시편들이 17편 수록되어 있다. 그 가운데 가족과 이웃 사랑으로 대표할 수 있는 작품 두 편을 골라 보기로 한다.

초대를 받고 찾아간 아들 집
환한 온기가 먼저 나와 반긴다
소박하게 차려진 식탁엔
새아기 정성이 소복이 담겼다

상큼한 샐러드와 갈비찜을 안주 삼아
한 잔의 와인 곁들인다
포고버섯에 치즈를 씌운 고깔 모양 요리
보기만 해도 앙증스러워 젓가락을 아낀다

생크림이 녹아 볼품없는 케이크
새아기의 서툰 솜씨 애교 만점인데
알록달록 알파벳 양초에 불을 밝히니
집안이 환하게 피어난다
정성껏 준비한 생일 밥상
새아기의 예쁜 마음
웃음꽃 되어 피어난다

　　　　　　　　　　　　－「행복한 밥상」 전문

이 작품은 시인 즉 시어머니의 생일을 위하여 며느리가 비록 서툰 솜씨지만 모든 음식을 몸소 마련한 '행복한 밥상'이 시적제재가 되어 있다. 시어머니와 며느리 사이의 사랑과 행복한 가정을 형상화하기 위하여 세심한 노력을 하는 시인의 모습이 곳곳에 보이고 있다. 우선 1연의 둘째 행에서 "환한 온기가 먼저 나와 반긴다"는 표현에서 '온기'는 이 작품에서 가장 내포가 다양한 시어이다. 아들집의 화목하고 사랑이 넘치는 가정 분위기를 비유한 것이라고 볼 수 있고, 부모와 아들 그리고 며느리 사이의 사랑이라고도 볼 수 있다. 그리고 '반긴다'라는 시어는 성 시인이 즐겨 쓰는 의인법이 반영된 것이다. '새아기'라는 시어 역시 며느리에 대한 시어머니의 사랑이 반영된 것이다.

2연에서는 새아기의 정성스러운 요리에 와인을 마시면서도 젓가락질을 함부로 할 수 없다는 표현으로 고부간의 상대에 대한 배려의 정을 엿볼 수 있다. 마지막 3연에서는 생일 케이크까지 몸소 만들면서 며느리가 실수한 것을 애교 만점이라고 귀엽게 보고 있는 시어머니의 아량이 형상화되어 있다. 뿐만 아니라 양초까지도 평범하지 않고 그것이 밝히는 불로 집안이 환하게 피어난다고 행복한 가정 분위기를 사물화 시킨다. 마지막 두 행에서는 새아기의 예쁜 마음을 가족들의 웃음꽃으로 감각화 시켜 마무리한다.

동네 귀퉁이 조그만 수레에
붕어빵 굽는 초로의 할머니
여러 날 그냥 지나치다가
오늘은 맘먹고 인사를 했다
천원에 다섯 마리 봉지에 담으며
조곤조곤 궁금증을 주고받았다

일터 나가는 아저씨들이
붕어빵 몇 마리 요기를 대신하니

이른 시간에 붕어 구워야 판단다
예전에는 큰 식당을 하셨는데
불경기의 여파로 가게 문을 닫았다며
푸석한 얼굴로 불씨를 살핀다

앞만 보고 살아온 지난 시절 돌아보며
백세 시대 긴 여정에 희망의 끈을 붙들고
따끈한 붕어를 구워대고 있다
백열등 아래
빈속을 데운 아버지가 걸음을 재촉한다

– 「아침 붕어빵」 전문

바로 앞의 「행복한 밥상」이 가족에 대한 사랑을 형상화 한 작품이라면 이 작품 「아침 붕어빵」은 이웃에 대한 사랑을 형상화한 것이라고 볼 수 있다. 거리에서 붕어빵 굽는 사람들에 대하여 관심을 기울이는 사람들이 많지 않은 것이 오늘날의 세태이다. 그러나 성 시인은 1연에서처럼 붕어빵 굽는 초로의 노인에 대하여 망설이고 망설이다가 끝내 붕어빵을 사면서 인사를 하는 것으로 관심을 기울인다. 그러한 관심이 단순한 인사치례가 아닌 점은 2연에서 밝혀진다.

2연에서 성 시인은 대화를 통하여 이른 아침부터 빵을 굽는 연유와 그동안의 노인의 삶의 역정을 알게 된다. 마지막 3연에서 성 시인은 빵 굽는 노인의 앞날까지 희망적으로 제시한다. 뿐만 아니라 빵으로 아침을 대신한 아버지들의 삶의 현장으로 나가는 모습을 표현함으로써 한 편의 시를 마무리 한다. 이렇게 누구나 놓치기 쉬운 이웃들의 살아가는 모습까지 시적제재가 되고 있다.

제4부 〈여행지에서〉에는 주로 국내외 여행체험의 시들이 18편 편집

되어 있다. 물론 그 가운데는 부산지역의 축제나 뜻 깊은 사연이 깃든 곳이 시적제재가 된 것이 몇 편 있기도 하다.

황매산 바람이 깃발처럼
꽃 잔치 오라고 손짓하고
몰려오는 수많은 인파 속에
연분홍의 정열이 뜨겁다

산등성이마다
미인 대회 열리듯
여기 저기
미소 짓는 꽃들이
온 산을 붉게 물들이고

아직 여린 꽃봉오리
햇살과 바람 손잡고 축제를 즐기니
내 마음도 훨훨
행복에 젖어 노를 젓는다
황매산은
철쭉을 안고 출렁인다

― 「황매산 철쭉축제」 전문

이 작품에는 경남 창녕의 황매산 철쭉축제를 참관한 성 시인의 감회가 시적제재로 등장하고 있다. 시적화자 성 시인은 이 시에서 주로 사물에다 인격을 부여하는 의인법personification을 사용하여 시적 형상화를 시도하고 있다. 물론 1연 첫 행에 바람을 깃발에 비유한 것과 2연 둘째 행 "미인 대회 열리 듯"이라는 직유가 있기는 하나 작품 전체를 주도하고 있는 기법은 의인법이다. 사실 '미인 대회'라는 보조관념도 사람과 관련이 있는 것이다.

시에 의인법을 사용한 역사는 세계문학사를 보아도 오래 되었으며, 우리나라의 경우에도 고전문학부터 사물에다 인격을 부여한 문학 장르는 다양하다. 그래서 자칫하면 의인법은 진부해지기 쉽다. 그러나 성 시인의 경우 황매산 철쭉의 아름답기를 넘어 황홀하기까지 한 모습을 표현할 길이 의인법을 제외한 다른 기법일 수는 없을 것 같다. 자연에다 인격을 부여한 결과 성 시인과 철쭉은 동일화 현상이 일어나 마지막 3연 3-4행에서처럼 "내 마음도 훨훨/행복에 젖어 노를 젓는다"의 경지에 다다르게 된다. 이러한 동일화 현상으로 사물에 대한 거리조절은 성공을 거두고 있다. 말하자면 감정과잉의 단점을 극복할 수 있게 된 것이다.

음산한 바람이 울분을 토한다
머리를 풀어헤친 안개는 수용소를 헤집고
히틀러의 잔혹함에 전율한다
찌푸린 날씨는
역한 냄새가 나는 듯한
침침한 공간을 에워싸고
떠도는 원혼들의 울부짖음이
사방에서 머리카락을 잡아당긴다

벽장 안의 임자 잃은 장신구는
주인 기다리며 넋을 놓고 앉았고
잘려진 머리카락은 더 이상
소품 재료가 되지 못한 채
모진 세월 넘기고 있다

희망을 안고 소중한 것을 챙겨
가족의 손을 잡고 나섰던 유태인
아- 이 참혹함이여

－「아우슈비츠 수용소에서」 전문

이 작품은 폴란드 남부 히틀러에 의하여 유태인 3분의 2를 포함한 400만이 학살된 아우슈비츠 수용소를 방문한 것이 시적제재가 된 작품이다. 아우슈비츠 수용소는 잘 알려지다시피 제2차 세계대전에서 나치에 의해 희생된 유태인의 참상을 잊지 않기 위해 그 시설이 보존되어 있고 1979년 유네스코 세계문화유산으로 지정된 곳이다. 동유럽관광 코스에서는 필수적으로 포함되는 곳이기도 하다. 그곳을 방문한 관광객들은 나치의 잔학상에 분노를 감출 수 없게 된다.

이 작품의 경우 역시 '바람' '안개' 등을 의인화 시켜 시적 형상화에 어느 정도 성공하고 있다. 그리고 분노와 공포 같은 감정을 직접 표출하지 않고 사물화의 효과를 거두고 있다. 그러나 이 작품의 마지막 행에서야 "아- 이 참혹함이여"라는 부분에서 감탄사를 사용하여 감정을 노출시키는 것이 오히려 효과적인 표현이라고 볼 수 있다. 말하자면 참고 참다가 분노를 터뜨리는 태도인 것이다.

(3)

제4부에 걸쳐 편집된 70편 가운데 비교적 시적형상화에 성공하였고 시집 전체의 경향에 적합한 7편의 작품을 살펴보았다. 성 시인의 작품에서 일관되게 사용하는 기법은 의인법인데 그것은 비록 오래된 기법이지만 성 시인의 사물들과 시적제재에 대한 애정에서 온 것이기 때문에 진부하지 않다. 그리고 생활 주변에서 제재를 택한 것 역시 성시인의 특색이기도 하다. 뿐만 아니라 가족과 이웃 그리고 사물에 대한 사랑 역

시 감정의 적절한 조절로 인하여 객관화에 성공하고 있다.

　다만 시적진술에서 시어를 더욱 과감하게 버리는 용기가 필요하다. 그리고 이미지의 참신성을 돋보이기 위한 사물화의 과정도 더욱 강화될 필요가 있다. 이러한 점이 더하여 진다면 시집 제목처럼 다음 시집의 '일상의 축복'이 더욱 빛날 것이다.

길에서 찾은 희망의 시학
- 송정우 제2시집 『비상구를 찾다』

(1)

송정우(1952-) 시인은 2012년 생물학적 나이 60에 시단에 데뷔하였다. 그러나 그는 초등학교 시절에 송 시인의 고향이기도 한 전남 나주를 지키며 흙냄새 물씬 나는 소설을 써 1978년 '흙의 문학상'을 수상한 오유권(1928-1999) 작가가 심사한 향토백일장에 입상할 정도로 문재를 가지고 있었다. 그는 지금도 생업인 스포츠 패션 브랜드 사업으로 미국, 유럽, 중동 및 아시아의 여러 나라 회사와 상담을 하면서 세계를 누비고 있다. 그는 외국어 구사에 능하며 일찍부터 번역문학에 관심이 많아 소설을 번역하기도 하고 개신교 장로로 한국에 온 서양 선교사의 전기를 쓰기 위하여 국내외 선교지를 탐방하기도 하였다. 그는 무역업에 종사하는 탓이기도 하나 여행을 좋아하며 업무차 외국에 나가는 경우에도 바쁜 시간에 짬을 내어 자전거 여행도 한다. 따라서 여행체험이 바탕이 된 작품들이 많다. 필자는 서울에서 나오는 모 계간지에 「시와 여행」이라는 제목으로 그의 여행 체험의 시에 대하여 집중적으로 조명한 바 있다.

그는 비록 늦게 데뷔하였으나 왕성한 창작 활동을 하여 2015년 처녀시집 『희망을 다림질 하다』를 낸 바 있다. 그 후 4년 만에 내는 이 시집이 그의 두 번째 시집이다. 이 시집은 총 5부로 나누어 70편의 시를 수록하고 있다. 이 시집에도 국내외 여행에서 얻은 시들이 많다. 그러나 이 시집에서 필자는 그의 시가 여행 체험 자체에서 느낀 정서보다 더 큰 의미의 상징성을 가지고 있다는 생각을 하게 되었다. 그는 이 시집의 자서격인 〈시인의 말〉에서 짧은 글이지만 다음과 같이 밝히고 있다.

굳어지는 몸과 마음에 안타까워하다 신체와 영혼을 모험하고 도전시키며 길을 걷고 글을 쓰곤 하였다. 낯선 상황을 헤쳐 나아가다 보면 어느 길도 익숙한 길이 없다는 것을 안다.

그는 신체와 영혼의 나태성을 극복하기 위해 모험적인 여행을 하고 글을 쓰고 있다. 그리고 익숙하지 않은 길을 헤쳐 나가는 데서 그 나름의 '길 위의 시학'을 깨닫고 있다. 따라서 그는 시편 속에서 여행 자체의 즐거움이나 미지의 세계에서 발견되는 새로운 풍경의 경이로움보다 '익숙한 길의 부재'에다 그의 신앙이기도 한 기독교적 상상력을 구사하여 내포를 간직한 시편들을 쓰고 있다. 그러면 그의 내포, 즉 상징성의 의미가 어떠한 지를 구체적인 작품을 통하여 살펴보기로 한다.

(2)

이 시집 1-5부에서 고른 8편의 시를 순서대로 살피기보다 그의 '길 위의 시학'이 어떻게 심화되고 상징적으로 형상화되고 있는가 하는 점을 해결하기 위하여 시편들의 수록 순서를 바꾸어 가면서 필자 나름의 시 속에 내포된 상징성의 의미를 해석하여 보기로 한다.

몸을 낮추어 불어오는 밤바람에
갈라졌던 얼음장이
다시 만나고 있다.
제 몸 부수며
뱃길 내어주는 강물로

아침이면 잡은 손을 놓아야 해도
재회와 헤어짐의 경계에서
토닥이는 깊은 상처
바위처럼 견고하다 포기한 적이 있다.
겨울 깊이 빠진 곳
쪼개진 몸 이어서
강 건너 물의 길을 만드는 얼음은,
한 번 갈라진다고
아주 갈라짐이 아니라는 것 알고 있다.

—「길, 이어지다」 전문

이 작품은 3부에 세 번째로 편집되어 있는 시이다. 그러나 송 시인의 길에 대한 의미부여 즉 상징성을 잘 보여준 시이다. 따라서 이 작품을 통하여 '길'의 상징성을 어느 정도 파악할 수 있을 것이다. 이 시에 등장하는 주된 시적 제재는 봄이 오는 강변의 갈라진 얼음장이다. 얼음장이 갈라진다는 것은 겨우내 그것을 길 삼아 걸어온 자들에게는 길이 없어진 것이다. 즉 길의 상실이다. 이 경우 상식적인 정서는 얼음 자체에서 오는 감각 즉 차가움이나 물에 빠질 수도 있다는 불안감이다. 그러나 송 시인은 이 시의 첫 부분 다섯 행에서 그러한 상식을 벗어나고 있다. 얼음장의 갈라짐에서 그가 인식하는 것은 새로운 만남이다. 즉, 얼음장이 녹아 강물이 되고 그 강물로 뱃길이 열려 새로운 만남이 시작된다는 것이다. 이어서 송 시인은 우리의 삶 속에서 헤어짐은 깊은 상처를 주고 송시인 자신도 헤어짐 자체를 인정하고 포기한 적이 있다고 술회한다. 그러나 겨우내 얼었던 얼음은 봄이 되면 녹아져 결국 갈라진 얼음장은 형체만 바뀌었지 새로운 길을 만든다고 인식하고 있다.

이상과 같이 송 시인에게는 길은 결코 끊어질 수 없으며, 다양하게 변하는 것 자체는 항상 새로운 길이 되고 그에 따른 새로운 도전이 되는 것이다.

세상 모든 것
어딘가에 있고
어딘가로 가고 있다.

그 가운데
보이지 않게 피는 꽃이 있다.

그 곳
미리 알 수 있다면
그 어딘가 먼저 가 서있고 싶다.

우리는 모두
사라지는 것 쫓아다니며
스스로 소멸하고 있는 것을

이름도 없이 소실하는 길
가다가

눈에 보이지 않아서 더 소중함이여.

– 「삼랑진 갈림 길에서」 전문

이 작품은 2부 아홉 번째 편집되어 있다. 이 시에 등장하는 구체적인 지명 삼랑진은 요즈음 양수발전소 위쪽으로 아름다운 서구식 별장들이 많아 사람들이 자주 가는 곳이 되었다. 그러나 삼랑진은 지형적으로 밀양강과 낙동강이 만나는 탓으로 조선조 시대에는 사람과 물류들이 이동하는 거점이었고, 임진왜란 때는 치열한 전투가 벌어진 현장이요, 일제강점기에도 일제에 의하여 요긴하게 쓰인 곳이다. 특히 1905년 개통한 경전선으로 경상도에서 전라도로 가는 갈림길이 되기도 하였다.

이러한 의미 있는 곳에서 송 시인이 발견한 것은 세상 모든 것 즉, 사물들의 존재와 이동이다. 달리 말하면 사물들은 존재하지만 시간의 흐름에 의하여 변화하면서 차츰 소멸되어간다는 진리를 발견한 것이다. 그러한 진리 속에서 그가 소망하는 것은 "보이지 않게 피는 꽃"에의 동경이다. 사라지는 만물들 속에서 보이지는 않지만 사라지지 않는 꽃은 어쩌면 그가 믿고 있는 하나님일 수도 있을 것이다. 그러나 이 작품에서는 그렇게 명백하게 밝히지 않고 있다. 즉, 현대시의 특성이기도 한 모호성 혹은 애매성의 차원으로 "눈에 보이지 않아서 더 소중한 무엇"으로만 존재한다.

지금까지 희망적이고 유토피아 지향적인 사물에 대한 인식들로 쓰여진 작품을 주로 살펴보았다. 그러나 그렇지 않은 작품들도 있다. 사실 그의 첫 시집 제목이 『희망을 다림질 하다』일 정도로 그는 시 속에서 전개되는 현실과 사물들에 대하여 긍정적이고 희망적이었다. 그렇다면 그에게 다소 절망적이고 좌절감을 느끼는 시편들의 궁극적 지향점이 무엇인지를 밝히는 것도 의미 있는 일이다.

언제라도 표정을 바꾸어
폭우를 쏟아낼 것 같은 하늘이다.

사각死角의 그늘을 파고드는
오후의 빗금이
저물어가는 경계선에 멈추어 서 있다.

가슴 떨리던 순간
서툴렀던 연기演技를 기억하는 가면들
막이 내린 무대에서 똬리를 틀어도
주름 잡힌 돛을 펼치면

또 한 번의 항해이다.

깃 세운 망토 자락을 끌며
옥탑방 문지방을 넘어온 수평선이
연두 빛 어깨에서 출렁이고 있다.

– 「비상구를 찾다」 전문

이 작품은 4부 처음에 편집된 작품이며, 이 시집의 제목인 시이다. 지금까지의 다른 작품과는 달리 사물에 대한 인식보다 송 시인의 분주한 삶에 대하여 풍자한 작품이다. 그는 앞에서도 잠시 언급했지만, 스포츠 패션 브랜드 사업으로 세계를 누비면서 분주하게 살고 있다. 특히 외국인과 상담할 때에는 긴장의 연속이라고 볼 수 있다. 이러한 삶을 언제라도 폭우가 쏟아질 것 같은 하늘에 비유하고 있다. 그리고 "오후의 빗금이/저물어가는 경계선에 멈추어 서 있다"는 시간에 대한 불안의식도 등장한다. 세재 연과 넷째 연에서는 삶에 좌절이 와도 다시 한 번 깃 세운 망토자락으로 용기를 내고 항해한다고 피력하고 있다. 그래서 그의 삶은 결코 좌절하지 않고 굳건하게 일어서는 것이다. 이러한 의지로 그는 이 시를 시집의 제목으로 삼았다고 볼 수 있다.

몇날 며칠
뽕잎 갉으며 뒤척였다.

집 나서는 손잡이를 놓기도 전에
꽈당 소리 내며 먼저 닫히는 문

위로받고 싶어졌다.

까르륵거리는 나뭇잎 사이

머물고 있던 바람이 달려 와 안긴다.

막혔다가 뻥 뚫린 샤워기에서
진한 햇물이 쏟아져 내려온다.

위로받고 싶어 하는 사람
문 저편에 또 있다.

— 「장마의 끝」 전문

　이 작품은 5부 다섯 번째로 편집된 작품이다. 송 시인의 일 하지 않고 쉬는 나날을 '장마'라는 비정상적인 기후 현상을 가져와 형상화한 작품이다. 송 시인은 이러한 나날을 마치 누에가 뽕잎을 갉아먹는 나날이라고 하여 권태롭고 무료함을 구체화한다. 셋째 연 "위로받고 싶어졌다."라는 시적 화자의 심정의 토로는 바로 송 시인의 심정이라고 짐작할 수 있다. 그러나 화자의 직접적인 심정 토로는 이 한 행으로 끝난다. 정상적으로 회복된 기후를 불어오는 바람으로 의인화하여 감각화하면서 다시 시적 진술을 회복한다. 그리고 시적화자 즉, 송 시인의 분주하면서도 일 자체를 즐기는 삶의 자세를 '햇물'이 쏟아지는 샤워기로 사물화 한다. 그러면서도 한편으로는 또 다른 자아인 "위로받고 싶어 하는 사람"을 "문 저편에 서 있는 다른 사람"으로 형상화한다.

　이상의 「비상구를 찾다」와 「장마의 끝」은 송 시인의 삶의 다른 모습이며 그는 분주하게 일하면서 해외여행을 하고 그 사이 자전거로 세계의 도로를 달리는 활기찬 모습과는 다르다. 그러나 이 또한 송 시인의 진솔한 삶의 한 측면이다.

　그는 다시 여행을 떠난다. 그리고 산책길에서 들꽃들도 만난다.

　양지와 음지의 경계선에

멈추어버린 시간 속으로 들어간다.

오후의 단잠을 마친 고원의 빛
성소를 내려오자
만년설 침묵이 녹아 흐르고 있다.

계단을 오르는 순례자
두려운 마음으로 묻고 있다.

그늘진 얼굴에 흰 꽃을 피워내며
그대가 기다리고 있는 것이 무엇인지.

오래 전 금이 가버린
슬프게 풍만한 가슴이 떨리고 있다.

- 「알프스를 넘다」 전문

　이 작품은 3부 다섯 번째에 편집된 작품이다. 알프스에 올랐거나 여행 중 알프스 산맥을 버스로 오르내렸거나 한 체험을 가진 독자들에게는 쉽게 공감이 갈 작품이다. 그곳이 샤모니쪽이거나 인터라겐 쪽이거나 우리는 알프스에 압도되었으며 눈보라 속에서도 알프스를 트레킹 하는 여행객을 만났다. 그리고 산 중턱의 수도원 이야기도 들었을 것이고, 빙하에 얽힌 비운의 사랑이야기에는 들었을 것이다. 이때의 느낌을 시적으로 형상화한 작품이 바로 이 작품이다. 입 다물지 못하고 바라본 알프스에서 받은 감동을 시간이나 빛과 같이 다소 관념화된 사물들을 등장시켜 형상화하였음에도 불구하고 넷째 연에서 알프스를 의인화하여 부르는 행위로 인하여 감동의 순간이 적절하게 실감나고 있다. 특히 마지막 연에서 만년설의 녹아내리는 모습을 슬프게 풍만한 가슴으로 표현한 곳에서는 만년설에 얽힌 애달픈 사랑이 전해진다.

응어리진 나날을 에돌아가
길을 나서 새 길을 내어도
막막한 오름 길.
어드메
산들바람 불어오는가.
소박했던 유년의 궁전
보릿고개 비탈에
비릿한 햇살이 숨바꼭질하고 있다.
잊혀진 땅 메마른 황무지에도
번성하라 땅에 충만하라
잔잔한 응원의 함성으로
창세의 축복 이어져
노른자 꽃술을 열고
까르르 웃음 웃는 얼굴들이
맑은 별빛으로 수를 놓고 있다.

－「개망초」 전문

　이 작품은 1부의 첫 작품이다. 달리 말하면 시집을 열면 처음으로 등장하는 작품이다. 사실 이 시의 제재인 '개망초'는 우리나라가 원산지는 아니다. 북아메리카가 원산지인데 지금은 우리나라 6월부터 9월 사이에 길가나 산기슭이나 어디든지 지천으로 꽃을 피우고 있다. 한해살이가 아니고 두해살이고 그 번식률이 대단하다. 1910년대 일제강점기와 더불어 우리나라에 들어 왔기에 나라를 망하게 한 풀(망초)에다 '개' 자를 접두사로 더하여 일종의 경멸하는 꽃 이름이다. 그러함에도 불구하고 시인들의 작품 속에 자주 등장한다. 그리고 각 시인들의 작품마다 개성적인 면모를 갖추고 있다.

　송 시인의 경우에는 유년기의 체험과 성경을 패러디 한 것이 특성이다. 전반부인 1행부터 8행까지는 길가에 집단적으로 피어 있는 개망초

꽃의 모습으로 인하여 유년기의 아픔인 보릿고개의 배고픔을 이기고 희망을 가졌다는 점을 상기시키고 있다. 허기진 보릿고개의 추억을 가진 세대들은 충분히 공감되는 비유이다. 그러나 후반부 9행부터 15행에서는 창세기1장 22절 〈하나님이 그들에게 복을 주시며 이르시되 생육하고 번성하여 여러 바닷물에 충만하라 새들도 땅에 번성하라 하시니라〉에서 물고기와 새들의 번성을 명령하신 하나님의 말씀을 개망초에다 적용하고 있다. 즉, 개망초의 왕성한 번성과 수직으로 곧게 자라는 모습의 강인성을 이렇게 그가 가진 개신교 신앙의 원천인 구약성경 창세기를 원용하여 형상화에 성공하고 있다.

(3)

이상과 같이 그가 가진 긍정적 세계관과 희망지향성은 어디에서 나왔을까 하는 의문을 해결해 보기로 한다.

> 빛으로 오신 분이
> 그 빛 모두 잃으시고
> 달무리 후광에
> 흐물거리는 그림자 실루엣이 되었다.
> 가난한 저녁을 준비하는 소리에
> 밤은 깊어지고
> 빨랫줄에 걸려있는 세마포 한 벌
> 홀연 바람에 날라 간다.
> 그렇게 주님 오시고
> 주님 떠나신다.
> 눈멀고 절름발이 된 예루살렘에
> 무릎 꿇리고
> 돌문을 닫은 동굴에 갇혔다.

쇠사슬 끊고 승천하였다는 말
믿을 수 없어 내려가던 엠마오 길
두 가슴 뜨거워지며
새 예루살렘이 열리고 있다.

- 「엠마오 식사」 전문

이 작품은 5부 열 세 번째에 편집된 작품이다. 5부에서는 그의 신앙고백이 드러난 작품들이 여러 편 있다. 그 가운데 성경말씀의 줄거리를 직접적으로 드러내지 않고 응축된 시어와 감각적 이미지를 동원하여 시적 형상화의 성공도가 다른 작품에 비하여 높은 작품이 이 시이다.

예수님이 십자가에서 돌아가시고 3일 만에 부활하셔서 40일 동안 막달라 마리아를 비롯한 여러 제자들에게 나타나셨으며 많은 사람들이 보는 앞에서 땅 끝까지 복음을 전하라고 당부하시고 승천하셨다 .이러한 사실은 『마태복음』, 『마가복음』, 『누가복음, 그리고 『요한복음』 등의 끝 부분에 밝혀져 있다. 그런데 그 가운데 가장 구체적으로 기록되어 있는 사실이 엠마오로 가는 길에 만난 두 제자의 이야기이다.(『누가복음』 24장 13절~36절) 이 사실은 『누가복음』 한 곳에는 구체적으로 기록되어 있으나 『마가복음』 16장 12-13절에는 엠마오라는 지명도 없이 두 사람이 시골로 갈 때 나타나셨다고 간략하게 기록되어 있다. 송 시인의 앞의 작품은 이 사실을 시로 형상화 한 것이다. 『누가복음』의 사실을 요약하면 다음과 같다.

예수님이 부활하신 날 제자 두 명이 예루살렘에서 이십오 리 떨어진 엠마오로 가는 길에 예수님이 나타나 동행하신다. 그러나 둘은 예수님인 줄 모르고 여러 이야기를 나눈다. 두 제자 중 글로바라는 제자가 그동안 예루살렘에서 있었던 예수님이 못 박혀 돌아가신 일을 모르느냐고 반문한다. 그리고 예수님이 성경에 그러한 사실이 이미 기록되어 있음을 설명하신다. 도착한 마을에서 두 사람과 예수님이 같이 식사를 한다. 그 자리에서 예수님이 축사하신 후 떡을 떼어 제자들에게 주자 비로소 제자들은 눈이 밝아져 지금까지 그들과 이야기 나누고 식사하신 분이 예수님이라는 것을 알게 된다. 그러자 예수님은 사라진다. 두 제자는 예수님이 성경말씀 풀어 주실 때 마음이 뜨거워졌다고 감격하고 예루살렘으로 돌아가 다른 제자들에게 예수님을 만난 사실을 말한다.

 이 내용에서 송 시인이 시적 제재로 가져온 부분은 예수님과 두 제자가 식사한 부분이다. 물론 식사하는 부분을 제목으로 가져 왔으나 그 장면을 상세하게 묘사하지는 않고 있다. 그러나 이 성경을 바탕으로 이 시를 해석하면 비신자라도 시적 형상화가 성공하고 있다는 사실을 알게 될 것이다.

 이 작품의 서두 1-4행은 예수님이 골고다 언덕에서 십자가형으로 돌아가심을 비유적이면서 감각적으로 표현하고 있다. 5행-8행 부분이 두 제자와 예수님이 식사하는 정경을 형상화한 것이다. 세마포가 바람에 날아간다는 표현으로 식사의 풍경은 다이나믹해지고 많은 내포를 간직하게 된다. 말하자면 상징성을 가져 다양한 해석이 가능해진다. 다음 9행부터 14행까지는 예수님의 공생애 3년 동안 많은 이적도 행하시고 말씀도 전하실 때에 구름떼처럼 따라다닌 군중들이 한 순간 돌변하여 예수님을 십자가에 못 박히게 한 예루살렘의 분위기를 비판하고 있다. 그러나 그것도 직접적 진술이 아니라 비유적으로 간략하게 서술한다. 그리고 예수님의 부활과 승천의 소식도 제시된다. 마지막 부분인 15행부터 18행까지는 엠마오의 두 제자의 어조로 예수님의 부활과 승천으로 새로운 예루살렘 시대 즉, 기독교의 탄생과 세계 선교의 길이 열릴 것을 조용히 선언하고 있다.

 이상과 같이 송 시인은 그가 가지고 있는 신앙을 통하여 현실의 어려움을 극복하고 국내외의 여행의 길이나 삶의 현장을 긍정적으로 보고 있다. 달리 말하면 긍정과 희망의 시학은 그가 가지고 있는 개신교 신앙에서 온 것이라고 볼 수 있다. 그래서 그는 희망을 노래하고 있다. 그리고 그는 사물이나 현실에 대하여 가볍게 일희일비하지 않고 절제된 시작 태도를 가지고 있다. 그의 이 시집의 마지막 작품인 「희망가」를 인용하면서 해설을 마무리하기로 한다.

>북풍 몰아치기 전
>아직은
>꽃의 봄날을 노래하자.
>어둠의 장막이 드리우기 전
>아직은
>푸른 하늘을 보도록 하자.
>또 하나의 세상을 비추는 거울 속에
>구름처럼 바람처럼
>지나가는 누군가가 있다.
>아득한 이름도
>회전하는 그림자 그리는 꿈길에서
>만나보는 인연이 되어
>더 이상 갈 수 없다.
>절망이 속삭일 때
>한 걸음 더 내딛어 나아가도록 하자.

— 「희망가」 전문

사물과 일상에 대한 감각적 인식
– 이분자 시집 『그 숲 속 휘파람 소리』

(1)

이분자 시인은 마산 여중·고 시절부터 미술 그것도 서양화에 남다른 재질을 보여 장관상과 경남도지사상을 여러 차례 수상하였다. 따라서 자연스럽게 이 여사가 대학 진학 할 무렵인 60년대 초반 부산·경남 지역 유일한 여자 대학인 한성여대 미술학과 서양화 전공으로 진학하여 졸업한 후 중등학교 미술교사로 근무하기도 하였다. 그러다가 뜻한 바 있어 시인의 길로 들어서게 되어 오랫동안 작품 활동을 하고 있다. 이 번의 시집이 그의 첫 번째 시집인 셈인데, 작품의 창작 연도를 보니까 1969년 아마 대학졸업 후 초년병 교사시절의 작품부터 최근의 작품까지 근 40년 동안의 시적편력이 포함되어 있다. 따라서 그의 시적 변모를 한 눈에 파악할 수 있을 것 같다. 그러나 40년 동안의 작품임에도 불구하고, 20대 후반의 상상력과 젊은 감수성을 아직도 간직하고 있다는 점에서 신선한 감각적 이미지들로 충만한 시집이라고 볼 수 있다.

(2)

이 시인의 시는 그의 서양화가로서 체험과 작품 제작에 대한 기법에 크게 영향을 받았다. 달리 말하면, 중·고등학교 시절부터 갈고 닦은 사물에 대한 서양화적 인식이 그의 시작의 가장 큰 원동력이 되었다고 볼 수 있다. 따라서 사물이나 일상적 체험이 모두 시각적 이미지에 의존하고 있으며 때로는 청각적 이미지와 시각적 이미지를 결합시켜 독자들에게 공감각적 감동을 느끼게 하고 있다.

어머니 따슨 손 꼬옥 잡은
기적소리 들리는 유년의 나들이
먼지 뽀얀 자갈길 부푼 설렘으로
깊은 산골 들녘 숲 아슴히 돌아
개울 물소리 우렁차게 들리는
이슬 턴 풀잎 사이 황금빛 그리움
간절한 위안이 되는 풍경이여
통통한 채송화 낮게 웃던 싸리문 옆
짚단 태우는 매캐한 연기마저
싸한 젖줄 묻은 어머니 품속처럼
삼심 촉 알전등 드문드문 비치던 산골에
때론 상큼한 그 숲 속 휘파람 소리로
눈물 나게 달려가고 싶다.

　　　　　　　　　　　－「그 숲 속 휘파람 소리」 전문(79年 가을)

이 작품은 시집의 제목이기 때문에, 시인이 아끼는 작품이라고 볼 수 있다. 지금부터 거의 41년 전의 작품이지만, 이미 사물을 보는 눈은 원숙한 경지에 다다르고 있다.

이 시의 시적 화자의 시간적 위치는 어른이 된 현재이다. 그러나 제시되고 있는 사물들과 공간들은 유년시절로 되돌아가고 있다. 유년으로의 회귀는 '기적 소리'와 '개울 물 소리'와 같은 청각적 이미지로부터 비롯된다. 뿐만 아니라 '짚단 태우는 매캐한 연기' 같은 후각적 이미지도 등장한다. 비록 7행의 '간절한 위안이 되는 풍경이여'와 같은 부분에서 정서를 '간절한 위안'이라고 노출시키고 '～풍경이여' 같이 감탄형 호격

조사를 사용한 부분이 있으나, 압도하는 감각적 이미지들로 인하여 이 부분이 작품 전체의 구조에 타격을 가하지는 않는다.

어머니 손잡고 자갈 깔린 길을 따라 가면서 개울물 소리 들으며 걷다가 채송화도 피어있고 짚단 태우는 연기도 매캐한 고향 집에 도달하는 시적 화자의 작품속의 공간 이동은 누구나 공감할 수 있는 정서이다. 마지막 행에서 '눈물 나게 달려가고 싶다'에서 감정을 직접적으로 진술하지만, 갖가지 감각적 이미지에 의한 공간 묘사 때문에 이러한 단점 역시 극복되고 있다.

> 이른 새벽
> 소나기 두들기고 지난 후
> 큰 방울 쬐그만한 방울
> 빼곡히 유리창에 꽂혔다.
> 부드럽게 젖은 투명한 젤리처럼
> 오솔길에 만난 청아한 이슬처럼
> 또르르 굴렀다 부서졌다
> 아슬아슬한 떨림으로
> 한 폭 수묵화를 멋들어지게 그렸나니
> 아 이 아침 창가 소롯한 앉음새로
> 누가 저토록
> 고운 눈물 숨죽여 흘리고 있는 걸까?

> – 「빗방울」 전문(90年 여름)

앞의 작품에 비하여 10년 넘게 지난 뒤의 작품이다. 감각적 이미지의 구사는 변함이 없다. 그러나 사물에 대한 묘사가 훨씬 치밀해지고 있다. 어떻게 보면 소나기 지난 후의 유리창의 빗방울들은 놓치기 쉬운 사물이다. 그러나 이 시의 화자는 놓치기 쉬운 사물의 포착하고 있다는 점에서 상식적인 관찰력을 뛰어 넘었다. 빗방울의 흘러내림을 "부드럽게 젖은 투명한 젤리"와 "오솔길에 만난 청아한 이슬" 등을 보조관념으로 하여 더욱 미묘한 정서를 자아내게 감각화 시키고 있다. 마지막 부분의 3행의 감정을 노출시키는 수법은 정지용과 유치환의 시에서도 종종 찾아볼 수 있는 시적 기법이다. 그러나 평범하기만 한 유리창의 빗방울을 숨죽여 흘리는 눈물이라고 비유하고 있는 점에서 감정을 약간 노출시켜 감각을 정서화 시키는데 충분히 성공하고 있다.

눈먼 그리움
뜨겁게 퍼 올린 숨결
목 길게 열망했던 교신
제 씨앗 넋을 풀어
수액 심지 돋우니

무심한 봄바람
시샘하는 봄비마저 서럽고
진종일 황사바람 몸살
뒤척이며 흘린 눈물
고운 임 어이 오시려노
애닯게 수런대는 소리

－「벚꽃 2」 전문(93年 봄)

이 작품은 같은 90년대 작품이지만 「벚꽃」을 제재로 하였다는 점에서 생명력을 가지고 있다. 뿐만 아니라 단순한 묘사에서 벗어나 벚꽃 개화 이전부터 봄바람과 비, 그것도 황사바람 이라는 시련을 이겨내고 핀 개화의 모습에서 '애닯게 수런대는 소리'를 발견함으로써 충분히 정서화에 성공하고 있다. 다만 사람들의 삶의 모습이 배제된 점은 있으나, 그것은 다른 작품에서 등장할 수 있을 것이라고 보면 될 것이다. 이 작품은 벚꽃의 모습에서 느끼는 정서를 애닯게 수런대는 소리에 감각화 시켰다는 점에서 시적 특성을 드러내고 있다.

2000년대가 되면 이 여사의 시적 관심은 아름다운 꽃들보다 풀꽃(「풀꽃들은」)과 들꽃(「들꽃축제」)으로 확대된다.

> 실오라기 꽃대 위
> 아릿다운 샛노오란 꽃망울
> 불어오는 아삼한 바람
> 저희들끼리 희희낙락
> 마주 보고 등 두들기며
> 좌악 끌어 엎어지는 저 호들갑
> 아 저리 좋을 꼬
> 오늘 하루 풀꽃들은 흔들리다
> 묵은 가슴 헐어놓고 흔들리다
> 킥킥거리다 꼴깍
> 질식해도 좋으련

- 「풀꽃들은」 전문(02年 여름)

보잘 것 없는 '풀꽃'이나 '들꽃'에서 인식할 수 있는 아름다움을 이 작품에서 느낄 수 있다. 풀꽃이나 들꽃은 누구에게나 아름답지 않다. 특히 평범한 사람들은 하잘 것 없다고 그냥 지나칠 수도 있다. 이러한 평범함을 벗어난 시적 화자는 무리지어 몰려 있는 데서 '호들갑'을 발견하고 장난치다가 질식하고 싶을 정도의 감동까지 받는다. 서양화적 상상력이 아니면 도저히 찾을 수 없는 모습이 바로 이 작품이다.

(3)

자연에 대한 감각적 인식에서 한 걸음 나아가 삶과 관련된 사물이나 일상생활 그리고 가족들에 대한 인식으로까지 이 여사의 시적 제재는 확대되고 있다.

> 뙤약볕 단꿈
> 만삭으로 달구어진 신토불이
> 짠내 매운맛
> 끓어오르는 매스꺼움
> 삭이고
> 걸러 삭혀
> 퇴색한 갈색 장 종지
> 푸른 고추 붉은 고추 동동 띄워
> 님 오실 밥상
> 군침 도는 밑반찬으로
> 두 손 가득
> 공손히 올리고 싶으니

-「장독 2」 전문(94年 봄)

장독대에 놓여 있는 '장독'을 제재로 한 이 시는 장독의 단순한 묘사로 끝나지 않고 장독에 담긴 장의 숙성과정과 한국인의 식생활의 모습이 어느 정도 반영되어 있다. 특히 시적화자를 여성으로 등장시켜 전통적인 여성상으로 "님 오실 밥상"의 군침 도는 밑반찬으로까지 상상력을 확대시킨다. 말하자면 90년대부터 삶과 얽힌 사물에 대한 상상력도 변함없이 발휘하였다고 볼 수 있다.

이러한 경향의 작품으로는 「문풍지」(1980), 「커피」(1980), 「토담」(1982), 「양푼 그릇」(2002) 등이 있다.

생활과 연결된 사물들에서 한 걸음 더 나아가 눈에 보이지 않는 '마음' 같은 것을 형상화하기에 노력을 기울이고 있다.

> 더 없이 맑은

솔바람 숲

개울을 타고 흘러내리는

간절한 속삭임이고 싶었습니다

밤하늘 먹구름 속

조그마한 별이 되어

깊은 골짝 시골집 문장지로 스며드는

들국화 내음이고 싶었습니다

마음 끝자리 묻어나는 가야금 음률로

모진 비바람

억센 태풍도 안을 수 있는

천년의 아늑한 고목이고 싶었습니다

－「마음 3」전문(92年 가을)

　눈에 보이지 않는 마음을 '솔바람', '개울', '먹구름', '들국화 내음', '천년의 아늑한 고목' 등으로 사물화 시켜 형상화에 성공한 작품이 바로 이 작품이다.

　마음의 정체성이 위에서 열거한 사물들로 인하여 감각화되어 객관적 상관물이 거두는 효과를 톡톡히 하고 있다. 이러한 생활과 마음에 대한 탐구는 끝내는 가족애에 이르게 된다.

팔순 되어 가시는

언니 보풀한 풀잎 눈썹

가지런히 다듬어 드리는 날

내 마음 들꽃처럼 화안해지더이다

도톰하게 고왔던 옛날

젖은 손톱 곱게 다듬어 드리는 날

주어진 건강함에

그저 고맙더이다

빨치산 피해 나를 업고
총알 피해 깊은 산속, 논두렁 물속 누볐던
언니의 응어리 주물러 드리는 날
괜시리 눈시울 뜨거워지더이다

- 「언니」 전문(2004年 가을)

가장 늦게 창작한 작품으로 60대의 시적 화자가 80대 후반의 언니에게 말 건너는 담화구조를 가진 것이 바로 앞의 작품이다. 언니의 눈썹, 그것은 이 작품의 표면에는 등장하지 않고 있지만 흰 것과 검은 것이 뒤섞인 눈썹일 수 있을 것 같다. 그러한 언니의 눈썹과 손톱을 가위로 다듬어 주면서 어린 시절의 언니와 시적 화자 나의 관계를 연상하고 있다. 특히 "빨치산 피해 나를 업고/총알 피해 깊은 산속 논두렁 물속 누볐던"이라는 부분에서는 우리 민족의 분단의 비극까지 염두에 두고 있는 상상력을 발동시킨다.

이 작품은 민족 분단의 비극 말고도 80대 언니의 한 많은 삶에서 여성의 비극성까지 짐작하게 하고 있다. 지금까지의 단순하고 아름답기만 화자설정에 비하여 훨씬 복잡하고 무거운 화자 설정이 언니의 삶의 역정을 통하여 잘 나타나고 있다.

(4)

이분자 여사의 시적 세계는 극히 일부분을 제외하고는 아름답기만 한 풍경과 사물 그리고 일상사에 대하여 감각적으로 형상화하는 작품들로 일관하고 있다. 그러나 결코 시창작의 고뇌가 없는 것은 아니다. 다음과 같은 시에서는 어떻게 하면 좋은 시를 쓸 수 있을 것인가 하는 데에 크게 고민하는 시적 화자 즉 이분자 여사가 등장하고 있다. 말하자면 일종의 시에 대한 시, 즉 메타 시로서의 역할까지 하고 있다. 이렇게 고민

하고 있는 이분자 여사의 시작 태도에서 더욱 원숙한 세계관을 가지고 있는 작품을 기대해 본다.

　　　천 근 만 근 무거운
　　　감기지 않는 눈 사부랭이로
　　　봄 날 새순 같은 詩를 품게 하소서
　　　붉으스레한 이 눈이 사르비아 꽃잎 될 즈음
　　　단비 같은 詩語에 살풋 젖어
　　　달구지에 가을 햇살 내린 詩를 품게 하소서
　　　뿌리째 흔들리는 사르비아 꽃잎 그 눈물 뿌리마다
　　　수 천 만개 호롱불 화안히 밝히시어
　　　순백의 울림으로 영원에 닿이고저
　　　단 한 순간만이라도
　　　심장에 징소리 들리는 따순 詩를
　　　혼불 같은 詩를 밤새워 품게 하소서

　　　　　　　　　　　－「단 한 순간만이라고」 전문(2007年 1월)

사물과 삶에서 느끼는 그리움과 허무의식
―이순선 시집 『광안대교』

(1)

이 시인의 시에는 우리가 잊고 사는 사물에서 느끼는 청순한 아름다움과 삶에서 찾을 수 있는 아련한 그리움이 있다.

특히 도시에서 분주하게 살아가는 현대인들은 길거리의 꽃 가게에서 발견하는 계절의 감각이나, 시간의 흐름에 따른 자연이나 도시 풍경의 변화에 방응하지 못하고 살아가고 있다. 여행길에 만난 색다른 풍경에 감격하기도 하나 다시 현실의 부대끼는 생활로 돌아오면 그러한 감동은 곧 잊어버린다. 그런데, 이 시인은 이러한 체험이나 감동을 놓치지 않고 간결한 표현으로 정서를 직접적으로 진술하기도 하고 감각화 시키기도 한다.

(2)

제1부 「살며시 다가온 향기」에서는 주로 일상이나 여행에서 느끼는 아름다움을 적절히 조절된 정서로 직접 진술하기도 하고 긴장감이 느껴지지 않는 부드러운 감각으로 형상화한다.

　　서리 낀 창 너머로

뚝뚝 떨어지는 빗방울 소리
지쳐 누워있는
나를 일깨운다
꽁꽁 얼어붙은 옷골 길 따라
살살 녹는 얼음 눈은
질펑질펑 거리고
졸졸 흐르는 시냇물 소리
버들강아지 마실 나와 웃고 있다
뿌연 안개 사이로
아지랑이 아롱아롱
긴 여정동안
어떤 소망을 품고 피었나
저 멀리서 차츰차츰
봄날이 온

– 「봄이 오는 소리」 전문

앞의 이 시는 그의 시집 첫 머리에 있는 작품이다. 이 시의 시적화자가 속한 공간은 집의 방안이다. 그러나 빗방울 소리는 지쳐 누워있는 화자를 일깨운다. 그러면서 봄 비 소리를 들으며 봄기운을 느낀다. 그런데, 그 느낌이 창 밖에 보이는 풍경에 대한 반응이 아니라, 누구나 공감할 수 있는 보편적인 풍경을 상상한다. 이러한 경우 자칫하면 진부해 질 수도 있다. 그러나 이 작품은 풍경과 소리가 어우러진 공감각적인 정서를 유발하는 자연관을 가지고 있는 것이 특색이라고 볼 수 있다. 이 시를 통하여 우리는 사람의 손길이 닿지 않는 순수한 봄의 정서를 느낄 수 있을 것이다.

㉠ 터질 것 같은 가슴으로
  저 넓은 섬진강을 바라본다
  강물은 매화꽃 그늘을 스쳐

유유히 흐르고
옅은 안개 사이로
사랑과 영혼
언체인드 멜로디가 울려 퍼진다
내내
붙들고 싶은 이 순간
먼 훗날
행여
이 사람 떠난 후
이곳을 다시 찾아오겠지.

–「매화마을에서」 전문

ⓛ 짙은 와인에 취해
저물어 가는 바다
도도한 여신처럼
깊은 사색에 잠겨
밤늦도록 가슴앓이를 한다
푸른 소나무 서너 그루
화관으로 머리에 이고
벗은 몸으로
변덕스러운 물때에 몸 맡겨
웅크린 바위섬 하나
하루에 두 번씩 옷을 갈아입니다.
날 새우면
바위를 때리던 물결
날이 밝아 오면서 평온을 되찾고

–「변산반도」 전문

앞의 두 작품은 여행에서 느낀 정서를 형성화 한 것이다. ㉠ 「매화마을에서」의 경우 섬진강 '매화마을'에서의 행복한 시간이 공간적 배경이 되어 있다. 이 풍경은 매화라는 전통적인 사물과는 대조적인 영화 「사랑과 영혼」의 언체인드 멜로디가 등장하여 공감각적인 정서를 유발한다. 다만 말미에 동행한 사람 없이 혼자 올 먼 훗날을 염려하고 있는 점에서 슬픔의 정서가 느껴진다. 어쩌면 행복한 시간은 오래오래 지속될 수 없다는 진리가 베여 있는 것이 바로 이 작품에서 느낄 수 있는 또 다른 정서일 것이라는 생각이 든다.

ⓒ 「변산반도」의 경우는 변산반도 체험이 형상화 된 것이다. 그런데, 이 작품에서도 ⓐ의 매화마을처럼 첫째 연에서 지극히 서구적인 사물인 짙은 와인이 등장하고 있는 것이 특색이다. 뿐만 아니라, 둘째 연에서는 관능적인 이미지까지 등장한다. 푸른 소나무 서너 그루 있는 바위섬에 바닷물이 밀물과 썰물로 드나드는 것을 하루에 두 번씩 벗은 몸으로 옷을 갈아입는다고 표현한 것이 바로 그것이다.

(3)

다음으로 다른 하나의 경향은 2-4부에 산재해 있는 삶에 대한 인식을 다양한 정서로 형상화한 작품들이다. 그 삶의 공간이 이 시인이 살고 있는 광안리 바다 일 때도 있고, 남포동이나 부산 근교의 시골냄새가 나는 기장일 때도 있다.

> ⓐ 햇빛에 그을리며
> 텃밭에서 자라던
> 상치 쑥갓 열무
> 올망졸망 난전에 쌓였다
>
> 갓 잡아
> 바다를 잊지 못하는
> 숭어 고등어 칼치

좁은 물통에서 소일을 한다

사방에서 몰려든 사람들은
어린 시절이 그리워
시장 바닥을 거린다

산바람 바닷바람도
흥겨운 시골장으로
외출 나왔다.

-「기장시장」 전문

ⓛ 언제부터인가
　나는 광안리 바다에
　길게
　누워있습니다

　파도가 하얗게
　깨어지는 날에는
　짙푸른
　몸살을 앓습니다

　밤이면
　내 몸의 촉수는
　오색 가로등으로 달아올라
　바다를 가르는 은하수가 됩니다

-「광안대교」 전문

ⓒ 짜릿한 바다내음
　설렁한 남포동 거리

그 때 그 자리는 변함이 없는데
왜 이렇게 변했을까

향촌다방 아가씨도
그때 그 DJ도
나처럼 늙어가겠지

다시는 되돌릴 수 없는 시간
세월은 젊음을 앗아갔지만
추억은 그대로

살아온 날이 허무한 만큼
온갖 그리움 밀려온다

– 「남포동 거리」 전문

　㉠「기장시장」의 경우 부산광역시의 유일한 군이기도 한 기장군의 재래시장에서의 체험을 형상화 한 것이다. 기장군은 부산에서 동해안을 끼고 있는 행정구역이다. 따라서 반농 반어적인 특색을 가지고 있다. 이러한 지역적 특성상 기장시장은 싱싱한 채소류와 해산물이 공존하는 시장이기도 하다. 재래시장에서 사람들이 동경 하는 것은 어린 시절의 그리움이다. 셋째 연에서는 이러한 점이 직접적으로 진술 되어 있다. 특히 중년을 넘어선 50대 이후의 사람들은 이런 추억들은 30~40년 전의 부산 도심에서도 느꼈을 것이며, 다른 농촌지역에서 이주한 사람들에게는 더욱 친근한 유년기의 추억일 것이다. 마지막 연 "산바람 바닷바람도/흥겨운 시골장으로/외출 나왔다."에서는 기장의 지역적 특성과 시장의 특성을 짤막하게 감각화시키고 있다.

　㉡「광안대교」의 경우 광안리 행수욕장 앞에 거대하게 걸쳐 있으면서, 부산의 특색 있는 축제이기도 한 '불꽃축제'의 장소이고 이러한 축제를

기획할 계기도 마련한 '광안대교'가 제재한 제목이 되어 있는 작품이다. 사실 이 다리는 건설이 계획되자 많은 환경론자들이 건설을 반대했다. 그러나 완공되어 국제적인 관광 명소가 되고 광안리 해수욕장의 상권이 회복되어 지역이 재생되자, 반대하던 사람까지 감동하면서 건너는 곳이다.

이 작품의 시적화자는 「광안대교」이다. 말하자면 광안대교가 독자들에게 말을 건네는 작품이다. 파도가 치는 날에는 몸살을 하고 밤에는 오색가로등으로 은하수가 되는 광안대교를 제재로 한 대표적인 시가 바로 이 작품이다.

ⓒ 「남포동 거리」는 옛날에는 부산의 가장 번화한 거리로 상업과 생활의 중심이 된 남포동 거리가 제재이자 제목인 작품이다. 이 시의 시적화자는 이렇게 번화한 거리의 모습에서 시적화자 자신의 젊음을 앗아간 세월을 원망하면서도 추억을 그리워하는 복합적인 정서를 형상화 한다. 비록 직접적인 진술에 가깝지만 남포동 거리의 변화한 모습에서 복합적인 정서를 느낄 수 있다는 것은 이 시인의 역량에서 나온 것이라고 볼 수 있다.

(4)

그리움과 서러움과 같은 정서는 결국 허무의식에 이르게 되는 것이 이 시인 뿐만 아니라 다른 시인들에게도 종종 찾을 수 있는 하나의 귀착점이다. 아직 살아갈 세월이 있기 때문에 이 시인의 작품 경향이 어떻게 변화될지 알 수 없으나 이 시집의 후반부에는 그러한 조짐이 보이는 작품들이 있다.

　　ⓐ 등산로에 주름들이 모였다
　　　주름은 주름끼리 악수를 하며

서로의 안부를 묻는다

주름은 세월의 흔적
등산은 주름들의 건강의 징표
송올송올 회심의 미소
더 높은 정상의 성취감 뒤에
찾아오는 희망사항은
되돌아 올 수 없는 무심한 세월

- 「세월 부재중」 전문

ⓛ 울퉁불퉁 길 따라 가면
  연민이 감돌은
  그리움 하나가 있다

  그곳은
  코스모스만 살랑살랑
  흐드러지게 피어있다
  아직도 돌아갈 곳이 있었던가
  아직도 기다리는 곳이 있었던가

  막차는 돌아오지 않고
  또 다른 내일을 위해
  쓸쓸히 서 있다

- 「간이역」 전문

ⓒ 저 바람결에 날려 오는
  나뭇잎처럼
  머물 수 없어
  슬퍼질지라도

푸른 하늘 아래
함께 살 수 있다면
난 행복하겠지

어두운 밤길 밝혀 주는
등불이 되어
동행할 수 있다면
난 행복하겠지

– 「행복」 전문

⊙ 「세월 부재중」은 등산로에서 만난 노인들의 모습에서 느낀 시적화자의 느낌이 짧게 형상화된 작품이다. 물론 허무의식은 절제되어 있다. 이러한 삶의 모습은 고령화 사회로 접어들었다는 요즈음의 등산길에서는 도처에서 찾을 수 있다. 이 작품에 전개되는 풍경에 대해 거리를 두고 있는 시적화자의 태도는 아직도 이 시인이 젊기 때문일 것이다.

ⓛ 「간이역」은 간이역 풍경을 형상화 한 것이다. 이 작품 역시 시적 화자만 느낄 수 있는 구체적인 체험은 아니다. 말하자면, 어느 간이역이든 느낄 수 있는 풍경이다. 그러나, 이 간이역에서 아련한 그리움뿐만 아니라 허무의식 혹은 쓸쓸함이 마지막 연에서 나타나고 있는 점은 결코 예사로운 인식은 아니다.

ⓒ 「행복」의 경우는 구체적인 공간이 아니라 관념 자체이다. 그러나 행복이라는 제목에도 불구하고 느낄 수 있는 정서는 결코 '행복' 자체가 아니다. 슬픔과 허무의식이 베여 있는 행복이라고 볼 수 있다.

(5)

이 시인의 이 시집의 특성에서 한 가지 아쉬운 점이 있다면 이 시인 자신의 개인적 체험과 아픔이 드러나지 않는 점이다. 그 자신의 유년기의 체험을 진솔하게 형상화 시키는 것이 앞으로의 그의 시적 방향이라고 볼 수 있다. 이러한 점에서 이 시집의 마지막 작품인 「그 해 겨울은 따뜻했네」를 인용하면서 해설을 마무리하기로 한다.

그날은 눈이 펑펑 내렸다. 어촌마을 우리 집에도 겨울이 찾아 왔다. 새벽녘 아버지의 마른기침 소리에 잠이 깨고 동이 트면 싱싱 불어대던 칼바람 소리에 기댄 채 바닷가 선창가에 서서 목선을 기다렸다. 찢어져 펄럭이던 만선의 깃대가 흔들리던 그날 대구를 팔아서 생전 처음 빨간 꽃무늬 골덴 옷 한 벌을 사주셨다. 그 해 겨울은 따뜻했다. 어느 수필가는 대구시 하고 아무런 상관이 없는 생선이 있다고 하였는데 바다 대구는 당신의 삶의 터전이었다. 목선이 풀어내던 실타래는 저녁 어스름의 빈 땅에 소복이 쌓인 하얀 눈 속에 서서히 사라져 간다. 겨울은 성숙한 여인이 되어 바다 한 가운데 서 있다.

－「그해 겨울은 따뜻했네」 전문

도시적 삶에 대한 공간적 인식과 그의미
─조성순 시집 『금정산, 그리고 중앙동』

(1)

시는 궁극적으로 시인의 삶에 대한 인식에서 출발한다. 달리 말하면 생활의 터전이 어디이고 주말에는 어떤 취미를 가지고 어떤 것을 즐기느냐 하는 것에 따라서 시의 경향이 정하여 진다. 여기다가 다른 하나를 더한다면 그가 살고 있는 지역에 대하여 얼마나 관심을 가지고 있느냐 하는 점도 중요한 변수가 될 수 있다. 그런데 조성순 시인의 경우 아직도 현역으로 부산 중앙동에서 유수한 자동차 회사의 대리점 책임자로 왕성한 활동을 하고 있다. 그러면서 주말이면 산을 찾고 때로는 해외여행을 다녀오기도 한다. 뿐만 아니라 문인 단체의 세미나나 심포지엄에도 부지런히 참여하여 문학을 배우는 자세도 진지하다. 이러한 삶에서 느낀 점을 여행기로 적어 근래에는 일종의 여행 수필집을 엮은 적도 있다.

이상과 같은 삶을 살아가는 시인들에게는 시를 형상화하는 방법론으로 공간지향성을 가지는 경우가 많다. 공간지향성은 시간지향성과는 대조적인 시적 전개 방식이다. 시간지향성의 시인들은 삶의 순간적 포착에서 얻어지는 영감으로 시를 형상화하기 때문에 미세한 이미지들이 등장하고 반복이나 열거를 통한 리듬 창출의 묘미도 보여 준다. 이에 비하여 공간지향성의 시인들은 삶이나 현장의 거시적 접근을 통하여 공간 속에 존재하는 사람의 모습과 그들이 지니고 있는 존재 의의를 찾는 경우가 많다. 또한 시인 자신이 바라본 풍경과 삶의 현장에 대한 나름의 해석을 시로 형상화하는 경우가 많다. 이러한 경우에도 비유적 표현이나 이미지로 시인은 판단을 정지하고 독자에게 미루는 기법을 사용하는 경우가 있고, 시인이 직접 진술하는 경우도 있다. 조시인의 경우는 직접 진술하는 경향이 많고 일부가 그렇지 않다. 따라서 독자들이 시인의 의도를 쉽게 파악할 수 있다. 그러나 독자의 몫이 부족하여 아쉬움도 생길 수 있다.

(2)

이 시집은 6부로 나누어져 있다. 그 순서에 따라 각 부의 대표작을 골라 살펴보기로 한다. 제1부 〈바다 이야기〉에는 그가 근무하는 중앙동에서 얼마 떨어져 있지 않은 자갈치 어시장이 시적 공간이 된 작품들로 엮어져 있다. 자갈치는 그 동안 부산의 많은 시인들에 의하여 시로 형상화되었다. 주로 자갈치에서 어시장을 삶의 터전으로 살아가는 사람들의 이야기가 많았다. 그러나 조 시인의 작품 가운데는 자갈치 어시장의 배경이 되는 바다에 대하여 직접적으로 노래하는 작품이 많고 소수의 삶을 터전으로 하는 사람들의 시가 있다.

상생을 꿈꾸는 흔들림으로

바다의 화합
바다의 소리
바다가 기억하는 로고송으로

신세계 교향곡
꽃피는 바다가 여는 소프라노
춤추는 바다 뮤지컬은

환상의 꿈으로

향연의 그 바다
상명의 그 바다
그리운 그 바다

엑스포의 여름밤
함께 하는 그 바다.

- 「함께 하는 그 바다」 전문

　이 작품은 사람의 이야기가 아니고 바다 자체의 이야기이다. '바다'라
는 사물은 삭막하거나 위험하기보다 여성 혹은 모성지향성을 가진 부드
러운 존재이다. 그래서 어머니의 품처럼 따뜻하고 부드럽다. 이 작품에
서의 바다는 첫째 연처럼 모든 것을 포용하는 상생의 원리를 관념으로
가지고 있다. 조 시인은 바닷가에서 밀려오는 파도를 바라보며 이 시를
착상하였다고 볼 수 있다. 특히 둘째 연과 셋째 연의 경우 비록 비약이
심하여 단절감을 느끼나 여러 가지 복합적이고 강렬한 청각적 이미지를
등장시켜 그 소리에 심취하고 있다. 이러한 거시적 인식과 더불어 삶이
나 풍물에 대한 긍정적인 태도를 가지고 있는 것이 이번 시집의 전반적
특징이다.
　그런데 다음의 시는 공간을 '복어 집'에다 한정 시켜 동음이어同音異語
의 효과를 통하여 웃음을 자아내게 한다.

　　복어 집 사장님
　　수복에다
　　만복을 더하여 다복이 오늘이다.

　　복어 집 사모님

행복에 충만하여 만복으로 넘쳐나
돈복이 참말 전복이다

복어 집 아드님
만복인데다 다복까지 찾아오니
후복을 내 어찌 잊을 수가

사장님의 운수 복이라
사모님의 숙명 복이 따라오고
아드님의 대성 복어는 참 좋아라

복어가 준
다복 만보 수복에서 돈복 후복은
축복에서 행복으로 옮기소서.

－「복어 집」 전문

　마치 자갈치 시장의 어느 복어 집의 번창을 기원하는 작품 같다. 그 복어 집에 시화를 만들어 걸어두면 손님들이 한 번씩 읽고 미소를 머금을 것 같기도 하다. 복어 는 원래 순수한 우리말로 '복'이 표준말이다. 그러나 통상적으로 고기 魚를 더하여 사용되고 있다. 이를 경우 우리는 복어를 생긴 모양 때문에 배 腹을 사용하여 腹魚로 인식하고 있다. 그런데 조 시인의 경우 이러한 인식에다가 복 福자와 동음이어임을 착안하여 복어 집의 부부 그리고 아들까지 행복을 빌어주고 있다. 다복多福, 만복萬福, 수복壽福은 한자어로 옛날에는 많이 쓰였다. 수복의 심지어 베개에다 수로 새겨 장수를 기원했고 술 이름으로도 사용되었다. 돈복의 경우 돈은 순수한 우리말이나 한글 사전에도 돈을 별로 애쓰지 아니하고 벌거나 모으는 복으로 나와 있다. 후복의 경우는 사전에는 없는 어휘이다. 그러나 後福으로 자손에게나 만년晩年에 누리는 복으로 해석할 수 있다. 이렇게 언어유희言語遊戲 pun의 경지까지 구사하여 웃음과 행복을 자아내게 하는 시라고 볼 수 있다. 이 작품에는 그의 시에서 자주 보이지 않는 자갈치 시장의 사람 사는 이야기, 그것도 어려움에 부대끼는 사람이 아닌 복 많이 받은 복어 집 가족이 등장한다.

제2부 〈정의는 살아 있는가〉는 주로 조 시인의 현실에 대한 태도의 시적 표현이 주가 된 작품들로 엮어져 있다. 그 현실이 정치인 경우도 있고 사회생활인 경우도 있다. 그래서 제법 냉소적으로 인식하는 경우도 있다. 그러나 필자는 그러한 경향의 작품들보다 삶에 대한 긍정적 태도를 가지고 있는 다음의 작품을 골랐다.

　　　참 좋은 날
　　　지하철에서 나와 주룩주룩 내리는 빗방울
　　　우연성 음악은 얼마만인가
　　　비탈길 내리는 물결은 비단보다 더 고와라
　　　물 위의 흐름과 달리
　　　깊이 흐르는 물은 먼 훗날을 알고 있다

　　　오늘같이 좋은 날
　　　지나가는 승용차에 고인 물이 튀어도 좋다
　　　내려라 흘러라 가벼운 발길에
　　　축복받은 민족이라
　　　우리의 장밋빛 내일은
　　　이보다 더 깊은 배려가 심장을 주듯이

　　　축복받은 나라
　　　신발이 바짓가랑이가 흠뻑 다 젖어도
　　　우리는 하늘의 은총이다

'하늘은 스스로 돕는 자를 돕는다'고
그 말 씀 오늘도 유효하다는 것
국어사전에 뿌리 깊은 한국인의 정서라고

– 「집으로 가는길」 전문

보통 시인들은 비를 슬픔으로 상징한다. 그리고 비 오는 날은 희망이 무너지는 날로 인식한다. 소설이나 영화의 경우 비 오는 날에 만난 애인들은 반드시 헤어지고, 그 이별이 상대방의 죽음이나 배신에서 오는 경우가 많음을 암시한다. 그러나 조 시인의 경우는 전혀 그렇지가 않다. 비 오는 날을 첫째 연의 첫 행에서 '참 좋은날'이라고 전제하며 시작한다. 빗방울 소리도 '우연성의 음악'으로 '비탈길에 내리는 물결'을 비단보다 곱다고 인식하는 점도 매우 긍정적이다.

둘째 연이나 셋째 연에서 역시 지나가는 승용차가 튕긴 물로 옷이 젖거나 신발과 바짓가랑이가 흠뻑 젖어도 우리나라는 축복 받은 민족이요 하늘의 은총을 받은 나라라고 인식한다. 그러나 첫째 연에서 "물 위의 흐름과 달리/깊이 흐르는 물은 먼 훗날을 알고 있다"라는 부분에서는 이러한 축복 받은 나라인데도 불만인 사람들의 어리석음을 빈정거리고 있는 듯한 의도를 보여주고 있다. 그러한 점에서 현실에 대한 낙관적이고 긍정적인 태도 말고 지나치게 부정적으로 보는 사람들을 풍자하는 부분이 긍정적인 현실인식과 균형을 이루었다면 더욱 성공적인 작품이 되었을 것이라는 아쉬움은 있다.

제3부 〈금정산〉은 그가 산행이나 산악회 행사에 참가한 것을 제재로 한 작품들이다. 그것이 금정산과 기슭 마을인 경우도 있고, 다른 지역 심지어 해외여행 체험에서 얻어진 시편들도 있다. 금정산은 부산의 진산鎭山임은 누구나 동감한다. 그래서 금정산을 제재로 한 시편들도 많다. 그러나 직접 산악행사에 참여하여 그것에서 받은 감동을 노래한 시

편은 많지 않다.

　조 시인의 경우 산악행사 전야제에서 받은 감동을 다음과 같이 표현하고 있다.

지존의 약속을 지울 수 없는
온고지신의 시간
붉은 허리는 굽어도
그 모습 여전하고

전야제 악우들
생기 넘치는 불빛은
억새꽃과 어우러져
금정산야 더욱 흥겹게 한다

색소폰 운율과 갈바람은
꿈과 낭만이 막걸리에 젖어
저마다 뽐내며 멋 부리는 젊음은
그 어느 뮤지컬에도 본 적이 없는
거선의 심장 같은 웅장한 오케스트라

미움도 고통도 불통도 지워진 시간들이여
하얀 별들도 반짝반짝
한 줌의 바람도 사각사각

잉걸불 같은 사랑
잉걸불 같은 사랑.

－「금정산 3—전야제에서」전문

이 작품은 부제처럼 금정산 산악제의 전야제가 제재이다. 조 시인의 작품 가운데 특징인 시인의 직접적 진술이 군데군데 보이기는 하나, 다른 곳에서 찾아보기 힘든 비유적 표현과 이미지들이 등장하고 있다.

첫째 연의 경우 금정산의 모습을 비유한 것이기는 하나 직접 진술이 다소 보인다. 둘째 연에서는 불빛 속에서 흥겨워하는 산악인들의 모습에다 억새꽃을 등장시켜 이미지화하고 있다. 셋째 연의 경우 색소폰과 갈바람이라는 청각적 이미지가 등장하여 전야제의 감동을 절정에 이르게 한다. 이러한 감각적 표현은 넷째 연에서도 계속된다. 하늘의 별들의 반짝임과 바람이 갈대에 스치는 소리를 표현한 부분은 넷째 연 첫 행 "미움도 고통도 불통도 지워진 시간이여"라고 인식하고 감탄한 시적화자의 진술이 결코 과장이 아니라는 생각이 든다. 그리고 모든 것을 포용하고 거의 무시간의 경지에 이르는 무념무상의 경지는 그가 비록 불교 신자는 아니지만 불교에서 말하는 해탈의 세계이다.

산악제의 전야제라는 공간이 이렇게 적절하게 형상화된 작품은 지금까지의 다른 사람들의 시편에서는 찾아보기 힘들었다는 점에서 이 시집의 대표작이라 할 수 있을 것이다.

제4부 〈중앙동〉에는 주로 그의 영업점이 있는 중앙동에서의 체험과 사람과의 만남이 제재가 된 작품들이 많다. 그 가운데 「중앙동」이라는 작품도 있고 「중앙동 4가」라는 중앙동에서 자주 만난 부산문인들의 실명이 등장하는 작품도 있다. 그러나 이 작품들보다 모처럼 산문시 형태로 쓴 시 한편을 인용해 보기로 한다.

항상 보고 느끼지만 절에 가면 입구에 개가 한 두 마리쯤 있다. 이놈들은 드나드는 자들을 도적놈들 쳐다보듯 아래위로 유심히 살핀다. 절에서 훔쳐 갈 것이라곤 자비와 사랑밖에 더 있나?
그게 못 마땅해, 그도 기분 나쁘게 눈동자만이 아래위로 쳐다보니 상당히 예의가 없는 놈이다. 부처님의 가피력이 아니면 불심이 부족한 건지 서당 개는 3년이면 풍월을 읊는데, 이놈들은 수 삼년을 공양을 받고도 건방지게 그도 앉아서 예의도 없이, 하루 종일 드러누워 있다가 주지스님이 나타나면 벌떡 일어나 꼬리를 흔들고 알랑방귀 뀌는 것 보면 저놈도 먹을거리에는 장사 없는 모양이다.

하기야 그도, 그럴 것이 주지스님 눈에 벗어나면 제 밥그릇은커녕 운명마저 알 수 없다는 것을 스님들의 행동을 통해서 잘 알고 있어 충성을 다하는 것을 손가락질 할일은 아니다.

우리는 맘에 안 들면 개보다 못한 놈이라고 할 때, 그래도 그놈은 화엄의 향기라도 맡고 심산유곡에 살았으니, 시정잡배들과 즐기다가 그늘진 도덕성이라도 자기를 속이기가 가책을 받으려는 것은, 인간이란 탈을 쓰고 하나의 자기 방어수단의 위로가 될 거라는 어리석은 중생을 보고서, 그 건방진 놈은 오욕 칠정을 집어 던지고 지금쯤 뭘 생각하고 있을까?

- 「건방진 놈」 전문

이 작품은 절 앞에서 자주 볼 수 있는 개를 제재로 하여 인간을 풍자한 일종의 풍자시이다. 불교에서는 동물을 살생하지 않고 특히 개에 대해서는 목련존자의 효성이 줄거리가 되고 있는 '목련경目蓮經'에서는 인간으로 환생되기 직전의 동물로 취급되고 있을 정도로 우호적이다. 따라서 절에는 개를 키우거나 상像으로 조각하기도 한다. 이 시의 시적 공간은 절에 개를 등장시켜 전반적으로 그 자신의 신앙은 아니지만 다분히 불교적인 공간이다. 그리고 '공양'이라는 불교에서만 통하는 행위를 등장시키고 있다. 따라서 다분히 현실과는 다소 거리를 두고 있는 지극히 비현실적인 공간이다.

그러함에도 불구하고 이 시가 지향하고 있는 시적 의도는 현실을 풍자하는 일종의 풍자시이다. 비현실적 공간에서 현실을 풍자하기 때문에 풍자의 효과를 극대화 시키고 있다. 특히 풍자시로서 성공하고 있는 까닭은 '건방진 놈'이라는 제목에서의 '놈'은 개를 가리키는 것이라기보다 궁극적으로 개만도 못한 인간들을 가리키기 때문이다. 절 앞의 개는 비록 예의나 염치 같은 것은 없지만 심산유곡에서 살아 화엄의 향기를 맡았다는 진술에서 그 풍자가 절정을 이루고 있다. 오늘날 위선 투성이의 인간들에게 경종을 울리는 시가 바로 이 작품이다.

　제5부 〈보고 읽고 듣고〉에 수록된 작품들은 조 시인의 이번 시집의 다른 곳에서는 찾아보기 힘든 유년시절의 추억이나 농촌체험 그리고 식물들을 제재로 하고 있다. 즉 조 시인의 이번 시의 대부분이 도시적 공간에서 도시적 감수성으로 시작행위를 하였기 때문에 현재나 미래지향성을 가지고 있는 데에 비하여 5부의 작품은 농촌 혹은 고향지향성의 공간이 시적배경이 되고 있다. 따라서 과거지향성을 가지고 있다.
　다음의 작품에서는 그 자신의 유년시절의 추억들이 파노라마처럼 펼쳐지고 있다.

　　　　그 초가집
　　　　청국장이 끓었지
　　　　울 녘엔 구수한 냄새 묻어

　　　　산 고을 해질 녘
　　　　사래긴 밭일 마친 엄마 손엔
　　　　청국장 속 향수鄕愁는 익어가고

　　　　아버지는 쟁기보습 흙을 털고
　　　　늙은 황소 따라 노을빛 연기로 피어날 때
　　　　까치들도 개울에서 목욕을 즐기고

　　　　내 아버지 흙냄새는

뒷밭에 고구마 꽃을 피우고
내 어머니 청국장 냄새에
뒷산에 밤나무 알밤이 벙그러진다.

—「청국장」전문

이 시의 중심 제재는 어머니가 빚은 청국장이다. 그래서 후각적 이미지가 이 시의 형상화를 주도하고 있다. 청국장 냄새를 중심 이미지로 하면서 어머니의 밭일과 아버지의 논 일이 오버 랩 된다. 다만 셋째 연의 아버지의 논 일 마무리 할 때의 정경들은 냄새로부터 벗어나 있다. 대신 황소와 까치를 등장시켜 아버지의 행동을 신비화하고 있다. 마지막 넷째 연에는 아버지의 흙냄새에 뒷밭 고구마의 성장을 어머니의 청국장 냄새에 뒷산 밤나무의 알밤 익는 것을 연결시켜 결과적으로 고향의 다양한 공간을 등장시켜 파노라마 기법을 완성시키고 있다.

이러한 기법은 조 시인이 의도적으로 했건 그렇지 않고 무의식적이건 독자들에게 고향 풍경 전체를 연상시키는 효과를 충분히 하고 있다.

마지막 제6부는 조 시인 부인의 서울세브란스 병원에서의 항암투병을 옆에서 지켜본 일종의 〈간병일기〉이다. 조 시인은 담당의사들 뿐만 아니라 간호사 그리고 문병 온 친척과 인척들에게도 일일이 감사의 편지 형식으로 시를 한 편씩 바치고 있다. 조 시인의 인연이 있는 사람들을 챙기고 싶은 인정스러움과 아내사랑이 결합된 작품들이다.

(3)

조 시인의 시집 『금정산 그리고 중앙동』은 그의 생업 공간이 도심에 위치하고 있기 때문에 도시적 상상력과 공간의식에서 빚어진 작품들이 대부분이다. 그리고 부산이라는 항구 도시를 사랑하는 모습도 도처에서 발견할 수 있다. 이러한 그의 시작 태도로 말미암아 자기 자신의 내면세계보다 바다, 도시, 산들과 같은 거대 담론의 대상을 시적 제재로 한 작품들이 많다. 그리고 거대한 사물의 거창함에 압도되어 감정을 직접적으로 표출하거나 인식의 결과를 직접 진술하는 경우가 많다. 그러나 앞의 인용 시편 가운데 「복어 집」, 「금정산 3」의 '전야제' 「청국장」 같은 시편들이 오히려 독자들의 감동도 주고 동음이어의 다중적 효과, 시어의 과감한 생략, 감각적 이미지의 유기적 연결 등의 효과를 거두고 있다. 앞으로 다음 시집에서는 이러한 작품들이 많이 수록되어 독자들에게 감동도 주고 조 시인이 본래부터 가지고 있는 또 다른 시적 역량을 보여주기를 기대하는 바이다.

절망과 고통 속에서 만난 천사들, 그리고 예수님
-최옥 시집『오늘도 내일도 그 다음 날도 내 길을 가리라』

(1)

최옥 시인의 시집『오늘도 내일도 그 다음날도 내 길을 가리라』는 프랑스 남부 국경마을 생장피데보르에서 피레네 산맥을 넘어 스페인 북부에 있는 기독교 성지 산티아고 데 콤포스텔라까지 800km에 이르는 거리를 도보로 순례하면서 느낀 바를 시로 형상화한 시집이다. 출발부터 도착까지의 순서에 따라 4부로 나누어 총 69편의 시가 편집되어 있다. 이 순례 길을 세칭 '산티아고 순례길'이라 하고 있다. 그리고 마지막으로 그 근처의 피니스테라와 묵시아 바다를 방문한 것이 시적 제재가 된 산문시 1편이 덧붙어 있다. 이것까지 포함하면 도합 70편이 된다.

우선 독자의 이해를 돕기 위하여 '산티아고 순례길'에 대하여 살펴보기로 한다. '산티아고Santiago'는 예수님의 열 두 제자 중 대표적인 세 제자인 베드로, 요한, 야고보(야곱) 가운데 야고보의 스페인 식 이름 Tiago에 성인을 가리키는 San이 합쳐진 합성어이다. 즉 '성 야곱'의 스페인 식 표현인 것이다. 예수님의 열 두 제자 가운데 야고보라는 이름을 가진 사람은 두 사람이다. 여기서 말하는 야고보는 혈육적으로 예수님과 사촌간이고 겟세마네 동산에서 예수님이 기도 하실 때 베드로와 요한과 함께 동행 한 야고보이다. 그리고 야고보와 요한은 형제간이다. 알페오의 아들 야고보 때문에 그를 큰 야고보라 하고 알페오의 아들을 작은 야고보라 한다. 그는 불같은 성격의 소유자로 요한과 함께 '우레(우뢰)의 아들'이라는 별명을 가지고 있다.

야고보는 그의 어머니 살로메에 의하여 형제 요한과 함께 세속적 지위를 원하기도 했고(마태복음 20장 20-28절), 예수님이 잡히실 때에는 다른 제자들과 함께 도망했으나 부활하신 예수님을 만난 후에 초대교회의 중요한 지도자가 되었다. 그는 사마리아와 유대 지역에서 복음을 전파했으며, 심지어 이베리아 반도 즉 스페인까지 다녀갔다는 기록도 있다. 그리고 헤롯 아그립바 1세 왕에 의하여 예루살렘에서 칼로 살해됨으로써 (사도행전 12장 2절) 열두 제자 가운데 최초의 순교자가 되었다. 그 때가 AD 44년경 경이다. 야고보의 유해는 예루살렘에 묻혔으나 막상 그 무덤은 찾을 수가 없었다고 한다. 그러던 9세기경에 하늘에서 별빛이 내려와 숲 속의 한 동굴을 비추어 그 안으로 들어가 보니 야고보의 무덤이었다고 한다. 그 후 야고보의 유해는 스페인 국왕 알폰소에 의하여 스페인 서북부 지역 갈라시아의 '산티아고 데 콤포스델라'로 이장되었다. 그리고 왕은 그 자리에 150년에 걸쳐 완성되는 거대한 대성당을 짓기 시작하였다. 오늘날 그 성당 안으로 들어가 보면 야고보의 유골함이 전시되어 있다. 그 후 844년 이베리아 반도에서 벌어진 이슬람 세력과 로마 가톨릭 세력의 전쟁에서 야고보가 나타나 앞장섰기 때문에 가톨릭 세력이 승리하였다는 전설이 전해져 이곳은 세계적인 가톨릭 성지가 되었다. 콤포스텔라는 라틴어 campus stellae(별이라는 뜻) 또는 compositum(무덤)에서 유래되었다고 하는데 두 뜻 가운데 어느 것인지는알 수 없으나 현재 성당 발굴 조사에 의하면 로마시대의 묘지 위에 성당이 세워졌다는 것은 확인되었다고 한다. 1189년 교황 알렉산더 3세가 이곳을 예루살렘, 로마와 더불어 3대 성스러운 도시로 선포하였다.

산티아고 순례길은 프랑스와 스페인 접경지대에 있다. 이러한 지리적 조건으로 중세기 유럽지역과 이베리아 반도간의 문화교류를 촉진시키는 역할을 했으며 로마 가톨릭이 왕성하던 11세기부터 15세기 동안 변성했으며 길을 따라 역사적 종교적 의미를 지닌 여러 개의 대성당을 포함한 1,800여 개의 건축물이 남아 있다. 그래서 이 길이 1993년 유네스코 세계문화유산으로 지정되었다. 2015년에는 프랑스 남부와 마주한 국경지방에서 출발해 피레네 산맥을 넘어 스페인으로 유입되는 초기 순례길 등이 추가되었다. 이상과 같은 연유에서 산티아고 순례길이 오늘날의 가톨릭 신자들에게는 평생 한 번 가보기를 염원하는 곳이 되었고 도보 여행가들에게도 매력 있는 코스가 되었다.

최옥 시인의 머리글 〈시인의 말〉에 의하면 2017년 9월 9일 프랑스 생장피데보르에서 순례자로 등록하여 단 하루도 쉬지 않고 걸어 37일 만인 2017년 10월 15일 오후 1시 산티아고 데 콤포스텔라에 도착하였다고 한다. 이제 그의 작품에 이 순례길의 여정이 어떻게 형상화 되어 있는가를 살펴보기로 한다

(2)

최옥 시인은 스페인으로 떠나기 전 딸들에게 유서를 쓰는 심정으로 남기는 말을 쓰고 출발한다. 그리고 이 순례를 결행하기 얼마 전 그는 사랑하는 남편을 천국으로 보냈다. 그래서 그는 남편을 잃은 슬픔을 안고 출발했다고 볼 수 있다. 이러한 정황은 이 시집의 첫 작품 「남기는 글을 쓰다」에 나와 있다. 그리고 이 순례 길은 처음부터 고난이 전개된다. 프랑스와 스페인 국경을 이루고 있는 피레네 산맥을 만나 그것을 넘어야 했다.

> 고운 햇빛을 달라 청하는데 비바람을 주셨다
> 기쁨을 달라 청했는데 두려움을 주셨다
> 비옷은 결코 비를 막아주지 못했다
> 온몸을 두드리는 빗방울 소리가 커질수록
> 두려움도 커져서 어린 짐승처럼 떨었다

⟩
깊은 피레네 산 속을 혼자 걸으며
비로소 가슴 치미는 기도가 나왔다
또다시 온전히 당신께 매달려서
성가를 부르고 기도를 드리다가
고통이 왜 축복인지 알게 하신 분

고통만이 절실하게 당신을 느낄 수 있는
하나뿐인 통로이며 가장 밀접하데
당신과 결합될 수 있다는 것을

비바람 부는 피레네 산을 넘으며
내 가슴은 벌써 당신 존재로 그득했다

－「피레네 산을 넘어가던 날」 전문

　피레네 산맥의 고개를 넘는 것도 힘든데 비바람까지 만났으니 한층 두
려울 수밖에 없었을 것이다. 게다가 순례 길에 익숙하기 전 당한 고난
이라 더욱 두려웠을 것이다. 이로 인하여 시인은 둘째 연에서처럼 기도
하게 된다. 성가도 부르고 기도를 드리다가 그는 결국 고통도 축복이라
는 사실을 깨닫게 된다. 그런데 이 작품에서 '당신'의 존재는 셋째 연과
마지막 넷째 연에서 모호성을 가지고 있다. 즉, 당신이 그가 매달리는
주님인지 아니면 그가 동행하고 있다고 생각하는 남편인지를 알 수 없
게 하는 모호함이 있다.
　고통의 극복과 당신에 내포된 모호성의 청산, 이것이야말로 순례길
에서 해결해야 할 가장 중요한 과제라는 것을 드러내고 있는 작품이 바
로 이 시이다.

　왜 산티아고 길을 걷느냐, 수비리 가는 길에 만난 신부님이 물으셨다

이 길을 한번 걸어낸다면 좀 살 것 같아서, 좀 숨을 쉴 수 있을 것
같아서, 멈춰버린 나의 일상이 다시 흐를 수 있을 것 같아서
그래서 왔다는 말을 차마 할 수가 없어 대답 대신 고백성사를 청했다
산티아고 길에서 손에 꼽을 정도로 아름다운 마을 수비리
아치형 다리가 있는 강가에 신부님과 나란히 앉아서 고백성사를 보았다
해는 지고 있었으며 바람은 알맞게 불었고 눈앞에 강물이 흘러갔다
내가 흘러 보내야 할 것들은 내 안에서 빙빙 맴돌고 있었다
흘러 보내야 더 넓은 바다에 닿을 수 있다는 것을 어찌 모를까
눈을 감고 그 사람의 얼굴을 떠올려 보아라, 어떤 얼굴을 하고 있느냐
아, 도무지 어떤 모습도 떠올릴 수가 없었다

-「수비리 강가의 고백성사」 전문

　수비리 강가에서 최 시인은 서울 대교구에서 온 한국인 신부를 만난
다. 그 신부를 통하여 한국을 떠날 때 못 보고 온 고백성사를 보았다. 고
백성사의 내용이야 공개되고 있지 않다. 그러나 이 시를 통하여 최 시
인의 도무지 숨을 제대로 쉬지 못할 정도의 절망의 정체는 남편의 죽음
과 관련된 것이고, 그로 인한 슬픔 때문에 아직도 남편을 천국으로 떠
나보내지 못하고 최 시인의 가슴 속에서는 계속 붙잡고 있다는 것을 알
수 있다. 그러나 이 고백성사를 통하여 그는 위로를 받고 산티아고 길
을 계속 걸을 수 있게 되었다고 볼 수 있다. 이 한국인 신부는 최 시인
이 산티아고 데 콤포스텔라에 도착한 2017년 10월 15일 오후 7시30분
의 미사에 공동으로 집전하게 되어 다시 만나다. 말하자면 최 시인은 순
례길의 초입에 이 신부로부터 고백성사를 보았고 순례길의 마지막에는
집전하는 미사에 참예하였다. 말하자면 이 한국인 신부는 주님이 최 시
인에게 보내주신 천사였다고 볼 수 있다.

　　길 위에서 만나는 집들이
　　어찌 저리도 예쁜가

높지도 않은 집들이
창문마다 꽃을 피우고 있었다
고운 빛깔의 제라늄이
흐드러지게 피어서
순례자의 여정에 잠시 위로를 준다
자신을 위한 꽃이 아니라
남을 위하여 피운 꽃의 아름다움이
거기 있었다

아름다운 풍경을 만나면
잠시 숨을 돌렸고
거룩한 성전을 만나면
무릎을 꿇고 기도했다
묘지를 보면 두 손을 모으고
거기 묻힌 영혼들에게 자비를 청했다
아프고 아픈 발을 끌며
팜플로나 시내 긴 담벼락을 지나
팜플로나 성에 입성했다

– 「팜플로나 가는 길」 전문

　최 시인이 피레네 산맥을 넘어 처음으로 만난 도시(인구 18만)가 팜플로나이다. 아르가 강변의 고지대(표고 449m)에 자리 잡은 이 도시는 10세기부터 16세기까지 이어온 나바라 왕국의 수도로 번영하였으며 그 시대의 건축물들이 많이 남아 있다. 특히 긴 성벽과 도시 밖으로 흐르는 아르가 강으로 인하여 7월에 열리는 소몰이축제 때를 제외하고는 조용하고 마음에 평안을 얻을 수 있는 도시이다. 소몰이 축제가 헤밍웨이의 소설 「태양은 다시 떠오른다」에 등장하면서 더욱 유명해진 곳이다.
　최 시인은 첫째 연에서 팜플로나 근교의 가정집들 창문에 놓여 있는 화분의 꽃들에서 위로를 받는다고 피력하고 있다. 그리고 자신을 위한 아름다움이 아닌 남을 위한 아름다움을 꽃들에게서 발견한다. 이러한 꽃에서 위로 받음은 풍경에서 위로 받음의 한 양태이다.

둘째 연에서는 그 자신의 순례 길에서 사물을 어떻게 인식하는 것인 가에 대하여 진술하고 있다. 그는 아름다운 풍경에서는 숨 돌리는 위로를 받고 성전 즉 성당들에서는 무릎 꿇고 기도하는 경건을 발견하고 묘지에서는 영혼들에게 자비를 청한다고 하고 있다. 사실 800km라는 긴 순례 길은 즐거움이나 기쁨과 같은 정서를 가지기는 어려운 일상이다. 그리고 하루 종일 걷는다는 것 자체도 큰 고통이다. 이러한 고통을 극복하게 하는 것은 중간에 만나는 아름다운 풍경에서 위로를 받고 웅장하거나 소박하거나 간에 찾게 되는 성당에서 기도를 드려 힘을 얻고, 묘지 같은 것을 통하여 죽은 영혼들의 자비를 청하는 길밖에 없다고 볼 수 있다.

이상으로 제1부 〈피레네를 넘어 또산또스로〉에 편집된 세 작품은 최 시인 자신의 산티아고 길 순례에 나선 까닭과 순례 도중에 닥칠 고난을 어떻게 극복할 것인가 하는 점을 개괄적으로 드러내고 있다.

제2부 〈아소포라에서 사아군까지〉에서는 다음 두 작품에 주목하기로 한다.

> 휘청거리며 샤워를 하고
> 물이 뚝뚝 떨어지던 머리를
> 수건으로 감싸고 뜰에 나갔다
> 머리를 말리며 걸어온 길에 대한
> 기억을 더듬는 시간
> 손가락을 빗 삼아 머리를 어루만지면
> 머리카락 사이로 바람이 오고가고

하늘도 마음껏 드나들었다

젖은 머리카락 사이로
하얀 장미와 눈이 마주쳤다
손이 허공에서 멈췄다
어쩌다가 나는 이곳까지 와서
저 장미와 눈이 마주쳤을까
머리를 말리던 바람이
장미 꽃잎을 흔들고 갔다

밤 아홉시의 다락방 기도회
세계에서 온 순례자들이
모국어로 기도드릴 때도
하얀 장미의 눈빛은 기도보다 강했다

－「또산또스 장미와 나」 전문

이 작품은 순례지의 숙박시설 스페인어로 알베르게albergue에서 샤워를 하고 머리를 말리다가 발견한 하얀 장미가 시적 제재가 되어 있다. 첫째 연의 간략한 시적 공간에 대한 제시 후에 둘째 연에서 이 시의 중심 제재인 장미를 발견하게 된다. 알베르게의 뜰에 피어 있는 장미는 최 시인이 평소 때 발견하였다면 크게 감동적인 풍경이 아닐 수 도 있을 것이다. 그러나 하루 종일 걷고 몸을 가누지 못할 정도로 휘청거리며 샤워를 한 후에 만난 하얀 장미의 생명력과 바람에 흔들리는 모습에서 발견한 아름다움은 예사로울 수가 없었을 것이다.

그래서 셋째 연에서처럼 밤 아홉시 순례자들이 모여 다락방에서 각자의 모국어로 기도할 때에도 그 아름다움과 생명력에서 받은 감동이 떠나지 않았다고 고백하고 있다. 이 경우 기도보다 장미의 아름다움에 심취했다고 최 시인을 비난할 수 없을 것이다. 하루 종일 걷는다는 고난의 연속에서 하얀 장미의 아름다움을 최 시인에게 주신 이 역시 주님인 것이다. 이렇게 37일 동안의 순례 길에서 아름다운 풍경과 사물을 발견할 수 있게 하신 주님께 아마 최 시인은 두고두고 감사하고 있을 것이다. 달리 표현하면 이러한 풍경과 사물 역시 주님이 보내주신 천사라고 볼 수 있을 것이다.

> 양쪽에 끝없이 늘어선
> 버드나무 사이를 걷다가
> 버드나무 앞에 서서
> 오래도독 잎사귀들을
> 쳐다보았다
>
> 잎새 부딪히는 소리
> 서로의 몸을 부딪히며 내는 소리
> 혼자서는 낼 수 없는 그 소리
> 서로 닿을 수 있을 만큼의
> 거리에 있어야 낼 수 있는 소리
> 오늘 아침 저 소리가
> 왜 이다지도 발걸음을 잡고 있는지
>
> 그림 같은 운하를 따라 걸으며
> 내가 닿을 수 있는,
> 내가 닿아 있는 곳에는 무엇이있어
> 그리 고운 소리를 낼 수 있을까
> 오래 생각하였다
>
> ─「버드나무 앞에서 ─프로마스타 가는 길」 전문

앞의 시가 꽃에서 발견한 아름다움이라면 이 시는 버드나무의 잎들이 서로 부딪히며 내는 소리에서 아름다움보다는 혼자서 살 수 없고 더불어 살아야 한다는 삶의 진리를 발견한 것이라고 볼 수 있다. 그러나 그러한 진리를 분명히 밝히지 않고 독자의 몫으로 남겨두고 있다. 어쩌면 여기서 그는 남편을 천국으로 보낸 고독감도 어느 정도 느꼈을 것이다. 그러나 그것을 내보이지 않는 극기력도 가지고 있다.

이 시 역시 의미전개 과정은 앞의 작품과 유사한 구조를 가지고 있다. 첫째 연의 시적 공간 제시, 둘째 연의 사물에 대한 관찰과 그것에 대한 의미부여, 마지막 셋째 연 미래에 대한 기대, 이러한 구조는 최 시인의 시를 이해하는 중요한 열쇠가 될 것이다.

이상과 같이 제2부에서는 순례길이 어느 정도 경과되어 자연을 관찰할 수 있는 여유를 가지게 되었다고 볼 수 있는 작품들이 많은 것이 특색이다.

제3부 〈사아군에서 호스피탈 데 꼰데스까지〉에서는 대성당이 제재가 된 한 편과 평범한 산길이 제재가 된 작품을 살펴보기로 한다.

레온은 축제 중이었다
소와 마차의 행렬, 그리고
전통복장의 스페인 사람들 속에 섞여
나도 축제가 되었다
먼 길을 걸어온 순례자들도
그 풍경속에서 잠시 숨을돌렸다

레온 대성당에 들어서는 순간
쏟아지던 스테인드글라스의 빛
세상에, 대성당을 지은 돌 개수보다
스테인드글라스 유리조각이 더 많다니

백 스물다섯 개라는 창마다
품고 있던 중심에 내가 섰다
당신의 전 생애가 사랑임을
스테인드글라스빛깔로 다시 한 번
가슴에 새기는 순간
사랑보다 미움을 먼저 헤아리던 삶이
저만치서 무릎을 꿇었다

당신을 온전히 따른다면
나에게 남은 삶은
저리 고운 빛 속에서
날마다 축제가 되겠지요

-「레온에서 축제가 되다」 전문

이 작품은 레온에서 만난 축제 풍경과 레온 대성당의 스테인드글라스가 시적 제재가 되어 있다. 첫째 연에서 축제의 행렬인 소와 마차 그리고 스페인 전통복장의 사람들과 어울리는 다른 순례자들처럼 최 시인은 축제에 어울리면서 잠시 숨을 돌린다. 그러나 이 어울림이 길어지면 순례자가 아니라 관광객이 될 수 있다.

축제 풍경은 결국 첫째 연에서 끝나고 둘째 연과 셋째 연에서는 레온 대성당의 스테인드글라스에서 느낀 감격을 시로 형상화 한다. 이 성당의 스테인드글라스는 스페인에서 가장 아름답다고 한다. 따라서 최 시인처럼 하루 종일 순례 길을 걸어온 순례자들에게는 더 이상의 위안이 되는 사물이 없을 것이다. 셋째 연에서 최 시인은 스테인드글라스의 아름다움에서 예수님 즉 당신을 발견한다. 이 당신은 순례 길 벽두「피레네 산을 넘어가던 날」에서 보이던 모호함이 청산되고 있다. 하느님의 아들이면서 십자가에 못 박혀 돌아가심으로 영원히 죽을 수밖에 없는 우리를 구원하신 예수님을 온전히 따르겠다고 그는 지난날을 회개하며 무릎을 꿇는다.

최 시인의 전형적인 시적 의미구조처럼 마지막 넷째 연에서 그는 예수님을 온전히 따르면 그의 앞으로의 일상이 스테인드글라스처럼 곱고 첫째 연의 레온의 축제처럼 행복하게 될 것으로 소망한다.

> 앞뒤로 사람이 아무도 없다
> 앞을 봐도 뒤를 봐도
> 당신이 보이지 않던 그 순간처럼
>
> 여자 혼자 배낭 하나 메고
> 호젓한 이국의 산길을 걷는다는 건
> 두려움이다, 그리 말할 수도 있겠지만
> 그것은 고요 속의 내 영혼이
> 당신을 만나는 순간
>
> 나의 하느님
> 그분을 향하여
> 매순간 손을 내밀며
> 나는 마음 놓고
> 그 길을 지나올 수 있었다

– 「당신을 만나는 시간」 전문

최 시인의 순례 길은 이제 어떠한 상황이라도 절망과 고통 그리고 두려움 같은 것을 극복하거나 혹은 초월할 수 있는 경지에 다다랐다는 것을 보여주는 작품이 바로 이 「당신을 만나는 시간」이다.

여기서의 '당신'을 굳이 이중적으로 해석할 필요는 없다. 첫째 연에서 혹시 천국에 있는 최 시인의 남편으로 해석할 여지는 있으나 그렇게 보기보다 우리의 삶에서 고난이나 역경이 겹쳐지면 간혹 주님을 원망하기가 도를 넘어 부재라고 생각하는 경우라고 보는 것이 오히려 공감대가 넓다. 둘째 연처럼 여자가 혼자 배낭을 매고 호젓한 이국 길을 걷는다는 것은 상식적으로 보면 두려움 그 자체이다. 그러나 최 시인은 이러한 고요 속에서 하느님을 만난다. 그는 셋째 연처럼 매순간 하느님에게 손을 내밀어 그녀의 손을 잡아주는 하느님과 더불어 두려움을 떨쳐낸다.

이렇게 그는 산티아고 순례 길에서 숨 쉴 수 없는 절망감을 떨치고 하느님과 매순간 동행하면 행복과 평강이 깃든다는 교훈을 체득하게 된 것이다.

제4부 〈사모스에서 산티아고 데 콤포스텔라로〉에서는 지금까지 순례 길에서 깨달은 새로운 삶의 방향과 산티아고 데 콤포스텔라에 도착한 감격이 어떻게 형상화 되어 있는가를 살펴볼 작품을 골라 보기로 한다.

고통은 온전히
나 혼자의 것이다
그리 생각했을 때 나는
지극히 혼자였다
그 고통, 차라리
사랑해 버리자고
입을 맞추었더니
고통의 모서리가
부드러운 동그라미가
되었다

고통의 중심에
그분이 계셨다
하느님을 소유한 사람은
모든 것을 소유한 것이라던

성녀의 말씀처럼
나, 모든 것을 가졌기에
비로소 가벼워졌다

온전히 혼자여서
완전히 함께였다

– 「내가 소유한 것」 전문

이 작품의 경우 지금까지의 많은 작품들이 시적 공간으로 '산티아고 순례 길'을 작품의 첫 부분에 배치하는 것과는 달리 철저히 최 시인 자신의 내면적 고백이다.

이 글의 서두에서 밝혔듯이 최 시인은 숨을 쉴 수 없을 정도의 고통을 안고 순례 길을 나섰다. 그러다가 서울 대교구 신부님을 도중에 만나 고백성사를 함으로써 다소 위안을 받아 순례 길을 계속하였다. 그러나 여자 몸으로 하루 종일 한 달이 넘게 걷는다는 것은 지금까지의 고통과는 비교가 안 될 정도의 고통의 연속이었다. 밤마다 알베르게에서 주님께 간절히 기도하고, 발을 맛사지하고, 때로는 순례자 일행의 도움을 받아 순례를 계속할 수 있었다. 그 결과 그는 고통과 친구가 되어 고통을 이길 수 있었다. 이러한 순례 길을 통한 고통 극복의 진솔한 고백이 바로 이 작품이다. 그 고통의 중심에 하느님이 계셨으며, 하느님을 소유 한 것은 고통뿐만 아니라 다른 모든 것을 소유한 것이라는 것을 깨닫게 되었다. 그 결과 최 시인이 가지고 있는 고통의 무게가 가벼워졌다.

이 작품의 다른 특색은 지금까지 최 시인의 시에서 발견하지 못한 역설의 미학을 발견할 수 있다는 점이다. 성지순례라는 큰 테마 때문에 그동안 최 시인의 시에서는 비유나 상징 혹은 역설과 아이러니를 발견할 수 없었다. 그러나 이 작품에서는 그가 의도적으로 사용하지는 않았지만 37일간이라는 긴 고통의 나날에서 깨달은 결론이 바로 역설의 미학이 되었다. 즉, 둘째 연의 끝 부분 "나, 모든 것을 가졌기에/비로소 가벼워졌다"라는 부분과 마지막 셋째 연 "온전히 혼자여서/완전히 함께였다"라는 부분이 바로 그것이다. 모든 것을 가진 것은 충만함이며 가벼움은 텅빔인 것이다. 충만함과 텅빔은 상식적 진술에서는 결코 양립할수 없는 것이다. 그러나 이 시에서는 가득찬 가벼움이라는 역설적 현상이 성립하게 된다. 최 시인의 37일의 고난의 순례 길에서는 하느님의 은혜를 통하여 고통은 충만함에서 오는 가벼움이 된 것이다. 그래서 고통은 가벼워지고 최 시인은 새로운 삶을 시작하게 된 것이다. 그의 새로운 삶은 온전히 혼자일 것이다. 그러나 하느님이 언제나 함께 함으로 인하여 세속적인 가치로는 전혀 납득할 수 없는 마지막 연처럼 완전한 동행의 삶이 될 것이다.

그렇게 나는
산티아고 대성당에 도착했습니다
야고보 성인이시여
별의 들판이여
나의 절을 받으소서

보수 중인
거대한 성당 앞에서
여전히 보수 중인
내 마음을 보았습니다
이곳을 향하여
걸어온 길처럼
그렇게 남은 생을
살아가면 되겠지요

나의 모든 걸음을 함께해준

등산스틱을 최종 목적지에
꽂으며 걸어온 길에
마침표를 찍습니다.
이 마침표는 새롭게 갈
내 삶의 길에 시작점이 되겠지요

– 「산티아고 데 콤포스텔라에서」 전문

　이 작품은 '산티아고 순례 길'의 종착점인 산티아고 대성당에 도착한 감격을 형상화한 것이다. 이미 앞 작품에서 최 시인은 37일간의 고난의 역정에서 얻은 신앙고백을 역설의 미학으로 응축하였다. 그러나 종착지의 감격을 어떻게 인용하지 않을 수 있겠는가? 이 작품의 백미는 보수중인 성당을 가져와 아직도 최 시인의 마음을 보수하고 있다는 비유적인 표현이다. 그러나 그는 800Km의 순례 길에 끝까지 동반한 등산스틱을 꽂은 지점에서 새로운 삶을 살겠다는 각오를 담담하게 피력하고 있다.

(3)

　최 시인의 '산티아고 순례 시편'을 통독하면서 필자는 비록 산티아고 순례 길을 가보지는 못했으나 오랜 전에 가본 스페인 여행의 기억을 되살리면서 특히 성모 발한 파티마 성당에서의 기억을 되살리고 산티아고 순례 길을 많이 공부하기도 했다. 그러나 무엇보다 최 시인의 고통 극복의 과정을 추적하면서 최 시인은 순례 길에서 많은 천사들을 만나났다는 생각을 하게 되었다.
　무모한 것 같은 도전에도 주님은 천사들을 보내어 그것을 성취하게 하시고 최 시인에게 남은 생애를 새롭게 설계하게 하였다는 생각을 하게 되었다. 뿐만 아니라 비록 최 시인과는 다른 개신교 신앙이지만 필자 자신의 신앙에 대해서도 되돌아보게 되었다. 최 시인의 앞날에 고난과 고통보다는 행복과 보람참이 가득하기를 기도하면서 최 시인의 '산티아고 순례시편' 마지막 작품을 인용하고 해설을 마치기로 한다.

> 예수님, 당신을 바라보고 있는 이 시간
> 평생 잊지 않게 하소서
> 예수님, 당산을 바라보고 있는 이 시간
> 평생 은총이 되게 하소서
> 예수님, 당신을 바라보고 있는 이 시간
> 평생 나의 절대중심이 되게 하소서
>
> 내가 가장 고통스러웠을 때
> 나의 영혼은 가장 맑았습니다.
>
>   − 「당신을 바라보고 있는 이 시간」 전문

3

남강문화권 시인들
의 작품세계

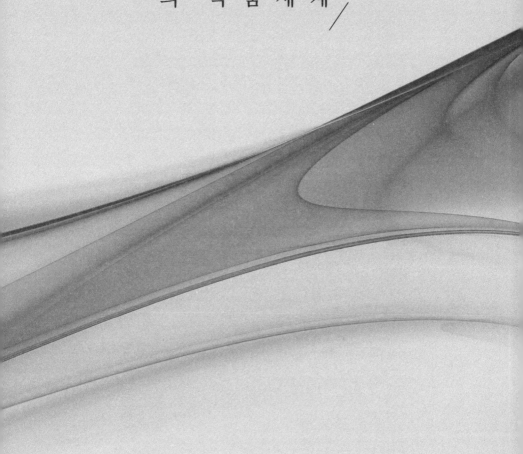

공간지향성의 확대와 메타시

- 강희근의 제16시집『그러니까』

(1)

강희근(1943~) 시인은 1965년 23세의 젊은 나이로 서울신문 신춘문예에 「산에 가서」가 당선되어 시단에 데뷔하였다. 그러니까 벌써 시인이 된지 55년이나 된다.

그는 제1시집『연기 및 일기』(1971)를 간행한 이후 2010년에 제15시집『새벽 통영』을 발간하였고, 제9회 〈김삿갓문학상〉을 수상한 제16시집『그러니까』는 2012년에 발간하였다. 첫 시집은 데뷔한 지 6년 만에 엮었으나, 부지런히 시를 창작하였으며 10년 전부터 홈페이지를 개설하여 이틀 만에 한 편의 시를 발표하고 있다. 그래서 최근에는 2년 만에 한 권씩 시집을 엮고 있다. 따라서 16권이라는 많은 시집을 엮었다. 이렇게 시집만 많이 엮은 것이 아니라 진주에 있는 국립 경상대학교 국어국문학과 교수도 오랫동안 봉직한 까닭에 연구논저 역시『우리시 짓는 법』(1983),『우리 시문학연구』(1985) 등 13권을 집필하였다. 특히 경남지역과 진주권의 문학사에 대한 관심 또한 높아 그에 대한 저서도 많다. 몇년 전 국제 P.E.N클럽 한국본부 부이사장을 맡아 문인들의 권익옹호에 앞장서고, 국제 P.E.N대회에 한국대표로 참석하였다. 게다가, 지리산 중산리에서 개최된 천상병문학제를 주관하였고, 멀리 강원도 영월군에서 제정한 김삿갓문학상 운영위원장을 6년이나 하였으며, 최근까지 이형기 기념사업회 회장을 맡아 진주에서 개최되는 이형기문학제를 주관하였다.

그야말로 시창작과 연구 그리고 각종 문단활동 등 세 분야에서 부지 런하기로 따지면 한국 시인들 가운데 첫 번째가 아닌가 하는 생각을 해 본다.

(2)

제9회 김삿갓 문학상의 수상시집인 『그러니까』(2012, 시와환상 시인선1)의 작품세계에 대하여 살펴보기로 한다. 그의 시적 관심은 풍경 즉, 공간 에 대한 관심이 주된 경향을 이루고 있다. 최용호와 2인 시집인 『풍경 초』(1972, 현대문학사), 제3시집 『풍경보』(1975, 중앙출판공사)에 이어 그의 고향 마을인 『화계리』(1994, 문학아카데미)를 비롯하여 『소문리를 지나며』(1997, 문학 아카데미), 『중산리 요즘』(2003, 영언문화사), 『바다 한 시간 쯤』(2006, 한국문연), 『물안개 언덕』(2008, 경남), 『새벽 통영』(2010, 경남) 등에서 시집 제목 속에 구 체적인 지명과 '바다', '언덕' 등과 같은 공간이 등장하고 있는 것으로 유 추할 때 그의 작품은 공간이 시적 대상이 된 것이 많다고 볼 수 있다. 강 시인의 공간지향성을 최원식 교수는 시집 『그러니까』 해설에서 '토포필 리아'(場所愛)라 명명하고 있다.

강 시인의 시에 등장하는 공간들은 주로 그가 거주하고 있는 진주 부 근의 지명들이 많다. 이 시집에도 '수곡면'(「문암교를 건너면서」), '이반성면'(「이 반성면」), '진주'(「진주에서의 강희근씨」), '대곡면'(「지금, 대곡면」) 등이 있다. 그러나, 최근의 여행체험의 공간이 확대되면서 다른 시집에는 찾아볼 수 없는 다양한 지역의 공간들이 등장하고 있다.

날은 어둑발
비는 내리고
좁은 내안으로 바다가 들어와 저물고 있다

〉

앞길에는 가로등 몇 개 달려 있지만
고개로 넘어서기까지
도심에서 따라오던 불빛은 힘에 부쳐
오던 길 되돌아 갔다

격에 어울리지 않게, 작은 마을 등에 업은 채
길머리 지키고 서 있는 통영해물천국
식당 이름이 천국이다

키 작은 민박집들이 천국을 바라,
천국이 저리 쉬울까 구시렁대고 있다

– 「달아 마을」 전문

앞의 작품에서의 '달아 마을'은 통영시 산양읍의 풍광 좋은 마을이다. 이 작품은 그의 제15시집 『새벽통영』(2010년 경남 대표시인선 11권)의 연장선 상에 있다. 그는 2009년 9월부터 2010년 9월까지 1년 동안 통영에 있는 경상대학교 해양대학 평생교육원 시 창작교실을 운영하면서 쓴 시편을 중심으로 전3부 68편의 시로 『새벽 통영』을 엮은 바 있다. 그 가운데 제1부의 20여 편들이 그의 통영 체험을 바탕으로 쓰여진 시이다.

「달아 마을」 역시 달아 마을에 가 본 체험을 형상화한 작품으로 달아 마을의 풍경을 그의 시작의 가장 주된 경향인 절제된 어조와 축약된 시어들로 담담하게 묘사하고 있다. 그의 시가 쉽게 읽히면서도 시적 긴장을 잃지 않는 까닭은 풍경을 단순한 풍경으로만 묘사하는 것이 아니고 정서를 이입하여 내면화 하고 있기 때문이다. 이 작품에서는 식당 이름 '통영해물천국'에서 '천국'을 가지고 천국이라는 곳은 결코 쉽게 찾을 수 있는 것이 아니라는 그의 가톨릭적 세계관을 넌지시 암시하고 있는 부분이 바로 그것이다. 이러한 세계관의 표출도 직접 하는 것이 아니라 민박집들이 '구시렁대고 있다'고 간접적으로 표출하고 있다.

　　　서강은 예대로 흐르고
　　　청령포 유배지 주인은 여전히 노산군이다

　　　티브이에서는 '공주의 남자'가 흐르고
　　　영원한 무덤 장릉에 이르기까지 단종은 17세
　　　유배지의 주인이다

　　　배는 쉴 새 없이 손님 실어 나르는데
　　　그 중 한 사람이라도
　　　수양 펀드는 사람, 수양의 권력을 소 들어주는
　　　사람은 없다

　　　역대의 왕조, 이름으로는 순리로 흐르지만
　　　이름 지우고 보면 이름은 역류의 탈일 뿐,
　　　오늘은 강도 토사를 만났는가 황톳물 뒤집어쓰고
　　　또 하나의 강 만나기 위해 도도히 굽이쳐 간다

　　　유배지 무성한 솔밭은 어디 가는 것 아니다
　　　노산이 군이면 어가도 군을 재워주는
　　　움막인데,
　　　짬도 없이 티브이에서는 '공주의 남자'가 흐른다

　　　왕통이 무엇인가,
　　　조상 무덤에 흰옷 입고 절하는 백성들은
　　　이 시간 청령포에 와서
　　　가슴에 흐르는 피 몇 점찍어 전하, 전하라 적는다

　　　　　　　　　　　　　　　　　　　－「청령포에서」 전문

단종의 유배지이자 목숨을 거둔 영월군의 청령포 여행 체험을 형상화한 작품이다. 청령포에서라면 누구나 단종을 동정하고 수양대군 즉 세조를 비난하게 된다. 사실 역사 혹은 권력의 속성으로 보면 굳이 그렇게 하지 않고 중립적 입장에서 세조와 단종을 바라볼 수도 있는데, 한국인의 정서상 그런 입장은 용납되지 않는다. 말하자면 비극적인 어린 왕 단종을 동정하고 추모의 정까지 생기는 것이 일반적인 정서이다. 그렇게 되면 수양대군의 권력지향적인 것에 흥분하거나 성토하게 되는 것이다. 이러한 인식을 담담하게 형상화한 것이 이 작품이다.

단종의 비극을 더욱 비극적이게 하는 객관적 상관물로 TV드라마 「공주의 남자」가 등장한다. 「공주의 남자」는 잘 알려진 바와 같이 KBS 2TV에서 2011년 7월 20일부터 10월 6일까지 총 24부작으로 방영된 수목 드라마이다. 시청률이 24.9%까지 기록된 작품으로 세조에 의하여 제거된 김종서 장군의 아들 김승유와 세조의 딸 이세령 공주와의 비극적 사랑 이야기를 다룬 드라마이다. 말하자면, 한국판 「로미오와 줄리엣」이라고 볼 수 있다. 이러한 비극적 사랑이야기를 배경으로 깔아 단종의 비극을 더욱 비극적이게 만들고 있다. 그리고 다음으로는 역사의 아이러니를 강물도 토사를 만나 황톳물의 뒤집어쓰고 있는 상황으로 설정하고 있다. 이렇게 TV드라마와 강물을 공간적으로 배치한 것도 강 시인의 시적 역량이라고 볼 수 있다.

> 대곡면에 들어가면
> 산과 들이 태생지처럼 편하다
> 마른 들이 오다가 도로에 마주치는 자리
> 억새 무더기로 키우고
> 모양 허술한 은행나무 일렬로 서서 빛바랜
> 잎들, 빠져나가는 머리칼처럼
> 가지에서 무념무상 떨구어 낸다
> 양달진 산등성이로 어려 있는 단풍들

그윽히 바라보면

비로소 단풍으로 눈에 띄는 소박한 산삐알, 얌전하다

그렇다 여기서

지나가는 이 지나가면서 화두 하나 얻는다

불칼처럼 솟아오르는 것만이 단풍이라고

그것만이 경치라고

기를 쓰고 버스 대절 내고 길 떠나는 사람

풀 빠진 헛기침이라는 것

아, 헛기침 화두 하나 얻는다

욕심 없이 길 따라가면

길가에 수백살짜리 노거수 두 그루

키 무너지고 어깨 무너져, 이미 노상 분재로

구부러져 있다

소리치고 우뚝 솟았던 것들

대곡면에서는 다 구부러지고 마는 가

마을 쪽으로 갈수록 선방 마루같이 한가롭다

- 「지금, 대곡면」 전문

 위의 작품은 진주시 대곡면이 시적 공간이 되고 있다. 대곡면은 이름 그대로 제법 큰 골짜기가 있는 면이다. 진양군이 진주시에 편입되기 전에 있던 대곡고등학교가 아직도 공립고등학교로 존립하고 있다.

 이 작품에서의 시적 정서는 편안함과 한가로움이다. 그리고 대곡면의 단풍은 굳이 "기를 쓰고 버스 대절 내고 길 떠나는 사람"을 "풀 빠진 헛기침"이라고 빈정거릴 정도로 아름답다. 그래서 시적 화자는 '헛기침 화두'를 하나 얻게 된다. 다만 농촌의 궁벽함을 "길가에 수백 살짜리 노거수 두 그루"가 노상 분재처럼 구부러져 있는 것을 보고 "소리치고 우뚝 솟았던 것들/ 대곡면에서는 다 구부러지고 마는 가" 라고 진술함으로써 다소 보여주고 있다. 그러나 마지막 행 "마을 쪽으로 갈수록 선방 마루

같이 한가롭다"에서 궁벽함 보다는 한가로움을 내세워 평안한 농촌 풍경이 형상화된 작품이라고 볼 수 있다. 말하자면 강 시인의 농촌 풍경은 평안함과 한가로움이라는 정서를 동반하고 있다.

이상과 같이 강 시인의 공간 인식이 다양화되어 지고 있다. 비록 국내이긴 하지만, 통영으로 그리고 영월 청령포로 뿐만 아니라 그가 사랑하는 진주 그것도 농촌 대곡면으로 이동하는 양상을 띄고 있다.

(3)

강 시인은 몇년 전에 국제 P.E.N 대회의 한국 대표로 참석하면서 유럽 몇 나라를 방문하게 된다. 그 때의 인상을 시로 형상화한 연작들이 「펜 기행」이라는 연작시로 이 시집에 몇 편 실려있다. 「펜 기행 1」과 「3」이 1부에 실려 있고, 「4」「9」「10」은 3부에 실려 있다. 연작의 번호로 보아 최소한 10편은 쓴 것 같은데 그 가운데 5편만 이 시집에 실려 있는 까닭은 알 수 없다.

프랑크푸르트의 하늘에 한국의 달이 떴다
서켠으로 이그러져 있다

한국 사람들이 서양을 개척하기 전에
달이 먼저 들어와
길을 쓸고 있었다

지금도 빗자루가 필요하다
트렁크에 넣어 가지고 온
한국제 빗자루 하나
내일이면 손으로 슬쩍 꺼내리라

달, 가슴 떨리다!

– 「펜 기행 1– 프랑크푸르트의 달」 전문

앞의 작품은 그의 「펜 기행」 연작시 첫 작품이다. 부제가 「프랑크푸르트의 달」이라고 되어 있으나, 강 시인은 아직까지 서양에 대한 호기심이나 여행의 즐거움에 빠져있지 않다. 프랑크푸르트에서 달을 보면서 한국에서의 달을 그리워하고 있다. 말하자면 프랑크푸르트의 달이 아니라 한국에서 온 달인 것이다. 이렇게 달이라는 사물을 통하여 프랑크푸르트와 한국을 연결시키는 공간지향성을 이 작품에서는 가지고 있다. 한국 사람들이 서양을 개척하기 전에 먼저 들어온 달은 어떠한 달일지는 쉽사리 해석되지 않는다. 그러나, 마지막 연 "달, 가슴 떨리다!"에서 한국 달이나 프랑크푸르트의 달은 한 가지로 시인의 가슴을 떨리게 한다는 점에서 가슴설레게 하는 정서를 수반한 사물이란 것을 짐작하게 한다. 말하자면 달은 동서양을 통해 감동을 준다는 인식이 되겠다.

부다페스트여 너의 강은 다뉴부다
너의 밤은 달이 내리지만
달보다 먼저, 승선한 여행객 가슴보다 먼저
물결 설레이며 천만 개 불빛 받아들인다
유람선은 아래에서 위로, 위에서 아래로
연신 오르내리지만
빛과 어둠을 가르고 나가는 동안
그 가운데로 누구와 누구의 사랑인가, 사랑들이
일일이 찾아들고
서로의 소중한 이름과 이름이 불빛을 켠다
부다페스트여 너는 너무나 많은 난세에서
암흑으로 엎드렸다
네가 흘린 눈물은 소녀같이 애저린 것,

물보라로 부서지는 켜켜 물방울이었다

너는 꿈길에서도 죽지 않고 살아 다뉴브의 기나긴

숨결을 만들고

비로소 영원의 지밀한 밤을 지피고 있다

너는 진주다

슬픔으로 닦은 보석은 강물에 어리지만

강물을 하나로 굳세게 한다

아, 설레이는 것, 찾아오는 이름들 굳세게 한다

부다페스트여

너의 강은 잠들지 않는 다뉴브,

푸르디푸른 약속이다

- 「펜 기행 4 -다뉴브강 유람선에서」 전문

위의 시는 헝가리 수도 '부다페스트' 한복판에 흐르고 있는 다뉴브강에서 유람선을 탄 감회가 시적 모티브로 되어 있다. 강 시인의 작품에서는 찾아보기 힘든 감정을 절제하지 않는 어조와 긴 호흡은 유람선을 탄 감동과 이미 김춘수의 시 「부다페스트에서의 소녀의 죽음」으로 잘 알려진 헝가리의 비극 탓이라고 볼 수 있다. 세칭 다뉴브 강의 진주는 부다페스트라고 하는데, 이렇게 잘 알려진 사실을 비유로 가져 왔으나 곧이어 '푸르디푸른 약속'이라는 비유를 등장시켜 독창성을 획득하고 있다. 진주는 물론 보석 眞珠지만 최원식 교수가 지적한 것처럼 晋州 즉 강 시인의 제 2의 고향 남강이 다뉴브강처럼 흐르는 진주를 연상시킨다. 그러나 이 작품은 앞의 작품보다 유럽 자체의 아름다움과 헝가리의 비극의 역사에 몰입된 작품이라고 볼 수 있다. 인용하지 않은 「펜 기행」 연작시 「3」「9」「10」에서는 강시인의 절제된 어조와 짧은 호흡이 다시 등장한다. 「펜 기행」 연작시로 인하여 강시인의 공간 지향성이 확대되었으며, 경우에 따라서는 절제되지 않은 감정적 어조의 시도 쓸 수 있다는 점 역시 확인되었다.

(4)

　이 시집에는 강 시인이 왜 시를 쓰고 있는가 하는 의문을 해결해주는 일종의 메타시 즉 시에 대한 시가 두 편 있다. 「무엇을 위하여 시는 쓰는가」와 「진주에서의 강희근 씨」가 그것이다. 그가 주장하는 메타시의 요점은 「무엇을 위하여 시는 쓰는가」 마지막 3행에 다음과 같이 진술되어 있다.

　　아, 그러므로 시는 무엇을 위하여 쓰여지지 않는다
　　무엇 때문에만 쓰여 지지도 않는다
　　더구나 나, 나만을 위하여 쓰여 지지도 않는다

　말하자면 시를 위한 시 즉 '절대시'의 경지를 그는 추구하고 있다. 많은 시인들이 시의 위상 회복 혹은 시인의 위의威儀 회복을 위하여 절대시를 쓰고 있다. 그리고 강 시인은 이러한 시를 쓰는 시적 원동력을 「진주에서의 강희근 씨」에서 외로움 이라고 규정하고 있다. 이 작품은 이승훈 시인의 「서울에서의 이승훈 씨」의 시에 대한 화답시 형태로 쓰여졌다고 강 시인 스스로 밝히고 있다. 이 시인은 불안해서 시를 쓴다고 하고 있지만, 강 시인은 외로워서 시를 쓴다고 달리 표현하고 있다. '불안'이나 '외로움'은 모두 심리적 현상이다. 이러한 심리적 현상들은 관념을 동반하기는 힘들다. 외로우면 시를 쓰는 강 시인이나 불안하면 시를 쓰는 이 시인 같은 절대시 지향의 시인들은 시가 독자들에게 많이 읽혀 시의 위상이 회복되기를 기대하는 마음 간절하다. 특히 강 시인의 작품에서 독자들에게 쉽게 읽히면서 절대시의 경지를 추구하는 경향이 더욱 많이 보여지기를 기대하는 바이다.

다도적 상상력과 모성지향성 그리고 향토애
- 김기원 시집 『녹동마을의 녹차밭』

(1)

김기원 교수와 필자의 교분도 오래 되었다. 2000년, 최종섭 시조시인과 금정문화원을 창립하면서 진주산업대학교 교수이면서 이사로 참여하여 열심히 활동하는 김교수의 모습에서 삶의 진솔함을 엿볼 수 있었으며, 무엇보다 차도에 대한 그의 열정은 존경심마저 생겼다. 그는 진주농림고등학교를 졸업한 후 경상대 농과대학과 건국대 대학원에서 사료작물학을 전공한 후 경남과학기술대학교에서 교수로 재직하다가 몇해 전 정년퇴직을 하였다. 작물학을 전공하면서 차도에 심취하여 진주다도회, 한국다도회 등에 관여하고 한국차학회 회장을 역임하기도 하였다. 말하자면, 한국에서도 드문 차연구가 혹은 차학자라고 할 수 있다. 몇 해 전에는 우리 부산의 다도의 산실이기도 한 부산여자대학의 설립자이자 정치자이며 시인이셨던 고 설송 정상구 박사의 차시비건립위원장을 맡아 하동의 차 시배지에다 시비를 건립하기 위해 많은 노력하였다. 최근에는 필자가 회장으로 있었던 〈남강문학회〉 회장을 맡아 수고하고 있다.

그의 시력은 설송 정상구 박사님이 관여한 월간 《문학 21》에 추천되면서 시작활동을 시작하였다. 그러는 동안 시집을 여러 권 내었는데 『차 몇 잔 마셨냐』, 『막사발에 녹차 마시는 벗들』, 『석류꽃 피는 날』 등의 시집을 발간하였다. 시집 제목에서도 짐작할 수 있겠지만, 그의 시는 특정 제재 즉, '차'와 관련된 작품으로 일관하고 있다. 이번에 75편의 작품원고를 읽으면서도 혹시 이 작품에는 '차'가 소재나 제재로 등장하지 않을 수 있겠다 하는 생각을 번번이 배반하고 있다. 말하자면 그의 시는 차시 혹은 다도시라고 별도의 장르를 규정할 수 있을 정도로 차나 다도에 집착하고 있다. 따라서 그는 본격적인 프로 시인이라기보다 자신의 차나 다도 사랑을 문학작품으로 형상화하는 일종의 목적문학을 지향하는 시인이라고 볼 수 있다. 그의 삶의 가장 중요한 부분이 차 학자나 다도인으로서의 삶을 장르가운데 다도와 가장 어울리는 서정시로 형상화 한 것이 그를 시인으로 만든 셈이다. 말하자면 김 교수의 이러한 상상력을 '다도적 상상력'이라고 명명할 수 있을 것이다.

(2)

지금까지의 시작 태도와 동일한 태도를 유지하고 있으나, 이번 시집의 경우 대학 강단을 떠난 이후의 첫 시집이라서 그 동안의 삶을 되돌아본다는 태도를 다도와 연결시키고 있는 점이 특성이라고 할 수 있을 것 같다.

그는 고향이 부산이다. 지금은 골프장 부산칸트리클럽 조성으로 사라진 노포동의 자연 부락 가운데 녹동마을이 있었다. 그 곳에서 그는 태어나 금정중학교를 거쳐 진주농림고등학교를 진학을 하면서 진주와 인연을 맺어 지금까지 진주에서 살고 있다. 그러나, 그는 부산 특히 고향인 금정구의 일이라면 만사를 제쳐 놓고 달려온다. 그의 술회에 의하면 금정중하교 재학 중 범어사 큰 스님으로부터 수계 후 법명을 받게 되는데, 그 때에서 받은 법명이 감로甘露라고 한다. 그러면서 차와는 운명적으로 엮어지게 되었다고 한다. 그는 시집이나 다른 저서의 약력으로 부산 녹동 출신이라고 한다. 녹동이 어디인지를 모르는 사람들은 의아해할 수 있으나 몇 가구 살지 않던 자연부락이 골프장 건설로 사방으로 이

주하면서 그의 고향은 사라졌다고 한다. 이러한 그의 고향에 대한 애틋한 마음이 이번 시의 가장 주된 정서이다.

> 녹동 밭둑에 핀 살구꽃
> 봄 먼저 피는 살구꽃
> 차밭골 개나리 덩달아
> 덤불 휘어잡아 꽃 피어
> 차밭골이 살구꽃 피네
>
> -중략
>
> 어릴 적 살구꽃 풋잠이야기
> 문풍지 스며 든 살구꽃 향
> 씨알 차려 놓는 감로 차실
> 그 차맛 님의 얼굴 그리워
> 살구꽃 피는 꿈에 빠지네.
>
> - 「살구꽃 피네」 1, 4연

봄이 오면 그는 어린 시절 고향마을 둑에 핀 살구꽃을 그리워한다. 그 살구꽃 피는 녹동과는 멀지 않은 곳에 있는 차밭골은 오늘날에도 온천장 차밭골로 우리 귀에 사라지지 않고 있다. 그가 노닐었을 차밭골에는 개나리 피고 그 차밭골은 그의 의식 속에서 살구꽃으로 변한다. 이렇게 어린 시절의 추억에서도 차밭골의 추억으로 차가 등장한다. 마지막 연에서는 그의 가족들의 매주 일요일마다 차를 마시면서 일과를 시작하는 감로차실에서도 어릴 적 살구꽃은 살구꽃 향기가 스며드는 문풍지가 생각나고 그 차 맛에서 님의 얼굴 그리워, 살구꽃 피는 꿈에 빠지기도 한다. 이렇게 그는 유년기의 추억도 차를 마시면서 생각하고, 온천장의 차밭골의 기억과도 연관시킨다. 그러면 이 작품에서 분명하지 않은 님의 얼굴은 누구의 얼굴일까?

> 텃밭 목숨 건 어머니
> 사막 바람에 어머니 호흡
> 꽃자리 끓는 된장 냄새
> 어머니 손 요리 최고야
>
> 쓰다듬은 풀뿌리 손맛
> 장승 눈알로 차 끓이여
> 작설향 은하수의 꽃바람
> 어머니 손 덕 늘 마시네
>
> 끈끈한 어머니 손맛이 정
> 밤마다 말 없는 물 홍수
> 산 넘고 철 따른 그 연인
> 떠난 뒤 못 잊는 어머니 냄새

―「어머니 냄새」 전문

님의 얼굴에 대한 정체를 밝히고 있는 작품이 바로 이 작품이다. 이 세상 어머니, 특히 농촌에서 살아 온 어머니들은 텃밭에 목숨을 건다. 도회지에 있는 아들 집으로 오시라고 해도 거동을 할 때 까지는 고향을 지키고 있는 어머니에 대한 그리움을 샘솟게 하는 작품이 바로 이것이며, 어머니가 김 교수에게는 님인 것임을 밝히고 있는 작품 또한 이 작품이다.

첫째 연에서는 어머니와 채소를 텃밭에서 몸 소 캐어서 끓인 된장 냄새에 대한 추억을 형상화하고 있다. 이러한 냄새는 된장냄새에 한정하지 않고, 어머니가 끓인 차 맛으로 확산된다. 어머니가 끓인 차 맛을 생각하며 작설차를 늘 마신다. 그런데 그냥 냄새로만 마시는 것이 아니라,

어머니의 손맛과 손덕을 생각하면서 마신다. 그러다가 마지막 연에서는 손맛과 연상되는 어머니의 냄새를 끝내 못 잊고 있는 김 교수의 모습이 감각적으로 형상화되어 있다. 이러한 일상적인 어머니에 대한 그리움을 다음의 시에서는 차 맛으로 한정되어 있다.

어머니 불 빚내어 끓인 차
눈짓에 치마폭 뜸질 하듯
꿈속에 님 만나는 차 맛
가만히 차 꿈 그리워지네

님이 함께 하던 찻자리
사방을 돌아보는 님 눈빛
너 첫맛에 사랑 마주칠까
손 때 맛에 미소 지어본다

님이 남긴 청자 잔의 묘미
떠난 뒤 맛볼 수 없는 그 차 맛
못 잊어 허공을 외쳐 보이며
따뜻한 가슴 속 운기 되었다네

날마다 생각나는 그 찻자리

애타게 부른 노래방에 남아
세월 향기로 맴돌은 작설봉지
어머니 젖 냄새 새로워 진하네

— 「어머니의 차 맛」 전문

앞의 시가 여러 기억으로 분열된 그리움이라고 하면 이 작품은 찻자리에서 어머니가 끓여 주던 차의 추억에만 한정된 그리움이다. 그렇기 때문에 훨씬 더 절제되고 간절한 그리움의 정서가 형상화되어 있다.

어머니가 끓인 차에 대한 그리움을 치마폭의 한 뜸 두 뜸 뜸질로 구체화하여, 결국에는 꿈속에서 어머니가 함께 차 마시는 것으로 형상화한다. 어머니가 남긴 청자 다기에다 차를 끓여 마시지만, 어머니가 떠난 뒤 다른 사람들이 끓이는 차 맛에서는 어머니의 차 맛을 맛볼 수 없다는 점에서 그리움이 더욱 사무치는 부분이 바로 셋째 연이다. 결국 마지막 행에서는 날마다 생각나는 어머니의 살아생전의 찻자리는 어머니의 젖 냄새로 감각화한다. 차 향기가 결국 어머니에 대한 원초적인 그리움인 어머니의 젖 냄새로까지 치환되는 상상력은 결코 평범한 상상력은 아니다. 차를 통한 끊임없는 상상력이 이러한 원초적인 그리움으로까지 전환된 것이다. 이렇게 김 교수의 이번 작품집은 다도적 상상력을 통한 고향 생각과 그에 따른 어머니에 대한 원초적 그리움이 가장 두드러진 특성이라고 볼 수 있다.

(3)

김교수는 제2의 고향이라고 할 수 있는 진주에서 교수로서 작물학과 차에 관련된 학술적 활동 말고도 사회단체나 봉사단체에 관여하면서 많은 활동을 하고 있다. 진주문화원, 진주청소년단체협의회, 진주시 배드민턴연합회 등에 관여하고 새생명광명봉사단을 만들어 개안수술봉사를 한다든지 장기의식 등록기관 대표 등과 같은 생명에 관련된 활동도 왕성하게 하면서, 생활문화연구소 소장으로 생활문화에도 관심이 많다. 특히 진주농림고등학교, 진주농전, 진주산업대학교 제자들이 지역사회에서 각종 전문가로 활동할 때에 그들의 정신적 지주가 되기도 한다. 이러한 측면에서 진주에 대한 남다른 애착을 가지고 있다. 하자면 제2의 고향에 대한 향토애를 가지고 있는 셈이다.

아, 가수 황제 남인수여
남가락 휘파람이 낸 진주 아들
진주 비봉산 뒷골 하촌 마을
말티 돌아 에나 에나로 말한다.

전생부터 황제가수 남인수
서西 동東 유流 수水로 갈고 닦아
짙게 빗내린 남강변 대밭 새소리
빨래방망이 시련이 기쁨 울었네.

비봉 휘파람 숨소리가 천 여곡
충절이 가슴 치는 「애수의 소야곡」
숯 골 참회를 실어 온 「이별의 부산 정거장」
막사발 끝 울음소리 「가거라 삼팔선」

차의 날 선포가 남강변 진주 촉석루
한량없는 의암 별제 풍악을 채워
에나가, 하모가 진주의 가수 남인수
대중가요에 비봉산이 반짝거려

비봉산 오동나무에 잠든 청학靑鶴
갈대밭 모래에 묻어 온 39년
물가랑 진양호변에 옛 모습 살아살아
가슴 울린 대중가요가 세계 꽃 되어 핀다.

– 「가수 남인수」 전문

이 작품은 말미에 '2001. 6. 26 가수 황제 남인수 동상건립 축하붙임'
이라는 글이 붙어 있다. 따라서, 남인수의 동상건립을 축하하는 일종의
축시이다. 최근에 남인수를 친일가수라고 하지만, 일제 강점기 공연예

술에 종사한 사람은 어쩔 수 없이 억지로 일본에 협력하지 않을 수 없었다. 그러나, 해방 이후와 6·25 사변기에 온 국민의 애창곡이 된 많은 대중가요를 부른 국민가수 남인수의 고향이 진주임을 진주시민들이 자랑하여도 결코 부끄러운 일이 아니다. 필자 역시 「이별의 부산 정거장」을 즐겨 부른다. 사실 진주는 남인수 말고도 작곡가 이재호, 손목인, 그리고 이들보다 조금 뒷 세대이지만 이봉조 등 대중가요의 영웅들을 많이 탄생시켰다. 이러한 문화콘텐츠로 대중가요제 그것도 국제적인 대중가요제를 진주의 자랑으로 삼을 축제로 승화시켜야 할 것이다. 이러한 필자의 생각에 딱 들이 맞는 김 교수의 시가 바로 「가수 남인수」이다. 이러한 축시에도 어김없이 다도적 상상력이 발동된다. 둘째 연 마지막 행의 「가거라 삼팔선」을 막사발의 끝 울음소리에 비유한 것이라든지 넷째 연의 '차의 날 선포'라든지 하여 김 교수 고유의 다도적 상상력으로 연결된다. 그러나, 다른 작품보다 직접적이지는 않다. 대신 남강의 풍물들이 많이 소개되고 다른 작품들보다 절제된 시어들이 남인수의 노래처럼 경쾌하게 인식된다.

김 교수는 이 작품 말고도 많은 작품들에서 대중가요적인 수사를 긍정적으로 소화하고 있다. 그러나 그러한 작품들이 결코 천박스럽지는 않다. 김교수 같은 이들이 모여 진주의 국제가요제 내지 대중음악제를 발기하여 개천예술제나 유등축제에 못지않는 새로운 축제로 마련되기를 기대해 본다.

진주하면 촉석루가 빠질 수 없고 논개와 의암으로 연결되는 임란의 진주대첩이 생각난다. 김 교수 역시 이러한 점을 놓치지 않고 있다.

말할 듯이
말할 듯이
남강에 솟은 용머리
세월만큼 고인

흘러간 긴 노래 수련의 무늬처럼
의암義嚴이 입을 열다.

그 무리 오기 전에
훈훈히 살아온 석류꽃
사랑을 털어 넣은 자리
조국을 굴착하는 저 무리
눈부신 불꽃 밝힌 큰 외침
겁탈 당한 촉석을 껴안은
민초는 빨간 백일홍

님의 눈물이 무지개가 되고
님의 외침은 함성의 훈塤
머물 수 없는 몸짓 꽃 되어
용머리 쑥 뻗어 새긴 의암
남강의 안개꽃 가지런히 피어
물 위에 걸터앉은 역사
거품에 날려 보낸 호국의 얼
조용히 우리 차 채워 잔 올린다.

- 「촉석矗石」 전문

남강은 우리나라 도시 가운데로 흐르는 강 가운데 가장 아름다운 강이다. 촉석루가 있고 서장대가 있는 진양성 주변이나 뒤벼리 모퉁이라고 알려진 곳이나 깎아지를 듯이 솟아 있는 바위들이 있어 더욱 아름답다. 그 가운데 가장 직립하고 있는 바위 위에 촉석루가 섰으며 이 촉석루는 대동강의 부벽루, 밀양 남천강의 영남루와 더불어 조선조 시대 세워진 3대 누각으로 아름다움을 자랑한다. 그런데 그 아름다움을 자랑하는 누각에 임진년의 충절의 역사와 그 아래 남강변의 의암은 논개의 충절의 혼이 깃든 곳이다. 이 촉석루가 6·25사변 때 폭격으로 불타고 60년대 초에 서부 경남의 온 도민들의 성금으로 재건된 누각이 오늘 날의 촉석루이다.

이렇게 아름답고 역사의 아픔이 있는 촉석루를 떠 바치고 있는 바위가 촉석이다. 김 교수는 이 촉석을 시적 제재로 삼았다. 다른 작품보다 언어가 절제되고 그의 다른 작품에서 찾아보기 힘든 반복과 비유가 등장하고 있다. 그리고 둘째 연에서의 임진왜란의 혈전의 모습을 상징적으로 표현하고 있다. 사실 이러한 역사적인 아픔을 직접적이 아닌 비유와 상징으로 절제된 감정처리로 형상화한 시들은 그렇게 많지 않다. 이 작품 역시 마지막 부분에서 다도적 상상력을 발휘한다. 마지막 행 '조용히 우리 차 채워 잔 올린다' 가 그것이다. 이렇게 절제된 다도적 상상력이 있기 때문에 이 시는 김교수의 시인 것이다.

김 교수의 진주사랑은 다음과 같은 짧은 시에서 더욱 진솔하게 형상화한다.

니가 누고오
하모 말해 보아라
그 사람 아시나
에나라 안카드나

그것 무엇고
촉석루 차 맛 내는 작설
숨결이 머무는 호흡

아, 진주 남강
임란 삼대첩의 역사

충절의 7만 군, 관, 민

슬픔은 말 못해도
언제나 충절도시의 진주
에나 에나 흥흥흥

- 「진주사람」 전문

서부 경남 사투리 '하모' 그것도 진주 사람들만 쓰는 '에나'가 등장하는
이 시는 서부 경남 사람과 진주 사람이 아니면 정확하게 축어적 의미를
파악하기 힘들다. '하모'는 '그래'라는 긍정적인 대답이고 '에나'는 '정말'
인가를 묻는 물음과 그렇다는 대답에 미묘한 뉘앙스로 차이로 등장하는
사투리이다. 둘째 연에서는 역시 다도적 상상력이 등장한다. 그러나 앞
의 어느 작품들보다 절제된 시어로 충절 도시 진주 사람들의 특성과 공
감대를 짧게 형상화시킨 작품이 바로 이 작품이다.

(4)

김 교수는 다도적 상상력으로만 시를 쓰는 시인이다. 따라서 그의 많
은 작품들은 단순한 호사취미에 떨어질 위험성을 가지고 있다. 그러나,
앞에서 언급한 몇 작품 특히 진주를 사랑하며 쓴 「촉석」이나 「진주사람」
과 같이 절제된 다도적 상상력을 가지고 있는 시는 마치 철저하게 생략
된 '달마선사의 그림'이나 선적 상상력과 연결시킬 수 있다. 이러한 시
작 태도를 더욱 증진시키면 만년에 명편을 남겨 성공하는 시인이 될 가
능성은 충분히 가지고 있다.

앞으로는 절제된 감정과 다도적 상상력을 남발하지 않는 선禪적 상상
력의 경지에 이르게 되면 선방禪房에서 마시는 차 맛 같은 기품 있는 시
를 보여줄 수 있을 것이다.

자연에 대한 원숙한 해석,
그리고 새로운 시어의 발굴
─김찬재 시집 『바람 가두리』

(1)

김찬재 시인은 40년이 넘는 긴 세월을 초·중·고등학교 교단에서 보냈다. 그는 고향 남해에서 중학교까지 마친 후 진주고를 거쳐 진주교육대를 졸업하고 초등 교단에서 교직을 시작하였다. 그러나 이에 만족하지 않고 중등 교사를 거쳐 연구사, 장학관의 직에도 종사하였다. 특히 중고등학교에서는 우리나라 말을 사랑하는 국어교사로 열정을 바쳤다. 신설 인문계 고등학교 교장으로 일할 때에는 혁신적인 교육과정을 구안하고 그것을 학교경영에 도입하여 전국적인 명성을 얻었다. 정년 후에는 포항공대 입학사정관으로 일하면서 한국의 공학영재 선발에 일조를 하였다. 그러면서 시단에 데뷔하여 정년기념으로 제1시집 『동그란 웃음』(2010)을 발간하였다.

이번에 발간되는 제2시집 『바람 가두리』는 제1시집 이후에 그가 창작한 시편 가운데 89편을 뽑아 각 작품마다 시와 관련된 사진을 곁들인 시집이다. 이 사진들은 그가 속한 등산여행그룹에서 소재를 발굴하기 위하여 등산과 여행체험에서 찍은 작품들이다. 이것들은 그가 직접 찍은 것도 있고, 등산여행 그룹들의 사진작가들이 찍은 것도 있다. 이러한 사진 찍기 작업으로 인하여 그의 시에는 우선 풍경이나 사물들이 전경前景으로 제시되고, 그에 대한 시인 자신의 자연관이 후경後景이며 이를 형상화하는 방법으로 다른 시인들의 작품에서는 좀처럼 발견하기 어려운 새로운 시어를 발굴하고 있는 실험정신이 등장하고 있다. 이러한 특징을 가지고 있다는 데에 착안하여 그의 시에 대하여 살펴보기로 한다.

(2)

89편을 1-7부로 나누어 각 부분마다 적절한 제목을 부쳐 12-14편씩 편집한 것은 시에 사진을 곁들인 시인의 편집 태도와 상통한 것으로 독자의 이해를 돕기 위한 배려이다. 이러한 경우 각 부분마다 대표작을 뽑아 분석하는 것이 정석이나, 필자는 그렇게 하지는 않겠다. 소제목에서 시적 제재나 공간적 특성이 들어나 있기 때문에 그의 시적 특색을 가장 잘 드러난 작품 3편에 대하여 살펴보기로 한다.

> 가시넝쿨 걷어낸 심장부에 바람 가두리양식장 만듭니다.
> 한 시도 바람 잘날 없는 세상.
> 바람 쐬어 넘어온 인생고개, 언젠가는 어깻바람도 불겠지만, 그 동안 명줄 꾸려준 바람 **생얼** 한번 보고파집니다.
>
> 인생사 숨넘어갈 듯 무더울 때, 짝지 실바람은 찌는 열기에 그늘 덮어 가누면서 **땀벌**에 옷섶 풀어 헤치다가, 질긴 운 닿아 먹구름 소나기 세례 받기도 하고, 바람개비 맘 돌리는 산들바람 일면, 새들 날개에 향기로, 방패연 가슴 구멍 들락거리는 숨소리내면서, 별꽃 다 피우다가 속바람 들어 샛길로도 빠지고, 무지개빛 바람 따라 앞만 보고 달리다 헛짚어 이런 저런 피멍 옹이 자국 그려내기도 한답니다.

*고딕글자는 해설자가 편의에 의하여 변형시킨 것임. 원시는 같은 모양이면서 작품 말미에 각주를 달고 있음 (이하 다른 인용 작품도 같은 변형임).

－「바람 가두리양식장 1」 앞부분

이 작품은 그의 연작시 1부 「바람 가두리」의 첫 작품이다. 사진은 가두리양식장 정경인데, '가두리' 앞에 '바람'이라는 눈에 보이지 않는 자연현상이 수식어로 붙어 있는 데에 주목해야 한다. 인용한 첫 부분에서 '한 시도 바람 잘날 없는 세상'에서 바람은 자연현상으로서의 바람이 아니라 이 세상을 살아가는데 겪은 시련이라고 볼 수 있다. 즉, 이 세상 온갖 풍상風霜, 혹은 풍파風波에서 시련에 비유된 바람이다.

시적 화자가 '바람'을 '가두리양식장'과 연결시킨 것은 지금까지 지내온 삶에서 온갖 시련을 되돌아본다는 의미를 함축한 것이라고 볼 수 있다. 사실 바람에다 삶의 역경을 비유한 것은 그렇게 참신한 비유는 아니다. 그러나 바람을 가두리양식장에 가두었다는 표현에서 그의 원숙한 자연관을 느낄 수 있다는 점에서 상식의 수준을 뛰어 넘는 참신성을 획득한다.

이 작품에서 찾을 수 있는 또 다른 하나의 특색은 새로운 시어를 발굴하고 있다는 점이다. 시인이 작품 아래 각주로 밝히고 있지만 이러한 시어들은 사전에 등재되어 있지 않은 조어들과 등재되어 있다고 해도 우리 일상생활이나 다른 시인들의 작품에 자주 등장하지 않은 것들이 많다. 인용한 앞부분의 '생얼'은 화장하지 않은 생얼굴을 줄인 말로 달리 표현하면 맨얼굴이라 할 수 있다. '땀벌창'은 땀과 벌창의 합성어이다. 이 단어 역시 국어사전에는 등재되어 있지 않으나, '벌창'이라는 단어는 '물이 넘쳐흐름'이라는 뜻으로 국어사전에 등재되어 있다. 따라서 땀이 넘쳐흐를 정도 되었다는 뜻으로 유추가 가능하다. 시인은 '땀을 많이 흘려서 후줄근하게 된 상태'라고 각주를 달고 있다.

인용하지 않은 뒷부분에도 '용오름', '보짱', '각성바지' 등에 각주를 달고 있다. '용오름'의 경우에는 사전에는 없으나 강한 바람의 소용돌이, 일종의 토네이도 현상으로 바닷가 사람들은 간혹 사용하고 있다. '보짱'의 경우에는 낯선 단어이지만 사전에는 '꿋꿋하게 가지는 생각, 속으로 품은 요량'으로 설명하고 있다. 말하자면 '배짱'과 비슷한 말이다. '각성

바지'의 경우에는 사전에도 등재되어 있고 '성이 다른 사람들을 모두 일컫는 말'로 간혹 사용되나 시어에는 자주 등장하지 않는다.

이 작품 말고도 다른 작품에서도 통상적으로 자주 쓰여 지지 않는 시어들이 많이 등장하고 있다. 이러한 새로운 시어의 발굴은 현대시의 첫 출발이라고 볼 수 있는 정지용 시인도 빈번하게 시도 하였다. 그 당시는 일제 강점기였지만 요즈음은 정체불명의 외래어에 우리 고유어가 많이 침식되고 있다는 점에서 김찬재 시인뿐만 아니라 시조시인이나 전통 지향적인 자유시인들에게도 필요한 실험정신이다. 그렇게 되어 새로운 시어가 발굴되어 보편화되면 굳이 각주를 달지 않아도 독자들에게 이해될 날이 다가오게 될 것이다. 이러한 점에서 김찬재 시인의 새로운 시어 발굴은 충분히 가치를 획득하게 될 것이다.

김찬재 시인의 작품 가운데 많은 시적 제재들은 봄, 여름, 가을, 겨울 풍경들과 계절마다 피는 꽃들이 대부분이다. 그런데 그의 계절에 따른 자연관은 상식을 초월하고 있다. 우선 각 부분의 소제목 자체가 계절의 순환과는 관계가 없다. 즉 2부가 〈여름·봄맞이〉이고 3부가 〈겨울·가을걷이〉이다. 이렇게 순환의 법칙을 일탈한 작품 가운데 대표적인 작품 하나를 인용하여 보기로 한다.

> 나뭇잎 위로 걷는 발걸음
> 우듬지에 푸른 바람 쏟아진다.
>
> 더위 먹고 헛바람 들까봐
> 잎으로 하늘가리면서
> 저마다 소중한 꿈 키워온 나무들
>
> 건실하게 잘 자란 자식들
> 제자리 찾아 떠나간 후
> 홀로 남아 기둥뿌리 지키는 겨울나무

〉
철따라 가꾼 이파리 옷 벗고
낙엽으로 바꿔 입은 물구나무 자세
산골 개울물에 머리 감는다

겨울 산 향기로 몸 씻고
옹달진 습한 가랑이에
폭포로 내리치고 있는 산신령 거풍擧風

햇살 좋은 날
따분한 생각도 데리고
겨울나무 물구나무 선 숲길 오른다

– 「겨울나무 물구나무서다」 전문

캐나다 출신 비평가 N.Frye(1912~1991)의 저서 『비평의 해부』 가운데 원형비평(신화비평)을 서술한 부분에 의하면 사계의 신화 즉, 봄, 여름, 가을, 겨울 가운데 겨울은 죽음과 절망을 상징한다. 뿐만 아니라 이것은 동서고금을 통한 공통적인 인식이다. 그러나 시인들 가운데는 이러한 상식을 뛰어 넘고자 하는 작품을 쓰는 경우가 종종 있다. 김 시인의 앞의 인용 작품 「겨울나무 물구나무서다」가 그렇다고 볼 수 있다.

우선 첫째 연에서부터 그러한 조짐이 보인다. 우듬지 즉 시인이 '나무 줄기의 끝 부분'이라고 각주를 단 나무의 꼭대기 줄기의 끝에 부는 바람을 푸른 바람으로 인식한 것에서 허무의식보다 청량감이나 여유로움을 보여주고 있다. 이러한 청량감은 둘째 연에서 오히려 여름철의 더위를 헛바람을 일으키는 원인으로 보아 잎으로 하늘 가리고 가을의 단풍을 거쳐 낙엽진 모습에서 소중한 꿈을 키워온 나무의 새봄의 부활을 기대하게 한다. 달리 말하면 죽음이 아니라 소생하는 부활의 상징으로서의 겨울나무인 것이다.

시인은 계속하여 셋째 연에서 겨울나무를 건실하게 잘 자란 자식들을 제자리 찾아 떠나보낸 후 기둥뿌리가 되었다고 인식한다. 넷째 연에서는 그의 자연관이기도 한 겨울나무의 여유로운 모습이 형상화 되고 있다. 즉 단풍과 낙엽을 비관적이기보다 낙관적으로 인식하면서 개울물에 비친 나무의 모습을 개울물에 머리를 감는다고 묘사하고 있다. 다섯째 연에서는 겨울나무에게 폭포의 물소리는 '산신령의 거풍' 즉 바람이 안 통하는 곳에 두었던 물건에 바람을 쐬어 주는 청량제 구실을 하면서 봄맞이 준비까지 하게 한다. 마지막 연에서는 햇살 좋은 날과 따분한 생각이 충돌되고 있기는 하지만 겨울나무 숲길을 오르는 화자의 낙관적이고 긍정적인 세계관을 어느 정도 짐작하게 한다.

이상과 같이 봄을 기다리는 겨울나무 숲의 물구나무선 모습에서 그의 여유롭고 희망적인 자연관을 엿볼 수 있다.

해 질 무렵
날개와 소리가 만나
다진 생각 선보이는 가창오리 떼

텅 빈 물가에 남아이
멍하게 바라보는 어스름 자락

거센 찬바람에
머리 풀어헤치고
뜬 눈으로 지새우면서
갈대꽃과 정담情談 속살거린다

태초에 길 열면서
하늘땅에 맺은 다짐 약속
성미도 대쪽 같아

언제나 빛으로 태어나
밝은 새날의 새벽 불러들이고

시퍼런 호수에서 자라난
까만 그림자
마음속 깊이 터 잡았다가
그려내는 갖가지 행복
황홀한 군무로 밤낮 교대식 갖는다.

- 「어둠」 전문

이 작품은 시인 자신이 각주를 단 시어가 전혀 없는 작품이다. 따라서 그의 새로운 시어 발굴이라는 실험정신은 보이지 않는 작품이다.

가창오리는 우리나라에서 겨울을 지내는 겨울철새로 대구광역시 달성군 가창면 지역에서 맨 먼저 발견되어 명명된 것이다. 이 오리의 특징은 큰 무리를 이루며 일몰 직후 밤에 먹이를 먹으려고 비상한다. 이 순간을 시인은 카메라로 포착하여 촬영한 후 그것을 시에 곁들여 편집하였다. 그러면서 제목을 '어둠'으로 정하고 있다. 말하자면 시인은 어둠 가운데 가창오리 떼가 비상하는 이러한 순간의 어둠을 선호하는 것이다. 어둠이나 밤 역시 원형비평에서는 죽음과 절망을 상징한다. 칠흑 같은 어둠은 절망을 넘어 공포의 정서를 우리에게 가져다준다. 그러나 시인이 비록 「어둠」이라는 제목으로 시를 창작하였지만 그는 어둠에 집착하기보다 가창오리 떼의 생태에서 갈대꽃과 정담하는 인정스러운 묘사를 하고 있다. 특히 넷째 연에서는 어둠 속에서 '언제나 빛으로 태어나 밝은 새날의 새벽'을 지향하고 있다. 따라서 그는 어둠 속에서 희망을 발견한 것이다. 그 결과 마지막 연에서는 갖가지 행복과 황홀한 군무에 초점을 맞추게 된다.

가창오리 떼는 김 시인의 페르소나일 수도 있다. 그의 교직의 첫 출발은 교육대를 졸업한 후 초등학교였으나 한 자리에 안주하지 않고 발전하는 나날이었다. 즉, 가창오리 떼의 비상처럼 그의 교단 경험은 중학교, 고등학교, 그리고 장학사. 연구관, 고등학교 교장, 교육정보연구원장, 퇴임 후의 명문 포항공대 입학사정관 등 끊임없는 변신이요 도약이었다. 뿐만 아니라 투병 과정을 거친 건강의 회복이라는 범상하지 않은 경험도 했다. 그러함에도 불구하고 그는 '어둠'에서 행복과 미래지향성을 발견하는 시인의 자세를 가지고 있다.

(3)

김찬재 시인은 앞에서 살펴본 대로 그가 살아온 남다른 삶의 역정에도 불구하고 시편들 속에서는 그가 경험하는 등산과 여행체험에서 발견한 사물들에서 원숙하고 여유로운 자연관을 가지고 있다. 그리고 그의 살아온 생애에 대해서도 긍정적이고 희망지향성의 나날이었다고 평가하고 있다.

아울러 그가 교단에서 특유의 창의력과 추진력으로 이룬 성과처럼 새로운 시어를 발굴하는 유의미한 실험정신을 가지고 있다.

이러한 점에서 이 시집에 이어 곧 엮어질 제3시집에서는 어떠한 변모를 거친 시가 수록될까 기대하는 크다

도전 정신과 긍정적 세계관, 그리고
촌철살인의 풍자
– 김호길 홑시조집『꿈꾸는 나라』

(1)

　김호길 시인은 필자의 진주고등학교 2년 선배이다. 김 시인은 모두 아는 것처럼 대학 시절인 1963년 시조로 개천예술제에서 장원에 입상한 자랑스러운 경력을 가지고 있다. 그가 대한항공 국제선 조종사를 하다가 1981년 LA로 이민을 떠나 필자와는 교류를 못했다. 그러다가 2008년 진주를 학연으로 한 전국의 문인들로 구성된 〈남강문학회〉가 조직되어 필자와 함께 김 시인도 회원으로 함께 참여하면서 간혹 귀국하는 김 시인과 교류하게 되었다. 2011년부터 2014년까지 필자가 회장을 맡아 《남강문학》을 내는 일이나 갖가지 행사에 깊이 관여하게 되자 해외에 있으면서 〈남강문학회〉에 깊은 애정을 가지고 있는 김 시인을 존경하지 않을 수 없었다. 지난 2011년과 2012년 연말에 2개월과 1개월씩 필자가 LA에 머물게 되면서 김 시인의 신세를 많이 지게 되었다. 2012년 연말에는 LA에서 개최된 시집『사막시편』출판기념회에도 참석하여 남강문학회 회장 자격으로 축사도 하였다. 〈사막 시편〉 가운데 한 편은 국내 유수한 문예지 《문학사상》지 월평에도 언급되어 그 사실을 출판기념회 석상에서 소개하기도 하였다.
　김 시인은 1984년부터 캘리포니아 로스앤젤레스 인근 온타리오에서 농사를 시작하였고 그 후 88년부터 남쪽 멕시코 바하 칼리포니아 사막에서 농사를 짓고 있다. 필자는 미국에 있을 때 그곳을 구경할 수 없느냐고 조르기도 했다. 그러나 자기는 그곳에서 머물 수 있지만 우리가 가는 경우 안전을 보장할 수 없는 곳이라고 했다. 〈사막 시편〉은 이러한 절박한 곳에서 쓴 시들이다. 그가 농사짓는 곳은 LA에서 1200마일이나 떨어진 먼 곳이다. 그는 LA의 농산물 판매 사업은 아들에게 맡기고 그곳 사막에서 멕시코인들과 함께 농사를 짓고 있다. 필자는 정말 김 시인의 생각과 큰 스케일에 놀라지 않을 수 없었다. 출판기념회 역시 미국 교민사회에서 보기 드물게 회비도 없이 문인들의 송년회를 겸하여 가지는 데서 놀란 바 있다. 그런데 최근에는 멕시코 사막에 머물면서 페이스 북에다 시조 종장을 한편의 시조라는 홑시조를 자주 올려 필자는 감상 소감을 댓글로 올리기도 했다. 그러던 어느 날 국제전화로 한국에서 홑시조집을 발간하는데 그 해설을 부탁하는 것이었다. 국제전화고 해서 거절도 못하고 얼떨결에 승낙하고 말았다.

(2)

김호길 시인의 시적 상상력의 특성을 살펴보기 위하여 몇 해 전에 시조전문지 《화중련花中蓮》의 「내가 좋아하는 시조 한편」이라는 글에서 필자가 인용한 시조 한 편을 다시 살펴보기로 한다.

> 본적도 없고 들은 적도 없고 말도 안 통하는 그곳
> 한 이십오 년 쯤 그곳에 빈손으로 들어갔단다.
> 꼴머슴 산적도 없는 내가 빈손으로 들어갔더란다.
>
> 미쳤지, 진짜 미쳤지, 어쩜 그럴 수가 있는가.
> 파일럿은 왜 치우고 사막 농부가 웬 말이냐.
> 그때는 죽으러 갔지, 살러 간 것이 아니란다.

요렇게 죽지도 않고 그래도 괜찮은 농부가 되어
시도 쓰고 할 일 더 많아 아직 꿈꾸고 있잖아.
용기가 죽을 용기가 없던 난 그래 바보 농부란다.

― 「사막시편―바보 농부」 전문

　이 세 수로 된 연시조는 앞에서 언급한 그의 1984년부터 멕시코령 바하 칼리포니아 농장에 들어갈 때의 각오를 피력한 작품이다. 각 수의 종장 마지막 시어의 예스러운 종결어미는 전통적인 시조의 종결어미라기보다 투박한 민요의 어조와 닮아 그의 도전정신과 그야말로 황무지 그것도 바하 칼리포니아 사막에서 멕시코 정부로부터 물을 임대하여 멕시코인들을 다루면서 농사짓는 추진력이 잘 형상화 되고 있다. 그래서 필자는 '내가 좋아하는 시조 한 편'으로 추천하기를 망설이지 않았다.
　홑시조는 시조학계나 시조시단에서 정식 장르로 확정된 것은 아니다. 심지어 초, 중, 종장의 3장 형식이 갖추어져야 시조이지, 초장이 생략된 양장兩章시조나 종장만으로 된 단장單章시조는 시조가 아니라는 주장을 하는 사람들도 있다. 김호길 시인은 종장으로만 된 시조를 홑시조라 처음 명명하였다고 한다. 필자가 생각하기는 이러한 장르의식의 파괴는 김 시인의 경상대학교 은사이신 리명길 시조시인의 탈 장르적 시조 창작에서 영향을 받았다고 볼 수 있다.
　리명길 시인은 김 시인의 진주농과대학 시절 정치학 내지 행정학 교수로 교양과목 교수였지만 진주농대 문인지망생들의 동인인 〈전원문학회〉 지도교수였다. 김 시인이 1963년 개천예술제 시조부 장원을 했을 때 개천예술제 한글백일장에 시조부문을 신설하는 데에 주도적 역할을 한 사람 중의 한 분이었다. 그는 진주농과대학이 종합대학 경상대학교로 승격되자 행정학과를 신설하는 데 결정적 역할을 하였으며 나중에는 법경대학 학장도 지냈다. 퇴임 후에는 진주문협 회장, 진주예총 회장, 진주문화원장 등을 지냈다. 그런데 그는 시조문학 이론가는 아니었지만 그의 건국대에서 받은 정치학 박사학위논문 「조선조 정치사의 정치 문학적 분석」에서 고시조를 텍스트로 삼을 정도였다. 뿐만 아니라 그의 장르의식 파괴는 첩疊시조라는 평시조, 엇시조 사설시조, 심지어 그의 주장인 종장만으로 된 시조까지 한 작품에 혼재한 장르를 주장하기도 하였으며, 이은상이 주장한 양장시조에서 한 걸음 나아간 절장絶章시조 즉 종장만으로 한 수의 시조가 되는 경지까지 확대하였다.

리명길 시조 시인의 이러한 장르의식을 수용한 김 시인은 절장이나 단장이라는 용어 대신에 순수한 우리말인 홑시조를 장르명칭으로 하고 있다. 물론 김 시인 말고도 이러한 명칭을 사용하는 시조시인이 간혹 있기는 하다. 필자는 시조 연구 학자는 아니지만 '짝을 이루지 아니하거나 겹이 아닌 것'이라는 사전적 뜻이 있는 홑시조가 종장으로 된 시조의 명칭으로는 절장시조나 단장시조에 비하여 개념상의 오류를 방지할 수 있는 가장 타당한 장르명칭이라고 생각한다.

홑시조의 주제나 의미구조를 가장 간단히 언급한 표현으로는 촌철살인寸鐵殺人이라는 용어가 있다. 본래의 뜻을 직역하면 '조그만 쇠붙이로 사람의 목숨을 빼앗는다'는 뜻이지만 사전적 의미는 '조그만 경구警句로 사람의 마음을 감동시킨다'는 뜻이다. 따라서 홑시조는 교훈적이거나 풍자적일 수 있다. 이러한 의미구조는 앞에서 언급한 김 시인의 그 동안 살아온 생애와 연결시켜볼 때 도전적이고 창의적이며 대범하면서 무모하리만큼 긍정적이며 낙천적인 그의 세계관과도 충분히 통한다. 그러면 우선 이러한 경향의 작품들을 살피기 전 다음의 작품에 대하여 살펴보기로 한다.

짧은 시
한 행의 길이로
깊은 뜻 여운은 길어라

－「홑시조」 전문

이 작품은 이 시집의 첫 번 째 작품으로 일종의 '홑시조'에 대한 장르 의식을 보여 주고 있다. 비록 한 행의 길이이지만 깊은 뜻과 긴 여운이 있다는 일종의 홑시조 옹호론이다. 이렇게 시조를 위한 시조 즉 메타시 로서의 시조가 맨 첫 작품으로 편집되어 있고 이어서 120편이 나열되 어 있다.

(3)

김호길 시인의 그 동안의 삶의 역정을 바탕으로 한 도전적이고 매사 에 긍정적인 세계관이 피력된 작품에 대하여 살펴보기로 한다.

> ㉠ 그 누가
> 희망이 없다 하나,
> 풀꽃보다 더 많단다.
>
> — 「희망에 대하여」 전문

> ㉡ 네 잎에
> 행운이 있다고 했나,
> 흔한 세 잎에 더 많단다.
>
> — 「네잎 클로버」 전문

> ㉢ 너, 시방
> 죽을 판인가,
> 그렇다면 꿈을 밖으로 돌려라.
>
> — 「지구는 넓고 다 사람 사는 땅이네」 전문

> ㉣ 조용히
> 숨 쉬고 있는 것,

아직 두발로 걷고 있는 것.

- 「큰 행복」 전문

ⓜ 한 생애
　　쉬운 게 있나,
　　참고 참아 꽃피우는 거지.

- 「조수아 선인장」 전문

ⓑ 파랑새
　　그가 찾아올지라도
　　준비를 해야 만난다네.

- 「파랑새」 전문

　　김 시인의 도전적이고 긍정적인 세계관이 나타나 있는 대표적 홑시조 여섯 편을 골라 보았다. 이 여섯 편 가운데 긍정적인 세계관을 직접 피력한 작품은 ㉠「희망에 대하여」, ㉢「지구는 넓고 다 사람 사는 땅이네」와 ㉣「큰 행복」 등 세 편이다. 의도적으로 고른 것은 아닌데 꼭 절반이 관념을 직접 피력한 것이다. 그 관념들이 제목 속에 나타나 있는 것이 '희망'과 '행복'이고 절망하는 젊은이들에게 세계를 향하여 꿈을 펼치라는 ㉢의 경우 도전적이고 진취적인 그의 세계관이 나타나 있다. 그는 ㉠에서 '희망'은 풀꽃보다 많다는 낙관론을 펼치고 있다. 그리고 ㉣에서는 조용히 숨 쉬고 두 발로 걷는 것 자체가 행복, 그것도 큰 행복이라는 소박한 행복관을 피력하고 있다. 이러한 그의 행복관은 "온 세상/다 돌아보아도/너희 집에 행복이 있네"_{「행복」}와 같이 가정 자체가 행복이라 보고 있다.

　　나머지 ㉡「네 잎 클로버」와 ⓜ「조수아 선인장」 그리고 ⓑ「파랑새」의 경우 사물 특히 자연을 통하여 그의 긍정적 세계관과 도전정신을 형상화 하고 있다. ㉡「네잎 클로버」의 경우 행운의 네잎 클로버라는 상식적

인식을 역전시켜 오히려 흔하디흔한 세 잎 클로버 속에 행운이 들어 있다는 행운론을 펼치고 있다. 말하자면 노력하는 자에게는 행운은 어렵게 오는 것이 아니라 반드시 온다는 긍정적 가치관을 보여준 것이다. ⓜ에 등장하는 시적 제재는 LA에서 동쪽으로 140마일 떨어진 팜 스프링 근처의 〈조수아 트리 국립공원〉의 3000피트 고지대 사막에 군락하고 있는 40피트 높이의 거대한 나무 선인장인 조수아 선인장이다. 그것의 상층부 가시돋힌 나뭇가지에는 봄에 10인치나 되는 붉은 꽃이 핀다. 이렇게 어렵게 꽃을 피우는 조수아 선인장을 통하여 인생에서의 고진감래를 형상화 하고 있다. 조수아라는 이름은 성경에 나오는 여호수아의 영어식 표현으로 1851년 이곳을 여행하던 몰몬 교도에 의하여 선인장의 모습이 구약성경의 여호수아와 비슷하다고 해서 붙여진 이름이다. 그리고 ⓑ의 '파랑새' 역시 실존의 새이지만 여기서는 프랑스의 희곡작가 모리스 마테를링크(1862-1949)의 희곡 「파랑새」(1906)에서 행운을 가져 온다는 새를 말하는 것이라고 볼 수 있다. 그에 의하면 행운은 찾아오기를 막연히 기다린다고 해서 찾아오는 것이 아니고, 평소에 노력하고 준비해야 찾아온 행운을 붙잡을 수 있다는 점을 강조하고 있다.

이상과 같이 김호길 시인의 홑시조를 관류하고 있는 주제의식 가운데 가장 대표적인 것이 그의 삶의 역정과도 통하는 도전정신과 매사에 긍정적이면서 끊임없이 노력하는 근면정신이라고 볼 수 있다. 그리고 그것을 직접적으로 표현하기도 하고 '네잎 클로바'와 '조수아 선인장' 그리고 '파랑새'와 같은 자연을 제재로 하여 형상화하기도 한다.

(4)

김호길 시인은 비록 몸은 멀리 바하 칼리포니아에 있지만 우리나라에 대한 염려가 많다. 특히 최근의 사태에 대해서는 페이스 북에 산문으로 올리기도 한다. 그러나 그에게는 평소에도 현실을 풍자하는 태도를 보여준 시조나 자유시가 많았다. 몇 해 전에 필자는 미국 소수민 삶의 비극성을 풍자적으로 표현한「호세 구티메레스」(《문학세계》 2011)에 대하여 살펴본바 있다. 그러면 이번의 시집에 나타난 현실인식이 바탕이 된 작품을 인용해 보기로 한다.

　　㉠ 꾀꼬리
　　　너 혼자 뻐기지 말라,
　　　까마귀도 한 평생 잘산다.

－「잘 났다 뻐기지 마라」 전문

　　㉡ 시골에
　　　주소만 옮기면
　　　그 데모꾼 모두 농부여.

－「어떤 농부」 전문

　　㉢ 남강에
　　　숭어가 뛰니
　　　강산 잡것들 다 뛰네.

－「진주 남강 숭어가 뛰니」 전문

　　㉣ 누구나
　　　다 시인이라네,
　　　도도 모도 다 시인이여.

－「시인」 전문

　　㉤ 태평양
　　　난바다가 미쳤네,
　　　한국호가 젤 걱정이네.

－「난바다」 전문

   ⓗ 극좌냐
   극우냐 그 질문
   일평생 헷갈리는 화두로고.

– 「무소속」 전문

  현실에 대한 발언이 두드러진 여섯 편 역시 현실 인식이 직접 제목에 노출된 것이 세 편이며 자연을 객관적 상관물로 가져와 표현 것이 세 편이다. 순서대로 자연이 등장하는 것부터 살펴보기로 한다.

  우선 ⓐ 「잘 났다 뻐기지 마라」와 ⓒ 「진주 남강 숭어가 뛰니」 그리고 ⓔ 「난바다」에서는 꾀꼬리와 까마귀, 숭어 그리고 태평양이 등장하고 있다. ⓐ에 등장하는 새 꾀꼬리와 까마귀는 고전시가나 가사에서 자주 등장하는 것이다. 그러나 그것을 비유하는 관념은 고전시가와는 전혀 다르다. 꾀꼬리는 겉으로는 잘난 체하지만 속으로는 텅 빈 것을 가리키고 까마귀는 그와 반대로 겉으로는 보잘 것 없지만 속으로는 꽉 찬 존재를 가리킨다. 말하자면 사람을 겉모습으로 판단하지 말고 내면에 들어 있는 참모습을 발견하기에 힘쓰라는 교훈을 가지고 있는 작품이다. 아울러 겉모습으로 평가하는 세태를 풍자하고 있다. ⓒ은 여러 지역에 퍼져 있는 숭어를 제재로 아무 것도 모르면서 부화뇌동 하는 무리를 꾸짖는 속담의 진주 남강 시리즈이다. 이 작품 역시 작금의 우리나라 정치 현실을 빗대어 표현한 것이다. ⓔ의 경우는 태평양의 파고를 가져와 역시 격랑 속의 우리나라의 여러 현실을 우려한 것이다.

  다음으로 ⓑ 「어떤 농부」와 ⓓ 「시인」 그리고 ⓕ 「무소속」 등에서는 풍자의 대상이 직접 등장하고 있다. ⓑ의 경우는 상습적으로 데모하는 인사들이 일부러 농촌에 들어가 선량한 농민들을 선동하는 세태를 비판한 작품이다. 특히 멕시코에서 농장을 경영하는 김 시인의 입장에서는 정말 개탄스러운 현실일 것이다. ⓓ 「시인」의 경우는 함량미달 시인을 양산하는 시단의 현실을 직설적으로 비판 한 것이다. 특히 마지막 행

'도도 모도 다 시인이여'라는 부분에서는 풍자의 극치를 보여주고 있다. 마지막 인용 작품 ⓑ의 경우는 극좌와 극우로 대립하고 있는 우리나라 정치 풍토와 세태를 비판하고 있다. 그러면서 자기 자신은 양자와는 거리를 두고 있음을 '무소속'이라는 제목에서 보여준 것으로 이념에 대한 고뇌의 흔적을 엿볼 수 있다.

지금까지 살펴본 여섯 편 말고도 많은 작품에 그의 현실인식과 풍자적 태도가 나타나 있다. 따라서 그의 도전정신과 긍정적 세계관과 함께 현실에 대한 풍자적 태도는 그의 홑시조를 관류하는 두 주제이다.

(5)

김호길 시인은 오늘도 바하 캘리포니아 사막에서 멕시코인들과 함께 농사를 짓고 있다. 이렇게 글로벌한 농부로 성장한 그의 정신은 어디에서 왔을까? 다음과 같은 세 편에서 그의 정신을 엿볼 수 있다.

> ㉠ 세상에
> 가장 낮은 몸
> 때론 가장 높을 수 있네.
>
> — 「농부 30」 전문

> ㉡ 비워야
> 숲의 숨소리 들리네,
> 인생도 그렇다네.
>
> — 「농부 13」 전문

> ㉢ 감사가
> 넘치는 사막
> 이곳 농부로 온 것 참 잘된 일이네.
>
> — 「농부 16」 전문

이상의 세 작품에서 그는 '겸손'과 '비움' 그리고 '감사'의 정신을 보여주고 있다. 이러한 정신이 없었다면 그는 거친 사막에서 멕시코인들과 더불어 농사를 짓지 못했을 것이다. 오랜 이민 생활에서 체득한 소수민으로서의 삶의 자세와 특히 히스페닉에 대한 사랑을 바탕으로 한 그의 코스모폴리탄적이고 글로벌한 세계관에서 이러한 성공이 온 것이다.

느림의 시학과 모성지향성, 그리고 아픔과 슬픔
- 성종화 제3시집 『뒤뜰에 피고 있다』

(1)

제주 출신 김종원(1937-) 시인은 문학단체 모임에서 필자를 만날 때마다 성종화(1938-) 시인의 안부를 묻곤 했다. 필자에게 성 시인의 안부를 묻는 연유는 필자가 성 시인의 고등학교 후배였고, 부산 지역에 살고 있다는 점에서였다. 성 시인은 필자보다 진주고등학교를 6년 전에 졸업하였다. 입학을 기준으로 하면 5년 전에 입학하였으나 필자가 고등학교 3학년 시절 몸이 아파 1년 휴학했기 때문에 6년 선배가 되었다. 김 시인이 물을 때마다 "법조 공무원으로 열심히 살고 있고, 동창회 모임에서 간혹 얼굴을 봅니다." 라고 대답했다. 어느 해에는 "이제 글쓰기를 시작했습니다."라고 대답했다. 그 까닭은 부산 지역의 문예지에 수필 당선의 절차를 밟아 수필 쓰기를 시작했기 때문이었다. 그렇게 관심 많았던 김종원 시인이 성종화 시인이 엮어낸 첫 시집 『고라니 맑은 눈은』(2010. 문학사계) 발문 「습작 반세기 만의 귀향-50년대 선망 받던 문학소년」이라는 글의 서두에 "그가 돌아왔다. '황야의 장고'가 아니라, 진주의 성종화가 돌아 왔다. 50년 이상 소식이 없던 '비봉루의 장원'이 칠순을 넘긴 반백의 머리로 문단에 나타났다."라고 쓰고 있다. 김 시인이 이렇게 감격적인 어투로 발문을 시작한 연유는 다음과 같다.

1952년 11월 피난지 대구에서 창간된 중고등학생을 독자로 한 잡지 《학원》에 작품을 투고하여 입선한 사람들을 중심으로 형성한 세칭 〈학원문단〉의 학생문사들 가운데 진주를 대표한 사람은 성종화 시인이었다. 그들 가운데 100여명이 기성문단에 등장하였다. 그 면면을 열거 해 보면 이미 고인이 된 서울의 유경환(1936-2007), 구석봉(1936-1988), 김성택(1939-20019) 황동규(1938-) 마종기(1939-), 진주의 허유(1936-), 마산의 이제하(1937-), 경주의 서영수(1937-), 그리고 제주의 김종원 등이 있다. 그런데 그 가운데 진주의 성종화 시인이 가장 으뜸이라는 것을 증명한 사건이 있었다. 앞에서 김종원 시인이 '비봉루의 장원'이라고 한 사건이다. 성종화 시인은 고등학교 1학년 때인 1954년 진주에서 개최된 개천예술제(그 당시의 명칭은 영남예술제) 한글시 백일장에 참가하여 차하에 입상하였다. 그 이듬해인 고등학교 2학년 때인 1955년 드디어 「자화상」이란 제목의 한글시 백일장에서 장원을 하였다. 그 당시의 한글시 백일장은 학생부와 일반부의 구분이 없었다. 제1회 개천예술제가 개최된 1949년의 백일장에는 이형기(1933-2005) 시인이 진주농림학교 2학년 신분으로 장원을 하였고, 차상은 시조를 제출한 삼천포고등학교의 박재삼(1933-1997)시인이었다. 이형기 시인은 이듬해인 1950년 고등학생 신분으로 《문예》지에 데뷔하였다. 사실 성 시인도 백일장 장원을 하자 예술제를 주도하고 있던 설창수(1912-1998) 시인이 진주고등학교 교무실을 통하여 설 시인이 사장으로 있던 경남일보 사장실로 성 시인을 불러 기성문단에 추천하겠다는 의사를 비추었으나 성 시인은 아직 성숙되지 못한 작품세계 라면서 겸손하게 사양하였다. 그러나 설창수 시인은 그 이듬해에 발간한 《영문》에 기성시인으로 대우하여 「자화상」을 수록하였으며 다음 해에는 다른 작품을 기성 시인들과 함께 발표하는 자리를 마련했다. 성 시인이 장원한 1955년 백일장의 입상자는 2등 김성택(소설가 김병총)(마산고), 3등 김종원(제주 오현고), 4등 이제하(마산고), 5등 허유(진주고)라고 김종원 시인은 기억하고 있다. 이들은 일찍 문단에 데뷔하여 모두 지금은 원로 시인으로 혹은 소설가로 자리 매김 되어 있다.

이렇게 촉망받던 성종화 시인이 한일국교도 정상화 되지 않은 시기에 일본에 가서 공부하겠다는 생각으로 여러 방면으로 노력하다가 대학 진학의 기회를 놓쳐 군에 입대하게 되었다. 군대 생활 중에 유경환 시인을 만나 제대 후 사상계사에 입사하도록 되어 있었으나 그 당시의 정치적, 경제적 혼란으로 입사가 좌절되고 고향으로 돌아와 공무원 생활을 시작하였다. 그리고 부산에 정착하여 법무공무원으로 정년을 마치고 지금은 법무사로 아직도 현역 생활을 하고 있다. 어쩌면 그는 10대에 벌써 시인으로 대성하였다고 볼 수 있다. 그러나 그는 50년 동안 시를 쓰고 싶은 욕망을 안으로만 되새김질하고 있었다. 한편 그는 산을 사랑하여 자주 오르는 부산 근교의 산뿐만 아니라, 아직도 일 년에 한두 번씩 지리산을 종주하는 건강을 유지하고 있다.

(2)

성종화 시인은 주위의 권유로 2007년에는 계간 《시와 수필》지에 수필로 등단하여 수필을 쓰다가 드디어 2010년 제1시집 『고라니 맑은 눈에』를 엮었다. 이어서 제2시집 『간이역 풍경』(2012, 작가마을)을 엮었으며, 최근에는 그의 진주중학교 동기인 시인 정재필(1938-), 수필가 정봉화(1938-)와 함께 삼인집 『남강은 흐른다』(2015, 월간문학출판부)를 엮는 등 왕성한 작품 활동을 하고 있다. 성 시인의 작품세계는 필자보다는 선배이나 역시 성 시인의 고등학교 후배인 김봉군 평론가(가톨릭대 명예교수), 강희근 시인(경상대 명예교수)이 쓴 제1시집과 제2시집 해설에서도 밝혀진 바 있지만 서정적 발상에 그 근원을 두고 있다. 김 평론가는 「디지털 시대에 만나는 서정의 고향」이라는 제목으로 살펴보았고, 강 시인은 「성종화 시의 세 단계 시 세계」라는 제목으로 서정의 단계를 '서경(바라보기)-서정(안으로 품기)-통찰(버리기)'를 다 보여주는데, 이제는 통찰의 단계로 나아가고 있다고 보고 있다. 필자 역시 이러한 언급에 공감하는 바이다. 성 시인의 시는 고등학교 시절부터 해맑은 서정에 기반을 두고 있었다. 50년이나 공백기가 있었음에도 불구하고 그러한 시적 태도는 변함이 없다. 그

동안 세파에 많이 시달렸지만 그의 사물에 대한 서정적 태도와 처리 능력은 녹슬지 않았으며, 살아온 세월만큼 원숙한 경지에 도달했다고 볼 수 있다. 그는 현대시의 지나친 난해성과 독자 이탈에 대하여 우려하는 견해를 자주 피력한다. 그의 시집 가운데 모 문학방송에서 인터넷 책으로 제작된 것은 많은 독자를 가지고 있다. 따라서 그의 시는 난해시가 주류를 이루고 있는 현대시단에 오히려 순수 서정으로 많은 인터넷 독자를 확보하고 있다. 그래서 필자는 어느 모임에서 성 시인의 제1시집을 언급하면서 정지용(1902-1950) 시인이 일제강점기 말에 박목월(1915-1978) 시인을 《문장》지에 추천하면서 언급한 '북에는 소월이 있다면 남에는 목월이 있다'는 추천사를 빗대어 '진주에는 수석(성 시인의 호)이 있다'고 한 적이 있다. 그리고 두 사람의 시들은 시인들의 젊은 시절의 작품이었기에 인생의 원숙한 경지라고 볼 수 없지만 성 시인은 노년기의 서정시이기에 더욱 원숙한 경지가 있다고 한 바 있다.

이제 그의 작품을 통하여 속도의 시대라고 하는 디지털 시대에 그의 시가 많이 읽히는 연유를 찾으면서 그의 자연에 대한 원숙한 경지가 어떻게 나타나고 있는가를 살펴보기로 한다.

두 개의 화폭이 천천히 다가온다

한 폭은
잔설이 싸여있는 먼 산으로

또 한 폭은
햇볕 바른 과수원 길을 따라서

봄이 오고 있다

새마을호 열차가 천천히 아주 천천히
풍경을 완상하며 넘는다.

추풍령 재를,

－「추풍령의 봄」전문

　예전에는 가장 **빠른** 열차였던 새마을호가 이제는 KTX라는 고속전철
이 등장하면서 뒤로 밀려나고 말았다. KTX 덕택에 하루 만에 부산서
서울 다녀오기는 예사로운 일이 되었다. 뿐만 아니라, 인테넷이나 페이
스 북이나 카톡에서 해외에 있는 사람들과도 거의 실시간 대화를 주고
받을 수 있게 되었다. 각종 전자기기들은 속도 내기에 급급하고 있다.
뿐만 아니라, 지구촌의 환경은 산업화로 인한 파괴현상을 실감하게 되
었다. 지구온난화현상으로 기상은 이변사태가 빈번하다. 이러한 현상
을 극복하기 위해 친환경 자동차의 개발을 각국은 서둘고 있다. 그런데
여러 분야의 인문학자들은 사람들에게 속도보다는 느림을 추구하라고
권하고 있다. 사실 KTX를 타고는 창밖의 풍경을 감상할 수 없다. 너무
빠르게 지나가기 때문이다. 그래서 일부러 새마을호나 무궁화호를 타
고 여행하는 사람들도 있다. 말하자면 느림의 세계를 즐기는 것이다.
　성 시인이 추구하는 세계는 **빠름**의 세계가 아니라 느림의 세계이다.
앞에 인용한 작품은 이른 봄에 새마을호가 추풍령 재를 천천히 넘는 것
을 바라보는 것으로 되어 있다. 작중화자 즉 시인은 새마을호도 아닌 완
행열차를 타고 새마을호가 천천히 넘는 것과 차창 밖의 봄이 오는 풍경
을 완상하고 있다. 이러한 인식의 태도를 필자는 '느림의 시학'이라고
명명하는 바이다. 이 작품 말고도 많은 작품에서 '느림의 시학'을 찾을
수 있다.

　　㉠ 개나리 조팝나무 꽃이

흐드러지게 핀

터널을 지나
완행열차가 가고 있다

풍상風霜을 싣고
그 세월만큼이나 오래도록

간이역마다 짐 부려도
언제나 만원이다 완행열차는

느리게
느리게

- 「완행열차」 전문

ⓛ 눈이 오는
    깊은 산

  아슴푸레
  작은 암자 하나

  노승은
  면벽面壁 한나절

  무 청 시래기
  툇마루에 내다놓았네

  배고픈 산노루
  찾아오라고

- 「산사山寺」 전문

㉠「완행열차」는 '느림의 시학'을 거의 직설적으로 표현하고 있다. 앞에 인용한「추풍령의 봄」이 건너다보는 풍경임에 비하여 이 작품은 완행열차를 타고 직접 느림을 만끽하고 있는 작품이다. 이와 같은 경향의 작품으로는「여행」과「길을 떠날까보다」등이 있다.

㉡「산사」는 기차여행에서 발견하거나 즐기고 있는 '느림의 시학'이 아니고 산 속의 고즈넉한 산사 풍경에서 느림과 여유를 발견할 수 있는 작품이다. 감나무에 까마귀 몫으로 감을 다 따지 않고 남겨 두듯이 무청을 산노루가 먹으라고 내놓는 여유, 그리고 면벽하고 있는 노승의 모습에서 느림을 넘어 시간이 정지하는 무시간의 경지까지 느낄 수 있는 것이 바로 이 작품이다. 이러한 경향은 산사를 찾거나 산 속에 머무는 것이 시적 공간인「휴정암 가는 길」,「겨울 산사에서」,「안적암 가는 길」,「속리산으로」,「먼 산을 보고」,「산은 알고 있다」,「산으로 가는 달」등과 같은 작품들 도처에서 찾을 수 있다. 그는 힘들게 산행하기보다 느리고 여유롭게 세파의 욕심들을 버리기 위하여 산을 찾고 절을 찾는다고 볼 수 있다.

다음으로는 성 시인의 인정스럽고 자상한 성격처럼 가족을 제재로 한 작품들을 많이 만날 수 있는 것이 또 하나의 특성이라고 볼 수 있다. 그러면 이 가족들이 제재가 된 작품들의 지향성은 무엇인가를 밝혀보는 것 또한 흥미로운 일이다.

볏집 부스러기 묻은 채로
노지에서 바로 뽑혀온

어머니 기일에
제수용으로 쓸 쪽파 한 단

볏짚을 쓰고 엄동설한은
당신께서 살아오신 그 곤고함

파를 고르는
손끝에 묻어나는

아린 매움이
내 눈을 시리게 합니다.

- 「파를 고르며」 전문

이 작품은 어머니 기일에 쓸 제수용 파를 손질하면서 파를 통하여 돌아가신 어머니의 인고의 일생을 생각하는 자식의 심정이 형상화된 작품이다. 겨울을 이겨낸 파와 그것에서 풍기는 매운 기운이 적절하게 어머니의 곤고한 일생과 비유되고 있다. 그리고 거기에다 어머니에 대한 애틋한 그리움까지 중층적으로 함축되어 있다. 따라서 서정시의 본령인 '남에게 들리지 않게 소리 죽여 흐느끼는' 양상의 정서를 잘 형상화한 작품이다. 이렇게 성 시인은 가족애를 드러내는 경우에는 '시치미 떼기' 같은 현대시의 정통적인 기법을 사용하고 있다. 다음의 경우는 부부애를 역시 '시치미 떼기'의 기법으로 표현하고 있다.

늙어 여위어지니 맞는 옷이 없다
오늘 저 여자를 재봉틀에 앉혀야하는데

시키지도 않는 집안 청소를
걸레질까지 해 주고

모아 둔 쓰레기에
음식물 찌꺼기까지 내다 버려주는데도

〉
저 오래된 여우가
짚이는 데가 분명 있을 터인데 모른 체하네

우리는 속내를 안 드러내고 딴 짓하면서도
그러면서 백년을 해로 할 거라네.

- 「해로偕老」 전문

  비록 제목과 마지막 연에서 시인의 의도를 다소 드러내고 있지만, 첫째 연부터 넷째 연까지 아내를 재봉틀에 앉혀 몸에 맞지 않는 옷을 수선시키기 위하여 시인이 하는 행동은 정말 읽는 이들 누구나 미소를 머금지 않을 수 없는 부분이다. 말하자면 '시치미 떼기'를 시 속에서 시인이 몸소 행하고 있는 시가 바로 이 작품이라고 볼 수 있다.
  물론 한 마디로 옷 고쳐달라고 말할 수 있겠지만 우리나라 전통적인 부부애는 이심전심이며 이럴 통하여 그야말로 백년해로해 온 우리의 아버지와 어머니가 얼마나 많았을까 하는 생각도 하게 하는 작품이다.

  ㉠ 너무 오래 꿈을 꾸었다
    꿈도 색깔이 있었다면 어떤 색깔이었을까

    한 잠을 자고 난
    아직 새벽이 이른 시간에 머릿속이 맑아지면

    호롱불 앞에 앉아 계셨다
    내 이 나이가 되기 전 오래 전에 가신 아버지께서

    뒤 돌아보면서 마음 가벼웠을까
    여위어져 가는 당신의 육신보다

⟩
내가 건너온 아버지와의 거리가
그렇게 멀고 멀리 돌아서 온 것만 같았는데

－「아버지와의」 전문

ⓛ 새벽 먼 길 나서는 날에

할머니는
할아버지의 괴나리봇짐에
주먹밥과 미투리 여분餘分을 챙겨드리고

어머니는
중절모와 지팡이를 들고
사립문 앞에서 아버지를 배웅하셨네.

오늘 내자는
스마트 폰을 챙겨주면서
매사 빠듯이 시간 맞추러 말고
일정日程 넉넉하게 잡아서 다녀오라 하였네.

－「가계家系 풍경」 전문

　앞에 언급한 두 작품은 가족 가운데 어머니와 아내 즉, 여성에 관한
시인데 반하여 위의 ㉠과 ⓛ은 아버지와 할아버지가 등장하는 작품이
다. 물론 ⓛ에는 여성도 등장하지만 행동을 하는 주체는 남성인 할아버
지, 아버지 그리고 성 시인 자신을 포함한 남성들이다.
　㉠「아버지와의」의 경우는 오래 전에 돌아가신 아버지를 꿈속에서 만
난 것이 모티브가 된 작품이다. 그리고 꿈과 현실이 교차되는 새벽의 머
리맡에 꿈속의 아버지가 앉아 계셨다는 환상을 진술하고 있는 점에서는

성 시인의 작품 가운데는 다소 이질적인 작품이다. 짧은 시작노트에서도 밝히고 있지만 아버지의 살아생전의 삶의 자세를 닮지 않고 싶었던 시인의 생각이 작품 속에 무의식적으로 나타난 결과 다소 애매성을 가진 작품이 되고 있다. 그러나 마지막 연을 주의 깊게 읽어보면 시인 자신이 스스로 아버지를 닮아 가고 있다는 시인의 내포를 깨달을 수 있다.

ⓛ「가계풍경風景」의 경우는 남성 3대의 나들이로 분주한 삶을 잘 내조하는 아내들을 형상화하고 있다. 나들이는 남성들이 하지만 그 남성들을 염려하고 챙겨주는 여성에 오히려 초점이 맞추어져 있는 점에서 성 시인의 가족지향성의 근원에는 모성지향성이 깔려 있다. 특히 ㉠ 에서 아버지와의 거리감이 형상화되고 있는 점에서 더욱 그렇다. 이러한 경향은 「부뚜막 추억」에서 아이들이 성장하여 집을 떠난 허전함에서 시를 출발시켰으나 마지막에는 어머니에 대한 그리움에 귀착되는 구조에서 더욱 분명하게 드러난다. 작품 「미열」도 같은 경향이라고 볼 수 있다. 이렇게 모성지향성 혹은 여성지향성은 우리나라 서정시의 큰 흐름이다. 어떤 시인들은 어조가 여성스러운 경우도 있지만 성 시인의 경우 어조는 오히려 남성 그것도 인생을 달관한 현자의 어조를 가지고 있다. 그러나 그 역시 한국의 전통적 서정시와 맥을 같이 하고 있다는 증거가 바로 가족 시편들의 모성지향성이라 볼 수 있다.

(3)

지금까지 살펴본 작품들은 빠짐없이 작품의 전문을 인용하였다. 그 까닭은 성 시인의 서정시가 대체로 호흡이 짧기 때문이다. 그리고 지금까지의 1, 2 시집의 작품들이 모두 그러했다. 그런데 이번의 시집 말미에는 장시 3편이 수록되어 있다.

성 시인 자신은 연작시라 하고 있으나 필자는 세 편 모두를 장시 그것도 서정적 장시라고 일단 장르적 규정을 하는 바이다. 왜냐하면 「아―법정스님」의 경우 법정 스님의 수상록들을 읽으면서 법정 스님의 삶 전체를 생각하며 쓴 시이기 때문에 법정스님의 일생이 녹아 있다. 이런 면에서 단시들이 모였다고 해도 시간적 질서를 가지고 있다는 점에서 장시이다.

「풀잎 배 노래」의 경우는 부산에서 활동하다가 진주로 귀향한 노 작곡가의 요청에 의하여 연가곡용 가사로 창작된 작품이기에 스토리의 전개가 드러나 있다. 이 작품은 아직 가곡으로는 작곡되지 않았으나 성 시인이 애초에 이번 시집의 제목으로까지 생각할 정도로 심혈을 기울여 쓴 작품이다. (1)「풀잎 배 띄우며」로부터 (10)「장승이 되어」까지 10편의 가곡이 작곡될 것이 전제가 된 작품이다. 화자 '나'와 그가 사랑한 '소녀'가 등장하고 끝내는 소녀가 이사를 가면서 사랑한다는 말도 한 마디 못하고 헤어지는 이별로 인한 슬픔의 정서가 주조를 이루고 있다.

그러나 그 소녀는 (9)「애통」에서 결국 죽고 만다. 소녀의 죽음이라는 고통은 소년 '그'를 소녀의 무덤가의 장승이 되겠다는 소망을 피력하게 만든다. 비록 구체적인 서사성은 없지만 소년 그와 소녀의 슬픈 사랑 이야기가 하루 빨리 연가곡으로 작곡되어 우리에게 음악으로 다가오기를 기대해 본다.

마지막 장시 「섬 찻집 이야기」는 앞의 작품보다 훨씬 구체적인 공간 속에서 이야기가 전개되기 때문에 서술성의 경지를 넘어 서사성도 어느 정도 획득하고 있다. 그러나 감정의 진술로 인한 슬픔의 정서가 주조를 이루고 있기 때문에 서사시라고 보기는 힘들다. 화자 '나'의 가난한 가정사와 군 입대, 제대 그리고 귀향, 야학에서의 소녀의 만남, 청혼 가난 때문에 거절당하는 아픔 등이 1.「고향」부터 5.「청혼」까지의 줄거리이다. 6.「해병으로 입대」부터 10.「재회」의 줄거리는 군 입대 그리고 제대 후 귀향하여 결혼하여 가정까지 행복하게 꾸리다가 어느 날 우연히 찻집에서 찻잔을 나르는 그녀와 재회하게 된다. 그녀와의 재회로 '나'에게 폭풍우 같은 앞날아 다가올 것이 예감된다.

11.「밀회」부터 15.「어부 생활의 애환」에서 '나'는 결국 그녀와 밀회를 거듭하다가 가정도 버리고 그녀와 함께 탈출하여 이름 모르는 섬에서 보금자리를 꾸리며 어부 생활을 하게 된다는 내용이다. 그러던 어느 날 돌아온 오두막집에는 그녀가 남긴 사랑한다는 편지뿐이다. 16.「그녀를 찾아서」와 마지막 시편 17.「돌아가는 연락선」에서 '나'는 그녀를 찾아 헤매다가 섬에 처음 도착한 날 둘이서 들렸던 찻집에서 일하는 그녀를 찾게 된다. 그러나 그녀는 '나'를 진정사랑하기 때문에 육지의 가족에게로 돌려보내기로 결심하고 만약 돌아가지 않으면 바다 절벽에서 떨어져 죽겠다는 선언한다. 단호한 그녀로 인하여 여객선을 타고 '나'는 가족에게로 돌아가고 그녀는 선창가 찻집에서 떠나는 '나'를 하염없이 바라보고 있는 것으로 장시는 끝난다. 이 작품의 경우 시적화자 '나'의 시점으로 쓰여진 탓으로 사건의 긴박감이 감소되고 있으나 '그녀'를 향한 '나'의 간절한 사랑, 그것도 비극적인 사랑을 효과적으로 형상화 시켰다. 사실 '나'와 '그녀'의 사랑은 불륜이요 일종의 도피 행각이다. 그러함에도 불구하고 슬픔이 절제되어 있고 서술 자체가 적절히 생략되었기 때문에 아름답게 느껴지는 효과가 있다.

(4)

지금까지 성종화 시인의 단시와 장시를 살펴보았다. 그의 단시의 경우 기차 여행이나 산행 그리고 산사 방문 등에서 얻은 많은 시편들이 모두 '느림의 시학'이라는 특징을 가지고 있다는 점이 밝혀졌다. 이 '느림의 시학'은 속도의 시대인 인터넷과 스마트 폰으로 상징되는 현대와는 정반대편에 서 있다. 그러나 지나치게 속도만 추구하여 시간에 대한 현기증과 소용돌이 속에서 어디로 갈 바를 모르는 현대인에게는 오히려 정신을 차리고, 위안을 얻게 하는 시편들을 제공하는 시의 한 방법이라고 볼 수 있다.

장시에 형상화 되어 있는 아프고 슬픈 사랑 이야기 역시 '느림의 시학' 못지않게 현대인에게는 찾아 볼 수 없는 정서이다. 이러한 역설적인 점 때문에 이미 성종화 시인의 인네넷 시집은 많은 독자를 가지고 있다. 어떻게 보면 종이 시집이 아닌 인터넷 시집에서 많은 독자를 가진다는 것은 하나의 아이러니요 이상현상이다. 성 시인의 소망대로 이번의 경우 종이 시집도 시간의 소용돌이를 탈출하려고 하는 많은 독자들에게 읽히기를 기대하여 본다. 그리고 그것이 종이 시집도 시집이지만 그의 고향 가까운 진주 금산면 월아산月牙山(해발 471m) 기슭의 사람이 빈번하게 다니는 좋은 자리에 다음의 시가 시비로 세워지기를 소망하면서 해설을 마무리하기로 한다.

흰 눈은 밤을 새워서 내리고

쉼 없는 붓놀림
선지宣紙 위 화필이

산 아래 마을이 저녁연기에 고즈넉하고
다랑이 논들이 눈발에 흐려져 오면

산기슭 소나무 군락은
짙은 운무에 묻혀 가구나

월아산* 정상의 아침

진주사람 산을 내려가며
지난 밤 겸재*가 그려두고 갔나보군.

* 월아산(月牙山) : 진주시 금산면에 있는 산(해발 471m)으로 중간 질마재 사이로 달밤
  에 보는 산세가 어금니 같다 하여 월아산이라 이릅니다.
* 겸재 정선(1676-1759); 조선 후기의 화가, 문신, 〈인왕재색도(국보 제216호)〉, 〈금강
  전도〉, 〈석굴암도〉, 〈노산초산도〉 등이 있습니다.

－「진경眞景 산수화」 전문

꽃과 유년기의 추억을 통한 그리움의 형상화
– 안병남 시집『광주리에 달빛을 이고』

(1)

　안병남 시인은 남강문학회에서 만난 선배님이다. 2009년《남강문학》을 연간지로 만들면서 안 선배님의 작품을 접하였고 2011년부터 필자가 회장이 되면서 서울 간사를 맡아 수고하시는 선배님과 더욱 가까이 지내게 되었다. 안 선배님은 필자의 고등학교 6년 선배이신 진주고 27회 선배님들과 진주에서 초등학교를 같이 다녔고 진주여고 시절 운영위원장과 문예반장 그리고 방송반장으로 활동하신 분이다. 말하자면 공부도 잘하고 다재다능하시고 리더십도 있었던 분이다. 남강문학회 서울지역 회원들의 결속과 친목을 증진시킨 데에 가장 큰 공로자는 안 선배님이시다.

　안 선배님은 남강문학회가 인터넷 카페 모임으로 시작된 2008년 적극 참여하면서 2009년 늦은 나이에 시단에 데뷔하였다. 그러나 선배님의 목소리나 행동과 맵시는 소녀처럼 맑고 젊다.이번에 시집을 낸다면서 필자에게 해설을 부탁하시기에 쾌히 승낙하고 작품을 모두 읽어 보았다. 소감을 한마디로 정리하면 선배님은 10대 후반과 20대 초반의 감수성을 가지고 시를 쓰고 있다. 말하자면 필자가 그의 목소리와 맵시에서 느끼는 인상으로 시를 쓰고 있는 것이다. 그런데 누구나 나이를 먹어 갈수록 그 때가 그리울 수는 있다. 하지만 누구나 그 때의 감수성으로 사물과 추억들을 시나 수필로 형상화하기는 힘들다. 보통 시인들은 유년기나 청소년기의 추억들을 형상화 할 경우 현재의 시점에서 과거를 되돌아보거나 해석을 가한다. 그러나 안 선배님은 그 때 그 시절로 돌아가 시작 행위를 한다. 이러한 점에서 독특한 시작 태도를 가지고 있다.

(2)

우선 꽃들을 제재로 하여 상상력을 펼치는 시편들에 대하여 살펴보기로 한다.

봄 산에 피는 사랑
꽃보다 어여쁜
내 그리움 피었습니다

연분홍 내 마음
온 산을
빠알갛게 물들어놓고
봄빛 짙어가는데

두견이 울다간 철쭉꽃이여
노란 꽃가루
실은 바람에
산마다 번지는 뜨거운 염문

네 가슴 속 눈물이 고픈
그리움 흥건히 고인 철쭉
내 이름입니다

–「철쭉」 전문

그의 시 가운데 꽃을 제목 속에 노출 시키고 있는 것이 많다. 구체적인 꽃도 있고 그냥 꽃이라는 총칭이 제목 속에 등장하는 경우도 많다. 말하자면 안 시인은 꽃을 사랑 한다고 볼 수 있다. 그런데 그 꽃의 구체적인 모습을 묘사하거나 모양의 특색이 시적 주제가 되는 경우보다, 꽃에다 그리움의 정서가 바로 이입되는 경우가 많다. 그리고 끝부분에서는 감탄적 어조를 직접 노출시키는 경우도 허다하다. 이 경우에는 자칫하면 감상적感傷的이 되기 쉽다. 이러한 점은 다음 시집에서는 극복해야 할 과제이다.

그러나 인용한 「철쭉」의 경우는 어느 정도 감정의 절제가 되어 있다. 물론 '철쭉'을 사랑으로 인식하고 "꽃보다 어여쁜/내 그리움"으로 치환하는 인식은 10대 후반이나 20대 후반의 꽃다운 처녀의 마음이다. 화자話者 '나'는 어떻게 보면 철쭉을 의인화 하고 있는 것 같으나 그렇게 볼 수도 없는 부분이 바로 3연이다. '두견이 울다간 철쭉꽃이여'라는 부분에서는 화자가 10대 후반의 소녀가 되고 있다. 소녀의 가슴 속에 품은 말 못할 사랑으로 철쭉은 인식되어 온 산은 빨간 그리움으로 물들고 화자 '나' 즉 꽃다운 처녀는 결국 청자聽者 "네 가슴속"의 눈물이 되고 만다. 이렇게 화자의 그리움의 정서를 형상화한 것이 이 작품의 특성이다. 그런데 그리움이 마치 두견새의 설화처럼 이루지 못할 사랑이 되어 슬픔의 정서를 유발시킨다.

다음의 작품에는 화자가 직접 시인이며 개인적인 체험이 상징적으로 등장하고 있다.

우리 처음 만나던 날
눈 부셨던

빨강 파랑 노랑 보라로 웃던
바로

그
꽃

무지갯빛 가슴에
너를 안고
풀잎 배 노 저어
세월 찾아 떠난다

꽃 속에 묻어둔
이승의 마지막 인연
물망초 설움 같은
정녕
별이 되고픈 꽃이었을까

가슴에
피어오르던
그 날의 꽃잎에
입 맞춘다

이슬이 맺힌다

-「바로 그 꽃」 전문

　이 시의 화자는 바로 시인 자신이라 볼 수 있다. 그렇다면 '우리'는 안
시인과 먼저 이 세상을 떠난 부군이며 이 작품의 제목에 등장하는 '바로
그 꽃'은 두 사람이 처음 만났을 때 느꼈던 사랑의 감정을 사물화한 것
이라고 볼 수 있다. 이미 만날 수 없는 저 세상 사람이 된 부군과의 추
억을 생각하는 과정이 감각적으로 잘 형상화되고 있다. 처음 만났을 때
의 감정 그 자체를 형상화한 작품은 이 시집 2부 [향기]의 네 번째 작품

인 「별이 되고픈 꽃」이다 이 작품과 함께 인용한 시 「바로 그 꽃」을 읽어
보면 두 사람의 사랑이 얼마나 아름다운 지를 짐작할 수 있다. 여기서
는 아름다움을 넘어 황홀했던 순간이라고까지 생각해 볼 수 있다.

한 가지 색깔도 아니고 빨강, 파랑, 노랑, 보라 나아가서는 무지갯빛
과 같은 사랑이 '바로 그 꽃'인 것이다. 시인은 그 사랑을 가슴에 안고 3
연에서처럼 그리움의 "풀잎 배"를 타고 상상의 나래를 펼친다. 4연에서
는 슬픔의 정서가 고조되고 있는데 결코 격앙되지 않고 물망초를 비유
로 가져와 "별이 되고픈 꽃"으로 승화시킨다. 마지막 6연에서는 눈물이
나는 것을 "이슬이 맺힌다"로 표현하여 비록 다른 시인들의 작품에서도
간혹 등장하는 상징이지만 직설법을 피하고 있다. 안 시인의 감수성의
백미를 보여주는 작품이 바로 이 작품이다. 슬픔도 꽃으로 치환시키면
서 감각화시키는 솜씨는 그의 소녀 같은 심성에서 나온 것이다.

다음으로 그의 시적 상상력을 지배하고 있는 다른 축은 유년기의 추
억들이다.

① 촉석루 기둥 껴안으면
　술래잡기 하는 소리
　재잘대는 동네 아이들

　남강 모래 밭
　모래성은 어디로 갔나
　남강이 살며시 안아 주었지

　손안 가득
　그 날의 모래일까

　따스한 온기

아직도 남아 있네

대숲 모래 바람은
오십년 세월 지우고

색동저고리에
꽃신 신고 뛰놀던

유년 한 자락을
슬그머니 놓고 가네

- 「유년 한 자락」 전문

ⓛ 멀리까지 아득한
  두메산골
  풀섶에 바짓가랑이 참 이슬에 젖던

  새하얀 달빛 아스라이
  지천으로 깔려

  광주리에 달빛을 이고
  순이가 걸어가던
  머나먼 꿈길

  눈썹에 아롱지는
  보일 듯 보이지 않는
  그대 마음 가까운 듯 멀어라

- 「광주리에 달빛을 이고」 전문

㉠「유년 한 자락」의 경우 제목 속에 '유년'이 직접 노출되어 있는 작품이다. 1연에서 촉석루에서 술래잡기 하는 시인 자신의 유년기의 추억이 제시되고 있다. 그러나 이러한 에피소드가 결코 안 시인 개인의 특별한 체험은 아니다. 물론 작품 속에 동네 아이들이 등장하고 있지만 이 체험에 안 시인은 특별한 존재로 등장하지는 않는다. 따라서 이 에피소드는 진주 시내를 고향으로 하고 있는 사람들에게는 공감대가 충분히 형성될 수 있을 것이다.

원래 유년기의 체험을 시적제재로 쓸 때에는 이렇게 다른 사람 특히 시를 읽는 독자들에게 공감을 줄 수 있는 것이어야 한다. 개인의 자랑이나 지극히 개인적인 체험들은 시로 형상화할 것이 아니라 굳이 문학적 글쓰기를 하고 싶으면 수필 장르를 택하여 그것에 대한 충분한 해석을 필자 자신이 해야 할 것이다. 이러한 점에서 ㉠은 상당히 성공적인 작품이다. 특히 2연에서부터 어른 된 시점에서 시간적 사유를 펼친다. 모래성의 살아짐이라는 현재와 남강의 안아줌이라는 과거가 교차되고 3,4연에서는 모래를 손으로 움켜지는 현재의 행위에서 과거의 흔적을 찾고 있다. 5연부터 마지막 7연에는 대숲 모래바람을 등장시켜 유년을 상기시킨다. 이 작품에서는 감정의 절제가 앞의 작품들보다 더욱 세련되었다. 한 가지 아쉬움이 있다면 화자의 시선이 너무 어린아이여서 동시와 유사하다는 점을 지적할 수 있다. 이 점 역시 다음 시집에서는 충분히 청산되기를 기대하는 바이다.

㉡「광주리에 달빛을 이고」의 경우 이 시집의 제목이 되는 작품이다. 이 작품에 등장하는 유년기의 추억은 앞의 작품에 비하여 훨씬 객관화되어 있다. 물론 안 시인의 개인적인 체험이 형상화 되었을 수도 있는 작품이다. 그러나 이 시에서는 순이라는 인물을 등장시켜 타자화 한다. 그 타자의 이름이 '순이'라는 점 역시 바람직하다. 왜냐하면 순이는 일제의 잔재가 배제된 우리 민족의 토속적인 이름으로 이 작품의 공간적 배경하고도 어울리고 많은 독자들에게 공감을 줄 수 있는 것이기 때문

이다. 공간적 배경 역시 특이한 체험이 아니고 보편적이다. 달밤에 읍내 장에 갔다가 장을 본 물건을 광주리에 이고 두메산골로 돌아가는 풍경은 우리 모두에게 향수를 자아내게 하는 아름다운 풍경이다. 게다가 전개되는 풍경을 감각화 시키는 솜씨도 앞의 작품에 비하여 훨씬 어른스럽다. 다만 마지막 연을 너무 서둘러서 마치고 있기는 하지만 시집 표제가 될 만한 대표작임에 틀림없다.

안 시인의 작품에는 '꽃'이라는 가장 아름다운 자연 말고도 '바람', '향기'(냄새), 등과 같은 촉각 혹은 후각적 이미지에 의한 상상력을 발동시키는 작품들이 많다. 이러한 사물들도 '꽃'처럼 그리움의 정서가 주조를 이루고 있다.

(3)

마지막으로 언급하고 싶은 작품들은 6부 [천사의 미소]에 수습되어 있는 신앙시편들이다. 주로 안 시인이 출석하고 있는 교회 주보를 통하여 교인들에게 읽힌 작품들이다.

> 새벽 골목길 여명을 밟는다
> 고요한 밤 거룩한 밤에
> 잠이 깨어
>
> 색종이 오려서
> 창문에 매달고
> 나도 모르게 어린 손 모았던
> 예배당에 가면
> 커다란 찹쌀떡
> 참 맛있었던

찬송가 신나게 부르고
무릎 꿇고 기도드릴 때 뛰는 가슴
철부지 어린
가슴에 두 손 모아
주님 사랑에 눈물 흘렸던

아! 이제는 어디로 숨어버렸나
어디에서 살고 있나

그 때 묻지 않은
어여쁜
내 어린 날의 크리스마스는 …

– 「크리스마스 그 영원한 향수」 전문

이 시는 6부에 엮어진 11편의 신앙시 가운데 마지막 작품이다. 6부의 시들은 주로 교회의 절기나 행사에 관련된 시들이 많다. 그러나 이 시는 안 시인의 신앙의 깊이를 앞에서 일관되게 흐르고 있는 유년기의 추억에서 찾았다는 점에서 충분히 다른 사람들에게 감동을 줄 수 있는 작품이다. 뿐만 아니라 오늘날의 교회에서 지키는 타성에 젖은 크리스마스 절기를 다시 한 번 되돌아보게 하는 작품이다. 어린 시절의 순수했던 신앙과 아름다웠던 크리스마스 예배가 회복되어야 한다는 겸허한 자세를 느끼게 하는 작품이 바로 이 시이다.

어쩌면 안 시인의 앞으로 나아가야 할 시작의 방향은 신앙시에 그 길이 있는 것이 아닌가 하는 생각을 해본다. 꽃다운 젊은 날과 떠나간 사람에 대한 그리움을 주님에 대한 순수하고 순진한 사랑으로 바꾸어보면 그의 시는 더욱 원숙하여질 것이다. 그것도 유년기의 신앙생활의 추억을 바탕으로 오늘날의 신앙을 되돌아본다면 그는 훌륭한 신앙시인이 될 것이다.

고통 극복으로서의 시학

- 임만근 제3시집 『눈물화석』

(1)

　임만근 시인의 제3시집 『눈물화석』에는 총 60편의 시가 '다섯 마당'에 각각 12편씩 나누어져 편집되어 있다. 그러나 각 마당에 따른 독자적 특질은 파악하기 힘들다. 왜냐하면, 임 시인의 작품들 속에 일관적으로 흐르는 정서적 특질이 그 만큼 뚜렷하여 마당마다의 특질을 따로 내세우기가 불가능한 측면이 있기 때문이다.

　이 시집의 첫 작품인 「어머니의 문」에서부터 마지막 작품인 「컴퓨터 · 1」까지 일관되게 흐르고 있는 정서적 특질은 시적 제재를 일단은 고통과 절망으로 인식하고 있다는 점이다. 그러나 대부분의 작품들이 고통이나 절망 인식에서 끝나지 않고, 시의 마지막 부분에서 절망과 고통을 극복하는 의미구조를 가지고 있다. 이러한 임 시인의 시작 태도와 방법을 필자는 '고통 극복의 시학'이라고 명명하고자 한다.

(2)

　필자는 임 시인의 '고통 극복의 시학'의 형상화 방법에 주목하기로 한다. 그러나 앞에서도 잠시 언급한 것처럼 이러한 방법이 각 마당에 따라 변모하지는 않기 때문에 다음과 같은 네 가지 경향으로 나누었다. 〈첫째〉 '시인의 말'에서 밝힌 풀꽃에 대한 관심이 제목 속에 직접 노출되어 있는 경우, 〈둘째〉 계절이나 시간에 따른 자연의 변화가 시적 제재가 된 경우, 〈셋째〉 자연과는 거리가 먼 인공물을 제목으로 사용한 경우, 〈넷째〉 삶에서 느끼는 정서나 가치가 직접 제목 속에 드러난 경향으로 나눌 수 있다.

각 경향마다 대표적인 작품 세 편씩 골라 시적 의미의 형상화 방법과 그에 따른 의미구조를 주목하기로 한다.

우선 첫 번 째 경향 즉, 풀꽃을 제재로 한 작품 가운데 대표작 세 편을 인용하여 보기로 한다.

> ㉠ 우연히 개울가로 산책을 나갔다
> 온 몸뚱어리를 흔들고 있는 나를 보았다
> 세찬 바람에 꺾이지 않으려고 나는
> 버둥거리고 있었다
>
> 그렇게 나는 몸부림치고 있는 나를
> 한참 동안을 퍼질고 앉아 바라보았다
>
> 이제껏 살아온 것은
> 순전 나를 위한 것 티끌만큼이라도
> 남을 위해 살아보지 못한 것
> 뉘우치며 그렇게 갈대는
> 조그만 바람에도 몸 흔들며 울음 울고 있었다
>
> 나는 가슴을 도려내어
> 갈대에다 걸어 놓고 바람을 끌어안았다
> 더 세찬 바람이 불적마다
> 우렁우렁 갈 곳 몰라 방황하는 바람을

더욱 힘차게 끌어안았다

—「갈대 2」 전문

ⓛ 까만 태풍 곤파스가
　　억새의 가녀린 허리를 치고 지나갔다
　　거의 쓰러질 듯 억새의 허리가 꺾이고 있었다
　　미친 듯 마구 날뛰어대는 광풍에 견디지 못하고,
　　저 아래, 산 비알 아름드리 사시나무가 자빠졌다
　　향교 가까이, 한 뼘 정도나 되는
　　향나무 가지가 뚝 부러졌다
　　들녘, 하얀 비닐하우스가 온통 찢어져
　　너덜대며 깃발처럼 나부꼈다
　　어디선가 썩고 있는 인분 냄새가 바람에 날려 왔다
　　서로가 서로를 쥐어뜯는, 아들이 아버지의
　　멱살잡이하는 소리도 섞여 들리어왔다

　　그런 순간도,
　　억새는
　　아무것도 무섭지 않았다
　　아무리 몸을 흔들어대어도
　　오히려 그 억센 검은 바람에도
　　밑동을 붙들고 중심을 잡을 수 있는 것이,
　　먹장구름 너머 푸른 하늘을 향해 쭉쭉 뻗어 올린
　　그 믿음 하나로,
　　환한 빛을 바라보며 그 빛, 가슴 듬뿍 받아 안은
　　그 소망 하나로, 억새는,
　　짙푸른 풀잎을 지킬 수 있는 것이 너무나 고마웠다
　　몸을 일으키며 억새는 광풍의 허리를 꼭 껴안았다

—「억새 2」 전문

ⓒ 산비알 아름드리 오동나무
　위잉 거리는 톱날 앞에서 허리 구부정한 오동나무는
　잠시 할 말을 잃었다

　목구멍이 갈라지도록 엄습해 오던 가뭄과
　갈기갈기 잎새 찢어놓던 까만 폭풍우가 가슴속
　불현듯 스치고 지나갔다
　여차하면 그 오동나무 아래서 마을을 향해
　목 핏대를 세우곤 씨부랄, 욕을 퍼붓던
　욕쟁이 할머니의 얼굴도 문득 현상되어 왔다

　자기의 짙은 그늘 때문에 기 한 번 펴 보지 못하고
　엉거주춤 땅거죽을 기던 쑥부쟁이 생각에,
　그것도 단 한 번 볕을 내어준 적 없어 그 쑥부쟁이에게
　용서를 빌며, 송곳으로 찌르는 듯 오동나무는
　가슴이 아파 왔던 것이다

　두 동강 세 동강, 제 몸을 내어 주는 것만으로
　장롱이나 예쁜 반닫이로 혹은 가야금 몸채가 되어
　고운 소리 집을 지어 주는 것만으로
　한 생을 마감하는 것이
　최상의 삶인 줄만 알았던 것이다

　오동나무는 눈물로 쑥부쟁이를 떠올리며
　조용히 눈을 감았다
　톱날이 파고드는 그의 가슴 속엔 쑥부쟁이를 향해
　하얀 햇살이 눈부시게 반사되고 있었다

　　　　　　　　　　　　　－「쑥부쟁이 에게」 전문

㉠「갈대 2」의 경우는 시적 화자가 독특하다. 시인이나 가상적인 사람이 아닌 시적 제재 '갈대'가 화자로 등장하고 있다. 물론, 제재로 등장하는 사물이 화자가 되는 작품들은 많다. 따라서, 이러한 점만으로 이 시의 화자가 독특하다고는 볼 수 없다. 화자 '갈대'가 자신을 바라보고 있는 점이 다른 작품들에서는 좀처럼 찾아보기 힘든 경우이다. 이 점에서 이 시의 화자는 독특하다고 볼 수 있다. 이러한 화자의 설정 방법으로 인하여 갈대가 비바람에 시달리며 그것을 이겨내며 자라나는 고통 극복의 과정 자체 보다는 '갈대'의 살아가는 방식에 대하여 반성하거나 회개하는 태도가 드러나게 되는 시적 상황이 설정될 것이라고 예상할 수 있다.

첫째 연에서는 갈대가 세찬 바람에 꺾이지 않으려는 버둥거림이 제시되고 있다. 이러한 인식의 자세는 둘째 연까지 지속되고 있다. 그러나 퍼질고 앉아 바라보는 자기 자신에 대한 관찰의 결과 비바람에 세차게 흔들리면서 소리 내는 것이 셋째 연과 같이 남을 위해 티끌만큼도 못 살고 오로지 그 자신만을 위해 살았다는 삶의 방식에 대해 처절히 반성하여 몸 흔들며 울고 있다는 지극히 관념적이고 윤리적인 인식에 다다르게 된다. 사실 갈대 특히 잎이 무성한 갈대는 함부로 만지기 어려운 식물이다. 왜냐하면 잘못하면 날카로운 잎에 손가락이 다치기 쉽기 때문이다. 이러한 갈대가 가진 속성을 자기 자신의 이기적인 삶이라고 인식한 것이다. 마지막 연에서는 이러한 인식의 결과를 어떻게 반성하고 대처해야 할 것인가 하는 방법론을 제시하고 있다. 즉, 바람과 대결하는 자세를 버리고 바람을 끌어안는 자세를 가지는 것이 바로 자기만의 이기적인 삶보다 주위와 함께 그들이 자신의 삶에 대해 공격하여도 용서하고 더불어 살아가는 길이라는 점을 깨닫게 되는 것이다.

어쩌면, '갈대'는 바로 임 시인 자신의 삶을 사물화한 것일지도 모른다. 임 시인 뿐만 아니라 우리 인간은 남들이나 시대상황 혹은 다른 여러 가지 난간을 극복하면서 살아가는 존재이다. 이러한 어려움을 이기기 위해서 바둥거리기보다 고통과 더불어 살아가는 것이 더 행복한 삶일지도 모른다. 따라서 이 작품은 고통과 난관을 즐기며 살아야 된다는 인생론적 시라고 볼 수 있다.

ⓛ「억새 2」의 경우 역시 아름다운 들꽃이 아니라 갈대와 유사한 '억새'가 시적 제재로 등장하고 있다. 그러나, ⓞ처럼 시적화자는 미묘하지 않다. 왜냐하면, 우리나라 현대시에서 자주 볼 수 있는 유형의 화자이기 때문이다. 즉, 시 속에 화자가 존재하는 것이 아니고 시 밖에서 존재한다고 볼 수 있다. 시 밖에 존재하는 화자의 위치나 특성이 첫째 연과 둘째 연에서 다르다는 점에서 다른 시인들의 작품들과는 다소 다른 특성을 가지고는 있다고는 볼 수 있다. 첫째 연에서는 관찰자적 시점을 가지고 있다가 둘째 연에서는 전지적 시점이 된다. 이러한 양상은 이미 앞에서 살펴본 작품들에서도 발견된 것이다. 따라서, 임 시인의 작품 해석이나 이해의 방법은 이러한 화자의 위치나 특성의 변화에 주목할 필요가 있다.

첫째 연은 태풍 곤파스가 스치고 지나간 풍경에 대하여 화자는 거의 묘사에 가까운 수준으로 관찰하고 있다. 감각적 이미지도 군데군데 등장한다. 그러나, 선택된 제재들이 가진 특성으로 인하여 관찰자의 시선에도 불구하고 다소 둘째 연에서의 관념 이입을 짐작 할 수 있기는 하다. 억새의 꺾인 허리, 사시나무의 넘어짐, 향나무가지 부러짐 등에서 한결같이 태풍으로 인하여 고통을 당한 풀이나 나무를 묘사하고 있다. 그러나, 이러한 식물들의 수난만 묘사하였다면 이 시의 정서가 단순할 수 있을 것이다. 하얀 비닐하우스의 찢어짐에서는 서민들의 아픔을 느낄 수 있고, 후각적 이미지인 썩고 있는 인분 냄새에서는 삶의 치열함을 짐작할 수 있다. 마지막으로는 아버지와 아들의 멱살잡이 소리까지 등장하여 다분히 리얼리즘 지향성의 정서를 유발한다. 말하자면, 치열한 삶의 현장으로까지 관찰자의 시점이 확대된 것이다.

둘째 연에서는 이 시의 제재이기도 한 억새를 전지적 관점으로 살펴보고 있다. 억새가 허리는 꺾여도, 뿌리 채 뽑혀나가지 않음에 착안하여 아무리 억센 검은 바람도 무서워하지 않는 억새의 강인한 생존의식이 관찰자의 시점보다 사물에 해석을 가하는 전지적 시점으로 형상화되어 있다. 마치 김수영의 〈풀〉처럼 바람에도 쓰러지지 않고 강인한 것이 억새인 것이다. 밑둥을 붙들고 중심을 잡고 있는 까닭은 먹장구름 위에도 하늘이 있고, 언젠가는 푸른 하늘을 향해 직접 곧게 설 수 있다는 믿음을 억새도 가지고 있기 때문이라고 인식 하고 있다. 이러한 먹구름 속에서도 푸른 하늘과 환한 빛을 소망하는 것은 임 시인이 가지고 있는 개신교 신앙에서 기인한 낙원지향성이라고 볼 수도 있을 것 같다. 둘째 연의 마지막 행에서 억새가 광풍의 허리를 꼭 껴안는 것으로 이 시를 마무리하고 있는 점은 ㉠과 유사한 결말이다.

㉠이나 ㉡에서 고통이나 절망의 극복하는 양상과는 좀 다른 시적 상황이 설정되어 있는 작품이 ㉢ 「쑥부쟁이 에게」이다. ㉢은 톱날에 베어지는 오동나무가 화자로 설정되어 있다. 즉, 목숨을 다하면서 오동나무가 그동안 쑥부쟁이에게 볕을 내어 준적이 없다는 점을 회개하는 어조를 가지고 있다. 시적 화자는 시 밖에서 전지적 관점으로 오동나무가 톱날에 베어지는 상황을 바라보고 있다. 첫째 연에서는 오동나무가 톱날 앞에서 갑자기 다가온 자신의 최후라는 절망적 상황 때문에 잠시 말을 잃는다. 이어서 둘째 연과 셋째 연에서는 오동나무 자신의 지난날을 회상한다. 가뭄, 폭풍우, 오동나무 아래서 마을을 향해 욕을 퍼붓던 욕쟁이 할머니 등이 둘째 연에 등장하는 회상의 에피소드이고, 셋째 연에서는 오동나무가 이 작품의 제목이기도 한 '쑥부쟁이'에게 그 동안 한 번도 햇볕을 내어 준 적이 없는 점에 대하여 용서를 빌면서, 송곳으로 찌르는 듯한 가슴 아픔을 느낀다는 진술이 등장하고 있다.

넷째 연에서는 오동나무 자신이 장롱이라 예쁜 반닫이, 가야금의 몸채가 되는 자신의 생을 최상의 삶으로 인식하고 있었다는 점을 진술한다.

마지막 다섯 째 연에서는 다시 쑥부쟁이를 떠올리면서 목숨을 다하는 시적 상황이 설정되어 있다. 그런데, 오동나무가 톱날에 의하여 희생되는 것으로 인하여 쑥부쟁이에서는 하얀 햇살이 제공된다는 점을 마지막 두 행에서, "톱날이 파고드는 그의 마음속엔 쑥부쟁이를 향해/하얀 햇살이 눈부시게 반사되고 있었다."라고 시적 화자가 인식함으로써 오동나무의 희생을 다소 관념화하고 있다.

　이상과 같이 '갈대'. '억새' 그리고 '오동나무'와 '쑥부쟁이'라는 화려하지 않은 식물들을 통하여 임 시인은 고통 극복의 시학을 전개하고 있다.

　지금까지 살핀 세 작품은 고통이나 슬픔의 정서를 직접적으로 노출 시키지는 않고 있다. 따라서 독자들은 설정된 시적 상황 속에서 제재에 대한 깊은 사유를 통해서 짐작하거나 상상 할 수밖에 없다.

　그러나 다음의 세 편들은 화자가 시적 제재인 자연에다 이미 울음이나 슬픔이나 공포와 같은 정서를 부여하여 직접적으로 노출되어 있는 것이 특색이다.

　　　㉠ 웅웅, 나무가 울었다
　　　　땅속 깊은 곳, 나무뿌리 아래서
　　　　바위도 따라 울고 있었다
　　　　그 울음의 근원 알 듯 모를 듯
　　　　내 가슴 속 파고들며 우레같이 헤맨다

　　　　나도 모르는 사이 분명 나도 울고 있었다
　　　　우리 사는 세상은 아픔의 덕장
　　　　굳어진 생의 매듭마다
　　　　생가지 꺾는 지구의 울음소리 꿰어놓고
　　　　나이테를 둘리며,
　　　　그 속에서 나는 황량한 바람이다가

바람 속 구르는 삐쩍 마른 돌멩이이다가
차츰 우리 모두 그 울음 속으로 소멸되어 간다

지구는,
가슴에다 타이어 조각을 덧대고
온 시장 바닥을 기며 동냥하고 있다
사지는 멀쩡한데 키들키들 웃다가 울다가
가두리 양식장에 갇힌 채 아무나 붙들고
실성한 사람처럼 씨부렁거리고 있다
우린 아픔의 덕장에서
하얗게 말라 간다
가진 것이 많을수록 그 울음소리 더 크다

시추하듯 가슴을 파고드는 저 울부짖는
지구의 울음소리 들리는가
네 가슴 속 소용돌이치고 있는 심음心音의

꽹과리라도 칠까 보다
어처구니없이 푸닥거리라도 할까 보다
아 미친 듯이
소고를 두드리며
내 시금털털한 지구의 울음소리
솎아낼 수만 있다면

―「울음소리」 전문

ⓛ 하산 중에 낯모르는 산기슭과
   후미진 골짜기를 만났다
   눈 치뜬 돌부리와 다리를 걸고 넘어지는 삭정이들은
   해찰스럽게 가슴 오슬오슬 떨리는 어둠만 내던졌다

서둘수록 지각없는 시간은

더 짙은 어둠을 부르고

세상사는 두려움에 으스스

소름이 끼쳐왔다 어둠을 흔들며 스치는

바람소리에도 후들거리는 다리는 허공을 딛고

구름을 밟으며

까마득한 벼랑을 내려다보고 있었다

칠흑 같은 어둠 속에 반딧불같이 희미한

불빛 하나 그 허공 중에

나를 매달고 있는 것을 보았다

—「산중일기」 전문

ⓒ 어쩌다가 피어 있는

한 송이 들국화를 봅니다

좋은 땅도 아닌

여수천변 피어 있습니다

봄 여름, 두 계절을 보내며

그 강한 비바람과 질긴 폭염을 딛고

생명수를 길어 올려

오늘 아침 찬 이슬로

함초롬히 피어 있습니다

이름 모를 풀꽃들 그리고 하루살이 같은

한 생을 살다 허물고 간 그 모든 목숨들

목숨 아닌 건축물과 그 모든 빛난 이념들도

어디, 눈물로 짓지 않은 것이 있나요

나는 화석이 된 들국화의

눈물을 봅니다 마르고 말라 화석이 된
방울방울 맺힌 가난의 정수리에
화려하진 않으나 속내 그윽한
들국화의 그 향내를 봅니다
미칠 듯이 좋아 코를 벌름거리며
나는 생의 향내를 맡습니다

아침 이슬같이 사라져 갈
나의 눈물 화석

-「눈물 화석」 전문

   ㉠「울음소리」의 경우는 바람 부는 날 나무가 바람으로 인하여 소리를 내는 것을 나무가 운다고 보는 시적 화자의 진술 속에서 벌써 울음 즉 슬픔의 정서가 노출되고 있다. 그런데, 첫째 연부터 울음에 대한 인식이 단순히 가지나 잎들에 스치는 바람 소리에 그치지 않고 나무뿌리 아래서 바위도 같이 울고 있다는 상황을 설정하여 매우 깊고 근원적인 슬픔으로 다가오고 있다. 둘째 연에서는 그 울음이 시적 화자 자신에게로 전이 된다. 화자 내가 사는 세상은 아픔의 덕장이며 그 울음소리는 생가지 꺾는 지구의 울음소리가 되고 그 속의 나는 황량한 바람이기도 하고 바람 속을 구르는 뼈쩍 마른 돌멩이가 된다. 이 부분의 시적 화자의 슬픔은 더욱더 간절하고 근원적인 것이다. 시적 화자를 임시인 자신으로 대입해보면 그에게 시작 행위는 이러한 슬픔, 그것도 단순한 슬픔이 아니라 고통 속에서 다가오는 심각하고 근원적인 슬픔의 극복이고 구원이라는 생각이 든다.

  셋째 연과 넷째 연에서는 시적 화자 나의 슬픔은 더욱 확대되어 지구상에 존재하는 모든 사물의 슬픔이 된다. 말하자면, 지구상의 모든 인류가 살아간다는 것 자체가 슬픔인 것이다. 이렇게 확대되면서 시적 화자의 어조는 다분히 시니컬해진다. 세상 사람들의 살아가는 것이 시장 바닥을 기는 동냥이며 사지는 멀쩡한데 실성한 사람들처럼 기툴 기툴 웃고 가두리 양식장에 갇힌 채 씨부렁거리는 것으로 인식되고 있는 것이다. 특히, 아픔의 덕장에서 우는 울음소리가 가진 것이 많은 자들일수록 크다고 보고 있는 것은 인류 전체의 삶은 죽음으로 돌진하는 절망일 수밖에 없다고 인식하는 것에 다름 아니다. 이러한 인식이 심각하다는 점을 강조하고 있는 부분이 넷째 연이기도 하다. 왜냐하면 넷째 연에서는 다른 작품에서 드러내지 않는 감정이 절제되지 않고 그대로 노출되기 때문이다. 따라서 이러한 절대 절망의 극복 방법이 단순할 수는 없다. 다섯째 연처럼 어처구니없이 푸닥거리하는 길이나 미친 듯이 소고를 두드리며 초월하는 것이다.

ⓒ「산중일기」의 경우는 임시인 작품 가운데 비교적 짧은 시이다. 많은 작품들이 연 구분을 하고 있는데 여기서는 연 구분을 시도하지 않고 있다. 그러나 이 작품이 짧은 단시라고 하여 그 속에서 형상화되고 있는 절망의 양상이 가벼운 것은 결코 아니다. 일상처럼 오르는 산행 길의 어느 날에 하산하면서 만난 절망 혹은 공포감을 어떻게 극복하고 있는가를 보여주는 시가 바로 이 작품이다. 다른 작품들에 비하여 짧은 까닭은 공포의 정서가 시적 화자의 감정을 극도로 긴장하게 만들었기 때문이라고 볼 수 있다. 따라서 독자들 특히 산행 길에 만난 어두움 속에서 공포로 인한 절망감을 경험한 독자들은 어느 작품보다 공감 할 수 있은 것이다.

이 시는 짧은 탓도 있겠으나 어느 한 부분도 버릴 것이 없는 응축미와 시적 내포를 가지고 있는 작품이라고 볼 수 있다. 하산의 공포가 단순히 그러한 상황에서의 공포로만 인식되는 일회성 공포가 아닌 여러 가지 개연성을 가진 것으로 형상화하는 능력까지 보여주는 작품이기에 더욱 성공을 거두고 있다.

중간 부분의, "서둘수록 지각없는 시간은/더 짙은 어둠을 부르고,/세상사는 두려움에 으스스" 소름이 끼친다는 부분에서 개연성이 충분히 획득되고 있다. 이러한 어둠 속에서 죽음의 공포도 이 시의 끝부분에서 비록 완전한 극복은 아니지만 반딧불 같은 희미한 불빛 하나를 보여줌으로써 희망으로 바뀔 가능성을 암시하고 있는 점 또한 놓칠 수 없는 특성이다.

ⓒ 「눈물화석」의 경우는 시집의 제목이기도 한 작품인데, 역시 제목 속에 '눈물'이라는 슬픔의 정서를 직접적으로 느낄 수 있는 수식어가 붙어 있다. 이 시의 시적 제재는 좋은 땅도 아닌 천변에 지천으로 피어 있는 들국화이다. 임 시인의 작품 가운데서 빈번하게 찾아지는 들꽃 가운데 비교적 아름다운 꽃으로 느껴질 수 있는 꽃이 들국화이다. 그러나 여기서도 시적 화자는 아름다움만을 발견하지는 않는다.

작품이 전반부인 첫째 연과 둘째 연에서는 척박한 땅에 봄, 여름의 비바람과 폭염을 견디고 아침 이슬로 함초롬히 핀 들국화가 제시되어 다른 작품 보다는 다른 인식의 과정이 아닐까 하는 생각도 들게 만든다. 그러나 셋째 연에서는 역시 임 시인의 일관된 태도이자 시적 화자의 어조이기도 한 절망이 등장한다. 이름 모를 풀꽃, 하루살이 같이 사라진 목숨, 뿐만 아니라 건축물과 이념들도 모두가 눈물을 짓는다고 보아 슬픔 혹은 절망의 정서를 직접 노출시킨다. 그러다가 넷째 연과 다섯째 연에서는 화석이 된 들국화를 등장시켜 그 속에서도 눈물을 발견한다. 그런데 그것이 곧장 '마르고 말라 화석이 된 방울방울 맺힌 가난의 정수리에 화려하지 않으면서 속내 그윽한 향내'로 치환되면서 슬픔을 극복한다. 다른 작품들에 비하여 고뇌와 고통이 심하지 않고 극복되는 것도 역시, 들국화가 가지고 있는 청초하고 기품 있는 자태와 향내 탓이라고 볼 수도 있을 것 같다.

이상의 세 작품은 각각 소나무의 울음, 하산 중에 만난 후미진 골짜기에서의 무서움, 척박한 땅에 핀 들국화와 같은 자연을 제재로 하여 각각 고통 극복의 시학을 전개하고 있다. 특히, ⓛ에서는 공포의 미학까지 느끼게 하는 능력을 임 시인은 가지고 있다.

　다음으로서는 자연과는 거리가 먼 인공물을 제목으로 사용한 경우를
살펴보기로 한다. 이 부분을 특히 주목하지 않을 수 없는 까닭은 앞의
두 경향이 주로 자연을 제재로 하였음에 비해 일상사에서의 시적 인식
을 어떻게 하고 있으며 자연을 제재로 한 경우 즉, 자연관과는 어떠한
차이를 가지고 있는가에 주목할 필요가 있는 것이다.

　　　　㉠ 개수통 뚜껑을 뽑을 때
　　　　　가득 담긴 그릇 씻은 구정물이
　　　　　그 개수통 구멍을 꽈르르 빠져나갈 때
　　　　　나는 그때마다 몸 헹군다

　　　　　한순간도 찰거머리같이 들러붙어 놓아주지 않는
　　　　　아픈 삶이 있다
　　　　　찐득한 기름기가 켜켜이 붙어 있는 그릇처럼
　　　　　배설되는 일상 속 나는 노곤하다
　　　　　삶의 의무인 듯 우리의 일상이 그렇다

　　　　　수세미에다 퐁퐁을 듬뿍 묻혀 박박 문지른다
　　　　　노르께하게 풀려나는 번뇌의 해체
　　　　　너덜너덜한 작업복 차림의 쟁반이
　　　　　보얗게 반들반들 숨은 정체를 드러낼 때
　　　　　나는 흐뭇이 행복감에 젖는다

　　　　　내 몸 속 어딘가 숨어 있을
　　　　　정체불명의 불투명한 오물들이
　　　　　때론 유혹하며

때론 꼬집으며 나를 비트는
개수통 구정물 같은 우리의 일상이지만

씻어내고 나면 아무것도 아닌 존재들
목욕 후 마지막 헹굼 때만큼
그렇게 개운할 수 없다
잠시 동안 쌓인 그릇만큼 짜증이 엄습하다가도
저 반짝이는 그릇들 보면

- 「개수통 뚜껑을 뽑을 때」 전문

ⓛ 한번쯤은 신호를 무시하고
   횡단보도를 건너고 싶을 때가 있다
   후다닥, 뛰어 건너고 나면 이 쓸개는
   그놈의 통쾌감마저 느끼곤 한다

   쫓기며 살아온 마음의 불덩이 때문이리라
   가슴뼈에 실금 가고부터
   체면도 상식도
   그리 어렵지 않게
   불태워 버렸으리라

   보지 못해 그렇지 기실은 뼛속에도
   횡단보도가 있고
   나를 반석 위 올려놓을 신호등이 있다
   보지 못해 그렇지 기실은 지라 속에도
   오염된 피 갈아 끼워 줄 황색등은
   밤 이슥토록 깜박이고 있다

   이기의 녹색등만 켜놓고

내 발등 속의 적색등과 황색등은 누가 꺼놓았을까
말하지 않으리라
가슴 웅덩이에 한 움큼 고인 멍울진 슬픔

이적지 끌고 온 나락의 길 모자라
눈아, 지금도 모진 바람에 휘둘리고 있는 너는
위험한 횡단보도를
저리도 노려보고 있다

― 「횡단보도」 전문

ⓒ 있는 힘을 다해 헐떡이며
뛰어왔으나 전동차는 떠나고
뒤돌아보지도 않고 훌쩍 떠나고
내릴 역을 지척에 두고 넉넉잡아 50리 길
인내심을 가지고
사랑과 행복 삶의 열정 가득 실은
열차를, 그 열차를 묵묵히 기다려도
한번 간 후 왠지 다시 오지 않고
한 참 만에야 역사 내 안내방송은 탈선 소식의 절망스런
부음 하나 달랑 내던지고
무책임 무관심이 판을 치는
우리 사는 세상 이곳 환승역엔
아 이를 어쩌나 되돌아가려도 생生의 출구는 안 보이고
개똥밭에 굴러도 이승이 낫다는데
산다는 거 어찌 이러히 힘이 드는지 생의 공황
환승역에서 오도 가도 못하고
뭇 사람들 발만 동동 구르고

― 「환승역」 전문

㉠「개수통 뚜껑을 뽑을 때」의 경우는 일상적인 인공물 가운데에서도 깨끗하다고 볼 수 없는 '개수통'이 시적 제재가 되어 있는 작품이다. 시 속의 화자 '나'는 개수통 뚜껑을 뽑을 때 그릇 씻은 구정물이 빠져 나갈 때마다 그것을 바라보면 나의 몸이 깨끗해짐을 느낀다는 것이 첫째 연의 인식이다. 이러한 인식을 "나는 그때마다 몸 헹군다"고 감각적인 이미지로 형상화하고 있다. 이러한 감각적 인식은 둘째 연에서 곧 '나'의 삶의 아픔과 노곤함을 진술하는 것으로 바뀐다. 물론 부분적으로 일상적 삶의 기름 때 묻은 그릇과 비유하고 있지만 전체적 문맥은 직접적 진술에 가깝다. 셋째 연 역시 그릇 씻는 행위와 그릇들은 감각적으로 표현하면서 화자 '나'가 행복감에 젖는다는 부분은 직접적으로 진술하고 있다. 넷째 연에서는 화자 '나'의 일상 전체가 개수통 구정물로 비유하면서 삶에 대한 절망적인 모습을 제시하고 있다. 그러나 마지막 행에서 '개수통 구정물 같은 우리의 일상이지만'이라는 표현에서 반전의 기대가 보이고 있다. 역시 마지막 연에서 이러한 기미가 깨끗이 씻기어 반짝이는 그릇을 보면서 실현된다.

구정물 같은 일상이 목욕 후의 마지막 헹굼처럼 개운해지는 것이다. 이렇게 비록 더러운 개수통을 제재로 하여 일상의 따분함이나 무료함을 형상화하지 않고 목욕 후의 헹굼처럼 깨끗한 순간을 형상화한 것 자체가 역시 고통극복의 시학이라고 볼 수 있다.

㉡「횡단보도」와 ㉢「환승역」의 경우 역시 횡단보도나 환승역과 같은 지극히 일상적인 인공물이 시적제재가 되어 있다. 앞에서 살펴본 ㉠이 지금까지 살펴 본 다른 경향의 시처럼 절망과 고통의 인식과 그 극복이라는 의미구조를 가지고 있는데 비하여 그렇지 않다. 말하자면, 절망과 고통 가운데 시적화자 '나'의 일상은 무사히 건널 안전한 '횡단보도'나 편안한 '환승역'이 보이지 않는다고 보고 있다. 횡단보도에서는 항상 위험을 감수하고 붉은 신호등이라도 쫓기듯 건너고 싶고, 환승역은 안내방송의 탈선 소식에 오도 가도 못하고 발만 구르는 군중이 운집한 절망

적인 공간으로 존재하게 되는 것이다.

ⓛ의 시적화자 '나'는 첫째 연에서 횡단보도에서 적색등을 무시하고 건너고 싶은 통쾌감을 느끼는 것으로 시적형상화를 시작한다. 이러한 쫓기며 살아온 삶은 셋째 연에서 하나의 회한으로 인식되고, 셋째 연과 넷째 연에서는 '나'의 육체 속에도 안전한 횡단보도가 있고 신호등도 있지만 그것을 깨닫지 못하고 살아온 것을 슬픔으로 인식한다. 그런데, 이쯤이면, 마지막 다섯째 연에서는 안전한 신호에 횡단보도를 여유 있게 건널 의식이 생길만 한데, 그렇지가 않다. 쓸개와 가슴뼈, 지라 그리고 눈, 등 육신의 장기로 지칭되는 너는 빨간 불이 켜진 횡단보도를 노려보며 기회만 생기면 건널 자세를 지속하고 있는 것이다.

ⓒ의 시적제재가 되고 있는 '환승역'은 처음부터 환승이라는 기능이 상실된 닫힌 공간으로 인식되고 있다. 있는 힘을 다해 뛰었으나 전동차는 떠나고, 열차는 묵묵히 기다려도 오지 않고 탈선 소식만 들려오는 절망적인 공간인 것이다. 이러한 공간은 '우리 사는 세상'이요 되돌아갈 生의 출구도 안 보이는 극한 상황인 것이다.

앞에서 살펴본 자연을 제재로 한 작품들은 자연 속에서 고통 극복의 가능성을 찾는 고통 극복의 시작을 전개되고 있지만, ⓛ과 ⓒ과 같은 치열한 삶의 현상에서는 고통 극복의 조짐은 전혀 보이지 않고 고통과 절망의 시학이 전개되고 있는 셈이다.

그렇다면 이러한 일상에서의 고통은 어떻게 극복될까? 그 해답을 삶 자체가 제목 속에서 그대로 노출되고 있는 경향의 작품들에서 찾아 볼 수 있다.

> ㉠ 무슨 말을 하랴
> 맛있는 사과와 싱싱한 레몬을
> 먹을 수 있다고

먹어서 긴 소설과 클라리넷을
읽고 연주할 수 있다고
내가 살아 있는 것은 아니다
길바닥에 뒹구는 한 알의 모래도
제 몸을 녹여 유리의 원료가 되어줄 때
모래로 살아 있는 것이다
외롭고 쓸쓸한 이의 머리맡에 놓인
단 며칠 동안만이라도
화병 속 꽃이 되어줄 때
꽃은 살아 있는 것이다
죽음은 소멸이 아닌 탄생이다
푸른 하늘과 푸른 숲을 보며
하늘을 날던 작은 새 한 마리의 몸짓
머리를 조아리던 모습 보았을 때
나는 눈물이 핑그르 돌았다

- 「따뜻한 생존」 전문

ⓒ 가슴 속에 묻어둔 납작한 불안을
가끔 꺼내 펼쳐보는 마음의 사진첩
그 사진첩 속의 나는
입 안에 가득 가시를 넣고
너부시 웃고 있다
따갑고 아리고 쑤신 뒤에야
상처는 아물어
생이란 그렇게 여물어 가는 것
하루에도 몇 번 넘어질 듯 비쓱거리는 몸
더는 욕심 없는 추스를 만큼의 힘과
실패를 보듬는 용기가 목말라
어디론가 내닫는다

덜커덩거리는 마음의 바퀴를 굴리며
오른 왜목마을 산 정상
청람빛 물들 녘 위 하얀 바둑돌같이 놓인
조업 중인 저 몇 낱의 어선들
내려다본다 입 안에 가득
가시를 넣고 저 어선들 또한
너부시 웃고 있다

- 「납작한 불안」 전문

ⓒ 한해살이 풀이라고
저도 왜
예쁜 꽃망울
달고 싶지 않으랴만

고만고만 살다가
말도 없이
구름도 모르게
몸 거두어 떠나는 걸 보면

한 움큼
가슴에 고이는
부러움

- 「행복론」 전문

㉠ 「따뜻한 생존」은 시적화자 '나'의 보람 있고 따뜻한 삶에 대한 정의라고 할 수 있는 작품이다. 화자 '나'에게 '따뜻한 생존'은 맛있는 사과와 싱싱한 레몬을 먹고 긴 소설을 읽고 클라리넷을 연주하는 화려한 삶이 아니다. 길바닥에 뒹구는 보잘 것 없는 모래라도 자기를 희생하며 유리

원료가 되는 것이고, 꽃 역시 화려한 화병의 꽃이라고 무조건 사명을 다한 것이 아니라, 외롭고 쓸쓸한 환자의 머리맡에 놓여 그에게 위안을 줄 때 꽃 본연의 자태가 드러나는 것이다. 이러한 소박하고 자기희생적인 삶이 바로 보람 있는 삶인 것이다. 말하자면, 임 시인 자신의 신앙이기도 한 인류를 위해 자기 자신의 몸을 내어주는 독생자 예수그리스도의 지상에서의 희생적이고 헌신적인 생애가 진정한 삶인 것이다. 이러한 삶에 대한 태도는 궁극적으로 죽음과 소멸 속에서 부활과 탄생을 발견하는 것이다.

ⓒ「납작한 불안」에서는 가슴 속에 존재하는 '납작한 불안'을 절망이나 고통으로 인식하지 않고 오히려 '입안의 가시'처럼 입 속에 상처를 내어 그것이 아물면서 더욱 성숙해지는 요인으로 인식하고 있다. 마지막 부분에 전개되는 '왜목마을 산 정상' 아래서 내려다보는 바다 위의 어선을 인식하는 자세 역시 긍정적 태도를 견지하고 있다. 물론 시적 공간 자체가 횡단보도나 환승역처럼 지극히 문명적인 곳이 아닌 어선 떠 있는 바다인 탓도 있겠으나, 이러한 태도는 불안에 쫓겨 숨 가쁘게 달려온 삶에서 벗어나 한가롭고 여유로운 삶을 살아야 되겠다는 일종의 인식의 전환이라고 볼 수 있다. 이러한 인식이 전환 결과, 시적화자는 ⓒ「행복론」과 같은 한해살이풀의 보잘 것 없는 삶에서도 한 움큼의 부러움을 발견하게 되는 것에서 행복을 찾을 수 있다는 결론에 도달하게 된다.

(3)

지금까지 살펴본 임 시인의 작품세계는 시적 제재가 풀꽃이나 자연일 경우에는 비록 그에 대한 첫 인식이 고통과 절망 속에서 슬픔의 정서로 출발되었지만, 그 작품 끝 부분에서는 고통과 절망을 극복하고 있는 의미구조를 많이 가지고 있다. 제재가 인공물일 경우에는 간혹 고통과 절망적인 상황만 제시되는 경우도 있지만, 궁극적으로 희생적이고 헌신적인 삶의 자세를 보다 가치 있는 것으로 인식하여 한해살이 들풀의 삶에서도 부러움을 발견할 수 있을 정도로 여유로워 진다.

다음 시집에서는 보다 고통 극복의 시학이 형이상학적 특질에까지 도달하기를 기대하는 바이다. 그리고 이러한 기대가 임 시인의 기독교 신앙을 바탕으로 한 궁극적인 관심에 의하여 이루어지리라 생각된다. 만약 그렇게 되면 모든 사물이 고통과 절망으로만 보이지 않을 것이다. 다음과 같은 작품처럼 아름다워 질 수도 있을 것이다.

> 파아란 달빛 아래
> 하얀 피아노 소리 은은히 부서진다
>
> 누굴까, 깊은 밤
> 벗은 몸을 서로 부딪히며
> 아니다, 하이얀 건반을
> 두들기고 있는 그는
>
> 더없이 가눌 수 없는 그리움에
> 목말라 오는
> 가슴앓이
> 온몸 부딪히며
> 바람에 나부끼는 소리
>
> 하염없이 스러졌다 일어서는
>
> 댓잎은
> 오늘도 조용히
> 하얀 밤을 맞는다
>
> — 「댓잎」 전문

상실감과 그리움, 그리고 치유의 시학

– 정재필 시집 『완사洗沙 가는 길』

(1)

몇 년 전에 작고한 임수생(1940–2016) 시인으로부터 꽤 오래 전에 들은 이야기가 있다. 1950년대 말부터 1960년대 초반 자기와 교류한 젊은 시절의 문학청년 가운데 가장 시를 잘 쓰는 사람은 동래여고 국어교사인 정재필 선생이라는 것이었다. 그런데 안타깝게도 아직 시단에 데뷔하지 않고 있다면서 정 선생과 어울린 이야기를 꽤 구체적으로 하곤 하였다. 그래서 필자는 정재필 선생을 궁금해 하고 있었다. 2008년 남강문학회(남강문학회 전신)가 인터넷 카페의 모임으로 발족하고 필자도 거기에 참여하면서 드디어 정재필 선생을 만나게 되었다. 필자의 고등학교 선배인 성종화 시인과는 진주중학교 동기이고 중학교 시절부터 함께 시작활동을 하여 《학원》과 《학생계》 등에 시를 발표하였다는 사실을 알게 되었다. 뿐만 아니라 문학평론가 이유식 선배와도 중학교 동기라는 사실을 알게 되었다. 정재필 선생은 진주사범학교에 진학하여 초등학교 교사로 잠깐 근무하다가 부산대학교 국어국문학과에 입학, 졸업하고는 경남과 부산에서 주로 여자고등학교 교사로 재직, 시작에 전념하지 못하다가 정년 후 계간 《문학예술》에 시인으로 데뷔하여 왕성한 시작활동을 하면서 남강문학회 회장을 맡고 있었다. 말하자면 시인이자 남강문학회 회장인 정재필 선생을 만나게 된 것이다. 정재필 시인의 뒤를 이어 성종화 시인, 그리고 김상남 동화작가가 각 1년씩 회장을 맡

있다. 그러다가 필자가 2011년부터 남강문학회 회장을 맡아 회의 명칭을 남강문학회로 바꾸고 2년 임기의 회장을 연임하여 4년 동안 연간 회지를 내면서 어려운 일이 있을 때마다 초대 회장인 정재필 시인의 자문을 받게 되면서 더욱 가깝게 되었다.

그 동안 정재필 시인은 제1시집 『산에서 듣다』(2011, 전망)와 진주중 동기인 성종화 시인, 정봉화 수필가와 3인 작품집 『남강은 흐른다』(2015, 월간문학출판부)를 엮어 내는 등 활발한 작품 활동을 하고 있다. 경상대학교 명예교수 강희근 시인은 3인집 해설에서 이 세 사람을 일러 그 동안 교직으로 법조인으로 혹은 기업가로 삶을 산 뒤에 문학에 입문하였다는 점에서 '선인생 후문학'을 줄여 '후문학파'라고 명명하였다. 김열규(1932-2013) 문학평론가는 정 시인의 제1시집 해설에서 그의 작품세계를 〈일상과 자성自省의 시학〉이라는 제목으로 살펴보고 있다. 제1시집에는 발문 형식으로 이유식 평론가가 〈50년의 긴 우정 그리고 문정文情의 세월〉이라는 제목으로 중고교 시절의 정 시인의 학생문사로서의 활약상과 부산대학교 동문으로서 함께 학창시절을 보내며 '간선문학회'를 결성하고 활약한 경위 등을 자세히 적고 있다. 이상과 같은 글들의 연장선으로 제2시집 『완사浣沙 가는 길』(작가마을)의 작품 세계를 살펴보기로 한다.

(2)

정재필 시인의 시는 절제되어 있지만 촉촉한 감동을 준다. 촉촉하다는 표현을 쓴 까닭은 그의 시가 드라이 하지 않다는 측면을 강조한 면도 있지만 한국인의 전통이라고 볼 수도 있는 한恨의 정서를 간직하고 있다는 표현이기도 하다. 그 한의 밑바탕에는 상실감과 그로 인한 아련한 그리움이 관통하고 있다. 상실감의 대상은 20대 초반 흠모한 여성일 수도 있고, 20대 후반 정 시인이 장가도 가기 전에 세상을 떠난 어머니일 수도 있다. 뿐만 아니라 자연을 대상으로 그러한 그리움을 형상화하기도 한다. 그런데 이러한 그리움의 정서가 지나치게 절제되지도 않고 지나치게 노출되지도 않고 있다. 말하자면 미학적 용어를 빌리면 제재에 대한 적절한 거리 조정을 하고 있다고 볼 수 있다. 필자가 보기는 그의 첫 번째 시집 『산에서 듣다』(2011)에서는 일상에 대한 감정이 절제되지 않고 노출된 경우가 종종 있었지만, 두 번째 시집인 『완사浣紗 가는 길』은 5년이 지나 그의 연치가 80에 가까워지고 있으면서도 시어에 대한 과감한 생략과 사물에 대한 적절한 거리를 가짐으로써 나이가 많아지면 감정을 절제하지 못해 말이 많아진다는 통념을 깨뜨리고 있다. 이러한 시적 역량은 그의 인격적 수양에서 왔고 어린 시절부터 갈고 닦은 시적 재능에서도 왔다고도 볼 수 있다. 우선 그의 아련한 그리움이 배여 있는 시 한 편을 살펴보기로 한다.

꽃샘추위 속 떨며 돌아서던 당신이 보인다
혼자 외롭고 말겠다던
콧대 높은 갓 스물
당당하던 당신이 보인다

나뭇잎 작은 흔들림에도
목젖 보이도록 크게 웃던 당신이
우산에 듣는 빗방울 소리에도
귀 열던 당신이

어쩌다 토라진 말 한마디
입 닫고 귀 막은 벙어리 되어
허물 수 없는 벽
차라리 매몰찬 강새암 되어

강바람 매서운 남강다리

아침저녁 입 앙다물고 건너던 모습
멀리 타관 하늘 아래서도 보인다
오랜 세월 흘러서도 보인다

― 「천리안千里眼」 전문

　위의 시 「천리안千里眼」은 어쩌면 정 시인의 이루지 못한 첫 사랑에 대
한 그리움일 수도 있다. 그러한 추측을 해 볼 수 있는 까닭은 이 시 마
지막 연 첫 행 '강바람 매서운 남강다리'라는 구체적 공간 때문이다. 정
시인은 진주 장대동이 고향이고 진주중학교를 거쳐 그 당시 남녀공학이
던 진주사범학교를 다녔고, 졸업 후 잠시 초등학교 교사를 하였다. 따
라서 이 시행과 그의 청소년 시절 머문 공간으로 인하여 구체적인 그리
움이라고 유추해 본 것이다. 사실 첫 사랑은 누구에게나 그것이 이루어
지지 않을 경우 아련한 그리움으로 남는다. 따라서 이 시는 정 시인의
구체적인 체험으로보다 개연성 있는 그리움으로 독자들, 특히 첫 사랑
의 상처를 가지고 있는 이들에게 다가갈 수 있다.
　시적화자는 오랜 세월 진주로부터 천리나 떨어진 먼 타관에서 이루지
못한 첫사랑의 추억을 떠 올린다. 그런데 그 추억이 크게 공감되는 까
닭은 도처에 등장하는 감각적 이미지 때문이다. 첫째 연의 '꽃샘추위',
둘째 연의 '나뭇잎 작은 흔들림'과 '우산에 듣는 빗방울 소리' 그리고 마
지막 연의 '강바람 매서운 남강다리' 등이 그것이다. 뿐만 아니라 이 이
미지들은 차가움과 부드러움으로 나누어진다. 이렇게 헤어짐이라는 상
처를 대조적 이미지로 대비시키는 솜씨에서 정 시인의 시적 역량을 엿
볼 수 있고, 독자들도 상처를 공감하게 될 것이다. 그리고 그 상처가 얼
마나 아픈 체험인가는 셋째 연에 응축되어 있으며, 그것이 극대화된 시
어가 다소 생소한 '강새암'이라는 강한 샘 즉 질투라는 시어이다. 이 시
어는 마지막 연의 '강바람' 혹은 '남강다리'와 연결되어 미묘한 애매성을
가지게 된다.

이상과 같이 떠난 사람에 대한 그리움이 시적 주제가 된 작품들은 이 시집에서 많이 발견할 수 있다. 그 가운데 특히 주목할 만한 작품들을 열거하면, 「가슴 한 쪽」, 「걸어서 그대까지」, 「그대 떠나고서야」, 「모른다」 등이 있다.

다음으로는 어머니에 대한 그리움이 형상화 된 시 한 편을 살펴보기로 한다.

> 어머니
> 당신의 계절이 돌아왔습니다
>
> 명지바람과
> 다사로운 햇살
> 라일락 은은한 향기 몰고
> 우리 곁에 돌아왔습니다
>
> 매양 열려있는 당신의 손길 속에서
> 흔들리는 영혼들 더 흔들리지 않도록
> 성난 민심 더 성나지 않도록
>
> 넘치지도 모자라지도 않는
> 알맞은 시간의 추錘에 맞추어
> 화해와 치유 이뤄지게 하소서
> 모든 것 제 자리 찾게 하소서
>
> – 「다시 5월에」 전문

위의 시는 정 시인의 첫 시집 『산에서 듣다』(2011)에 수록된 「5월에」와 함께 읽어 보는 것이 정 시인의 5년 동안의 시적 변모와 상처의 치유 방향의 확장을 알 수 있을 것이다. 정 시인은 앞에서도 잠시 언급했지만 더 구체적으로 언급하면 28세라는 젊은 나이에 지금의 아내와 결혼하기 전 어머니를 천국으로 보냈다. 그의 어머니의 기일은 5월 5일이다.

당신을 떠나웃고 즐기는 것보다
당신 곁에 머물러 외롭고 슬프게 하소서
당신을 떠나면 우리는
한갓 눈 어둔 짐승에 지나지 않습니다.

눈부신 날 5월에
매양 열리는 당신의 손은
다사로운 햇살 싱그러운 바람

해마다 5월이면 우리는 당신 곁에 모여
당신의 아픔과 슬픔의 가지 끝에 영글었던
아름다운 시간의 강에 잠시 목을 적십니다

삶의 뜨락 저편에 고이 묻어둔
당신의 하 많은 아픔과 슬픔을
이제는 우리도 알게 하소서
환한 미소로 새기게 하소서

- 「5월에」 전문 (제1시집 『산에서 듣다』 수록)

우선 제1시집의 「5월에」는 어머니 '당신'의 기일인 5월 5일에 아들과 딸 그리고 손자 손녀들이 어머니 산소에 모여 어머니와 할머니를 생각하는 것으로 시적공간이 설정되어 있다. 시적화자는 첫째 연에서 어머니 떠난 지 오랜 세월이 지났지만 어머니의 생전의 아픔과 슬픔을 생각하면서 웃고 즐기기보다 외롭고 슬픈 마음이 되기를 바라고 있다. 그러나 그 슬픔이 결코 슬픔으로 끝나기를 소망하지는 않는다. 둘째 연에서는 5월의 계절 감각에 빗대어 어머니의 다사로운 손을 기억하고, 셋째 연에서는 이 순간을 '아름다운 시간의 강'으로 감각화한다. 그러다가 마지막 연에서는 어머니의 아픔과 슬픔을 환한 미소로 새기기를 소망한다.

말하자면 어머니의 무덤 앞에서 자녀들은 돌아가실 때의 슬픈 기억과 어머니에 관련된 추억을 되새기고, 손자 손녀들은 뵙지 못한 할머니의 사랑과 인고의 생애를 간접적으로 체험하게 한다. 그러나 「다시 5월에」는 이러한 가족사가 배제되어 있다. 첫째 연에서 화자는 어머니를 부르면서 시를 시작하고 둘째 연에서 감각적 이미지가 등장하지만, 셋째 연에서는 영혼이라는 종교적 관념과 젊은이들의 일자리 문제와 성난 민심이 등장한다. 말하자면 어머니라는 가족사에서 영혼이라는 인간 존재의 근본과 사회 문제로 확대되는 셈이다. 이렇게 어머니의 슬픔에서 가족사가 배제되는 것은 세월이 그만큼 흘렀다기보다 정 시인의 신앙인 가톨릭 즉 가톨릭시즘적 세계관에 그 기반을 두고 있다고 볼 수 있다. 정 시인의 다른 작품 「어머니의 성모상聖母像」에 보면 어머니로부터 그의 신앙을 물려 받았다는 것을 알 수 있다. 뿐만 아니라 '낮은 데'와 '작은 것'에 관심을 가지게 하는 신앙 역시 어머니의 가르침으로부터 왔다는 것을 알 수 있다. 이 작품의 마지막 넷째 연에서 절제, 그리고 화해와 치유를 지향하는 것 역시 어머니의 신앙에서 왔다는 것을 암시하고 있다.

결국 슬픔을 주는 것도 어머니이지만 세상에 대한 염려로 끝나지 않고 갈등을 치유하고 화해하라는 가톨릭 신앙의 본질도 정 시인은 어머니와 어머니의 신앙 속에서 찾고 있다. 이러한 태도는 매우 바람직한 신앙의 자세라고 생각된다. 그리고 정 시인이 궁극적으로 추구하는 시적 세계 역시 가톨릭시즘을 바탕으로 한 치유의 시학이라 볼 수 있다.

다음으로는 자연을 제재로 한 시에서조차 상처에서 오는 그리움과 그 아픔을 승화시키고 있다는 주장을 할 수 있는 시 한 편을 인용해 보기로 한다.

1
어느 결에 그것은 꽃이 되었던가

메아리 메아리로 하여 눈 멀어간
사랑 같은

그것은 어느 결에
회한悔恨의 꽃이 되어 울고 왔던가

손길이 되는
차고 넘쳐서 차고 넘쳐서
저리 사랑으로 균열龜裂진 가슴을 다스리는
손길이 되는

어느 땐가 그것은
지고 있는 꽃보라

하여 그것은
바다같이 설레는
무성한 숲이 되고

또 어느 결에
이리도 체념體念하는 의지가 되었는가

2
귀를 기울이고 있었습니다
해질 무렵 어느 퇴락한 정원에서
은은히 밀려오는 종소리를 듣듯

열린 체념體念의 자세로
무슨 가난한 이의 이름을 생각한다든지
또는
짧은 기도의 한 구절을 외워본다든지
하는 것은

어쩌면 햇살 쏟아지는 어느 하루
베풀으신 이의 충만한 말씀이 없을까 하고
아득한 날로부터
귀를 기울이는 모습이었습니다

─「동목冬木」 전문

　이 작품은 정 시인의 시 가운데 비교적 호흡이 긴 시이다. 그 까닭은
1과 2로 나누어져 있기 때문이다. 그런데 이 시의 경우 1과 2가 어조가
다르다. 즉 2의 경우는 경어체 종결어미를 쓰고 있다. 다만 동일한 대
상 즉 동목冬木을 시적 제재로 하여 상상력을 펼치고 있다는 점에서 한
편의 시로 간주될 수 있다.
　1의 경우 시적화자는 잎은 모두 떨어진 채 나뭇가지만 남은 앙상한 동
목 즉 겨울나무를 바라보며 시적 상상력을 전개한다. 그런데 앙상한 나
뭇가지에서 발견하는 정서나 관념은 봄날의 잎새나 꽃, 혹은 여름날의
무성한 녹음에서 상식적으로 인식되는 풋풋함과 싱그러움, 그리고 그
러함에서 유추되는 젊음과 희망 혹은 성숙과는 거리가 멀다. 아니면 겨
울이라는 계절이 가지고 있는 죽음과 절망 등과도 거리가 있다. 그가 발
견하는 꽃은 메아리로 눈멀어간 이루지 못한 사랑이요, 그것을 회한하
는 서러움의 정서이다. 뿐만 아니라 꽃보라나 무성한 숲조차 사랑으로
갈라진 가슴이요, 이러한 아픔들을 체념하는 의지가 된다. 따라서 이 시
는 우리의 전통적 정서인 한恨에 연결된다. 그러나 그것이 향가나 고려
가요 그리고 조선조 시대의 시가들과 통하는 한의 정서는 아니다. 말하

자면 정 시인이 생득적으로 가지고 있는 서러움의 정서가 겨울나무를 제재로 형상화된 것이라고 볼 수 있다. 이 작품의 경우 1에서는 그의 다른 작품에 비해 어조에서 감정의 노출이 심하다. 말하자면 미적 거리가 적절하지 않고 부족하다. 따라서 이 작품이 여기서 끝났다면 바람직한 치유의 시학에 이르지 못하였을 것이다.

2에서는 동목 즉 겨울나무가 그리움이나 서러움의 대상이 아니라 오히려 구도자의 모습을 발견한다. 따라서 그 어조도 자연스럽게 경어체가 된 것이다. 시적화자가 겨울나무의 앙상한 모습에서 발견한 것은 비록 퇴락한 정원에서 은은한 종소리에 귀 기울이는 체념의 자세이지만 가난한 이의 이름을 생각하고 짧은 기도 한 구절을 외는 구도자의 모습이다. 이렇게 그리움 혹은 서러움의 정서와 햇살 쏟아지는 은총을 베푸신 하느님의 충만한 말씀에 귀 기울이는 이중적 상징성을 형상화하기 위하여 이 시는 1과 2로 나누어져 있다. 결국 이 작품에서 정 시인은 서러움의 정서를 치유할 수 있는 길은 그가 가지고 있는 신앙을 바탕으로 한 가톨릭시즘이라는 것을 고백하면서 치유의 시학을 전개하고 있다.

지금까지 살펴본 4편의 작품에서 정 시인의 상실감으로 인한 그리움에서 오는 한의 정서는 그 자신의 어머님으로부터 물러 받은 천주교 신앙을 기반으로 한 가톨릭시즘으로 치유된다는사실을 확인 할 수 있었다.

(3)

정재필 시인의 작품에 등장하는 또 다른 시적 공간은 가족들과 친구들과 함께 하는 일상이며 이러한 경향의 시들은 서러움이나 그리움의 정서와는 또 다른 잔잔한 행복을 느끼게 한다. 따라서 이 작품들은 감정이 절제된 담담한 어조로 형상화하고 있다. 이 작품들에서는 가족들을 지극히 사랑하고 친구들과는 아픔도 나누어 가지고 있다. 이러한 태도 역시 그의 신앙에서 오는 이웃 사랑의 실천이라고 볼 수 있다.

> 나이 들어 무릎 관절 안 좋아진 아내
> 관절 치환 수술 받고 재활 중인데
> 생후 10개월 된 손녀
> 걸음마 시작했다는 연락이 왔다
>
> 전송된 동영상 보여주자 아내는
> 요 녀석 나보다 먼저 걷네
> 할미 재활 끝나면
> 누가 잘 걷나 보자
>
> 올해 일흔인 아내의 이모작 인공관절
> 손녀의 일모작 배냇 관절에 턱없이 못 미치겠지만
> 아무렴 새내기 아기 걸음
> 산전수전 공중전 다 겪은 이녁 걸음 당할까
>
> 터무니없는 흰 소린 줄 뻔히 알면서도
> 남편 역성 고마운지
> 아내 얼굴 활짝 펴진다
> 재활의 걸음마 부지런히 뗀다
>
> ─「걸음마」 전문

　이 작품에 등장하는 가족은 인공관절을 한 아내와 생후 10개월 된 손녀이다. 아내는 인공관절에 적응하기 위한 걸음 연습을 하고 손녀는 이제 막 걸음마를 시작하고 있다. 걸음을 배운다는 행위를 매개로 하여 아내 사랑과 손녀 사랑을 한 작품 속에 병치시키고 있다. 아내를 위하여 손녀의 배냇 관절보다 인공관절로 걷는 걸음을 칭찬하는 남편의 아내

사랑이 담뿍 느껴지는 작품이다. 이러한 아내 사랑은 다른 작품「열쇠」에서는 단독주택에 사는 정 시인이 열쇠를 집에다 두고 나와 아내 오기만을 기다리면서 무료함을 달래다가 아내 돌아오는 모습을 "저만치 걸어오는 아내의 걸음새 아아/지상에서 아니 우주에서/가장 아름답고 눈부신 모습이 된다"라고 표현한 부분에서 완성되었다고 볼 수 있다.

부모가 다 돌아가신 정 시인 입장에서 장인어른에 대한 사랑 또한 자상하다. 알츠하이머를 앓고 있는 장인어른 문병이 시적제재가 된 연작시「장인어른」5편에서는 가족사랑과 노인문제, 죽음 등이 복합되어 있지만 근원적인 바탕에는 장인어른에 대한 사랑이 깔려 있다.

마지막으로 이 시집의 제목이 되고 있는 「완사浣紗 가는 길」에 대하여 살펴보기로 한다. 이 작품이 《남강문학》 5호(2013)에 발표되고 난 뒤에, 필자는 계간지 《문학의 강》 2013년 가을호에 〈나의 추천작〉으로 소개한 바 있다. 말하자면 발표할 때부터 필자에게 주목을 받은 작품이다. 이번 시집에 수록하면서 정 시인은 몇 군데 개작을 하였다.

> 어려서 진외가陳外家 찾아 완사 가던 길은
> 개구리 형상으로 엎드린 개굴바위와
> 너우니 얕은 강물 모세의 기적처럼 가르며
> 건너던 버스길로 신기하기만 했다
>
> 반세기만에 만난 그 무렵 까까머리 적 친구들이
> 노중路中의 저녁식탁에 초대되어
> 대평 내촌리에서 완사까지
> 잘 닦은 진양호 둘레길
> 수몰된 개굴바위와 버스길 얘기하며 걷는데
>
> 고향집과 유년幼年을 이곳 호수 바닥에 묻었다는 한 친구가

허리까지 물에 잠긴 옥녀봉玉女峰 가리키자
물오리 한 마리 낙조落照 아름다운 호면 위를
열심히 헤엄치고 있었고
"어르신들 완사까지 모셔 드릴까요?"
승용차 멈춰 세운 젊은이의 순박한 인심이
숨 가쁘게 달려온 덕천강의 숨 고름과 어울려
느릿느릿 진양호로 섞여드는 길목쯤

한때 보부상과 객줏집으로 붐볐던 완사가
진양호 댐 수위에 쫓겨
송비산 기슭으로 밀려난 완사가
손수 짠 비단 덕천강에 씻으며
사랑을 기다리던 옥녀의 완사浣紗가
저만치서 한 집 두 집 불을 밝히고

어느 새 송비산 중턱에 걸터앉은 완사의 초승달은
꼬부장한 손길로
보부상들의 왁자한 고함소리를
진양호 호수 바닥에 묻힌 친구의 유년을
옥녀의 애잔한 전설을
혼자서 부지런히 건져내고 있었다

- 「완사浣紗 가는 길」 전문

    우선 이 시에 등장하는 지명 완사浣紗에 대한 설명부터 하기로 한다. 완사는 경남 사천시 곤명면의 면소재지 마을이다. 남강과 그 지류 덕천강이 만나는 수계마을로 조선조부터 물산이 집결하여 번성한 마을이다. 완사라는 지명의 유래는 옥녀봉의 전설에서 유래되었다. 옥녀가 비단을 짜 사랑하는 민 도령을 기다리며 덕천강에서 내려오는 물에 씻었다는 데서 유래한 것으로 '비단을 씻는다'는 뜻이다. 그런데 이 완사는 1962년부터 1970년까지 건설된 남강댐 공사로 기존의 마을이 수몰되어 송비산 기슭으로 이전되었다. 최근에는 발달된 교통으로 진주 인근의 먹거리 마을로 각광받고 진양호 둘레 길로 역시 수몰되어 이전한 진양군 대평면 마을들과도 연결되어 있다. 말하자면 산업화로 수난을 당하고도 다시 번성한 마을이 바로 완사라고 볼 수 있다.

　이 시에는 세 사람이 등장한다. 화자인 정 시인과 시 가운데 '노중'이라는 아호로 등장하는 정봉화 수필가와 '고향과 유년을 이 곳 호수 바닥에 묻었다는 한 친구'가 등장한다. 이 한 친구가 고향이 남강댐에 완전히 수몰된 성종화 시인이다. 이 세 사람은 앞에서 언급한 삼인집 『남강은 흐른다』의 장본인이다. 그런데 정봉화 수필가가 원래 고향은 진주시 금산면인데 남강댐의 수려한 풍광 때문에 조상의 산소를 대평면 내촌리로 옮기고 집까지 지어 서울과 진주를 오르내리며 살고 있다. 말하자면 성 시인의 잃어버린 고향에 정봉화 수필가가 살고 있는 셈이다. 내촌리 집에 정봉화 시인이 중학교 시절 두 친구를 초대하여 머물면서 정 시인의 진외가 마을인 완사로 저녁을 먹으러 가기로 하고 진양호 둘레길을 걷는 데서 이 시는 시작된다. 이러한 여러 가지 인연과 사연이 중첩된 공간이니 가면서 세 사람의 감회가 남다르지 않을 수 없다.

　이 작품은 대부분의 시가 호흡이 짧은 특색으로 긴장감과 감동을 주는 정 시인의 작품에 비해 다소 서술적인 요소가 개입됨으로써 행도 길고 연도 길다. 그러나 정 시인의 유년시절의 에피소드와 성 시인의 물에 잠긴 고향에서의 추억과 옥녀봉의 전설까지 유기적으로 연결되어 결코 지루하지 않다. 게다가 걸어가는 어른들을 태우고 싶은 젊은이의 인심까지 삽입되어 더욱 복합적이고 미묘한 감동을 준다. 필자는 이 세 분들의 후배로 이들의 우정이 부럽다는 말을 종종 한다. 정 시인의 상실감과 그로 인한 그리움에서 오는 결핍이 이러한 우정으로 충분히 채워질 수 있을 것으로 생각된다. 뿐만 아니라 시골을 고향으로 하고 대도

시에서 살아가는 사람들과 수몰지구를 고향으로 한 독자들에게는 아련한 추억을 되살릴 수 있는 작품이다. 즉 , 산업화로 인한 인간성 상실을 극복하는데 기여할 작품으로 평가 될 것이다. 이러한 측면에서 이 시집의 가장 대표작이자 정 시인의 대표작으로 이 작품이 자리 매김할 수 있을 것이다.

이 시집의 제5부에는 정 시인의 유년기의 추억이 제재가 된 연작시 「장대동 이야기」 8편이 편집되어 있다. 이 작품들의 주제는 고향 상실 혹은 부재라고 볼 수 있다. 앞으로 정 시인이 더욱 오래 건강하셔서 고향 상실감까지 극복하는 치유의 시학으로 많은 작품을 창작하여 다음 시집이 상재될 것을 소망한다.

떠돌이의 시학, 그리고 공존과 상생의 자연관
- 정호영 시집 『시가 뒤척인다』

(1)

정호영 시인은 필자의 고등학교 동기생이다. 필자와 정호영 시인은 4·19와 5·16의 소용돌이가 스쳐간 1963년 2월 진주고등학교를 33회로 졸업하였다. 우리 33회는 시인 3명, 시조시인 2명, 수필가 4명으로 모두 9명의 문인들이 배출되었다. 그 가운데 한 사람인 정호영 시인이 시집을 낸다고 하면서 필자에게 해설을 부탁해 왔다. 정호영 시인은 건국대학교 농공학과를 진학하여 졸업 후 경기도 지역에서 공립 고등학교 교사를 하다가 고향에 대한 그리움 때문에 경상남도 중등교사로 전출을 하였다. 그러면서 진주에 집을 마련하고 그의 고향인 사천과 산청, 중고등학교 시절을 보낸 진주 등지를 떠돌며 교사를 했다. 그리고 하동에서 교육전문직, 남해 미조중학교, 하동 진교고등학교 교장을 거쳐 정년 직전에는 모교인 진주중학교 교장을 역임하였다. 정년퇴임 후에는 고향을 떠나 서울에서 생활하고 있다. 진주 근무 시절을 제외하고는 학교의 관사에서 혼자 지낸 떠돌이 생활을 즐긴 흔적이 작품 속에 나타나 있다. 말하자면 그는 정주적인 생활보다 근무지를 옮겨 가는 유목민적 생활에 익숙하였다. 따라서 도회적 삶보다는 강과 바다 그리고 산을 좋아하는 자연지향성의 세계관을 가지고 있다. 이제 이러한 삶의 방식 혹은 태도가 그의 작품 속에 어떻게 나타나 있는가를 살펴보기로 한다.

(2)

　정호영 시인의 시집 『시가 뒤척인다』는 5부로 나누어 81편의 작품으로 편집되어 있다. 1부는 일상들에 대한 시인 나름의 태도가 형상화된 16편으로 구성되어 있다. 그 가운데 다음의 2편을 골라 보았다.

> (가) 날름거리는 파도 사이로
> 　　아침 해는 밝아도
> 　　산 밑은 어서 저물어
>
> 　　수십 년 먼지를 쓰고 짠물에 저리면서
> 　　수많은 고독 삭여 내느라
> 　　모진 세월 버틴 후미진 어촌학교 사택
>
> 　　인적은 어둠에 묻히고
> 　　덜커덕 창문 두드리는 찬바람
> 　　색 바랜 커튼 떠밀어
> 　　이마를 문지르고 코끝을 세우네
>
> 　　밖에서 안 바람 속까지 흔들어
> 　　손 시린 외로움 견디려고
> 　　중얼거리는 나그네.
>
> 　　　　　　　　　　　　　　　　　　－「사택」 전문
>
> (나) 푸르름을 그대로 안고
> 　　벼랑 위 바위틈 새
> 　　지팡이도 없이 구부정 허리접인 노송을
> 　　정원에 옮겨놓지 못해 안달이 날 정도로
> 　　좋아하는 것은

〉
저렇게 되도록 견뎌온 긴 세월동안
가물면 이슬만으로 만족하고
폭풍우 칠 땐 긴 뿌리로 버티고
눈서리 맞을 땐 솔잎으로 덮어

달뜨면 외로운 사연 가슴앓이 하면서도
살아온 날을 그림 한 폭에 담아
오직
메마르고 단단한 바위만이 살 곳이란
욕심 없는 자연의 인내 때문

― 「노송」 전문

　이 두 편은 정 시인이 가족들과 떨어져 중학교 사택에서 생활한 일상들이 사물화 되어 형상화된 작품들이다.
　(가)「사택」의 경우 어촌 중학교 체험을 사택이라는 공간을 제재로 하여 형상화하고 있다. 이 시를 지배하고 있는 정서는 외로움이다. 그러나 그 정서가 절제되고 있다. 그렇다고 철저히 숨기지는 않는다. 달리 말하면 지나치게 사물화 되어 외로움의 정서를 독자들이 공감하지 못하는 것도 아니고, 쉽사리 파악하여 독자들도 고독에 빠지게 하는 것도 아니다. 따라서 적절한 거리조정을 하고 있다. 첫째 연의 경우 아침 해가 파도를 배경으로 밝게 솟는 것은 지극히 희망적인 정서를 느끼게 하는 것이다. 그러나 산 밑에 있는 사택은 해가 일찍 넘어가 저녁이 다른 곳보다 먼저 온다는 것으로 희망을 약화시켜 정서를 외로움 쪽으로 끌어당긴다. 둘째 연의 경우는 사택의 낡아감에다 고독이라는 정서를 부여함으로써 외로움을 사물화 시키고 있다. 이러 한 외로움은 셋째 연에서 낡은 사택에 찬바람이 불어오는 상황을 설정하여 감각화되면서 극도로 상승한다. 그러다가 마지막 연에서 결국 외로움은 시적화자에게로 옮

겨 간다. 그러나 직접 진술하지 않고 '손 시린 외로움'으로 역시 감각화하면서 중얼거림으로 끝난다. 이상으로 볼 때 정 시인의 이 시에서의 장점은 정서를 감각화 시키면서 궁극적으로는 사물화에 이르게 되고, 시적화자가 약간 개입하는 기법으로 적절한 거리조정을 하여 독자들을 감동시키고 있다.

(나)「노송」의 경우 산촌의 등산길에서 발견한 '노송'이 시적 제재가 된 작품이다. 노송을 발견하는 순간 시적화자는 정원에다 옮겨 놓고 싶은 욕망에 사로잡힌다. 그런데 이 노송을 인식하는 태도는 의인화 기법을 통하여 단순한 묘사로부터 벗어나고 있다. 노송이 서 있는 공간 자체도 평범한 산 속이 아니라 첫 연 둘째 행에서처럼 벼랑 위 바위틈새이다. 이러한 곳에서는 소나무가 제대로 자랄 리가 없다. 구부러져 마치 노인이 허리를 굽힌 것처럼 보인다. 이러한 인식을 단순한 비유로 묘사하는 것이 아니라 지팡이 없는 노인으로 비유한다. 둘째 연에서는 인고의 세월 동안 견딘 것에 호감을 보이고 있다. 그런데 이 호감 역시 직접적으로 진술하지 않고 이슬과 폭풍우라 는 사물을 동원하여 형상화 한다. 마지막 셋째 연에서 결국 시적화자가 정원에 옮겨 놓고 싶은 의도를 드러내고 있다. 척박한 환경 속에서고 잘 자란 노송의 인내가 바로 시적화자 즉 정 시인의 정원으로 옮기고 싶은 이유이다. 이렇게 볼 때 이 시는 노송 의 단순한 묘사를 넘어 정 시인의 오랜 삶의 태도가 투사된 것이라 볼 수 있다. 즉 노송을 통하여 좌절하지 않고 참고 기다린다는 삶의 방식을 짐작할 수 있다.

2부의 경우 사람과 그들 사이의 인연이 시적 제재가 된 작품들 14편이 편집되어 있다. 그 가운데 아내와 관련된 작품들이 가장 많다. 2편 모두 정 시인의 아내가 제재 가 된 작품을 골라보았다.

(가) 봄 꽁무니에 여름 달고
    날 저물면 어두워져서

닭은 울어 새벽을 깨우니
아침 까치는 반가움이듯이

만나면 반갑고
헤어지면 아쉽고
떠나면 미워도
눈감으면 떠오르는 얼굴

꿈결처럼
흘러간 지난날이여
그대 사랑하는 동안
먼 여행에서 돌아와
그리운 가슴 다독여서
설레는 마음으로
가만히 불러보는 사람

- 「그리운 사람」 전문

(나) 당신이 태어나는 날
　　동쪽하늘 문을 열고
　　해는 붉게 떠올라
　　눈부신 앞길을 열어

　　고마운 그날을 가슴에 안은 채
　　소녀의 부푼 꿈을 품고
　　아름다운 숙녀의 자태에
　　성숙한 현모양처의 미덕으로
　　고생도 기쁨인 양
　　정신은 어디 갔나

벌써
불혹을 한참 넘어
발자국만 흘리며 가네

큰 꿈 안고 바쁘게 사느라
잃어버린 세월만큼이나
생일도 잊고 산 모정

그래서 더욱
이 즈음하여
생각나는 날인 것을

가을이 좋아
가을에 태어난 여자
이번의 생일은
더 큰 축복입니다.

- 「아내의 생일」 전문

　(가)「그리운 사람」은 앞에서 살펴본 작품에 비하여 정서가 그대로 노출되어 있다. 즉 제목 속에 '그리운'이라는 감정의 표현이 직접적으로 진술되고 있을 정도로 등장하는 사람을 간절히 그리워하고 있다. 이러한 경향은 2부 전체에 일관된 경향이다. 이 작품에서 시적화자가 그리워하고 있는 대상은 시적화자를 정 시인으로 볼 때 그의 아내이다. 가족들과 떨어져 시골 중학교나 고등학교 사택에 머문 교직생활에서 아내를 그리워하며 쓴 시가 바로 이 작품이라고 볼 수 있다. 비록 제목 속에 정서가 노출되어 있다고 해도 작품 속의 진술에서는 직접적인 고백은 하지 않는 점에서 어느 정도 감정을 절제하고 있다고는 볼 수 있다. 첫째 연은 전체가 둘째 연의 마지막 행에서 등장하고 있는 '눈감으면 떠오

르는 얼굴'에 대한 그리움을 비유하고 있다. 즉, 봄과 여름, 닭과 까치 등 계절과 동물을 등장시켜 그리움을 어느 정도는 구체화하고 있다. 셋째 연과 넷째 연 역시 의미상으로 연결되어 있다. 이곳에서는 셋째 연에서 시간의 경과 즉 세월의 길이를 제시하여, 넷째 연의 마지막 행 '가만히 불러보는 사람'을 그리워하는 것이 어제 오늘의 일이 아니라 오랜 세월 한결같이 마음 설레며 그리워하고 있다는 아내에 대한 간절한 사랑을 보여준다.

(나)「아내의 생일」은 보다 구체적이고 현실적인 경향의 작품이다. 이 작품의 의미 전개과정은 시간적 구조를 가지고 있다. 첫째 연은 아내의 아기로서의 탄생과정을 축복하고 있다. 둘째 연에서는 아내의 소녀시절과 숙녀시절 그리고 현모양처 시절의 삶의 과정을 간략하게 제시한다. 셋째와 넷째 연의 경우 벌써 불혹의 나이를 훌쩍 넘기고 자녀들 돌본다고 생일도 잊고 산 분주한 삶의 역정을 형상화 한다. 마지막 다섯째 연과 여섯째 연에서는 이제는 생일을 축복하는 여유를 가진다는 점을 간단히 진술한다. 특히 마지막 연의 가을에 태어난 아내의 생일을 진정으로 축하하는 남편의 진솔 한 마음이 마지막 행 '더 큰 축복입니다.'에서 경어체 종결어미를 사용함으로써 적절하게 드러나고 있다. 2부에서는 이렇게 아내뿐만 아니라 정 시인과 인연을 맺은 사람들에 대한 정 시인의 인정스러운 마음이 곳곳에서 보인다.

3부는 주로 국내 여행이 창작의 모티브가 된 작품들 18편이 편집되어 있다. 정 시인이 여행한 공간은 멀리 제주도로부터 강원도 경포대까지 대한민국 휴전선 이남의 전 국토에 걸쳐 있다. 그 가운데 2편을 골라보았다.

> (가) 모도*의 배미꾸이 조각공원
> 　　바다의 숨소리 파도소리 사이로
> 　　새어나오는 수군거리는 소리

찬바람만 두른 남녀의 나체로
인간본능을 나타낸 조각들
구경꾼은 다
닦아주고 만져보니 부끄럽고 간지럽다

너만 벗었나
갯벌도 벗었다
벌거벗은 갯벌의 토굴마다
온기가 있고 활기가 넘친다

옆 걸음질 선수들 안테나 두 개 세우고
앞집 갔다 뒷집 갔다
큰집 갔다 작은집 갔다
처가 갔다 시댁을 담 너머 보고
안부 묻고 마실 다니기 바쁘다

속살까지 드러낸 모도의
아름다운 자연을 배워
가득 찬 욕심 버리고
옷을 입히기 전에
섬을 떠나자

＊모도 : 인천 앞바다

– 「다 벗고 가자」 전문

(나) 밤이 외로워 훌쩍이는 제주 바다
　　 재작스런 새들이 눈곱 떼고
　　 아침을 쪼아대는
　　 그리미 산장

〉
새벽이슬에 손 씻고
아침 준비에 새벽부터 설치더니
서리를 너무 맞아 머리가 하얀 아낙네
세월을 잊었는지 처렁처렁 긴 머리 묶고
구부정 마당 일하는 키 큰 남정네

자연을 닮아 생긴 대로 사는 주인
부부가
앞마당 채소밭에 씨 뿌리고 정성주어 키운
허브 꽃 뿌려진 진수성찬
나그네의 입맛을 돋우네

잔디밭 그네를 타다가
빗속을 달리기도 하고
달밤에 맨발로 춤도 추고
부엉이 눈빛으로 별이 찾아드는
그림이 있는 곳

* 그리미 산장;제주도 펜션

－「그리미 산장」 전문

 (가)와 (나)는 정 시인의 여행시 가운데 여행을 통한 정 시인을 포함한
인간들 특히 도회의 생활에 찌든 여행객들의 여행의 목적 즉 여행하는
이유에 대하여 근본적인 질문을 던지는 시편이다.
 (가)「다 벗고 가자」는 인천 앞 바다의 섬 모도가 시적공간으로 전개되
는 작품이다. 우선 이 시는 제목부터 상당히 도전적이다. 어쩌면 선정
적인 것 같으나 이 시를 다 읽고 나면 벗는다는 행위의 상징성이 드러

나는 작품이다. 우선 첫째 연의 배미꾸미 조각공원의 나체 조각상(이하 나
상으로 표현)에서 제목 속의 벗는다는 행위에 대하여 생각하게 한다. 나상
들이 구경꾼들이 그들을 닦아주고 만지니 부끄럽고 간지럽다고 진술한
다. 즉 어조가 이 부분에서는 나상 입장에서 독백하는 구조를 가지고 이
다. 따라서 이 부분은 그 나름의 독립된 의미구조와 상징성을 가지고 있
다. 인간들이 나 상을 못살게 구는 것 자체를 어떻게 생각할지는 독자
들 각자의 몫이다. 그러나 나상을 만지는 행위는 원시로 돌아가고 싶은
인간 본능의 표현이라고 볼 수 있다. 물론 다르게도 해석할 수도 있다.
이렇게 해석의 다양성 내지 상징성을 드러내기 위한 수단으로 나상이
독백하는 어조를 설정했다고 볼 수 있다. 둘째 연의 어조는 시적화자 의
독백이다. 나상만 아니라 갯벌도 벗었으며 갯벌 군데군데 보이는 구멍
을 토굴이 라고 비유하며 구멍마다 온기와 활기가 넘친다고 인식하여
벌거벗은 갯벌 즉 썰물로 온통 드러난 갯벌 자체를 좋아하는 태도를 보
여주고 있다. 셋째 연에서는 게들의 움 직임을 관찰하고 거기에다 의미
를 부여하고 있다. 게의 움직임을 의인화 시킨 부분은 풍자라기보다 웃
음 즉 유머효과를 거두고 있다. 이러한 태도 역시 원시성의 동경이 라
는 효과와 관련이 있다. 즉 풍자나 교훈적인 의미를 부여하면 그것으로
원시성과 순수성에 부담이 된다고 정 시인은 인식하고 있는 것 같다. 마
지막 연은 이 시 전체 의 주제를 압축하여 보여주는 부분이다. 사실 주
제를 노출 시킨 것은 시의 긴장감을 다소 감소시키는 약점을 가지고 있
다. 그러나 자연에서 배운 원시성 내지 순수성 달 리 말하면 욕심 없음
을 간직하고 밀물로 바다가 들어와 갯벌이 사라지기 전에 섬을 떠나자
고 마무리 하는 점은 주제를 객관화하는 데에 어느 정도 성공하고 있다.
　정 시인 뿐만 아니라 '여행하는 인간(Homo Viator)'으로서의 여행은 각자
나름의 여행의 심리적 혹은 철학적 의미를 가지고 있다. 이 시는 그러
한 점에서 정 시인의 작품 가운데 대표작이라고 볼 수 있다.
　(나)「그리미 산장」 역시 제주도의 아름다운 풍경에 감탄하는 경향의

작품과는 거리가 멀다. '그리미 산장'이라는 펜션에서 정 시인이 발견한 것은 첫째 연의 풍경이기보다 둘째 연과 셋째 연에서 서리 너무 맞아 머리 하얀 아낙네와 마당 일하는 구부정하고 키 큰 남정네이다 그리고 셋째 연에서 자연을 닮아 생긴 대로 사는 그들이 내어 놓은 허브꽃 뿌려진 진수성찬이다. 그래서 그러한 음식을 먹고 잔디밭의 그네를 타고 빗속을 달리고 달밤에 맨발로 춤을 추는 여행을 즐긴다. 따라서 (가)「다 벗고 가자」와 (나)「그리미 산장」은 원시성의 동경 혹은 때 묻지 않은 순수성을 찾는 정 시인의 여행 철학이 잘 형상화된 작품들이다.

  4부는 산행체험에서 얻은 시적 영감을 형상화한 작품 14편이 편집되어 있다. 정 시인이 산행한 체험 역시 경향각지의 산들에 걸쳐 있다. 서울 근교의 도봉산과 미조중 학교 교장시절 오른 경남 남해도의 최고봉 망운산이 시적 제재로 형상화 된 작품 2편을 골라 보기로 한다.

        (가) 어깨 부딪히며 갈지자 걷는 등산객들로
            정체가 늘어선 도봉산 길
            넓은 길이 오르면서 가지를 내
            좁아지는 숨찬 돌부리도 거칠고

            큰 바위 우뚝 솟은 정상이 된 자운봉은
            절벽에 위태롭게 붙어 있는
            석굴암을 안고
            옛 선비들이 놀았다는 신선대를 업고
            소귀를 닮은 우이암을 옆에 끼고서

            웅장해서 무거운 기암괴석을 짊어진
            포대 능선에 둘러싸인 Y계곡은
            시원한 바람을 한 아름 안은 채

〉
산그늘 따라
올랐던 사람 내려가는 골짜기
외롭게 조금은 애절한 산새의 노래에
가슴 두근거리는 약을
입술에 발랐더니
도봉산이 포근하다.

－「도봉산에 안겨」 전문

(나) 봄이면 눈부실 철쭉군락지에는
하얀 이 내밀며 반기는 눈꽃에 안겨
힘껏 솟은 바위들이
눈사람 세운 듯 아름다운 풍경

남해 금산의 비경에 가려
세상에 알려지지 않고
꼭꼭 숨겨져 있지만
오는 손님 반갑게 맞아 주는
망운암의 고깔모자 망운산에 서니

유난히도 반짝이는 남해바다에
푸른 천에 검은 물감 뿌린 듯
점점이 떠 있는 크고 작은 섬들
멀리 눈덮힌 하얀 지리산이
한 폭의 그림 되어

내 소원 들어줄 듯
산사는 고요하니
오래 남기려고 기도는

입으로 말고 가슴으로…

*망운산; 경남 남해군 소재

– 「망운산*의 기도」 전문

　(가)「도봉산에 안겨」는 정 시인이 정년퇴임 후 살고 있는 서울에서 근교 산인 도봉산을 등산한 체험이 시적 제재가 된 작품이다. 시기적으로는 가장 최근의 체험이 형상화된 것이다. 정 시인의 등산하는 태도 혹은 목적은 다른 사람들과 다르다고 볼 수 있다. 등산을 즐기는 아마추어나 프로들은 대체적으로 높은 곳에 오름으로써 호연지기를 기르고 산을 정복하고 정상에서 아래를 굽어보는 것에서 성취감을 맛본다. 그런데 정 시인의 경우 이 작품의 제목을 '도봉산에 안겨'로 정한 것부터 정복이나 정상의 오름에서 성취감을 얻는 것과는 거리가 멀다. 비록 첫째 연부터 셋째 연까지의 의미전개 과정은 주로 등산 과정에 펼쳐지는 거친 풍경들이다. 그러나 이 거친 풍경들에 대한 정 시인의 태도는 긴장의 연속이기 보다 기암괴석이 서로 상생하는 것으로 묘사 되어 있다. 즉, 첫째 연에서는 거친 풍경이 제시되고 있지만 둘째 연에서 도봉 산정상 자운봉은 비록 절벽에 붙어 있는 석굴암을 안고 신선대를 업고 우이암을 끼면서 상생하고 있다. 셋째 연의 Y계곡 역시 기암괴석을 짊어지고 포대능선에 둘러싸 여 있지만 시원한 바람을 안고 있다고 본다. 이러한 산행에서의 풍경에 대한 태도는 마지막 넷째 연의 마지막 행에서 '도봉산이 포근하다'고 진술한다.

　(나)「망운산의 기도」는 앞에서 잠시 언급한 것처럼 미조중학교 교장시절의 남해도 체험이 형상화된 작품이다. 망운산望雲山은 해발 786m로 남해도의 가장 높은 산이요, 진산鎭山이다. 그리고 기슭에는 신라시대 원효대사가 세웠다는 화방사花芳寺가 있고 정상 가까이는 세워 진지는 오래 되지 않은 망운암이 있다. 그리고 봄이면 철쭉 군락지가 장관이다.

뿐만 아니라 남해안에서 가장 높은 산으로 산악인 사이에는 이름이 나 있다. 그러나 남해도 하면 이성계의 개국 설화와 연계된 금산錦山(681m)이 더 유명 하고 실제로 기암괴석이 금산이 더 많아 남해안의 소금강이라고까지 한다. 그런데 그런 금산에 대한 시는 없고 망운산에 대한 이 작품이 있다는 것 자체가 정 시인답다. 정 시인은 이 산을 첫째 연처럼 철쭉이 아름다운 봄에 찾아 갔다. 둘째 연에서는 금산의 명승에 가려진 점을 진술하고 있다. 망운산에서 굽어보면 남해 바다가 손에 잡힐 듯 펼쳐져 있고 멀리 지리산도 보인다. 금산에서는 상주해수욕장 앞바다가 멀리 보이는데 비하여 남해 바다 전체가 조망된다. 이러한 점은 셋째 연에 응축되어 표현되고 있다. 그리고 찾은 절도 큰 절 화방사가 아니라 조그마한 절 망운암이다. 그곳에서 넷째 연처럼 정 시인은 가슴으로 기도한다. 이상의 두 편에서처럼 정 시인의 산행은 포근하게 산에 싸이고 싶고 뜨거운 가슴으로 기도하고 싶은 것이 궁극적 목적이다. 그러한 점이 잘 형상화된 작품이 「산에 들면」이다. 그는 이 작품의 마지막 연인 셋째 연에서 다음과 같이 산행의 의의를 밝히고 있다. 즉 산과 정 시인의 일치 혹은 상생의 철학을 가지고 산행한다고 볼 수 있다.

> 바위에 붙어
> 목마른 세월을 먹고 자란
> 예쁜 꽃 가냘픈 풀잎과 나무를 위로하고
> 기는 꿩 나는 새
> 깡충대는 산토끼와도 반가워하며
> 산을 아끼는 동안
> 한가로이 신선에 물들고 싶다.
>
> — 「산에 들면」 마지막 연

5부에는 계절의 아름다움을 형상화한 19편이 편집되어 있다. 봄을 제재로 한 작품이 가장 많다. 그 가운데 1편을 골라 보기로 한다.

봄이 내려다보이는
지리산 조개골
하늘 아래 첫 동네 새재*에서
친구랑 동무랑

고로쇠나무 수액 서너 사발
배불리 봄을 마시고나니
내 몸에도 물이 흐르고
봄이 졸졸졸

햇살의 은총 받지 못한 응달진 곳
잔설 아래 복수초가 숨어서 웅크리고
큰 돌 작은 돌이
부딪치며 친구가 된 계곡

얼음 밑으로 물 흐르는 소리
기다림의 소리
봄의 소리

*새재 : 경남 산청군 지리산 속 마을

– 「봄의 소리」 전문

이 작품은 5부의 19편 가운데에서도 시적화자의 감정적 진술이 거의
보이지 않는 작품이다. 다른 작품의 경우에는 계절에 따른 독특한 풍경
에 대한 느낌을 가볍게 진술 하고 있으나 이 작품의 경우 거의 배제되
어 있다. 가볍게 진술된 느낌이 들어 있는 시편들도 느낌 보다는 사물
에 대한 적절한 묘사에서 독자들은 감동을 받을 것 같다는 생각을 필자

는 하게 되었다. 그래서 차라리 감정이 배제된 「봄의 소리」에서 정 시인은 어떻게 계절에 대한 느낌을 사물화 하고 있는가를 살펴보기로 한다. 첫째 연과 둘째 연에서 정 시인이 친구랑 새재라는 산동네에 고로쇠나무 물 마시려 간 것을 묘사하고 있다. 이 부분에서는 봄을 감각적으로 제시 하고 있다. 첫째 연의 첫 행 '봄이 내려다보이는'으로 시작하여 둘째 연 마지막 행에서 고로쇠나무 물을 마시고 난 뒤에 물이 봄으로 치환되어 '봄이 졸졸졸'로 감각화하는 솜씨가 예사롭지 않다. 셋째 연과 넷째 연은 아직 얼음이 녹지 않은 응달진 계곡에서 흐르는 물소리에도 봄이 흐르고 있다고 감각화하고 있다. 셋째 연에서 주목해야 할 부분은 계곡의 돌들 이 서로 친구가 되었다고 표현한 부분이다. 일종의 서로 상생하는 자연관을 보여준 것이라고 볼 수 있다. 그래서 결국 마지막 연의 물소리는 봄을 기다리는 소리가 되는 것이다. 이러한 자연관은 그의 여행 시편이나 산행이 제재가 된 시 그리고 계절이 제재가 된 시의 곳곳에서 보이는 자연관이다. 그의 시 속에 지속적으로 나타나는 자연관은 누가 누구를 정복하는 자연관이 아닌 서로 공존하는 상생의 자연관이라고 볼 수 있다.

(3)

정 시인의 시작태도를 엿볼 수 있는 유일한 작품, 달리 말하면 '메타시'로서의 시는 1부 첫머리에 편집된 「시가 뒤척인다」가 유일하다. 이 작품은 이 시집의 표제이기도 하다. 우선 전문을 인용한 후 그의 시작태도 전반을 살펴보기로 한다.

　　쓰고 싶다고 절로 나오는 게 아니고
　　머리에 열을 내며
　　부지런한 손가락 사이로

차곡차곡 모이는

남들은 돌아서면 잇는다지만
눈 만 돌려도 흘러 버리는
느지막의 시 타령

햇살은 벼이삭을 익히고
가을은 곡간을 채우듯
시는 마음을 살찌운다.

한 옥타브만 높여서도
줄 줄 흐르는 콧물처럼
시가 세상을 만날 텐데

빛 좋은 가을을 만나면
빛이 몸 안으로 스며들며
영혼을 정갈하게 하고
시심을 불러내지만
숨겨진 시는 뒤척이기만 한다.

－「시가 뒤척인다」 전문

　정 시인의 시작 태도는 첫째 연과 둘째 연에 나타나 있다. 정 시인은 결코 자연발생적인 태도, 달리 말하면 낭만적 세계관으로 시를 창작하는 것은 아니다. 이러한 태도는 고전적 세계관이라 불 수 있다. 즉 시를 그 자신의 표현을 빌리면 '머리에 열을 내며' 고심하면서 시를 쓰는 것이다. 뿐만 아니라 만년의 시작 행위는 긴장하지 않으면 떠오른 이미지를 놓치기 쉽다고 보고 있다. 이러한 시작태도로 인하여 정 시인의 시 전 작품은 시적인 문체를 충분히 가지고 있다. 많은 시인들 특히 시 공부를 늦게 시작한 시인들은 시와 수필, 달리 말하면 시와 산문을 구별하지 못하고 적당히 행과 연 구분만 하면 시가 되는 줄 알고 있다. 정 시인은 그러한 잘못을 범하지 않고 있다. 정 시인이 시에서 얻고자 하는 소망은 '마음을 살찌운다.'라는 소박한 것이다. 그러나 그는 결코 흐르는 '콧물처럼' 쉽게 시를 쓰지 않고 있다. 마지막 연처럼 '영혼을 정갈하게 하고' 시심을 불러낸다. 그래도 그에게 시는 숨겨진 채로 뒤척이기만 한다. 이렇게 시를 보는 태도로 인하여 그의 시는 그의 떠돌이 즉 유목민적 삶을 잘 형상화 하고 있고, 인간이 자연을 정복하는 것이 아니라 공존 혹은 상생하고 자연과 자연도 상생한다는 자연관이 적절한 거리조정으로 형상화되고 있다. 앞으로 이러한 자연관 을 바탕으로 제2, 제3 시집의 발간을 기대하면서 해설을 마친다.

삶에 대한 진지한 태도로서의 시
- 조헌호 시집 『생애 가장 가난한 날』

(1)

조헌호 시인은 필자의 진주고등학교 선배이시며, 고향도 바로 이웃 사천이다. 그리고 부산에 거주하는 진주고 출신들의 문인모임인 비봉 문우회 초대 회장을 지내기도 하셨다. 그동안 조 시인은 공무원 37년을 서기관으로 퇴임 하신 후 활발한 작품 활동을 하고 있다.

그런데, 조 시인이 200편이 넘는 그 동안의 작품을 가져와 시집의 편집(100편으로 줄여)과 해설을 부탁하여 왔다. 그래서 필자는 작품을 4부로 나누는 작업과 100편을 고르는 작업을 하게 되었다. 필자 나름의 기준에 의하여 100편을 골라 갔으나, 끝내 107편이 남아 나머지 7편을 버릴 수가 없어 107편으로 시집을 엮게 되었다. 최근에 연변 조선족 문인들이 수여하는 장백산문학상을 수상한 시집 『산사의 밤』을 기본 제재로 하였으나, 107편은 필자가 생각하는 시적 형상화에서 성과를 거둔 작품이라 보아 고른 것이다.

최근에 많은 사람들이 공직이나 직장에 은퇴한 후에 문인의 길을 걸어 왕성한 활동을 하는 경우가 많다. 특히 시인과 수필가들이 많다. 그들은 각자 나름의 수련을 통하여 시를 쓰고, 수필도 쓴다. 이러한 경우가 많아, 정년 이후의 보람 있는 삶의 방편으로 문학적 글쓰기를 선택한 시인과 수필가들을 연구의 대상으로 한 「노년기 문학」이라는 영역이 새로 생겨나야 할 것 같다.

조 시인의 경우에는 이러한 삶의 방편으로 시 쓰기를 선택하고 있지만, 다른 시인들과는 구별되는 특성이 두드러지게 보인다. 삶에 대한 진지한 태도를 가지고 있는 점이 특히 그렇다. 노년기의 문인들에게서 찾아보기 쉬운 삶에 대한 체념이나 허무의식, 그리고 방관자로서의 가벼움이 전해 보이지 않는다. 비록 일상적인 삶으로부터 벗어나기 위한 여행이나 등산, 가족 사이의 사사로운 일들일지라도 진지한 자세로 사색하고 성찰하면서 거기에다 의미를 부여하고 있다.

(2)

제1부 「산사의 밤」 28편에서 골라 본 작품으로는 다음과 같은 것들이 있다.

> ㉠ 사방이 적막 속으로 침전 되니
> 풀벌레 울음소리 만리 밖 먼 길을 여네.
> 장강의 물결 같은 자연의 소리에
> 지금 막 산사의 밤이 흔 들린다
> 천연 전설이 밀려온다.
>
> 이 밤 동자승의 꿈결에는
> 엄마 품에 안겨 보채이고 있을까
> 서투른 염불 외우고 있겠다.
> 신비의 소리에 만물은 잠들건만
> 나그네의 상념은 되 살아 나네.
>
> 바람이 보인다.
> 또한 기다려진다.
> 깊은 밤 산사의 주인

둘인가 셋인가

－「산사의 밤」 전문

ⓛ 산이 손짓하는 것은
　사람이 그리워서가 아니라
　핥고 할퀴며 살아가는
　인생의 살기殺氣를 삭히려는 자비의 몸짓이다

　산이 계절 따라 변하는 것은
　변덕을 일삼아서가 아니라
　거추장스러움 벗어 던지고
　진솔한 삶을 보여주기 위해서다

　산이 포근하게 안아 주는 것은
　사람이 예뻐서가 아니라
　세파에 찌든 몸과 마음을
　그냥 못 본체 할 수 없는 도량 때문이다

　산이 베풀기만 하는 것은
　사람이 가여워서가 아니라
　어질고 너그러운 성품을
　그대로 가질려는 몸가짐 때문이다

　천년을 하루같이
　뒷자리에 비켜서서 자세를 낮추어도
　성인군자의 도, 다 지닌 산을
　오늘은 작은 가슴으로 넉넉하게 안아본다

－「작은 가슴으로 큰 산을 안는다」 전문

ⓒ 그 누군가에게 말할 것이다
　왜 산에 가느냐면
　그저 산이 좋아서 간다고

　왜 누군가와 같이 가느냐면
　그 누군가가 좋아서 같이 간다고

　왜 고생을 사서 하느냐면
　어차피 인생은 고행길 아니냐고

　왜 높은 곳을 향해 오르느냐면
　마냥 기죽어 땅만 보고 걷다가
　하늘을 보고 당당히 걷고 싶어서라고

　정상에 서면 어떻냐고 물으면
　게딱지같은 집들을 가리키며
　그 속에서 애증의 칼을 갈고 있느니
　무거운 오욕의 배낭 벗어던지고
　키 작은 풀꽃들과 벗하며
　높푸른 하늘아래 서성이는
　초록바람에 땀을 씻어보라고 말하리라

-「산행」 전문

　위의 작품들은 모두 등산체험이 제재가 된 것이다. ㉠「산사의 밤」의 경우 산행 도중 머문 절에서 지내는 밤의 정경을 감각화한 작품이다. 첫째 연에서는 산사의 적막감이 미세한 풀벌레 소리로 인하여 더욱 적막해지는 분위기를 자아내게 한다. 이러한 적막감이 또렷이 느껴지는 까닭은 미세한 소리에 산사의 밤이 흔들리고 천년 전설이 밀려드는 움직임 때문이라고 볼 수 있다. 산사의 적막감만 형상화하고 있으면 오히려 적막감이 반감된다는 자연의 섭리를 조 시인은 터득하고 있다. 이러한 깨달음은 결코 예사로운 것이 아니다. 둘째 연의 경우 동자승의 잠든 모습으로 나그네의 설레임을 형상화한 점이 특색이다. 만물은 적막감에 쌓여 있는데 동자승의 숨결에서 나그네의 마음이 설레인다는 표현 역시 간접화 되고 자연을 통해서 형상화되었다는 점을 높이 살만하다. 마지막 연에서는 어두움 속에서 바람의 모습을 발견하고 있다. 바람까지 시각적으로 인식하면서 상념에 빠지는 원숙한 시적화자를 발견할 수 있는 작품이 바로 이 작품이다.

  ⓒ「작은 가슴으로 큰 산을 안는다」의 경우는 산에 오르는 것 자체가 제재가 되어 있다. 그러나, 화자가 집중적으로 진술하는 것도 산에 오르는 화자 자신이 아니라 산의 속성이다. 등산이 제재가 된 다른 시들은 등산하는 사람의 고뇌나 심정을 형상화하는 경우가 대부분이다. 그러나 ⓒ은 그렇지 않다는 점이 특징이며 이러한 점은 조 시인의 개성이기도 하다. ⓒ에서의 산의 속성은 첫째 연에서는 사람들의 각박한 삶을 식히는 자비의 몸짓이며, 둘째 연에서는 진솔한 삶을 보여주는 것이다. 셋째 연에서는 세파에 찌든 사람들의 몸과 마음을 못 본 체 할 수 없기 때문이며 넷째 연에서는 사람들에게 베푸는 너그러운 성품인 것이다. 이러한 속성을 총체적으로 진술한 부분이 마지막 연이며, 그것은 뒷자리에 비켜서서 자세를 낮추는 성인군자의 도라고 인식한다. 이러한 산과 화자와의 관계를 작은 가슴으로 넉넉한 산을 안아보는 것으로 인식하여 조 시인의 자연에 대한 경외감과 겸손한 자세를 엿볼 수 있다.

  ⓒ「산행」은 산행에 대한 조 시인의 철학을 진술한 것이라고 볼 수 있다. 산이 좋아서, 친구가 좋아서, 인생은 고행길이라서 의기소침하지 않고 당당하게 걷고 싶어서 산행을 하는 것은 비단 조 시인의 경우만 아닐 것이다. 우리는 산행을 하면서 단순히 건강을 위하여 한다고만 생각하는 경우가 많다.ⓒ뿐만 아니라 ⓒ을 읽으면서 산행에 대한 철학을 재

정립 할 수 있을 것이다.

제2부 「강물과 인생」 29편에서 고른 대표작은 다음과 같다

　㉠ 몸 섞지 않고 흐르는 강물이 어디 있으랴
　　　장강의 넘쳐나는 저 강물도
　　　계곡물 모여모여 실개천 이루고
　　　실개천과 하천이 손잡아 몸을 불렸다
　　　살면서 손잡지 않은 삶이 어디 있으랴

　　　막힘없이 흐르는 강물이 어디 있으랴
　　　유유히 흐르는 저 강물도
　　　때로는 바위에 부딪혀 부서지기도
　　　보洑나 둑에 막혀 맴돌기 일쑤였다
　　　막힘없는 인생살이 어디 있으랴

　　　쉬면서 흐르지 않는 강물이 어디 있으랴
　　　소沼에서 맴돌고 있는 저 강물도
　　　언젠가 솟구치며 넘쳐 나와
　　　흐르는 강물에 묻혀 바다로 간다
　　　살면서 몸부림치지 않는 인생 어디 있으랴

　　　　　　　　　　　　　　　－ 「강물과 인생」 전문

　㉡ 잠 못 이뤄 뒤척이는 겨울밤
　　　이미 대문을 열었거나 담을 넘었다
　　　창문을 뒤 흔든다
　　　창틀을 두드린다
　　　거기 누구 없느냐고 야단이다
　　　나를 찾는 것 같다

웅성거림 뒤엔

저승사자의 그림자가 어른거린다

살다보면 큰 죄 작은 죄 지은 것이 없으랴

간담이 서늘해서 머리카락 쭈빗 선다

이불을 뒤집어 쓴 채

지난 세월을 더듬어 본다

하찮은 문패 낮춰 달고

작은 주머니 차고 숨죽여 살았는데…

그러다 잠이 들고

아침 햇살이 나를 깨운다

야속했던 겨울바람은

상처만 남기고 흔적 없이 사라졌다

–「겨울 바람」 전문

ⓒ 멀리서 봄이 오고 있나보다

  잊혀진 발자국 소리 가까이 들려오고

  봄기운이

  봄바람을 타고 가슴깊이 밀려온다

  차디찬 겨울은

  저만치 물러가고

  산자락 군데군데

  공룡 발자국 같은 잔설이

  흔적만 남기고 보이지 않는다

  서럽던 날의 추위는

  몇 번인가 절규를 하며 꼬리를 감추고

  그때마다 밀려오는 꽃샘추위가

  안으로 수줍은 꽃을 피우며

부드럽게 봄바람을 타고
휘어진 담장을 넘어 사뿐히 들어온다

봄, 봄이 오는 소리가
처마 밑에서 가까이 다가오고 있다

- 「봄이 오는 소리」 전문

산이 정지하여 있는 자연임에 비하여 강물은 움직이는 자연이다. 정지한 산은 정지한 대로 시인에게 의미를 부여하게 하고, 흐르는 강물은 강물대로 또 다른 의미를 부여하게 한다.

㉠「강물과 인생」에서 강조하고 있는 강물의 속성은 실개천 하천 물의 섞임과 흐르는 도중의 막힘과 맴 돔, 그리고 바다로 흐름 등이다. 이러한 속성을 인생에 비유하여 살면서 타인과의 손잡음과 막히는 인생살이와 몸부림치는 인생살이와 견주고 있다. 강물을 바라보고 시적화자의 인생살이 즉, 조 시인의 지금까지 살아온 인생살이를 되돌아보고 있는 것이다. 이러한 삶의 역정을 누구에게나 보편적으로 적용할 수 있는 것이다. 따라서 이 작품은 개인의 단순하고 소박한 삶이 아니라 누구나 공감할 수 있는 개연성 있는 삶을 형상화한 것이다.

㉡「겨울 바람」에서는 겨울바람에 대한 인식이다. 시적화자에게 인식되는 겨울바람은 공포의 대상이다. 심지어 저승사자로까지 비유된다. 따라서 겨울바람 소리를 들으며 삶을 되돌아보는 계기를 마련하게 된다. 하찮은 문패 낮춰 달고 작은 주머니 차고 숨죽여 살아 온 인생을 반성하는 것이다. 그러나 이러한 절망은 밤이 지나고 아침이 오면서 희망으로 바뀐다. 이러한 희망은 겨울이 지나 봄이 오면 더욱 구체화되는 것이기도 하다.

㉢「봄이 오는 소리」에서는 이러한 자연의 섭리가 "봄이 오는 소리"로 형상화 된다. ㉢의 경우는 지금까지의 작품들에서 찾아보기 힘든 감각

적 이미지까지 형상화 시킨 작품이다. 둘째 연의 "산자락 군데군데/공룡 발자국 같은 잔설이" 라는 부분에서는 적절한 직유까지 등장하고 있다. 셋째 연 전반부에서는 추위가 절규를 하며 꼬리를 감추었다고 표현하여 다이나믹한 이미지까지 등장한다. 그러나 후반부에서는 꽃샘추위가 수줍은 꽃을 피우며 봄바람 타고 담장을 사뿐히 넘는다고 감각화 한다. 마지막 연에서는 봄이 오는 소리가 다가오고 있다고 하여 청각적 이미지까지 등장한다. 비록 구체적인 표현은 아니지만 충분히 감각적인 이 작품에서 조 시인의 또 다른 측면인 감각적 이미지를 통한 감동을 발견할 수 있다.

제3부 「아내의 강」 21편 가운데 대표작은 다음과 같다. 3부의 경우 아내, 어머니, 아들, 손자 등 가족에 대한 사랑이 주제가 된 작품이 대부분이다.

> ㉠ 계곡물 흘러내려
> 시냇물 이루고
> 하늘의 뜻에 따라
> 건천도 살려내고
> 웅덩이에 맴돌다
> 여울목도 이룬다
>
> 시냇물 흘러들어
> 여유로운 강물 이루니
> 낮에는 먼 하늘 내려앉아
> 낮 그림자 비추고
> 밤엔 총총 별 내려앉아
> 밤 그림자 쉬어간다

너를 위해 쉴새없이 흘러왔건만
입에 넣은 물 삼키느니 뱉느니
강물에 배 띄워라 말아라
하루도 거르지 않고
시시비비 일어난다

한서린 푸른 강물엔
가을별 서럽게 내려앉고
시린 겨울별들 몸겨눕는다 그대 생을 가로질러 흘러온
사랑의 원류 침묵의 강이여!

– 「아내의 강」 전문

ⓛ 처음 당신을 만났을 땐
은하수 헤아려 자리매김하고
한여름에 눈꽃을
피울 수 있는 사람이라
서러운 가을별 끌어당겨 달래주면서
차가운 겨울별은 가려줄 줄 알았다

언제부터인가 적반하장으로
나 더러 겨울 끝자락엔
모진 추위 이겨낸 설중매가
고매해서 좋더라
초여름엔 청초한 난초가
가락새 있어 돋보인다
한여름엔 차고 맑은
골바람 되라 하네
운수소관이란 말 있어 위안을 삼는다

오래 살다보니
무심이 유심이고
유심이 무심이렸다

원망도 벗어 던지고
미움도 내려놓은 자리
미운 정 고운 정 낙엽으로 남으니
낙엽 주워 만지작거리며
따스한 말 한마디 속삭임이
아쉬움으로 남는다

- 「아내의 생각을 훔쳐본다」 전문

ⓒ 멋드러진 것들 하고 많은 세상에
　하찮은 것에서 어머님을 떠 올리니
　나는 정녕 불효인가 봅니다.

　맑은 물 더 많이 퍼 올리려
　허드렛물이 되고 마는 마중물과
　저 멀리 외딴섬에 홀로 서서
　궂은 날이면 더 밝게 비추는
　등댓불을 볼 때마다

　수심에 찬 하얀 낮달이
　태양을 비켜서며
　나를 따라 올 때마다
　소슬바람 핑계 삼아
　세상을 위해 더 이상
　아무것도 해 줄 것이 없다고
　떨어지는 나뭇잎을 보면은

〉

아련한 어머님 생각에
눈시울이 젖어 옵니다.

–「어머님 생각」전문

㉠「아내의 강」은 아내의 삶의 역정을 강물에 비유하여 형상화한 작품이다. 이미 앞에서부터 징후를 보이고 있지만 자연을 인생과 연결시키는 솜씨가 더욱 원숙하여지고 있다. 첫째 연과 둘째 연만 살펴본다면 단순한 강물에 대한 표현이라고도 볼 수 있다. 그러나 셋째 연부터는 단순한 강물이 아니라 삶의 역정과 관계있는 비유라는 것을 짐작할 수 있게 한다. 갑자기 어조가 변하면서 '너'라는 셋째 연 속의 청자聽者가 등장한다. 이 부분만 보아서는 너의 존재가 분명하게 드러나지 않는다. 그러나 마지막 넷째 연 끝부분 "그대 생을 가로질러 흘러온/사랑의 원류 침묵의 강이여!"라는 부분과 제목「아내의 강」가 연결시켜 해석하여 보면 '너'는 남편인 조 시인이거나 자녀를 지칭하는 것으로 짐작되고 '그대'는 아내를 가리킨다는 점이 드러난다. 이렇게 뒷 부분에서 강 속에 숨어 있는 비유의 원관념을 드러내는 것으로 인하여 시적 긴장감을 느낄 수 있다.

㉡「아내의 생각을 훔쳐본다」의 경우는 아내의 내면세계를 시적 제재로 삼았다. 말하자면, 시적화자인 조 시인이 아내의 갈등과 고뇌를 드려다 보고 있는 셈이다. 이러한 시적 상황의 설정은 이미 제목 속에 나타나 있다. 상대방의 입장에서 삶의 어려움을 생각한다는 것은 인격적으로 성숙한 태도이다. 이러한 점에서 ㉡은 조 시인의 아내 사랑이 집약된 작품이기도 하다. 비록 직접적으로 아내나 가족을 사랑한다는 말을 즐겨 표현하는 성격은 아니지만 이러한 작품을 통하여 충분히 시적으로 표현한 점이 조 시인의 사모님에게 전달되기를 기원하는 바이다. 이 시의 시적화자話者는 분명히 아내이다. 이러한 상황설정으로 인하여

이 작품은 시적 형상화에 성공하고 있다..

　조 시인의 가족 사랑이 아내에게만 한정된 것이 아니라는 점을 보여주고 있는 작품이 ⓒ「어머님 생각」이다. ⓒ의 경우 제목에서 알 수 있듯이 어머니에 대한 그리움이 주제가 되어있다. 그러나 직접적으로 어머니를 사랑한다거나, 그립다는 감정을 드러내고 있지 않다. 어머니의 삶이 얼마나 인고의 삶이었다는 것을 사물화 시키고 있다. 즉, "맑은 물 더 많이 퍼 올리려 허드렛물이 되고 마는 마중물" "날씨 궂은 날이면 더 밝게 비추는 등댓불" "수심에 찬 하얀 낮 달" "소슬바람 핑계 삼아 세상 위해 더 해 줄 것이 없다고 떨어지는 나뭇잎" 등을 바라볼 때마다 어머니 생각에 눈시울이 젖어온다는 자연에 대한 인식을 통하여 어머니에 대한 그리움을 형상화하고 있는 것이다. 이러한 표현으로 인하여 ⓒ역시 시적 형상화에 성공을 거두게 된다.

　그 외 자식, 손자 등에 대한 사랑도 여러 편에 걸쳐 나타나고 있다. 이러한 시편들로 인하여 조 시인은 산과 강에 유유자적하는 시인이 아니라, 자나 깨나 삶 즉 인생에 대하여 사색하고 가족과 이웃을 사랑하는 시인이 되는 것이다.

　제4부「구도자의 길」29편의 대표작은 다음과 같다. 4부는 조 시인의 시편 가운데 조 시인 자신의 삶과 밀착된 작품들을 모았다.

> ㉠ 사랑도 지리산 등산길에 올랐다
> 　다도해의 봄 바다는 한 폭의 그림이요
> 　낙타 등 같은 산세 등산의 묘미를 살렸다
> 　흠뻑 땀 흘리고 내려온 여객선 부둣가
> 　멍게 해삼 소라 꼬막이 우리를 유혹한다
> 　싱싱한 해산물에 소줏잔 기울이며
> 　시선詩仙 이백李白의 기분을 되살리다

주머니 밑천 동이 나고 말았다
내 생애 가장 가난한 날이 되어
돌아오는 막배, 퀴퀴한 선실도 오감하여라
북적대는 사람들 틈에 드러누워 눈감으니
우정과 인정 사랑이 어우러진 오늘이
가장 행복한 시간되어
하늘로 둥둥 떠오른다

─「생애 가장 가난한 날」 전문

ⓛ 헐벗고 굶주리던 소년기이었지만
　어머니의 사랑과 칭찬으로
　낭만에도 젖어보고
　꿈과 용기를 키웠던 일생의 황금기였다

　청년기에 들면서 현실의 짓누름에
　꿈과 용기는 일상의 열정으로 변질되고
　아내의 사랑과 격려가
　어머니의 자리를 대신 메웠다

　장년기 자식들의 존경은
　연극무대의 조명인가 비추다 말고
　혈연의 덕인지 믿음만은 삭지 않은 것 같구나
　아내의 사랑은 정으로 변색되고
　어제의 격려 오늘의 바램으로 바뀌었으나
　어느 작은 것 하나도 채워주지 못했다

　어느새 나의 작은 꿈마저 가물거리니
　가족은 주위의 무관심에 애가 쓰이나보다
　바람같이 흐르고 구름같이 변하는 것이

인생 삶의 이치임을 나는 알고 있단다

                                            - 「자화상」 전문

ⓒ 시가 좋아 시에 끌려
　 삶의 향기와 고뇌를
　 진솔하게 이야기 하려는데
　 시정잡배의 넋두리가 되어 나온다

　 사랑의 속삭임을 노래하고
　 사랑의 눈물을 아파하려는데
　 풋사랑의 신파조 대사가 되어 나온다

　 귀를 열어 자연의 소리를 듣고
　 자연과 주고받는 천금 같은 말들이
　 맹꽁이 웃음소리에 그친다

　 우주를 논하려 해도 지구의 곁을 맴돌고
　 생명의 존귀함을 찬미하려 해도
　 꿈속의 어눌한 헛소리로 나온다

　 가까운 곳에 있어도 잡히지 않고
　 신기루 잡으러 미로를 헤매는
　 나의 초라한 시작詩作이여!
　 시선詩仙은 밤마다 나타나
　 시는 아무나 짓느냐고 조롱을 하니
　 나는 정녕 시에 다가설 수 없는걸까

                                            - 「나의 시작詩作」 전문

㉠「생애 가장 가난한 날」의 경우 시집의 제목이기도 한 작품인데, 충무 앞 바다에 있는 섬 사량도에 있는 지리산 등산길의 체험을 담담하게 진술한 시이다. 사량도의 지리산에 올라가 다도해의 봄 바다의 풍경에 감탄하고 내려와 부둣가 술집에서 멍게, 해삼, 소라, 꼬막들을 안주 삼아 소줏잔을 기울이는 모습이 서술되어 있다. 한 잔 두 잔 기울이다가 술값으로 가져간 경비를 다 쓰고 여객선 그것도 퀴퀴한 선실에 일행 모두 드러누워 부산으로 돌아오는 과정이 서민적이면서도 인간미 넘치게 서술되어 있다. 이러한 낭패라면 낭패인 일상을 "내 생애 가장 가난한 날"이라고 의미를 부여하고 있는데, 시적 전개과정은 결코 가난하지 않다. 물론 화자 자신이 "우정과 인정 사랑이 어우러진 오늘이/가장 행복한 시간되어/하늘로 둥둥 떠오른다"는 부분에서 가장 행복한 날이라고 정반대의 의미까지 부여하고 있으나 굳이 이러한 직접적 진술이 아니라도 행복한 정경임에 틀림이 없다. 말하자면 역설적인 표현인 셈이다. 따라서 생애 가장 가난한 날은 생애 가장 행복한 날이 되고 조 시인의 시집 『생애 가장 가난한 날』은 실제로는 시 쓰는 시간이 가장 행복한 시간인 것이다. 공직자로서 보람 있게 은퇴하신 후 왕성한 시작활동을 하여 그 가운데 절반만 시집으로 엮는 것이 보람 있고 행복한 일이 되는 것이 바로 이러한 까닭에서이다.

㉡「자화상」은 조 시인의 일생을 담담하게 진술한 시이다. 따라서, 제목처럼 조 시인의 '자화상'인 것이다. 이 작품을 일관하여 흐르고 있는 삶의 역정은 시기시기를 긍정적인 세계관을 가지고 살아왔다고 볼 수 있는 점이다. 소년기는 가난하였지만 어머니의 사랑과 칭찬으로 꿈과 용기를 가졌고, 청년기에는 아내의 사랑과 격려로 일상의 열정으로 살았으며, 장년기에는 자식들의 존경과 아내의 정으로 열심히 살았다고 조 시인은 일생을 회고하고 있다. 그러면서 자식과 아내에게 제대로 못해준 것에 대하여 겸손하게 반성하고 있다. 이러한 반성과 회한에도 불구하고 조 시인은 바람같이 흐르고 구름같이 변하는 인생의 이치를 깨

달아 여유 있는 삶을 살아가고 있음을 조용히 드러내고 있다. 이러한 삶은 비단 조 시인의 삶뿐만 아닐 것이다. 따라서, 조 시인의 이 시집은 우리의 삶을 되돌아보게 하는 데에 큰 의의를 지닌다고 보아도 큰 무리는 아닐 것이다.

ⓒ 「나의 시작詩作」은 그의 작품 가운데 하나뿐인 시작에 대한 일종의 메타시이다. 말하자면 나는 왜 시를 쓰는가 하는 문제를 화두로 한 작품이다. 조 시인은 시가 좋아 삶의 향기와 고뇌를 진솔하게 이야기하려고 시 쓰기를 선택했다. 물론 이러한 목표에 다다르지 못하고 시정잡배의 넋두리 같은 시를 쓰고 말았다고 고백하지만, 지금까지 살펴본 바와 같이 시정잡배의 넋두리 같은 시는 결코 발견할 수 없다. 오히려 사물이나 가족이나 일상을 너무 진지하게 보고 있는 감이 들 정도이다. 이러한 표현은 조 시인 자신의 겸손한 태도에서 기인한 겸양의 미덕이라고 볼 수 있다. 사랑 노래를 신파조라 하고 자연의 노래는 맹꽁이 웃음 소리 하여 자조적인 표현까지 쓰고 있으나 결코 그렇지 않다.

(3)

그의 초라한 시작은 물론 초라하지 않다. 그의 시작의 소망과 앞으로의 전개과정은 「생애 처음이자 마지막 이야기」에서 처럼 어린 시절이지만 넉넉함과 꿈을 가지고 자랐던 그 다음 이야기를 쓰고자 하고 있다. 앞으로 조 시인의 왕성한 시작활동은 어린 시절이나 청년시절의 보다 구체적이고 미세한 체험이나 추억까지를 진지하고 긍정적인 자세로 형상화하는 방향으로 전개될 것이라고 생각한다.

성찰省察의 시학, 관조와 음미
– 최낙인 제2시집『하늘 꽃』

(1)

최낙인(1938-) 시인은 후문학파後文學派 시인이다. 그는 진주사범학교 재학시절 학생회장을 하면서 문예반원으로 활동했다. 그러나 그는 초등교사로 만족하지 않고 경북대 사범대 영어교육과를 진학했다. 졸업 후 명문 마산고등학교에서 20여 년간 영어교사를 거쳐, 경남지역 교육장과 경상남도 교육청 교육국장과 경상남도 교육위원을 지냈다. 정년한 후인 2009년 시인으로 데뷔하였다. 이렇게 공직에서 물러난 후 문단에 데뷔한 문인들을 경상대 명예교수인 강희근 시인은 '선 인생 후 문학'을 줄여 후문학파라 명명하였다. 특히 100세 시대가 도래한 작금의 현실에서 각종 공직이나 직장에서 정년한 후 살아갈 많은 시간에서 보람 있는 정신활동으로 문학적 글쓰기를 선택한 사람들이 많다. 따라서 최 시인이 고교 시절 몸담았던 문학을 택한 것은 당연한 귀결인지 모른다. 그리고 그는 데뷔한 이후 왕성한 활동을 하여 2012년 첫 시집『엉겅퀴』를 출간하였다. 그 자신의 서문 제목에도 나아 있듯이 '팔순에 바라본 세상'에 대한 시들로 두 번째 시집『하늘 꽃』을 출간하게 되었다.

후문학파의 시인들의 시들은 그 동안의 살아온 경륜과 그것을 바탕을 한 자연과 사물에 대한 관조의 자세를 유지한다. 그러면서도 자칫하면 감정과잉의 감상주의感傷主義로 빠지는 경우와 삶이 막바지라는 강박관념으로 자기도 모르게 허무의식이 깔리게 되는 경우가 많다. 그러나 최 시인의 시들에는 그러한 단점보다 관조의 자세에서 감정이 절제 되고 사물이나 자연을 음미하는 경우의 시편들이 많다. 이제 3부로 나누어져 있는 시집의 작품들 가운데 대표적인 작품 몇 편을 골라 그러한 양상이 어떻게 전개되고 있는지 살펴보기로 한다.

(2)

제1부 〈敬畏의 自然〉에는 주로 자연을 제재로 한 작품들 48편이 수록 되어 있다. 그 가운데 두 편을 골라보았다.

내 서재 창틈에
날아온 풀씨 한 낱

튕겨온 빗물 받아
새 싹을 틔어냈다

그 샛노란 잎 새는
외경의 생명이었다

날 새면 물을 주고
잠잘 땐 정을 주었다

귀가길 어느 따가운 오후
잎 새는 고개를 내리고 있었다

아린 가슴 지샌 하얀 밤은
차라리 살을 에는 아픔이었다

새벽 창엔 아직 핏빛이 자욱한데
바람 한줄기 여명을 밝혀준다

그 바람결에 고개든 나의 잎 새

－「풀씨」 전문

이 작품은 최 시인이 시에 나타난 자연관을 단적으로 보여주고 있는 작품이다. 최 시인이 주목하고 있는 것은 아름답거나 화려한 꽃이나 나무들이 아니고, 서재 창틈에 날아와 빗물을 받아먹고 새 싹을 틔운 풀씨이다. 말하자면 보잘 것 없는 미물이 시적제재가 되어 있다. 그런데 미물을 단순히 관찰하는 경지를 넘어 스스로 싹을 틔운 후에는 시적화자 즉 시인은 물을 주고 애정까지 쏟는다. 이러한 까닭은 셋째 연에 노출되어 있는 '생명에 대한 외경'에서 왔다고 볼 수 있다. 이러한 자연관이 바로 최 시인의 자연을 제재로 한 전 작품에 흐르고 있다. 이 시의 전반부 즉, 1연부터 4연까지는 미물에 대한 세밀한 관찰에서부터 그에 대해 애정 쏟는 것까지 나타나 있다.

후반부인 5연에 이르면 그 미물에게 위기가 닥쳐온다. 외출에서 돌아온 햇볕 따가운 오후에 잎 새가 시든 것이다. 그래서 시인은 6연에서 밤새 살을 에는 아픔을 겪는다. 그러한 아픔에 보답하는 듯이 풀씨가 틔운 새 싹은 7연과 8연에서처럼 새벽에 다시 고개를 들어 소생한다. 이 싱과 같은 생명존중사상 내지 긍정적 태도는 자연이 아닌 다른 곳에서도 지속적으로 나타난다. 미물을 관조하고 그의 생명을 음미하는 것이 바로 이 시의 주제이다.

조선인의
넉넉한 마음
뜨거운 가슴이어라

〉
거친 관솔도
매운 청솔가지도
찌든 번뇌도 태워낸다

뒤적이는 열기에
고구마는 익어가고
방은 따스운데

마주보는 눈길에
조손은 간데없고
정담만 불꽃처럼 피어난다

내 어린 시절 어느 그믐밤
묵은 때 씻어냈던 그 소죽솥
그날 그 따사롭던 군불은
유난히도 발갛게 타오르고 있었지

– 「군불」 전문

이 작품의 시적제재는 자연이라기보다 일종의 풍물이다. 요즈음은 사라진 가마솥에 군불 때는 것이 시적제재이다. 그런데 시의 전개과정이 개인의 사적체험보다 집단적 체험으로부터 시작하는 것이 다른 작품과는 다른 점이다. 1연에서 군불 땔 때의 불기운의 뜨거움을 조선인의 넉넉한 마음으로 비유하면서 시작한다. 2연에서는 불길에 태워지는 것이 관솔과 청솔가지에서 끝나지 않고 '찌든 번뇌'까지 태우는 것으로 일종의 불교적 상상력에까지 이른다. 그러다가 3연에서는 군불에 고구마를 구워먹는 상황이 설정된다. 이러한 상황설정은 많은 독자들 특히 농촌체험을 가진 독자들이 공감할 것이다. 그리고 군불 땐 방은 따뜻해지고 방에서는 할아버지와 손자의 정담이 나누어진다. 이렇게 비교적 보편적 상상력을 전개 하다가 마지막 6연에서는 시적화자 '나'가 등장하면서 개인적 체험으로 바뀐다. 옛날의 시골에서는 목욕탕이 없어 소죽솥에서 목욕을 하면서 묵은 때를 벗기곤 하였다. 물론 이러한 체험은 최 시인만 가진 개인적 체험은 아니다. 그러나 이 마지막 연으로 인하 시가 가지고 있는 가장 근원적인 특성인 구체성에 접근한다.

(3)

다음으로 제2부 〈從心의 人生〉에는 주로 삶의 체험 즉 살아가는 여러 모습들이 시적제재가 되어 있는 시 50편이 수록되어 있다. 이러한 작품들에서 從心 즉 90세를 다가가는 만년의 인생관이 펼쳐진다.

> 세한도
> 앞에 설 때마다
> 난 또 다른 자화상을 그린다
>
> 충만함은
> 배부른 소크라데스의 푸념 같은 것
> 아쉬움도 그리움도 바이없는 허허로움
>
> 여백은
> 뭇 영혼들이 상사의 나래를 펼쳐가며
> 환상의 세계를 그려내는 피안의 동산
>
> 어머님 가슴 같은 편안함이 있고
> 깊은 산 품속 같은 아늑함이 있어
> 사랑스런 생명들이 태어나는 거룩한 산실

〉
내 작은 화폭에도
가슴에 이는 감동은 붓끝으로 피어나고
가슴에 쌓인 상처들은 붓끝에서 아문다

—「여백餘白」 전문

이 작품의 시적 모티브는 추사 김정희(1786-1856)의 문인화 세한도歲寒圖에서 왔다. 시적화자는 세한도의 비어 있는 화폭에서 여백의 미를 발견한 것이다. 그런데 그 여백의 미는 그림에 대한 아름다움이 아니고 자기 자신의 그동안의 삶을 바라보는 인생론이 될 것이라는 점이 1연에서 보여 진다. 그러나 2연에서는 여백과 반대되는 충만함의 부정적인 측면을 비유적으로 표현하고 있다. 3연에서는 여백의 긍정적인 면을 역시 비유적으로 표현한다. 즉, 비어 있음 때문에 상상의 나래를 마음대로 펼칠 수 있고 환상의 세계를 그릴 수 있다고 비유하고 있다. 따라서 이 부분은 인생론이라기보다 예술론에 가깝다.

4연과 5연에서야 비로소 여백의 미는 예술 자체만이 아니고 그 속에서 편안함과 아늑함, 그리고 사랑스런 생명들이 태어난다는 인생론을 전개하고 있다. 특히 시적화자의 삶을 "내 작은 화폭"으로 비유하여 여백은 가슴에 이는 감동과 가슴 속의 상처들도 붓끝에서 아문다는 치유의 역할까지 한다. 이 시는 최 시인의 시 가운데 가장 비유적 표현이 많이 등장하고 예술론과 인생론이 혼재하는 점에서 중층적인 의미까지 보여주고 있다.

밀물처럼 왔다가
썰물처럼 빠져나간 그 빈자리
관음죽은 하얀 정적 위에 그림자를 내린다.

손주 놈 재롱에 입이 벌어졌고

딸애 눈물엔 가슴이 아팠었다.

줄줄이 떠나는 발길마다
아내의 손길은 바빴고
나는 멍하니 그들 뒷모습만 지켜보았다.

고개를 돌리니
큰 애가 두고 간 두툼한 봉투 한 장
거실 탁자 위에 나부시 엎드려 있다.

볼까 말까 얼마나 들었을까?
세뱃돈 눈물 돈에 비어버린 지갑인데
그래서 인생을 제로섬 게임이라 했던가?

남은 제주 술기운에 잠을 청했다
꿈길엔 복주머니 꿰차고 새벽길을 누볐는데
주름진 얼굴엔 오후 햇살이 가득하다.

-「설날 오후」 전문

  이 시는 최 시인의 개인적 체험이 시적제재가 되어 있다. 설이라고 최 시인 집을 방문한 아들 가족 그리고 딸 가족들을 그 날 오후에 다 보내고 최 시인은 1연에서 상념에 잠긴다. 그런데 그러한 모습을 관음죽이라는 사물로 객관화 하고 있다. 2연에서는 설날 동안의 손주의 재롱과 딸애의 시집살이 하소연을 대조적으로 제시하여 인생의 즐거움과 슬픔을 등장시키고 있다. 3연에는 돌아가는 가족들을 보내는 부부의 심정을 형상화 한다. 4연과 5연에서는 부모 용돈을 주고 간 큰 아들의 효성과 손주에게 세뱃돈 준 것과 딸애의 위로금을 주어 빈 지갑을 채워준 아들에 대한 고마움과 주고 받는 인정에 대한 최 시인의 인생론이 전개되어 있다. 6연에서는 제사 지내면서 마신 술기운에 잠을 청하는 최 시인의 모습을 제시하여 시를 마무리하고 있다.

이러한 개인사를 형상화한 시임에도 불구하고 충분히 개연성을 획득하는 까닭은 설날 풍경, 그것도 만년을 보내는 부부들의 설날 풍속사가 누구에게나 공감되기 때문이다. 산업화 사회에서는 어지간한 도시에서도 3대가 한 집에 사는 것이 극히 드물고 이웃에 사는 경우도 흔하지 않다. 그래서 명절이면 3대가 모여 모처럼의 회포를 푼다. 그럴 경우 손자 손녀들의 재롱과 뛰노는 모습이 즐겁기도 하고 그들을 살피는 조부모들은 힘이 들기도 한다. 그래서 그들을 보낼 때에는 만감이 교차되는 것이다. 이러한 명절 풍경을 담담하게 사물화 혹은 객관화시키기에 성공한 작품이 바로 이 시이다. 그래서 개인사이면서 많은 독자들에게 공감을 주는 것이다.

(4)

제3부 〈深香의 旅路〉에서는 국내외의 명승지를 여행한 느낌을 제재로 한 시 42편이 수록되어 있다. 최 시인은 영어과 출신인 탓도 있겠지만 해외여행을 무척 좋아한다. 근 한 달의 남미여행도 다녀왔다. 그래서 몇 년 전에는 여행기 『한 하늘 다른 세상』을 발간하기도 했다. 이 시집에는 국내여행 시편과 해외여행 시편이 고르게 수록되어 있다. 그 가운데 두 편의 작품에 대하여 살펴보기로 한다.

> 흘러가는 세월이 싫어
> 번거로운 세상이 싫어
> 절해고도로 내려앉았다
>
> 수많은 세월

시간이 멎은 듯
느린 소와 함께 살아온 유순한 사람들
돌담길 내어 마을 이루고
구들장 논 일구어 천명을 이어 왔다

부드러운 물길 더딘 발걸음은
푸르른 자연이 안겨준 신선들의 가르침
청보리는 그렇게 바람결에 익어가고 있었다

유명세는 댓가를 치러야함인가
목섬엔 아직도 세월 낚는 강태공이 많은데
언제부터인가 솔바람 넘나드는 당리 언덕엔
진도 아리랑과 봄의 왈츠가 울려 퍼지더니
청산도는 슬로시티로 몸살을 앓고 있었다

- 「청산도靑山島」 전문

이 작품은 전남 완도군의 섬 가운데 비교적 육지와 멀리 떨어져 있는
청산도가 시적제재가 되어 있다. 완도군의 본도인 완도와도 남동쪽으
로 약 20km나 떨어진 섬으로 면적이 33.28km², 해안선 길이가 42km,
인구 1,177가구 2,271명(2010년 기준)이다. 사시사철 섬이 푸르다고 해서
靑山島라고 했다고 한다. 필자 역시 몇 해 전에 다녀온 섬이다. 이 섬에
관광객이 몰려든 것은 1990년대 초반 공전의 히트작이 된 영화 〈서편
제〉 촬영 장소가 되면서부터이다. 이곳은 공해에 찌든 현대인에게 여유
를 가지는 '느림의 삶'을 지향하는 국제운동인 슬로시티로 지정되어 있
다.

최 시인은 1연에서 청산도가 육지와 떨어진 절해고도임을 강조하고
있다. 2연에서는 섬사람들의 순박한 인심과 온돌에 까는 구들장을 논에
깔아 물을 아끼는 농법으로 벼를 생산한 그들의 근면성을 보여주고 있

다. 3연에서는 청산도의 또 하나의 절경인 청보리밭 풍경이 등장한다. 그런데 이렇게 섬의 풍광과 인심으로 이 시가 끝났다면 이 시는 평범한 여행기가 되었을 것이다. 마지막 4연의 마지막 행 "청산도는 슬로시티로 몸살을 앓고 있었다"라는 아이러니 기법으로 관광객이 몰려와 슬로시티 본연의 삶이 망가져 가는 청산도를 문명비판적 태도로 비판하여 시적 성과를 거둔다.

육중한 석조 건물에도
흩날리는 마로니에 꽃잎에도
주룩주룩 4월의 꽃샘비가 내리고 있었다

문화와 예술이라는 미명하에 한껏 기교를
부려 장식한 건물들에 타고 내리는 빗물은
분명 서구문명의 차가움이 뱉어낸 눈물이었다

하늘을 찌를 듯 치솟은 철골의 에펠탑은
과학과 기술의 상징물이라 자랑하고 있지만
정작 인간 군상은 그 밑에 엎드린 한 미물이었다

찬란한 햇빛을 받으며 대자연의 품속에서
그려진 인상파 작품들은 탁한 골방에 갇혀
카메라 감시까지 받으며 숨을 헐떡이고 있었다

파리의 한적한 교외 오베르의 공동묘지
담장 넝쿨이 뒤얽힌 고흐 형제의 묘지 위에는
영혼의 눈물인양 구슬픈 찬비가 내리고 있었다

– 「비에 젖은 파리」 전문

이 작품은 유럽 여행 중 파리에서 비를 만난 것이 시적제재가 되어 있다. 그런데 이 시에서의 파리의 풍물에 대한 최 시인의 근본적인 태도는 앞의 시 「청산도」에서 청산도를 바라보는 태도와 같이 문명 비판적 태도를 유지하고 있다. 1연에서 그는 4월 마로니에 꽃이 피는 계절에 방문했으며 마침 비가내리고 있다는 시적 공간을 제시한다. 그런데 그가 비록 꽃샘 비라고 아름답게 보았으나, 2연에서 곧장 비를 "서구문명의 차가움이 뱉어낸 눈물"이라고 비유하면서 문명비판적인 태도가 등장한다. 3연에서는 철골구조의 에펠탑이 비정함 앞에 인간은 하나의 미물에 지나지 않는 점을 강조한다. 그리고 4연에서는 미술관이나 박물관에 전시된 대자연을 제재로 한 인상파 그림이 공기가 탁한 골방에 갇혀 있음을 아이러니의 기법으로 풍자한다. 그리고 마지막 5연에서는 오베르 공동묘지에 묻힌 고흐 형제의 묘지에 내리는 비를 그들의 영혼이 흘리는 눈물로 비유하고 있다.

물론 비가 내리는 우중충한 파리 풍경 탓이기는 하나 그는 서구문명에 대한 비판을 여행체험에서 망설임 없이 하고 있다. 이렇게 그의 여행을 제재로 한 시들은 여행의 즐거움보다 여행에서 발견하는 자연에 대한 인간의 도전인 문명을 비판하고 있는 것이다. 그리고 여행에서의 전반적인 느낌 역시 즐거움이나 감격과 같은 젊은이의 정서보다 풍경과 풍물들을 8순의 인생체험을 바탕으로 관조하는 자세를 유지하고 있다.